中国古代名著全本译注丛书

花间集

译注

［后蜀］赵崇祚 编选　曹明纲 译注

图书在版编目(CIP)数据

花间集译注／(后蜀)赵崇祚编选；曹明纲译注.
—上海：上海古籍出版社，2019.6
(中国古代名著全本译注丛书)
ISBN 978-7-5325-9253-1

Ⅰ.①花… Ⅱ.①赵… ②曹… Ⅲ.①词(文学)—作
品集—中国—古代②《花间集》—译文③《花间集》—注
释 Ⅳ.①I222.82

中国版本图书馆 CIP 数据核字(2019)第 104255 号

中国古代名著全本译注丛书

花间集译注

［后蜀］赵崇祚编选

曹明纲 译注

上海古籍出版社出版发行

(上海瑞金二路 272 号 邮政编码 200020)

(1) 网址：www.guji.com.cn

(2) E-mail：guji1@guji.com.cn

(3) 易文网网址：www.ewen.co

江阴金马印刷有限公司印刷

开本 890×1240 1/32 印张 12.5 插页 5 字数 240,000
2019 年 6 月第 1 版 2019 年 6 月第 1 次印刷
印数：1—5,100

ISBN 978-7-5325-9253-1

I·3397 定价：48.00 元

如有质量问题,请与承印公司联系

前　言

　　《花间集》是我国现存最早的一部文人词总集，由五代后蜀赵崇祚编成于广政三年（940）。其中收入了温庭筠等18位作家所撰《菩萨蛮》等71调共500首作品。这些作家除了温庭筠、皇甫松属晚唐外，其余都是五代人，而且大多数在前蜀或后蜀为官，只有和凝仕后晋、孙光宪仕荆南例外。因此它的编集带有鲜明的时代和地域特点。

　　就时代而言，晚唐五代军阀割据、战乱不断，江山频繁易主，政权轮番交替，社会动荡不安，百姓颠沛流离。中原地区的文人为了躲避战乱，纷纷寻找可以安身立命的地方，这时偏安一隅、经济繁荣的西蜀和南唐，自然就成了他们的理想乐土。从地域来说，西蜀地广物阜，江山秀美，素有"天府之国"之称，民风历来崇尚享乐，生活悠游自得，加上前蜀国君王衍奢靡成风，游宴无度，后蜀国君孟昶变本加厉，荒淫愈盛，那些围绕在他们周围的入蜀和本地文人，自然也沉溺其中，乐而不疲。这些都为晚唐绮丽诗风的延续盛行，提供了最适宜的气候和丰厚的土壤。

　　正是在这种由时代和地域共同营造的享乐氛围中，为隋唐燕乐配备歌词成了满足朝中君臣纵情声色的迫切需要。曲子词，也就是到宋代才被正式定名为词的文体样式，因此获得了前所未有的发展。晚唐出现了大力倚声填词的作家温庭筠，五代西蜀、南唐又形成了君臣相得的创作群体，并涌现出大量作品，就是最明显的表现。而这时编集于西蜀地区的《花间集》，更通过对相关作家作品的收录结集，将词在由民间创作向文人创作过渡阶段的初始状态，以文献形式保存了下来，因而弥足珍贵。

对于《花间集》的编辑，欧阳炯在《叙》中作了详尽的说明。首先值得注意的是，他把所编集的内容定性为"诗客曲子词"。也就是说，收入集中的作者身份是"诗客"，有别于敦煌所藏《云谣集杂曲子》的乐工、歌伎或民间无名氏；作品是"曲子词"，即为配合当时流行乐曲而创作的歌词。与此相应，他特别强调入选作品"名高《白雪》，声声而自合鸾歌；响遏青云，字字而偏谐凤律"的音乐属性，以及"文抽丽锦"、"不无清绝之辞"的文学属性。其次，他又明确指出这些歌词的创作目的，是"将使西园英哲，用资羽盖之欢；南国婵娟，休唱莲舟之引"，在为社会名流宴游助兴的音乐中推陈出新、避俗趋雅，提供规范合适的歌唱文本。同时他追溯了曲子词与南朝宫体、北里倡风的渊源，并对编辑者赵崇祚"拾翠洲边"、"织绡泉底"的收罗编辑之功和"广会众宾，时延佳论"的集思广益，作了充分肯定。

《花间集》的最大特点，是以女性感情生活为题材的作品占了主导地位。一部《花间集》，随处可见绮窗绣户、芸阁珠帘、云屏山枕、帐幔簟席、香炉灯烛、锦衾鸾镜等室内陈设，水榭楼阁、园庭石阶、春花秋月、池塘曲径、莺啼燕飞等户外景物，罗衣绣裙、金钿玉钗、耳珰步摇、星靥额黄、云鬓檀口、腻粉香泽等女子妆饰。而女子的日常生活，如起床、穿衣、梳妆、洗头、饮酒、弹琴、歌唱、跳舞、散步、看花、观鱼、学画、戏赌、约会、游园、入睡、失眠、做梦、合欢等，都有涉及。正是在这种景物的映衬下，词作者对女性的多种情态作了细致传神的刻画。如果说皇甫松笔下的采莲少女"无端隔水抛莲子，遥被人知半日羞"（《采莲子》）的稚憨，还是唐代民间歌谣的遗风，那么韦庄《女冠子》中女子与情郎分别时"忍泪佯低面，含羞半敛眉"的缠绵，以及出现在作者梦中"半羞还半喜，欲去又依依"的难舍，则是歌词用白描手法活画出女子羞涩情态的先声。后来张泌《浣溪沙》"闲折海棠看又撚，玉纤无力惹余香"写春困，《胡蝶儿》中阿娇学画蝴蝶时"无端和泪拭燕脂，惹教双翅垂"，和凝《山花子》"几度试香纤手暖，一回尝酒绛唇光。偎弄红丝蝇拂子，打檀郎"、《采桑子》"无事嚬眉，春思翻教阿母疑"、《柳枝》"醉来咬损新花子，拽住仙郎尽放娇"，顾敻《应天长》"背人匀檀注，慢转横波偷觑。敛黛春情暗许，倚屏慵不语"，孙光宪《浣溪沙》"翠袂半将遮粉臆，宝钗长欲堕香肩"、"将见客时微掩敛，得人怜处且生疏，低头羞问壁边书"、《生查子》"绣工夫，牵心绪，配尽鸳鸯缕。待得没人时，倔侬论私语"，阎选《八拍蛮》"憔悴不知缘底事，遇人推道不宜春"，尹鹗《醉公子》"何处恼佳人，檀痕衣上新"，李珣《虞美人》"倚屏无语撚云篦，翠眉低"，都留住了女子为情所动或娇或痴的种种形态。正如前人所言，"花间词状物描情，每多意态。直如身履其地，眼见其人"（《古今词话》引江尚质语）。在这类作品中，顾敻的《荷叶杯》组词九首摹写女子各种微妙的心理情态，"极形容之妙"，"其淋漓真率处，前无古人"（李冰若《栩庄漫记》）。

与情态互为表里的是情思。因而表述女性对感情生活的渴望，是这类作品的灵魂。被奉为"花间鼻祖"的温庭筠词"类不出乎绮怨"（清刘熙载《艺概·词概》）自不必说，五代作家如韦庄、薛昭蕴、牛峤、张泌、毛文锡、牛希济、欧阳炯、和凝、顾敻、孙光宪、魏承班等，也无不以此为自己的创作重点。其中有的写临别时的无限哀伤，如韦庄《江城子》"露冷月残人未起，留不住，泪千行"、牛峤《更漏子》"南浦情，红粉泪，争奈两人深意"、牛希济《生查子》"语已多，情未了，回首又重道。记得绿罗裙，处处怜芳草"、顾敻《河传》"棹举，舟去，波光渺渺，不知何处"，读来令人黯然销魂；有的写独处时的孤寂凄清，如温庭筠《菩萨蛮》"金雁一双飞，泪痕沾绣衣"、毛文锡《更漏子》的"人不见，梦难凭，红纱一点灯"、孙光宪《谒金门》"却羡彩鸳三十六，孤鸾还一只"，满目凄凉哀伤；有的写思念时的缠绵悱恻，如韦庄《小重山》"万般惆怅向谁论，凝情立，宫殿欲黄昏"、薛昭蕴《谒金门》"早是相思肠欲断，忍交频梦见"、顾敻《甘州子》"每逢清夜与良晨，多怅望，足伤神"、魏承班《诉衷情》"梦成几度绕天涯，到君家"，柔肠寸断，悲哀欲绝；有的写被弃后的满腔怨恨，如薛昭蕴《浣溪沙》"不为远山凝翠黛，只应含恨向斜阳"、韦庄《天仙子》"玉郎薄幸去无踪，一日日，恨重重"、孙光宪《谒金门》"留不得，留得也应无益"、魏承班《渔歌子》"少年郎，容易别，一去音书断绝"，饱含酸楚，难以为怀；有的则大胆示爱，如温庭筠《南歌子》"手里金鹦鹉，胸前绣凤凰。偷眼暗形相。不如从嫁与，作鸳鸯"、韦庄《思帝乡》"陌上谁家年少，足风流。妾拟将身嫁与，一生休。纵被无情弃，不能羞"，真诚挚烈，直陈情怀；有的涉笔男女欢爱，如牛峤《菩萨蛮》"须作一生拚，尽君今日欢"、欧阳炯《浣溪沙》"兰麝细香闻喘息，绮罗纤缕见肌肤，此时还恨薄情无"，被称为"作艳词者，无以复加"（《金粟词话》）。不难看到，这类情词涉及女子的身份虽有后妃、贵妇、歌女、女道士、仙女、民女等不同，但她们在感情和心理上渴求与意中人或丈夫相见、相守，却是相通的。

与以上这类作品大多由男性作家采用代入的方式揣摩、表现女性的情怀不同，集中也不乏作家从男性自身的经历感受出发，抒写对钟情女子的爱恋。其中最突出的例子，便是韦庄《荷叶杯》"记得那年花下"、《女冠子》"昨夜夜半，枕上分明梦见"、《浣溪沙》"惆怅梦余山月斜"等作，抒写对钟情女子的深爱挚恋。至于张泌《浣溪沙》中因伴醉逐香车而被贵妇嘲讽"太狂生"、《江城子》中在浣花溪边搭讪美女被笑"莫多情"，那是男子一厢情愿的自作多情了。

除了倚红偎绿的浅斟低唱之外，诗歌创作的一些传统题材，如宫怨、吊亡、宴游、及第、行旅、边塞、渔隐、仙道等，也进入了歌词的创作领域。宫怨作为创作题材由来已久。温庭筠《清平乐》"上阳春晚，宫女愁蛾浅"、韦庄《小重山》"一闭昭阳春又春"，都不约而同涉及了这一题材。薛昭蕴《小重山》"春到长门"、"秋到长门"，孙光宪《定西番》"帝子枕前秋夜"，顾夐《虞美人》"触帘风送景阳钟"，张泌《满宫花》"寂寞上阳宫里"，也分别咏写了汉失宠陈皇后、和亲乌孙公主、南朝陈宫女和唐玄宗宫女的愁怨。

吊亡类词在《花间集》中较为瞩目。常见的内容不外感伤吴越、六朝和隋代的兴亡。薛昭蕴《浣溪沙》"吴主山河空落日，越王宫殿半平芜，藕花菱蔓满重湖"，"写尽无限沧桑"（李冰若《栩庄漫记》）；欧阳炯《江城子》"晚日金陵岸草平，落霞明，水无情。六代繁华，暗逐逝波声。空有姑苏台上月，如西子镜，照江城"，"于伊郁中饶蕴藉"（《大雅集》卷一）；孙光宪《河传》"锦帆风，烟际红。烧空，魂迷大业中"，"感慨之下，自有无限烟波"（《花间集》旧题明汤显祖评本卷三），可为代表。其他咏吴越兴亡的，有牛峤《江城子》"鵁鶄飞起郡城东"；叹六朝盛衰的，有孙光宪、毛熙震的《后庭花》；吊隋朝灭亡的，有韦庄《河传》"何处，烟雨"、毛文锡《柳含烟》"隋堤柳"等。在这类歌词中，最为后人称道的是鹿虔扆的《临江仙》："金锁重门荒苑静，绮窗愁对秋空。翠华一去寂无踪。玉楼歌吹，声断已随风。烟月不知人事改，夜阑还照深宫。藕花相向野塘中，暗伤亡国，清露泣香红。"从被收入集中的时间来看，应该是凭吊前蜀的亡国，其"深情苦调，有《黍离》、《麦秀》之悲"（清陈廷焯《云韶集》卷一词评）。这些可以看作是当时战乱不断、政权更叠、世事纷乱的阴影在歌词中的一种投射。

集中有关宴游、及第和行旅的词作，则是"诗客"现实生活的反映。宴游如韦庄《菩萨蛮》"人人尽说江南好，游人只合江南老"、《天仙子》"深夜归来长酩酊，扶入流苏犹未醒"，毛文锡

《西溪子》"昨日西溪游赏"、《甘州遍》"春光好，公子爱闲游"，顾夐《更漏子》"歌满耳，酒盈樽，前非不要论"，孙光宪《河传》"大堤狂杀襄阳客……身已归，心不归"，魏承班《玉楼春》"玉斝满斟情未已，促坐王孙公子醉"等。与其相应，有些歌词还藉以抒写及时行乐的人生感悟。最典型的是皇甫松二首《摘得新》，一曰"锦筵红蜡烛，莫来迟"，一曰"管弦兼美酒，最关人"，劝人珍惜青春，尽情享乐，否则"繁红一夜经风雨，是空枝"。其余像韦庄《菩萨蛮》的"须愁春漏短，莫诉金杯满。遇酒且呵呵，人生能几何"、《天仙子》醉酒人的"惊睡觉，笑呵呵，长道人生能几何"，顾夐《河传》的"直是人间到天上，堪游赏。醉眼疑屏障。对池塘，惜韶光，断肠。为花须尽狂"，都表达了这种及时行乐的人生态度。

描写进士及第，前有韦庄《喜迁莺》二首，后有薛昭蕴同调三首、和凝《小重山》一首。这些词刻意渲染了京城放榜时万人空巷的盛况和新进士志得意满的神态，其中不乏作者进士出身的亲身感受。行旅对于身处乱世、漂泊流离的文人来说，更是常经的事。韦庄"早尝寇乱，间关顿踬，携家来越中……举目有山河之异。故于流离漂泛，寓目缘情"（《唐才子传》），因而有了《菩萨蛮》"洛阳才子他乡老"的感叹，抒发了离乡背井、漂泊江南的苦闷。而顾夐《河传》的"天涯离恨江声咽，啼猿切，此意向谁说"、李珣同调的"依旧十二峰前，猿声到客船"，更写出了行旅沿途的苦况。阎选一首《临江仙》"猿啼明月照空滩，孤舟行客，惊梦亦艰难"，被认为"非深于行役者不能为此言。即以《水仙调》当《行路难》可也"（《花间集》旧题明汤显祖评本）。

描写边塞征战的作品在《花间集》中尽管十分有限，却是当时战乱在歌词中的真实反映，尤显可贵。这类作品一大特点，是多与闺怨结合在一起。如温庭筠《番女怨》"碛南沙上惊雁起"、孙光宪《酒泉子》"空碛无边"、《定西番》"何处戍楼寒笛"等，都用征人的边塞苦寒来衬托闺中思妇的孤独凄清。只有牛峤《定西番》"紫塞月明千里",尽写塞外荒寒和征人的乡思之苦,景象苍凉悲壮。至于毛文锡《甘州遍》"秋风紧,平碛雁行低"写一场"破番奚"的战斗,其情景使人联想到唐代诗人李贺的名作《雁门太守行》。孙光宪《定西番》"鸡禄山前游骑",也展现了巡边将士的骑射英姿。与戍边将士保家卫国、浴血奋战形成鲜明对照的,是词作者心中向往的渔隐生活。如果说和凝的《渔父》还只停留于对垂钓环境的描摹,那么从顾夐到孙光宪、李珣,都用《渔歌子》赞美了渔父驾一条小船往来于江湖自在放旷的生活方式,从中寄托了自己隐逸江湖、不计名利的情怀。其中李珣笔下"鼓清琴,倾渌蚁,扁舟自得逍遥志。任东西,无定止,不议人间醉醒"(《渔歌子》之四),更仿佛让人看到了曾与屈原对话后"莞尔而笑,鼓枻而去"(《楚辞·渔父》)的渔父形象。词学家夏承焘先生曾有诗赞叹:"波斯估客醉巫山,一棹悠然泊水湾。唱到玄真渔父曲,数声清越出《花间》。"(《夏承焘集·瞿髯论词绝句》)

另外,《花间集》中以仙道为题材的歌词也不少。其中《河渎神》、《天仙子》、《临江仙》调写神仙,《女冠子》写女道士,最为常见。如《河渎神》,温庭筠有三首涉及祠庙,并有"铜鼓赛神来,满庭幡盖徘徊"的描写;张泌则提到了"祈赛客";孙光宪两首,一首写汾河旁的神祠,一首写湘妃庙。《天仙子》,皇甫松、和凝各有两首咏调名本意,写传说中刘晨、阮肇所遇天台山仙女。《临江仙》咏调名本意的,有张泌、毛文锡各一首,写湘水女神舜帝二妃娥皇、女英;阎选二首,写巫山神女。其中牛希济七首可为代表,分咏巫山神女、谢真人、萧史弄玉、湘水二妃、洛水女神、汉水游女、洞庭湘君,可谓集临江女神之大全。而《女冠子》一调,从温庭筠二首描画女道士超凡脱俗的妆饰和容貌开始,作者相继,作品迭出。薛昭蕴、牛峤、张泌、孙光宪、鹿虔扆、毛熙震、李珣等都有同调之作。除了沿袭温词的传统外，还增加了描写道观环境、道教活动等内容，如"竹疏虚槛静，松密醮坛阴"（张泌词）、"静夜松风下，礼天坛"、"新授明威法箓，降真函"（薛昭蕴词）等。这类题材的产生，既是晚唐女道士盛行的社会风气的延续，也与前、后蜀地处西南，巫山长江本多神话传说，以及五代蜀主王衍格外推崇道教有关。

《花间集》中还有一些写景纪俗和咏物之作十分出彩。歌词创作从唐代白居易《忆江南》、刘禹锡《竹枝词》称扬江南、巴渝景物风情开始，写景纪俗已色彩斑斓。之后《花间》作者也踊跃为之。皇甫松《梦江南》、《采莲子》写江南梦幻般的美景，孙光宪《竹枝》写巴渝迷人的民风，显然秉承了刘白遗风。而最值得注意的，是蜀人欧阳炯与李珣，不约而同地作有《南乡子》组词，集中描写了南粤地区的景物民俗，在集中独具风韵。欧阳词八首，李冰若称其"写物真切，朴而不俚。一洗绮罗香泽之态而为写景纪俗之词"（《栩庄漫记》）。其中"画舸停桡"、"路入南中"两首尤为人称。李词十首，分写远客临渡、回塘同宴、归路舷歌、彩舫游女、信船游戏、钓翁醉卧、月夜行船、行客待潮、邀伴游赏、骑象过溪，画面清新传神，被认为"不下刘禹锡巴渝《竹枝》，亦《花间集》中之新境也"（同上）。另外像毛文锡《中兴乐》"豆蔻花繁烟艳深"、孙光宪《菩萨蛮》"木棉花映丛祠小"、《八拍蛮》"孔雀尾拖金线长"等，也是这类作品。而孙光宪有一首《风流子》，写"茅舍槿篱溪曲"的田家耕织，更是灵光一现，在《花间集》中独具异彩。

咏物最多见的，是用《杨柳枝》、《柳枝》或《柳含烟》调咏杨柳。如温庭筠《杨柳枝》八首，分别以宜春苑、南内、苏小门、龙池、馆娃宫、景阳楼、塞门等地点，描绘杨柳的各种生存形态；毛文锡《柳含烟》则以隋堤、河桥、章台、御沟，分咏杨柳或伴龙舟或被攀折，或拂冠盖或占春光的不同境遇。皇甫松、牛峤、孙光宪，也有类似之作。旧题汤显祖评牛峤《杨柳枝》"无端袅娜临官路，舞送行人过一生"一首，谓《柳枝》、《杨柳枝》"总以物托兴"，"极咏物之致，而能抒作者怀、能下读者泪，斯其至矣"。其他如毛文锡《喜迁莺》咏莺，《赞成功》咏海棠，《接贤宾》咏马，也各具特色。而牛峤《梦江南》二首一咏燕，一咏鸳鸯，"咏物而不滞于物"，被认为是词家可效法的典范（《词林纪事》卷二引姜夔语）。这里还要特别提到毛文锡咏调名本意的《巫山一段云》，其"摹写云气，真觉氤氲蓊渤，满于纸上"（清贺裳《皱水轩词筌》），堪称"画云第一手"（明徐士俊《古今词统》卷五），是《花间集》咏物词的上佳之作。

《花间集》的总体艺术风格可用"婉约"和"古艳"来概括（清李调元《雨村词话·序》）。婉约中又有以温庭筠为代表的沉郁和以韦庄为代表的清秀两种鲜明特色。对于温词的沉郁，清人陈廷焯《白雨斋词话》曾这样诠释："所谓沉郁者，意在笔先，神余言外。写怨夫思妇之怀，寓孽子孤臣之感，凡交情之冷淡、身世之飘零，皆可于一草一木发之；而发之又必若隐若现，欲露不露，反复缠绵，终不许一言道破。"被置于《花间集》之首的温庭筠《菩萨蛮》十四首，即集中体现了这种典型风格。首阕"小山重叠金明灭"，写闺中女子"懒起画蛾眉，弄妆梳洗迟"，已有"岂无膏沐，谁适为容"（《诗·卫风·伯兮》）之意在先；而"新帖绣罗襦，双双金鹧鸪"又有相形孤寂之神溢于言外。一种闺妇独处自伤之情反复缠绵其间，却终不肯一语道破。其他如"心事竟谁知，月明花满枝"、"春梦正关情，镜中蝉鬓轻"、"花落子规啼，绿窗残梦迷"、"鸾镜与花枝，此情谁得知"等，都含蓄婉约，别有情致，历来被视为《花间集》的代表作，成为后代词家竞相仿效的楷模。具体来说，这种艺术风格多体现为用人物所处环境的景物描写和日常生活，来暗示其当时的遭遇和情感，让听歌者随之进入角色，获得亲临其境的感同身受。这是《花间集》在艺术表现上最为突出的特点,温庭筠《菩萨蛮》十四首无疑是典范之作。与其相比,前人所谓温词物象富丽、辞藻华美,当属其次,而且应当看成是他诗歌创作崇尚浓艳在歌词创作中的沿袭。当然,作为晚唐填词大家,温庭筠的艺术风格除了沉郁外,还展示了多样性。他《更漏子》"梧桐树,三更雨,不道离情正苦。一叶叶,一声声,空阶滴到明"的凄婉,《南歌子》"不如从嫁与,作鸳鸯"的直快,以及《梦江南》"梳洗罢,独倚望江楼"的缠绵,无不为人称道。《花间集》中与其风格相近的作家,有牛峤、欧阳炯、顾夐、魏承班、阎选、毛熙震等人。

韦庄是西蜀词坛的领军人物,在《花间集》中与温庭筠并列,风格以清秀著称。其主要表现为善于用浅显明白的语言,抒写自己的真情实感。这与他诗歌创作注重纪实、有"香山之替人"(清王士禛等《五代诗话》)之誉一脉相承。由于他身经离乱,曾避地江南,后又入蜀,因才被留,富于伤感,从而在词中多有流露。最典型的是《菩萨蛮》五首,在对往年游历江南、洛阳的追忆中,融入饱经离乱之苦、生平漂泊之感和思乡怀旧之情,"似纤而直,似达而郁,最为词中胜境"(清陈廷焯《白雨斋词话》)。其中"人人尽说江南好"一首,宛然"一幅春水画图。意中是乡思,笔下却说江南风景好,真是泪溢肠中,无人省得"(同上);"劝君今夜须沉醉"一首,"意实沉痛"(李冰若《栩庄漫记》),词中"珍重主人心,酒深情亦深"二句,"以风流蕴藉之笔调,写沉郁潦倒之心情,真绝妙好词也"(丁寿田等《唐五代四大名家词》乙编)。同时他的感情生活也有重大变故的传说(宋杨湜《古今词话》谓其宠姬被王建所夺),这不能不使笔下的情词流露出一种刻骨铭心的切肤之痛。如他的《女冠子》云"不知魂已断,空有梦相随",又云"昨夜夜半,枕上分明见",情景凄苦,令人不忍卒读。另如《浣溪沙》的"夜夜相思更漏残"、《菩萨蛮》的"劝我早归家,绿窗人似花"、《归国遥》的"别后只知相愧，泪珠难远寄"，无不写得低回婉转，情真意切。类似作品还有《浣溪沙》、《清平乐》、《谒金门》、《天仙子》等，"运密入疏，寓浓于淡"，"非徒以丽句擅长"（清况周颐《餐樱庑词话》），故被王国维称为"骨秀"（《人间词话》）。韦庄还有一首《河传》，以"何处"领起，中段描写隋炀帝下江南，辞藻极富丽，末以"古今愁"三字化实为空，以盛映衰，笔法宕动空灵，论者以为在《浣花集》中最具风骨（清陈廷焯《白雨斋词评》）。花间词作家中与韦庄风格相近的，有皇甫松、薛昭蕴、张泌、牛希济等人。

《花间集》中另有一些作家风格比较多样，如和凝、孙光宪、李珣，都能自成一家。和凝仕晋，位极人臣，有"曲子相公"之号。《栩庄漫记》称其"自是《花间》一大家，其词有清秀处，有富艳处，盖介乎温、韦之间也"。他的《临江仙》"披袍窣地红宫锦""上半阕极写服饰之盛，温词所有也"（同上）；《山花子》中"星靥笑偎霞脸畔，蹙金开襜衬银泥"二句，"置之温尉词中，可乱楮叶"（同上）；《薄命女》一首又"明艳似飞卿"（同上）。而《菩萨蛮》、《望梅花》"则近于清言玉屑矣"（清况周颐《蕙风词话》），《渔父》也"清秀绝伦"（清陈廷焯《云韶集》词评），又深得韦庄神韵。孙光宪仕荆南，历事三世，词风婉约清丽，与韦庄神似；而气骨遒劲、措辞警炼是其特色。代表作《浣溪沙》绝无含蓄而自然入妙。其词名句如"片帆烟际闪弧光"、"堕阶萦藓舞愁红"、"一庭疏雨湿春愁"等，尤为人称。其词入选《花间集》25调、61首，调数、阕数分列第一、第二，创作取材面之广、表现力之强，在当时作家中首屈一指。故詹安泰以为他在《花间》词人中是一大家，可与温、韦鼎足而立（《宋词散论·读词偶记》）。李珣词则以清疏见称。李冰若以为"大氐清婉近端己"，"在《花间》词人中自当比肩和凝，而深秀处且似过之"，"在《花间》可成一派，而可介立温、韦之间"（《栩庄漫记》）。他的《渔歌子》四首、《南歌子》十首写得清新自然，风韵飘洒，自非一般作者能及。他的《酒泉子》、《浣溪沙》以清胜,《西溪子》、《中兴乐》又以质胜,已下开北宋体格。

总之,《花间集》作为文人词的第一部总集,它的内容以代入式的闺阁情爱为主,同时也不乏诗歌传统题材的多元化;它的艺术手法在婉约的总体特征中,又有浓密和疏淡以及兼而有之、自具特色的多样性。它的问世,为当时和后代作者提供了依声填词的范本。尽管历来对它的褒贬不一,推崇者称之为"倚声填词之祖"(宋陈振孙《直斋书录题解》),排斥者则谓其"粉泽之工,反累正气"(宋汤衡《张紫薇雅词序》),但是曾风靡词坛、影响深远,却是不争的事实。它不仅沾溉了宋、元、明、清一代代词家的创作,让"花间体"、"婉约派"成为词坛一种最显著的艺术风格,而且直接导致"词是艳科"观念的形成,成了主宰宋元以后的明清词学批评中的一种思维定式。因此无论从实践还是理论来看,《花间集》在词乃至整个文学的发展史上所有的开创和示范作用,都是不容低估的。

《花间集》问世后,历来翻刻印行的版本很多。现存最早的是南宋绍兴十八年(1148)晁谦之刻本。但从该书题跋"建康旧有本"诸语及晁本曾据以出校个别文字的情况来看,北宋当已有传本行世。南宋可知的刊本,还有鄂州淳熙公使库本、陆游开禧跋本(是否刊刻尚有争议)。明代《花间集》曾多次翻刻印行,现在已知的就有十多种。其中影响较大的,有吴讷正统六年(1441)的《唐宋名贤百家词》传钞本、万历二十六年(1598)毛晋汲古阁刊本、万历庚申(1620)旧题汤显祖评本等。清代、近代则多据南宋本或明代本影印、翻刻,如《四库全书》以明毛晋汲古阁本影印,《四部丛刊》据明万历三十年(1602)玄览斋巾箱本影印。现代除了多种整理本外,李冰若《花间集评注》(1935年,开明书店)、华钟彦《花间集注》(1983年,中州书画社)是很好的评点、注释本,而房开江、崔黎民《花间集全译》

（2008 年，贵州人民出版社）则是首次用白话文翻译的译注本。

这次应约注译《花间集》，底本用的是南宋绍兴本。全书编排体例均按旧刻，只是把底本分散在每卷前的目录一起移至书前，以便检索。对原刻中的俗字径改，不出校；对个别误刻或明显错字，则据《全唐诗·附词》或《四部丛刊》影印明刊本等，分别予以校正。同时为了方便读者阅读，在每位作家名下设"简介"一项，简要介绍作家生平经历及创作特点。每篇作品下，分设"注释"、"译文"两项。在"注释"部分，每调下先释调名，然后对作品的相关文字、词语作简要诠释，并探究出处，引征典实。在"译文"部分，尝试尊重原作的歌词性质，对相关词句的翻译不取不拘长短、分散拆离的散文诗形式，而采用相应扩充原词每句字数的方法，既通俗地传达词意，又保持句式整饬。同时尽可能地避免用串讲的方式，把译者个人对词意的理解不恰当地塞给读者。希望这种尝试能够取得比较理想的效果。

曹明纲

2018 年 5 月于沪上傍河居

目　　录

前言 ·· 1

花间集序 ··· 1

花间集卷第一　五十首 ····································· 1

温助教庭筠　五十首 ······································· 1

菩萨蛮十四首 ·· 1

更漏子六首 ·· 11

归国遥二首 ·· 15

酒泉子四首 ·· 17

定西番三首 ·· 19

杨柳枝八首 ·· 22

南歌子七首 ·· 26

河渎神三首 ·· 29

女冠子二首 ·· 32

玉胡蝶一首 ·· 33

花间集卷第二　五十首 ····································· 35

温助教庭筠　十六首 ······································· 35

清平乐二首 ·· 35

遐方怨二首 ·· 37

诉衷情一首 ……………………………… 38

思帝乡一首 ……………………………… 39

梦江南二首 ……………………………… 39

河传三首 ………………………………… 40

蕃女怨二首 ……………………………… 43

荷叶杯三首 ……………………………… 44

皇甫先辈松 十二首 …………………… 46

天仙子二首 ……………………………… 46

浪淘沙二首 ……………………………… 48

杨柳枝二首 ……………………………… 49

摘得新二首 ……………………………… 50

梦江南二首 ……………………………… 51

采莲子二首 ……………………………… 52

韦相庄 二十二首 ……………………… 54

浣溪沙五首 ……………………………… 54

菩萨蛮五首 ……………………………… 57

归国遥三首 ……………………………… 61

应天长二首 ……………………………… 63

荷叶杯二首 ……………………………… 64

清平乐四首 ……………………………… 66

望远行一首 ……………………………… 68

花间集卷第三 五十首 ………………… 70

韦相庄 二十六首 ……………………… 70

谒金门二首 ……………………………… 70

江城子二首 ……………………………… 71

河传三首 ·········· 73

天仙子五首 ·········· 75

喜迁莺二首 ·········· 78

思帝乡二首 ·········· 80

诉衷情二首 ·········· 81

上行杯二首 ·········· 83

女冠子二首 ·········· 84

更漏子一首 ·········· 85

酒泉子一首 ·········· 86

木兰花一首 ·········· 87

小重山一首 ·········· 87

薛侍郎昭蕴 十九首 ·········· 89

浣溪沙八首 ·········· 89

喜迁莺三首 ·········· 94

小重山二首 ·········· 97

离别难一首 ·········· 98

相见欢一首 ·········· 100

醉公子一首 ·········· 100

女冠子二首 ·········· 101

谒金门一首 ·········· 103

牛给事峤 五首 ·········· 104

柳枝五首 ·········· 104

花间集卷第四 五十首 ·········· 108

牛给事峤 二十七首 ·········· 108

女冠子四首 ·········· 108

梦江南二首 ⋯⋯⋯⋯⋯⋯⋯⋯⋯⋯⋯⋯⋯⋯⋯ 111

感恩多二首 ⋯⋯⋯⋯⋯⋯⋯⋯⋯⋯⋯⋯⋯⋯⋯ 112

应天长二首 ⋯⋯⋯⋯⋯⋯⋯⋯⋯⋯⋯⋯⋯⋯⋯ 113

更漏子三首 ⋯⋯⋯⋯⋯⋯⋯⋯⋯⋯⋯⋯⋯⋯⋯ 115

望江怨一首 ⋯⋯⋯⋯⋯⋯⋯⋯⋯⋯⋯⋯⋯⋯⋯ 116

菩萨蛮七首 ⋯⋯⋯⋯⋯⋯⋯⋯⋯⋯⋯⋯⋯⋯⋯ 117

酒泉子一首 ⋯⋯⋯⋯⋯⋯⋯⋯⋯⋯⋯⋯⋯⋯⋯ 121

定西番一首 ⋯⋯⋯⋯⋯⋯⋯⋯⋯⋯⋯⋯⋯⋯⋯ 122

玉楼春一首 ⋯⋯⋯⋯⋯⋯⋯⋯⋯⋯⋯⋯⋯⋯⋯ 123

西溪子一首 ⋯⋯⋯⋯⋯⋯⋯⋯⋯⋯⋯⋯⋯⋯⋯ 124

江城子二首 ⋯⋯⋯⋯⋯⋯⋯⋯⋯⋯⋯⋯⋯⋯⋯ 125

张舍人泌 二十三首 ⋯⋯⋯⋯⋯⋯⋯⋯⋯⋯⋯⋯⋯⋯⋯ 127

浣溪沙十首 ⋯⋯⋯⋯⋯⋯⋯⋯⋯⋯⋯⋯⋯⋯⋯ 127

临江仙一首 ⋯⋯⋯⋯⋯⋯⋯⋯⋯⋯⋯⋯⋯⋯⋯ 133

女冠子一首 ⋯⋯⋯⋯⋯⋯⋯⋯⋯⋯⋯⋯⋯⋯⋯ 134

河传二首 ⋯⋯⋯⋯⋯⋯⋯⋯⋯⋯⋯⋯⋯⋯⋯ 135

酒泉子二首 ⋯⋯⋯⋯⋯⋯⋯⋯⋯⋯⋯⋯⋯⋯⋯ 136

生查子一首 ⋯⋯⋯⋯⋯⋯⋯⋯⋯⋯⋯⋯⋯⋯⋯ 138

思越人一首 ⋯⋯⋯⋯⋯⋯⋯⋯⋯⋯⋯⋯⋯⋯⋯ 138

满宫花一首 ⋯⋯⋯⋯⋯⋯⋯⋯⋯⋯⋯⋯⋯⋯⋯ 139

柳枝一首 ⋯⋯⋯⋯⋯⋯⋯⋯⋯⋯⋯⋯⋯⋯⋯ 140

南歌子三首 ⋯⋯⋯⋯⋯⋯⋯⋯⋯⋯⋯⋯⋯⋯⋯ 141

花间集卷第五 五十首 ⋯⋯⋯⋯⋯⋯⋯⋯⋯⋯⋯⋯⋯ 143

张舍人泌 四首 ⋯⋯⋯⋯⋯⋯⋯⋯⋯⋯⋯⋯⋯⋯⋯ 143

江城子二首 ⋯⋯⋯⋯⋯⋯⋯⋯⋯⋯⋯⋯⋯⋯⋯ 143

河渎神一首 …………………………………………… 144

胡蝶儿一首 …………………………………………… 145

毛司徒文锡 三十一首 ………………………………… 146

虞美人二首 …………………………………………… 146

酒泉子一首 …………………………………………… 148

喜迁莺一首 …………………………………………… 149

赞成功一首 …………………………………………… 149

西溪子一首 …………………………………………… 150

中兴乐一首 …………………………………………… 151

更漏子一首 …………………………………………… 151

接贤宾一首 …………………………………………… 152

赞浦子一首 …………………………………………… 153

甘州遍二首 …………………………………………… 154

纱窗恨二首 …………………………………………… 156

柳含烟四首 …………………………………………… 157

醉花间二首 …………………………………………… 160

浣沙溪一首 …………………………………………… 162

浣溪沙一首 …………………………………………… 162

月宫春一首 …………………………………………… 163

恋情深二首 …………………………………………… 164

诉衷情二首 …………………………………………… 166

应天长一首 …………………………………………… 167

河满子一首 …………………………………………… 168

巫山一段云一首 ……………………………………… 168

临江仙一首 …………………………………………… 169

牛学士希济 十一首 ·········· 171

　　临江仙七首 ·········· 171

　　酒泉子一首 ·········· 177

　　生查子一首 ·········· 177

　　中兴乐一首 ·········· 178

　　谒金门一首 ·········· 178

欧阳舍人炯 四首 ·········· 180

　　浣溪沙三首 ·········· 180

　　三字令一首 ·········· 182

花间集卷第六 五十一首 ·········· 184

欧阳舍人炯 十三首 ·········· 184

　　南乡子八首 ·········· 184

　　献衷心一首 ·········· 188

　　贺明朝二首 ·········· 189

　　江城子一首 ·········· 191

　　凤楼春一首 ·········· 191

和学士凝 二十首 ·········· 193

　　小重山二首 ·········· 193

　　临江仙二首 ·········· 195

　　菩萨蛮一首 ·········· 197

　　山花子二首 ·········· 197

　　河满子二首 ·········· 199

　　薄命女一首 ·········· 200

　　望梅花一首 ·········· 201

　　天仙子二首 ·········· 202

　　春光好二首 …………………………………………… 203

　　采桑子一首 …………………………………………… 205

　　柳枝三首 ……………………………………………… 206

　　渔父一首 ……………………………………………… 207

　顾太尉夐 十八首 ……………………………………… 209

　　虞美人六首 …………………………………………… 209

　　河传三首 ……………………………………………… 214

　　甘州子五首 …………………………………………… 216

　　玉楼春四首 …………………………………………… 219

花间集卷第七　五十首 …………………………………… 222

　顾太尉夐 三十七首 …………………………………… 222

　　浣溪沙八首 …………………………………………… 222

　　酒泉子七首 …………………………………………… 227

　　杨柳枝一首 …………………………………………… 231

　　遐方怨一首 …………………………………………… 232

　　献衷心一首 …………………………………………… 233

　　应天长一首 …………………………………………… 234

　　诉衷情二首 …………………………………………… 235

　　荷叶杯九首 …………………………………………… 236

　　渔歌子一首 …………………………………………… 240

　　临江仙三首 …………………………………………… 240

　　醉公子二首 …………………………………………… 243

　　更漏子一首 …………………………………………… 244

　孙少监光宪 十三首 …………………………………… 245

　　浣溪沙九首 …………………………………………… 245

河传四首 ··· 251

花间集卷第八　五十首 ··· 255

孙少监光宪　四十八首 ·· 255

菩萨蛮五首 ··· 255

河渎神二首 ··· 258

虞美人二首 ··· 260

后庭花二首 ··· 261

生查子三首 ··· 263

临江仙二首 ··· 265

酒泉子三首 ··· 266

清平乐二首 ··· 269

更漏子二首 ··· 270

女冠子二首 ··· 272

风流子三首 ··· 273

定西番二首 ··· 275

河满子一首 ··· 277

玉胡蝶一首 ··· 277

八拍蛮一首 ··· 278

竹枝二首 ··· 278

思帝香一首 ··· 280

上行杯二首 ··· 281

谒金门一首 ··· 282

思越人二首 ··· 283

杨柳枝四首 ··· 284

望梅花一首 ··· 287

渔歌子二首 ···················· 287

魏太尉承班 二首 ···················· 290

菩萨蛮二首 ···················· 290

花间集卷第九 四十九首 ···················· 292

魏太尉承班 十三首 ···················· 292

满宫花一首 ···················· 292

木兰花一首 ···················· 293

玉楼春二首 ···················· 293

诉衷情五首 ···················· 295

生查子二首 ···················· 298

黄钟乐一首 ···················· 300

渔歌子一首 ···················· 301

鹿太保虔扆 六首 ···················· 302

临江仙二首 ···················· 302

女冠子二首 ···················· 304

思越人一首 ···················· 305

虞美人一首 ···················· 306

阎处士选 八首 ···················· 308

虞美人二首 ···················· 308

临江仙二首 ···················· 310

浣溪沙一首 ···················· 312

八拍蛮二首 ···················· 313

河传一首 ···················· 314

尹参卿鹗 六首 ···················· 315

临江仙二首 ···················· 315

满宫花一首 ……………………………………… 317

杏园芳一首 ……………………………………… 317

醉公子一首 ……………………………………… 318

菩萨蛮一首 ……………………………………… 319

毛秘书熙震 十六首 ………………………………… 320

浣溪沙七首 ……………………………………… 320

临江仙二首 ……………………………………… 325

更漏子二首 ……………………………………… 326

女冠子二首 ……………………………………… 328

清平乐一首 ……………………………………… 329

南歌子二首 ……………………………………… 329

花间集卷第十 五十首 ……………………………… 332

毛秘书熙震 十三首 ………………………………… 332

河满子二首 ……………………………………… 332

小重山一首 ……………………………………… 334

定西番一首 ……………………………………… 334

木兰花一首 ……………………………………… 335

后庭花三首 ……………………………………… 336

酒泉子二首 ……………………………………… 338

菩萨蛮三首 ……………………………………… 339

李秀才珣 三十七首 ………………………………… 342

浣溪沙四首 ……………………………………… 342

渔歌子四首 ……………………………………… 345

巫山一段云二首 …………………………………… 347

临江仙二首 ……………………………………… 349

南乡子十首 ·· 350

女冠子二首 ·· 355

酒泉子四首 ·· 357

望远行二首 ·· 359

菩萨蛮三首 ·· 361

西溪子一首 ·· 363

虞美人一首 ·· 363

河传二首 ··· 364

花间集序

武德军节度判官欧阳炯撰

镂玉雕琼[1]，拟化工而迥巧[2]；裁花剪叶，夺春艳以争鲜。是以唱《云谣》则金母词清[3]，挹霞醴则穆王心醉[4]。名高《白雪》[5]，声声而自合鸾歌[6]；响遏青云[7]，字字而偏谐凤律[8]。《杨柳》、《大堤》之句[9]，乐府相传；《芙蓉》、《曲渚》之篇[10]，豪家自制。莫不争高门下，三千玳瑁之簪[11]；竞富尊前，数十珊瑚之树[12]。则有绮筵公子[13]、绣幌佳人[14]，递叶叶之花笺[15]，文抽丽锦；举纤纤之玉指，拍按香檀[16]。不无清绝之辞，用助娇娆之态[17]。

自南朝之宫体[18]，扇北里之倡风[19]，何止言之不文，所谓秀而不实[20]。有唐已降，率土之滨[21]，家家之香径春风，宁寻越艳[22]；处处之红楼夜月，自锁常娥[23]。在明皇朝，则有李太白应制《清平乐》词四首[24]；近代温飞卿，复有《金筌集》[25]。迩来作者[26]，无愧前人。

今卫尉少卿字弘基[27]，以拾翠洲边，自得羽毛之异[28]；织绡泉底，独殊机杼之功[29]。广会众宾，时延佳论[30]。因集近来诗客曲子词五百首[31]，分为十卷。以炯粗预知音，辱请命题[32]，仍为序引。昔郢人有歌

《阳春》者〔33〕，号为绝唱，乃命之为《花间集》。庶以阳春之甲〔34〕，将使西园英哲，用资羽盖之欢〔35〕；南国婵娟，休唱莲舟之引〔36〕。

时大蜀广政三年夏四月日序〔37〕

【注释】

〔1〕镂：雕刻。琼：美玉。

〔2〕拟：模仿。化工：指自然造物的能力。迥：远，超出。

〔3〕《云谣》：即《白云谣》，古代歌谣。《穆天子传》："天子觞西王母于瑶池之上，西王母为天子谣曰：'白云在天，丘陵自出。道里悠远，山川间之。将子无死，尚复能来。'"金母：即西王母。按《汉书·五行志》的说法，金属西方，故称。

〔4〕挹（yì）：酌取。《诗·小雅·大东》："维北有斗，不可以挹酒浆。"霞醴（lǐ）：美酒。穆王：即穆天子，周穆王。

〔5〕《白雪》：古代名曲。据战国楚宋玉《对楚王问》载，有人在国都郢城唱《阳春》、《白雪》，"国中属而和者不过数十人"。

〔6〕鸾歌：鸾鸟啼鸣。形容声音美妙。唐陈子昂《南山家园林木交映年盛夏五月幽然清凉独坐思远率成十韵》："凤蕴仙人策，鸾歌素女琴。"鸾，传说中一种类似凤凰的神鸟。

〔7〕响遏句：喻声音嘹亮，能阻止行云。《列子·汤问》："（秦青）抚节悲歌，声震林木，响遏行云。"

〔8〕凤律：相传古人依照凤鸟的鸣叫来制定韵调。《吕氏春秋·古乐》："听凤皇之鸣，以别十二律。"

〔9〕《杨柳》、《大堤》：皆乐府曲名。《乐府诗集·梁鼓角横吹曲》收有《折杨柳》、《折杨柳枝》歌辞，《清商曲辞》收有《大堤》、《大堤曲》、《大堤行》，都流行于梁代。

〔10〕《芙蓉》、《曲渚》：皆著名诗篇。前者指《古诗十九首》（其六）"涉江采芙蓉，兰泽多芳草"，后者指梁何逊《送韦司马别》："送别临曲渚，征人慕前侣。"

〔11〕三千句：《史记·春申君列传》载，赵国平原君派人出使楚国，为炫富，头上插着玳瑁做的簪子，刀匣剑鞘用珠玉装饰。春申君有三千门客，出来见使者时，位前的个个穿着用宝珠制成的鞋子。赵国使者见了十分惭愧。玳瑁，一种动物，像龟，壳色彩鲜亮，可作饰品。

〔12〕数十句：《晋书·石崇传》载，石崇与贵戚王恺争富，把王恺拿来武帝赐给他高二尺多的珊瑚击碎，然后让人抬出三、四尺高的珊瑚六七株，像王恺那样大小的不计其数，王恺看得瞠目结舌。珊瑚，海中动物，骨骼形如树枝，多用作装饰。

〔13〕绮筵：华丽的宴席。

〔14〕绣幌：精美的帷帐。

〔15〕花笺：精致的纸张，多用以题诗、写信。

〔16〕拍按：按节拍击板。檀：檀木板。

〔17〕妖娆：艳丽妩媚。唐郑畋《王子晋庙》：“西城要绰约，南岳命娇娆。”娆，底本作“饶”，据《全唐文》改。

〔18〕宫体：《梁书·简文帝纪》：“七岁有诗癖，长而不倦。然伤于轻艳，当时号曰‘宫体’。”后即以称描写宫廷生活或男女私情、风格轻靡绮丽的一类诗。

〔19〕北里：原指唐代长安城北平康里，后泛指市井游冶之地，酒馆妓院杂处。唐孙棨有《北里志》记其事。倡：古代以歌舞谋生者。

〔20〕何止二句：“言之不文”，见《左传·襄公二十五年》传引孔子语：“言之不文，行而不远。”文，才学文采。“秀而不实”，见《论语·子罕》：“子曰：苗而不秀者有矣夫，秀而不实者有矣夫。”秀，植物开花；实，植物结果。

〔21〕率土之滨：犹言普天下。《诗经·小雅·北山》：“率土之滨，莫非王臣。”

〔22〕宁：乃。越艳：泛指南方美女。越，春秋越国，出美女西施。

〔23〕常娥：即嫦娥，传说中后羿妻子，因偷吃西王母所赐不死药奔月。这里代指美貌如仙的女子。

〔24〕在明皇朝二句：明皇即唐明皇、唐玄宗李隆基。李太白即李白。应制，受皇帝诏命而创作。按今传《尊前集》载李白《清平乐》词（杂言）五首，非作于一时，也非应诏之作，与《松窗杂录》等书所载为明皇赏花所作《清平调》词（齐言）三章不同。这里恐系作者误记。

〔25〕近代二句：温飞卿，即温庭筠，字飞卿。《金筌集》，温庭筠所作词集，今已亡佚。

〔26〕迩来：近来。

〔27〕卫尉少卿：掌管仪仗帐幕卫尉寺的副官。弘基：即赵崇祚，字弘基（《四库总目》作“宏基”，系避弘历讳而改，不可从）。赵崇祚事孟昶，官卫尉少卿。《花间集》十卷为其所编。

〔28〕以拾翠二句：借用三国魏曹植《洛神赋》“或采明珠，或拾翠

羽"语意，说挑选新词佳作。翠，翠鸟羽毛。

〔29〕织绡二句：《博物志·异人》："蛟人水居如鱼，不废织绩。时出人家卖绡。"绡，用生丝织成的薄纱，相传入水不濡。唐顾况《龙宫操》："精卫衔石东飞时，蛟人织绡采藕丝。"机杼，织机梭子。这里以织绩喻编辑整理。

〔30〕延：邀约，接引。

〔31〕曲子词：配乐歌词，词的别称。

〔32〕辱请：作者自谦用词，意思说对方屈尊请求。

〔33〕郢：战国时楚国国都，在今湖北江陵北。《阳春》：古代名曲，参见注〔5〕。

〔34〕庶以句：一说"以阳春之甲"五字与下句"将"字当属衍文，应从王运鹏《四印斋所刻词》，予以删除。庶，期望。甲，为首者。

〔35〕将使二句：西园，汉代宫苑。汉扬雄《羽猎赋》："入西园，切神光。"曹魏时曹植、王粲等名流曾至此游宴，饮酒赋诗，盛极一时。羽盖：用翠羽装饰的车盖。曹植《公宴诗》："清夜游西园，飞盖相追随。"

〔36〕南国二句：南国，指南朝梁宫。婵娟，美好，喻指美女。莲舟之引，南朝梁代盛行《采莲曲》，此借指旧时流行曲。

〔37〕大蜀：即后蜀，作者对当朝的敬称。广政，后蜀孟昶年号，公元938—965年。三年，即940年。

【译文】

雕琢美好的玉石，效仿自然之功却更为巧妙；剪裁多彩的花叶，择取春的绚烂又愈见鲜艳。所以唱起《云谣》西王母词清调婉，酌来美酒穆天子神怡心醉。词与《白雪》齐名，声声自与美妙的鸾鸣相合；音能阻断行云，字字都和十二音律相协。《杨柳》、《大堤》这类词句，乐府历来相传；《芙蓉》、《曲渚》那些篇章，名家不断自作。这种状况无不像为了比门庭高低，春申君用三千门客应对头簪玳瑁的赵国使者；为了在酒席上比富，石崇搬出数十株珊瑚让王恺难堪。于是就有那些华宴上的公子、贵阁中的美人，纷纷传递题写歌词的花笺，展示才情文采；抬起纤细白皙的手指，按着节拍弹奏。这些清丽绝妙的歌词，有助于传递女子妩媚动人的姿态。

　　自从南朝的宫体诗出现后，北里就形成了歌女弹唱的风气。那时不但歌词缺乏文采，而且只开花不结果。唐代以来，普天之下，家家香溢花径春风骀荡，收寻江南来的美女；处处紫阁红楼明月高悬，蓄养嫦娥般的佳丽。在明皇唐玄宗时，有李太白应诏创作的《清平乐》词四首。近代温飞卿，又有《金荃集》。近来的这些作者，当无愧于前人。

　　现在卫尉少卿赵崇祚弘基，因在洲边拾取翠鸟的羽毛，自然得到了奇异的收获；在泉底织成薄纱，取得了特殊的编纺功效。他广会众多的宾客，时常引用好的议论，从而汇集了诗人们创作的曲子词五百首，分为十卷。因炯粗通音律，故屈尊请我为其题名，于是写了这篇序文。以前楚国郢城人有歌唱《阳春》的，被称为绝唱，于是把它命名为《花间集》。希望这些《阳春》中的佼佼者，能使那些游冶西园的名流，用来增添车盖相聚的欢乐；来自南方的美女，不再弹唱《采莲》等旧曲。

时大蜀广政三年夏四月日序

花间集卷第一

温助教庭筠

【简介】

温庭筠（约812—870），唐太原祁（今山西祁县）人。原名岐，字飞卿。宰相温彦博之孙。他才思敏捷，擅长诗赋。诗与李商隐齐名，时称"温李"；赋工律体，每入试，凡八叉手而八韵成，有"温八叉"之号。然处世放浪，不拘细行，经常出入歌馆妓院，与贵家子弟聚饮终日，又恃才任性，试场为邻座解难，并多次得罪权贵，因而从大中初起，累试进士不第。一生曾两次出任县尉，官终国子助教，世称"温助教"。

史传温庭筠"善鼓琴吹笛"（《唐才子传》），又"能逐弦吹之音，为侧艳之词"（《旧唐书》本传），因而所作歌词广为流传，以致当时酒筵把竞唱其词来作为行酒令。他的词集相传有《金筌集》，可惜已失传。现在所存作品，散见于《花间集》、《尊前集》、《金奁集》等书。

本集收录温庭筠词数量最多，达六十六首，且置首位。飞卿历来被尊奉为婉约派词的奠基和开山者。其词"精妙绝人，然类不出绮怨"（刘熙载《艺概·词概》），内容多写闺阁环境、女子情态，用语活色生香、缛丽侧艳。但正如论者所言，其词"有以丽密胜者，有以清雅胜者"，"贵能悉心体会，庶几倚声一道，思过半矣"（清况周颐《蕙风词话》）。

菩　萨　蛮[1]

小山重叠金明灭[2]，鬓云欲度香腮雪[3]。懒起画蛾眉[4]，弄妆梳洗迟。　　照花前后镜，花面交相映。

新帖绣罗襦[5]，双双金鹧鸪[6]。

【注释】

〔1〕菩萨蛮：唐代教坊曲名，在燕乐二十八调中属"夹钟宫"，后用作词牌名。其来源旧说以为始于对宣宗大中初女蛮国进贡时女子装束（见唐苏鹗《杜阳杂编》）的称呼，然现存敦煌曲中已有此调，并写代宗时事。故任半塘《教坊记笺订》引杨宪益说，谓"菩萨蛮"三字系"骠苴蛮"或"符昭蛮"的异译，"其调乃古缅甸乐，开、天间传入中国"。《尊前集》载李白"平林漠漠烟如织"一首为今首见之作。此调又有《子夜歌》、《重叠金》等名，双调，八句，四十四字，平、仄韵互换。其音调由紧促转低沉，历来名作最多。集收庭筠词本调十四首，论者以为"中多绮艳之句，信为名作"（李冰若《栩庄漫记》）。

〔2〕小山：画屏上的山峦。金明灭：光忽明忽暗。

〔3〕鬓云：鬓发飘逸如云。《诗·鄘风·君子偕老》："鬓发如云，不屑髢也。"腮：脸颊。

〔4〕蛾眉：形容女子眉毛细长如蚕蛾触须。《诗·卫风·硕人》："螓首蛾眉，巧笑倩兮。"

〔5〕帖：即贴。襦：短上衣。《史记·滑稽列传》："罗襦襟解，微闻芗泽。"

〔6〕金鹧鸪：用金线绣成的鹧鸪鸟。鹧鸪形如鹑而大，苍灰色，叫声似唤"行不得也哥哥"。

【译文】

屏风上重叠的山峦时明时暗，轻云般的鬓发掠过香白的脸。懒懒地起身描画蛾眉，很久才开始整妆梳洗。

用镜前后照头上簪花，鲜花和人面交相辉映。新缝制的绫罗短绣袄，上有对对金色鹧鸪鸟。

水精帘里颇黎枕[1]，暖香惹梦鸳鸯锦[2]。江上柳如烟，雁飞残月天。　　藕丝秋色浅[3]，人胜参差剪[4]。双鬓隔香红[5]，玉钗头上风[6]。

【注释】

〔1〕水精：即水晶，无色透明的石英晶体。唐沈佺期《古歌》："水晶帘外金波下，云母窗前银汉回。"颇黎：即玻璃。《本草纲目·金石部》：玻璃本作颇黎，"其莹如水，其坚如玉，故名水玉"。

〔2〕鸳鸯锦：绣着鸳鸯的锦被。

〔3〕藕丝：指衣色如藕丝，淡赭近白。唐元稹《白衣裳二首》："藕丝衫子柳花裙，空著沉香慢火熏。"

〔4〕人胜：人形头饰。梁宗懔《荆楚岁时记》："正月七日为人日……剪彩为人，或镂金簿为人，以贴屏风，亦戴之头鬓。"参差：上下错落，高低不一。

〔5〕隔：指隔着脸庞。香红：指鲜花。

〔6〕风：颤动。作者另有《咏春幡》诗云："玉钗风不定，香步独徘徊。"

【译文】

　　精美的水晶帘雅洁的玻璃枕，鸳鸯被温暖芳香引来梦深沉。江上的垂柳迷茫如烟，归雁飞过了残月晓天。

　　藕丝衣染着淡淡秋色，剪出的人胜高低错落。两鬓的簪花芬芳鲜红，头上的玉钗微微颤动。

　　蕊黄无限当山额[1]，宿妆隐笑纱窗隔[2]。相见牡丹时[3]，暂来还别离。　　翠钗金作股，钗上蝶双舞[4]。心事竟谁知，月明花满枝。

【注释】

〔1〕蕊黄：古代妇女脸部妆饰，点在额头似花蕊的黄色，即额黄。唐李商隐《蝶》："寿阳公主嫁时妆，八字宫眉捧额黄。"山额：额头高处。

〔2〕宿妆：隔夜化的妆。

〔3〕牡丹时：牡丹花开的暮春时节。

〔4〕蝶双舞：指钗上双蝶飞舞的妆饰点缀。

【译文】

额头上的蕊黄已不是原来模样，昨日梳妆隐含微笑隔了纱窗。相见在牡丹盛开季节，刚来不久却又要离别。

翠玉头钗有黄金作股，钗上的蝴蝶双双飞舞。心中事究竟谁能知道，月光皎洁花开满枝梢。

翠翘金缕双鸂鶒[1]，水纹细起春池碧。池上海棠梨[2]，雨晴红满枝。　　绣衫遮笑靥[3]，烟草粘飞蝶[4]。青琐对芳菲[5]，玉关音信稀[6]。

【注释】

〔1〕翠翘：这里指鸂鶒鸟绿色尾羽。金缕：鸂鶒鸟的花纹。鸂鶒(xī chì)：又名紫鸳鸯，一种形似鸳鸯的紫色水鸟。

〔2〕海棠梨：一说即棠梨，但棠梨开白花，与下句"红满枝"不协，故当指海棠花。

〔3〕笑靥(yè)：笑时脸颊上的酒窝。

〔4〕粘：犹言贴近，离不开。

〔5〕青琐：刻镂成格的窗户。《世说新语·惑溺》："韩寿美姿容，贾充辟以为掾。充每聚会，贾女于青琐中看，见寿，悦之。"芳菲：美好的春光。

〔6〕玉关：玉门关。这里泛指边关。

【译文】

一对翠尾羽金花纹的鸂鶒鸟，在碧绿的春池荡开粼粼细波。池边簇拥着的海棠花，雨晴后满枝嫣红如霞。

绣花衫遮了笑脸酒窝，蜂蝶飞舞缭绕着芳草。花窗前独对美好春光，边关的来信那样稀少。

杏花含露团香雪[1]，绿杨陌上多离别[2]。灯在月胧明，觉来闻晓莺。　　玉钩褰翠幕[3]，妆浅旧眉薄。

春梦正关情，镜中蝉鬓轻〔4〕。

【注释】

〔1〕团：汇聚。香雪：形容杏花又香又白。

〔2〕陌：阡陌，田间小路。

〔3〕褰(qiān)：撩起。

〔4〕蝉鬓：古代妇女的一种发式。晋崔豹《古今注·杂注》：魏文帝宫人莫琼树"制蝉鬓，缥缈如蝉，故曰蝉鬓"。

【译文】

含露的杏花聚集着芳香的雪，绿杨垂拂的路上有多少离别。灯还亮着月色已微明，醒来听见拂晓的啼莺。

玉钩挂起翠色的帘幕，隔日梳妆眉色已淡薄。春梦演绎了往日恋情，镜中的鬓发如蝉翼轻盈。

玉楼明月长相忆〔1〕，柳丝袅娜春无力〔2〕。门外草萋萋〔3〕，送君闻马嘶。　　画罗金翡翠〔4〕，香烛销成泪〔5〕。花落子规啼〔6〕，绿窗残梦迷〔7〕。

【注释】

〔1〕玉楼：楼阁的美称。唐张若虚《春江花月夜》："谁家今夜扁舟子，何处相思明月楼。"

〔2〕袅娜：细长柔美的样子。

〔3〕萋萋：茂盛的样子。《楚辞·招隐士》："王孙游兮不归，春草生兮萋萋。"

〔4〕画罗：此指绣绘花纹图案的罗帷。金翡翠：金色的翡翠鸟。

〔5〕香烛：掺有香料的蜡烛。销成泪：唐李商隐《无题》："春蚕到死丝方尽，蜡炬成灰泪始干。"

〔6〕子规：即杜鹃鸟。《埤雅·释鸟》："杜鹃一名子规，苦啼，啼血不止。一名怨鸟。夜啼达旦，血渍草木。"唐李白《闻王昌龄左迁龙标遥有此寄》："杨花落尽子规啼，闻道龙标过五溪。"

〔7〕绿窗：绿纱窗。

【译文】

　　高楼上的明月让人长久回忆，春暮时的柳丝摇曳软绵无力。门外一片青青的芳草，送你只听到马的嘶叫。

　　罗帷绣着金色翡翠鸟，燃烧的香烛把眼泪掉。花落时子规声声啼鸣，绿纱窗残梦无处可寻。

　　凤凰相对盘金缕〔1〕，牡丹一夜经微雨。明镜照新妆，鬓轻双脸长〔2〕。　　画楼相望久，栏外垂丝柳。音信不归来，社前双燕回〔3〕。

【注释】

　　〔1〕凤凰相对：衣上图案。金缕：金丝线。

　　〔2〕双脸长：两颊秀美。双脸，两颊。

　　〔3〕社：社日。古代祭祀土地神的日子，有春、秋两个，时当春分、秋分前后。双燕回：据《格物总论》载，燕子春社时来，秋社时去。

【译文】

　　金丝线绣成的凤凰相对盘桓，牡丹经过一夜微雨格外鲜艳。明镜照出新化的时妆，蝉鬓下两颊秀美端庄。

　　独倚雕花楼久久相望，栏外的柳丝低垂飘荡。传来音信说不能归来，社日前燕子双双飞回。

　　牡丹花谢莺声歇，绿杨满院中庭月。相忆梦难成，背窗灯半明。　　翠钿金压脸〔1〕，寂寞香闺掩。人远泪阑干〔2〕，燕飞春又残。

【注释】

〔1〕翠钿:翡翠做的花形头饰。金压脸:指金玉饰物下垂遮脸。

〔2〕阑干:纵横流淌的样子。《吴越春秋·句践入臣外传》:"言竟,掩面涕泣阑干。"

【译文】

牡丹花凋谢后莺啼也已停歇,绿杨满院庭中高悬一轮明月。想起往事就无法入睡,背着纱窗的灯光幽微。

翡饰的金下坠遮了脸,掩门的闺房寂寞一片。人远去不禁泪流满面,燕子翩飞一年春又残。

满宫明月梨花白〔1〕,故人万里关山隔。金雁一双飞〔2〕,泪痕沾绣衣。　　小园芳草绿,家住越溪曲〔3〕。杨柳色依依〔4〕,燕归君不归。

【注释】

〔1〕宫:室。古代宫、室通用。《尔雅·释宫》:"宫谓之室,室谓之宫。"

〔2〕金雁:指服饰图案。一说为筝上调弦的柱子,见刘贡父《中山诗话》。

〔3〕越溪:即若耶溪,在浙江绍兴若耶山下。相传西施曾在此浣纱。唐李白《西施》:"西施越溪女,出自苎萝山。"曲:弯曲处。

〔4〕杨柳句:《诗·小雅·采薇》:"昔我往矣,杨柳依依。"依依,茂盛的样子。

【译文】

月光和梨花把满室映得雪白,旧情人被万里关山重重阻隔。眼前的金雁结伴双飞,滴滴泪痕沾湿了绣衣。

小园内芳草一片碧绿,家就住在那若耶溪曲。杨柳的色彩扑朔迷离,燕子回来你还是没归。

宝函钿雀金鸂鶒[1]，沉香阁上吴山碧[2]。杨柳又如丝，驿桥春雨时[3]。　　画楼音信断，芳草江南岸。鸾镜与花枝[4]，此情谁得知。

【注释】

〔1〕宝函：华贵的枕套。函，匣、套。钿雀：雀形头钗。金鸂鶒：钗上饰物。鸂鶒，见前(翠翘金缕双鸂鶒)注〔1〕。

〔2〕沉香阁：底本"阁"作"关"，据《全唐诗·附词》改。吴山：即胥山，在今浙江杭州西湖东南。

〔3〕驿：驿站。古代投递公文、传送物资和来往人员住宿的机构。

〔4〕鸾镜：镜子的美称。南朝宋刘敬叔《异苑》卷三："罽宾国王买得一鸾……三年不鸣。夫人曰'尝闻鸾见类而鸣，何不悬镜照之？'王从其言。鸾睹影悲鸣，冲霄一奋而绝。"后世于是称镜为鸾镜。

【译文】

金饰鸂鶒的头钗还留在枕边，沉香阁上眺望吴山青碧绵延。杨柳垂条又轻柔如丝，在驿桥被春雨打湿时。

小楼的音信早已中断，芳草已绿遍江南两岸。面对镜中的花容月貌，这时的心情有谁知道。

南园满地堆轻絮[1]，愁闻一霎清明雨[2]。雨后却斜阳，杏花零落香。　　无言匀睡脸[3]，枕上屏山掩[4]。时节欲黄昏，无憀独倚门[5]。

【注释】

〔1〕轻絮：即柳絮，杨花，轻盈洁白如棉絮。

〔2〕一霎：短暂的一阵。清明雨：唐杜牧《清明》："清明时节雨纷纷，路上行人欲断魂。"清明，农历二十四节气之一，在春分后、谷雨前，江南此时多雨。

〔3〕匀睡脸：抹匀睡起后脸上的脂粉。

〔4〕屏山：形如"山"字或绘有山水图的屏风。

〔5〕无憀(liáo)：无聊，没情绪。

【译文】

南园地上堆满了飘落的柳絮，愁听窗外下了一阵清明急雨。雨后云间露出了斜阳，杏花飘着零落的芳香。

默默补匀睡后的面妆，收拾好枕前山水屏障。时间已接近日落黄昏，没情绪一人独倚房门。

夜来皓月才当午〔1〕，重帘悄悄无人语。深处麝烟长〔2〕，卧时留薄妆。　当年还自惜，往事那堪忆。花露月明残，锦衾知晓寒〔3〕。

【注释】

〔1〕午：十二地支中处第七，位属中央。

〔2〕麝(shè)烟：麝香被燃时散发的烟气。麝，一种似鹿而小的动物，腹部有分泌香气的香腺，称麝香。

〔3〕锦衾：织锦被子。《诗·唐风·葛生》："角枕粲兮，锦衾烂兮。"

【译文】

夜来一轮明月刚刚升上中天，帘幕重重寂静一片悄无人言。闺房深处麝香烟细长，睡下时仍留着轻淡妆。

当年的岁月自己珍惜，往事怎么经得起追忆。花露中的月光已暗淡，锦被中仍觉拂晓轻寒。

雨晴夜合玲珑日〔1〕，万枝香袅红丝拂〔2〕。闲梦忆金堂〔3〕，满庭萱草长〔4〕。　绣帘垂箓簌〔5〕，眉黛远山绿〔6〕。春水渡溪桥，凭栏魂欲销〔7〕。

【注释】

〔1〕夜合：合欢花，又名合昏，即木槿。晋周处《风土记》："合昏，槿也。华晨舒而昏合。"玲珑：空灵的样子。

〔2〕袅：飘浮缠绕。红丝拂：形容合欢开花像拂动的红丝。

〔3〕金堂：华贵的厅堂。《后汉书·五行志》载桓帝时童谣："以银为室，以金为堂。"

〔4〕萱草：又作谖草，相传能令人忘忧。三国魏嵇康《养生论》："合欢蠲忿，萱草忘忧。"

〔5〕罞靫(lù sù)：即丽靫，帘幕上垂挂的穗子。

〔6〕眉黛句：《西京杂记》卷二："文君姣好，眉色如望远山。"又《赵飞燕外传》记飞燕妹合德用黛画眉，号远山黛。黛，青黑色。

〔7〕魂欲销：失魂落魄。南朝梁江淹《别赋》："黯然销魂者，唯别而已矣。"

【译文】

雨后合欢花沐浴着明媚阳光，万千枝头红丝飘拂香气浮荡。闲时梦见华丽的厅堂，满院的萱草又绿又长。

绣帘垂着漂亮的流苏，黛眉望去像远山碧绿。春水漫过了溪前小桥，靠着栏不觉神魂颠倒。

　　　　竹风轻动庭除冷〔1〕，珠帘月上玲珑影〔2〕。山枕隐秾妆〔3〕，绿檀金凤凰〔4〕。　　　两蛾愁黛浅〔5〕，故国吴宫远〔6〕。春恨正关情，画楼残点声〔7〕。

【注释】

〔1〕除：台阶。汉张衡《东京赋》："乃羡公侯卿士，登自东除。"

〔2〕珠帘：用珠串制成的帘子。《西京杂记》："昭阳殿织珠为帘，风至则鸣，如珩佩之声。"

〔3〕山枕：两边高、中间低，形如山峦的枕头。隐：依靠。《孟子·公孙丑下》"隐几而卧"赵岐注："隐，倚也。"秾：浓郁。

〔4〕绿檀：指绿檀木制的枕头，对应"山枕"。金凤凰：指头饰，对应"秾妆"。

〔5〕两蛾：双眉。唐张祜《惠尼童子》："不似俗家诸姊妹，朝朝画得两蛾青。"

〔6〕故国：指故乡。吴宫：即馆娃宫，春秋时吴王夫差为越国美女西施修建，在今苏州灵岩山。

〔7〕残点声：古人据铜壶滴漏击点报时，点声残说明天将破晓。

【译文】

风轻吹过竹林庭阶一片冷清，透过珠帘明月映出玲珑倩影。山形枕倚着浓艳梳妆，绿檀木衬了金色凤凰。

含愁的双眉黛色浅淡，故乡离吴宫那么遥远。春日怨恨正与情相关，楼外的报点声已疏残。

更 漏 子〔1〕

柳丝长，春雨细，花外漏声迢递〔2〕。惊塞雁，起城乌〔3〕，画屏金鹧鸪〔4〕。　　香雾薄，透帘幕，惆怅谢家池阁〔5〕。红烛背〔6〕，绣帘垂，梦长君不知。

【注释】

〔1〕更漏子：此调属"夷则商"。当与《教坊记》载《更漏长》名异实同。古代按刻漏报时，或为调名所本。内容多与夜间更漏有关。温词是今首见之作，共四十六句，双调，十二句，平、仄韵转换。集收庭筠词本调六首，论者以为其与《菩萨蛮》诸阕"已臻绝诣，后来无能为继"（清陈廷焯《白雨斋词话》）。

〔2〕漏声：即按刻漏报时的声音。迢递：悠远深长。隋薛道衡《豫章行》："荡子从来好留滞，况复关山远迢递。"

〔3〕城乌：城墙上的乌鸦。南朝陈伏知道《从军五更转》之五："城乌初起堞，更人悄下楼。"

〔4〕金鹧鸪：金线绣出的鹧鸪鸟。晋崔豹《古今注》中《鸟兽》："南山有鸟，名鹧鸪，自呼其名，常向日而飞。"

〔5〕谢家池阁：泛指佳人宅第。谢家，唐李德裕有爱妾谢秋娘，于

是成为爱妾宠姬住所的代称。唐白居易《代谢好答崔员外》："青娥小谢娘，白发老崔郎。"

〔6〕背：遮掩，熄灭。

【译文】

柳丝柔弱细长，春雨淅淅沥沥，花丛外报更声远远传递。惊动边塞群雁，催起城上乌鸦，画屏上的金鹧鸪依然。

熏香淡薄如雾，时时渗入帘幕，满怀惆怅寄居谢家池阁。熄灭了红蜡烛，垂下了绣帘幕，幽梦悠远你却不领悟。

星斗稀，钟鼓歇，帘外晓莺残月。兰露重，柳风斜，满庭堆落花。　　虚阁上[1]，倚栏望，还似去年惆怅。春欲暮，思无穷，旧欢如梦中。

【注释】

〔1〕虚阁：空阁，谓人去楼空。

【译文】

天上星斗稀了，城头钟鼓歇了，帘外晓莺啼鸣残月朦胧。兰花晨露浓重，杨柳随风倾斜，满庭院堆着飘落的花。

空空的楼阁上，独自倚栏眺望，心中还像去年一样惆怅。春光就要流逝，思念绵延无穷，往日的欢愉恍若梦中。

金雀钗[1]，红粉面，花里暂时相见。知我意，感君怜，此情须问天。　　香作穗[2]，蜡成泪[3]，还似两人心意。山枕腻[4]，锦衾寒，觉来更漏残[5]。

【注释】

〔1〕金雀钗：饰有雀形的头钗。魏曹植《美女篇》"头上金爵钗"，

《文选》李善注引《释名》："爵钗，钗头上施爵。"雀、爵古字通。

〔2〕香作穗：香烛燃尽，芯下坠如穗。唐韩偓《生查子》（侍女动妆奁）："时复见残灯，和烟坠金穗。"

〔3〕蜡成泪：烛蜡下淌如流泪。唐杜牧《赠别二首》之二："蜡烛有心还惜别，替人垂泪到天明。"

〔4〕山枕：见前《菩萨蛮》（竹风轻动庭除冷）注〔3〕。腻：指沾湿。

〔5〕更漏：见前《更漏子》（柳丝长）注〔1〕。

【译文】

戴着雀形金钗，抹了淡红脂粉，来到花丛中匆促见了面。知道我的心意，感谢你的爱恋，这款款深情须去问天。

香烛垂芯作穗，蜡油下滴成泪，这时还真像两人心意。山枕被泪沾湿，锦被犹觉清寒，醒来时报更声已渐远。

相见稀，相忆久，眉浅淡烟如柳[1]。垂翠幕，结同心[2]，待郎熏绣衾[3]。　　城上月，白如雪，蝉鬓美人愁绝[4]。宫树暗，鹊桥横[5]，玉籤初报明[6]。

【注释】

〔1〕眉浅：即眉薄，眉色浅淡。如柳：眉弯曲纤细，形如柳叶。

〔2〕结同心：用锦带打结，成菱形连环回文样式，表示定情，永结百年之好。晋傅玄《青青河边草篇》："梦君结同心，比翼游北林。"

〔3〕熏绣衾：古代富贵人家入睡前多用香熏被褥。

〔4〕蝉鬓：见前《菩萨蛮》（杏花含露团香雪）注〔4〕。

〔5〕鹊桥横：指斗转星移，天将破晓。隋王歆《七夕》："天河横欲晓，凤驾俨应飞。"鹊桥，代指天河。

〔6〕玉籤：古代宫中报更时用的竹籤。南朝梁元帝《秋兴赋》："听夜籤之响殿，闻悬鱼之扣扉。"《陈书·世宗纪》："每鸡人伺漏，传更籤于殿中，乃敕送者必投籤于阶石之上，令鎗然有声，云'吾虽眠，亦令惊觉也'。"

【译文】

　　相见机会真少，想念时间太久，眉色浅淡就像雾中垂柳。放下翠色帘幕，结好同心锦带，熏香绣被只等情郎来。

　　城头上的月亮，白得像雪一样，美人梳了蝉鬓心中惆怅。宫中树已昏暗，天上星河横斜，报晓的玉簸声刚掷响。

　　背江楼，临海月，城上角声呜咽[1]。堤柳动，岛烟昏，两行征雁分[2]。　　京口路[3]，归帆渡，正是芳菲欲度[4]。银烛尽，玉绳低[5]，一声村落鸡。

【注释】

　　〔1〕角：乐器名，又称号角、画角，古代仪仗和军队用之。呜咽：声音低沉凄切。

　　〔2〕征雁：远飞的大雁。

　　〔3〕京口：今江苏镇江。

　　〔4〕芳菲：指美好春光。度：度过，消失。

　　〔5〕玉绳：星名，共两颗，在北斗第五星玉衡之北。汉张衡《西京赋》："上飞闼而仰眺，正睹瑶光与玉绳。"

【译文】

　　背着江边高楼，面对海上明月，城头的号角声苍凉悲切。堤岸垂柳拂动，岛上烟水迷濛，大雁分两行飞向远空。

　　往来京口路上，归帆已在摆渡，正当是莺飞草长的春暮。窗前银烛燃尽，天边玉绳低垂，村落间传来一声鸡鸣。

　　玉炉香，红蜡泪，偏照画堂秋思[1]。眉翠薄[2]，鬓云残[3]，夜长衾枕寒。　　梧桐树，三更雨，不道离情正苦[4]。一叶叶，一声声，空阶滴到明。

【注释】

〔1〕画堂：装饰精美的厅堂。

〔2〕眉翠：古人用青黛色画眉。薄：浅淡。

〔3〕鬓云：见前《菩萨蛮》（小山重叠金明灭）注〔3〕。残：散乱。

〔4〕不道：不理会。

【译文】

玉炉散发香味，蜡烛流淌红泪，偏偏照着画堂中的秋思。眉的黛色淡薄，鬓的秀发散乱，长夜里只觉被冷枕寒。

窗外的梧桐树，萧瑟的三更雨，全不顾人离情别恨正苦。一叶叶地飘落，一声声地作响，在空阶一直滴到天亮。

归 国 遥〔1〕

香玉〔2〕，翠凤宝钗垂㲚䴗〔3〕。钿筐交胜金粟〔4〕，越罗春水渌〔5〕。　　画堂照帘残烛，梦余更漏促〔6〕。谢娘无限心曲〔7〕，晓屏山断续〔8〕。

【注释】

〔1〕归国遥：唐教坊曲名，属"夹钟商"。《词题标源》谓春秋时许穆夫人归国唁兄，采为曲名。"遥"一作"谣"。后用作词调名，在清筝吹乐章中有辞有谱（见《律吕正义》后集七四）。双调，仄韵，有三十四、四十二、四十三字诸体。集收庭筠词本调二首。

〔2〕香玉：头饰珠玉。

〔3〕翠凤：翡翠做的凤形头饰。㲚䴗：见前《菩萨蛮》（雨晴夜合玲珑日）注〔5〕。

〔4〕钿筐：头饰。筐，小簪。《淮南子·齐俗》"筐不可以持屋"注："筐，小簪也。"交胜，相互辉映，一说即方胜，两个菱形交叠的图案。金粟，颗粒状穗形金头饰。

〔5〕越罗：越地（今浙江绍兴一带）出产的丝绸。渌（lù）：清澈。

〔6〕更漏：见前《更漏子》（柳丝长）注〔1〕。

〔7〕谢娘：见前《更漏子》（柳丝长）注〔5〕。

〔8〕山断续：这里指屏风上的山峦连绵起伏。

【译文】

香润的玉，在凤凰形的翡翠头钗上低垂。小花簪金粟粒相互辉映，越罗衣如春水般明净。

残烛的光照着画堂窗帘，梦醒后更漏急促暂短。姑娘心中该有多少委曲，拂晓时屏上山峦断续。

双脸^{〔1〕}，小凤战篦金飐艳^{〔2〕}。舞衣无力风敛^{〔3〕}，藕丝秋色染^{〔4〕}。　锦帐绣帏斜掩，露珠清晓簟^{〔5〕}。粉心黄蕊花靥^{〔6〕}，黛眉山两点^{〔7〕}。

【注释】

〔1〕双脸：见前《菩萨蛮》（凤凰相对盘金缕）注〔2〕。

〔2〕小凤战篦(bì)：凤形首饰。战，通"颤"，轻微晃动。篦，形如梳子，而齿更密。金飐艳：金光闪烁。飐，风吹颤动。

〔3〕敛：停歇。

〔4〕藕丝：见前《菩萨蛮》（水精帘里颇黎枕）注〔3〕。

〔5〕簟(diàn)：竹席。

〔6〕花靥(yè)：古代妇女的面饰，即在双颊酒窝处或绘或贴花形点缀。唐段成式《酉阳杂俎》前集卷八《黥》："今妇人面饰用花子，起自上官昭容所制，以掩点迹。"

〔7〕黛眉句：两眉青黑，望如远山。见前《菩萨蛮》（雨晴夜合玲珑日）注〔6〕。

【译文】

秀美双脸，凤簪小巧玉篦灵动金光闪闪。风停时的舞衣轻柔无力，如被秋色浸染的藕丝。

床前的锦绣帐幔斜掩着，清晨露珠沾湿了竹簟。脸上是浅粉鹅黄点绘的花靥，黛眉望去像远山两点。

酒 泉 子[1]

　　花映柳条，闲向绿萍池上[2]。凭栏干，窥细浪[3]，雨萧萧[4]。　　近来音信两疏索[5]，洞房空寂寞[6]。掩银屏，垂翠箔[7]，度春宵。

【注释】

　　〔1〕酒泉子：唐教坊曲名。属"林钟羽"，西凉乐。酒泉本地名，汉武帝时置郡，即今甘肃酒泉。《元和郡县图志》："以城下有泉，其味若酒，故名酒泉。"后用为词调名。双调，十句，平仄韵转换，有四十至五十二字诸体。上、下阕末句相叶，是其特点。《词谱》以温庭筠此词为正格。集收庭筠词本调四首。

　　〔2〕绿萍池上：南朝宋谢灵运《登池上楼》："池塘生春草，园柳变鸣禽。"萍，浮生于水面的水草。

　　〔3〕窥：观看。

　　〔4〕萧萧：同"潇潇"，漫天飘洒的样子。

　　〔5〕疏索：稀少难得。唐李白《赠汉阳辅录事》："借问久疏索，何如听讼时？"

　　〔6〕洞房：幽深的内屋。战国楚宋玉《风赋》："跻于罗帷，经于洞房。"

　　〔7〕箔：门窗的帘子。南朝梁任昉《奏弹刘整》："忽至户前，隔箔攘拳大骂。"

【译文】

　　红花映着青柳丝，闲了来绿萍漂浮的水池。身子靠着栏杆，观看层层细浪，小雨纷纷扬扬。

　　近日来双方的音信十分稀少，空空的卧室一片寂寥。早早掩了屏风，垂下绿色窗帘，一人虚度春宵。

　　日映纱窗，金鸭小屏山碧[1]。故乡春，烟霭隔[2]，背兰釭[3]。　　宿妆惆怅倚高阁[4]，千里云影薄。草初齐，花又落，燕双双。

【注释】

〔1〕金鸭：鸭形香炉。唐戴叔伦《春怨》："金鸭香消欲断魂，梨花春雨掩重门。"山碧：指屏上山水画。

〔2〕烟霭(ǎi)：云烟雾气。

〔3〕背兰釭(gāng)：熄灭了香油灯。兰釭，掺有兰香的膏油灯。战国楚宋玉《招魂》："兰膏明烛，华灯错些。"

〔4〕宿妆：隔天化的妆。

【译文】

　　阳光照上了纱窗，映出金鸭香炉小屏青山。故乡春已烂漫，却被烟雾阻隔，熄了兰膏灯焰。

　　陈妆未洗心怀惆怅身倚高阁，千里长空中云影淡薄。芳草刚刚长齐，新花却又凋落，燕子双双相伴。

　　楚女不归[1]，楼枕小河春水。月孤明，风又起，杏花稀。　　玉钗斜篸云鬟髻[2]，裙上金缕凤[3]。八行书[4]，千里梦，雁南飞。

【注释】

〔1〕楚女：泛指南方女子。古代楚地在今湖南、湖北一带。

〔2〕篸(zān)：同"簪"，插戴。云鬟髻：古代妇女一种蓬松飘逸的发式。唐刘禹锡《赠李司空妓》："高髻云鬟宫样妆，春风一曲杜韦娘。"

〔3〕金缕凤：金丝线绣的凤凰。

〔4〕八行书：代指书信。汉马融《与窦伯向书》："孟陵奴来，赐书，……书虽两纸，纸八行，行七字。"齐韦道逊《晚春宴》："谁能千里外，独寄八行书？"

【译文】

　　楚地女子不回归，阁楼依旧枕着小河春水。明月孤独徘徊，风又阵阵吹起，枝头杏花已稀。

　　玉钗斜插在轻云般的鬟髻间，美丽的裙上绣着金凤。八行字的书信，千里远的梦魂，只盼秋雁南飞。

　　罗带惹香[1]，犹系别时红豆[2]。泪痕新，金缕旧，断离肠。　　　　一双娇燕语雕梁，还是去年时节。绿阴浓，芳草歇[3]，柳花狂[4]。

【注释】

　　[1] 罗带：丝织衣带，多用于束腰和系物。

　　[2] 红豆：又名相思子。唐李匡乂《资暇集》下："豆有圆而红、其首乌者，举世呼为相思子，即红豆之异名也。"唐王维《相思》："红豆生南国，春来发几枝。劝君多采撷，此物最相思。"

　　[3] 歇：散发。南朝宋颜延年《和谢监灵运》："芬馥歇兰若，清越夺琳珪。"

　　[4] 狂：形容柳絮随风漫天飞舞。

【译文】

　　丝绸带染了芳香，仍系着别时珍藏的红豆。上面泪痕新的，金线却已陈旧，离别愁断了肠。

　　屋梁上一对春燕在呢喃细语，还是去年那个难忘时节。树的绿阴浓了，草丛散着芳香，柳絮四处飞扬。

定　西　番[1]

　　汉使昔年离别[2]，攀弱柳[3]，折寒梅[4]，上高台[5]。　　　　千里玉关春雪[6]，雁来人不来。羌笛一声愁绝^[7]，月徘徊。

【注释】

〔1〕定西番：唐教坊曲名，属"林钟羽"。后用作词调名。今敦煌写卷伯2641载《定西番》曲子词一首，咏调名本意，是现存此调最早见于词者。双调，三十五字。以平韵为主，仄韵换押。集收庭筠词本调三首。

〔2〕汉使：指汉代出使西域的张骞。据《汉书》本传载，张骞曾出使月氏、陇西，西域大宛、康居、月氏、大夏、乌孙等国，先后皆定。

〔3〕攀弱柳：汉人送别，有在长安霸桥折柳相赠表示挽留的风俗（见《三辅黄图》）。梁简文帝《折杨柳》："杨柳乱成丝，攀折上春时。"

〔4〕折寒梅：据南朝宋盛弘之《荆州记》载，陆凯曾在江南折梅一枝托人远赠在长安的朋友范晔，并附诗曰："折梅逢驿使，寄与陇头人。"

〔5〕上高台：汉乐府有《临高台》，南朝齐谢朓诗云："千里常思归，登台临绮翼。"

〔6〕玉关：见前《菩萨蛮》（翠翘金缕双鸂鶒）注〔6〕。

〔7〕羌笛：古代羌族乐器。陈旸《乐书》："羌笛五孔，马融《笛赋》谓出于羌中。"唐王之涣《凉州词》："羌笛何须怨杨柳，春风不度玉门关。"

【译文】

汉使者往年与亲友离别，有的手攀柳枝，有的折梅相赠，有的登台望归。

千里外玉门关下了春雪，雁回来了人却还没来。一声羌笛牵出满腔幽怨，空中月影徘徊。

海燕欲飞调羽^[1]，萱草绿^[2]，杏花红，隔帘栊^[3]。双鬓翠霞金缕^[4]，一枝春艳浓^[5]。楼上月明三五^[6]，琐窗中^[7]。

【注释】

　　〔1〕海燕：即燕子。古人以为燕子从海上来，故称。调羽：梳理羽毛。

　　〔2〕萱草：见前《菩萨蛮》（雨晴夜合玲珑日）注〔4〕。

　　〔3〕枕：底本作"拢"，据《四部丛刊》影印明刊本改。枕，窗户。

　　〔4〕翠霞：翠绿、霞红，头饰的色彩。金缕：钗的金丝饰品。

　　〔5〕春艳：春花。

　　〔6〕三五：农历十五。

　　〔7〕琐窗：雕有连锁图案的花窗。南朝宋鲍照《玩月城西门廨中》："蛾眉蔽珠枕，玉钩隔琐窗。"

【译文】

　　想飞的燕子梳理着羽毛，萱草一片翠绿，杏花满枝嫣红，隔了轻纱帘枕。

　　两鬓点翠缀霞金丝闪烁，如一枝春花秾艳雍容。十五的明月升上了楼头，银光洒满窗中。

　　　细雨晓莺春晚，人似玉，柳如眉，正相思。　　　罗幕翠帘初卷，镜中花一枝。肠断塞门消息[1]，雁来稀[2]。

【注释】

　　〔1〕肠断：形容极度悲伤。也作"肠绝"。《世说新语·黜免》："桓公入蜀，至三峡中，部伍中有得猿子者。其母缘岸哀号，行百里不去，遂跳上船，至便即绝。破视其腹中，肠皆寸寸断。"塞门：泛指边塞关隘。南朝宋颜延年《赭白马赋》"简伟塞门"《文选》李善注："塞，紫塞也；有关，故曰门。"

　　〔2〕雁：古人传说鱼、雁能传递书信，后也代指书信。

【译文】

　　晨莺在暮春细雨中啼鸣，佳人温婉似玉，柳叶细弯如眉，正在默默相思。

丝纱帐翠竹帘刚刚卷起，明镜中映出鲜花一枝。边塞消息令人愁断了肠，雁也难见踪迹。

杨 柳 枝^[1]

宜春苑外最长条^[2]，闲袅春风伴舞腰^[3]。正是玉人肠绝处^[4]，一渠春水赤栏桥^[5]。

【注释】

〔1〕杨柳枝：又名《柳枝》，属"林钟羽"。乐府横吹曲《折杨柳》是其前身，始于隋时。后唐白居易据以翻为新曲，并被采入教坊。又用为词调，有二十八、四十、四十四字诸体，内容皆咏柳。温庭筠词为二十八字，即七言绝句，但平仄、失粘不拘。集收庭筠词本调八首。论者以为其中"三五卒章，直堪方驾刘、白"（旧题明汤显祖评本《花间集》卷一）。

〔2〕宜春苑：秦代宫苑，在长安城东南杜县东。北周庾信《春赋》："宜春苑中春已归，披香殿里作春衣。"

〔3〕闲袅：随意摇荡。

〔4〕玉人：美女。肠绝：见前《定西番》（细雨晓莺春晚）注〔1〕。

〔5〕一渠句：唐杜佑《通典》："隋开皇三年，筑京城，引香积渠水，自赤栏桥经第五桥西北入城。"唐顾况《题叶道士山房》："水边垂柳赤栏桥，洞里仙人碧玉箫。"

【译文】

宜春苑墙外柔弱细长的柳条，在春风中任意飘荡伴随舞腰。正是令美人柔肠断绝的地方，一渠春水潺潺地流过赤栏桥。

南内墙东御路傍^[1]，须知春色柳丝黄。杏花未肯无情思，何事行人最断肠^[2]。

【注释】

〔1〕南内：唐代长安兴庆宫，在隆庆坊。因在东内大明宫之南，故名(见《旧唐书·玄宗纪》)。御路：供皇家出行的道路。傍：同"旁"。

〔2〕断肠：见前《定西番》(细雨晓莺春晚)注〔1〕。

【译文】

南宫苑墙东天子出行的路旁，知道春已到来柳丝吐露鹅黄。那娇艳的杏花未必不解风情，为什么行人最会因它而断肠。

苏小门前柳万条〔1〕，毶毶金线拂平桥〔2〕。黄莺不语东风起，深闭朱门伴舞腰〔3〕。

【注释】

〔1〕苏小：苏小小，南齐时钱塘名妓。唐白居易《杭州春望》："涛声夜入伍员庙，柳色春藏苏小家。"

〔2〕毶毶(sān)：轻柔细长的样子。唐孟浩然《高阳池送朱二》："澄波澹澹芙蓉发，绿岸毶毶杨柳垂。"

〔3〕朱门：红漆大门。多指富贵人家。《晋书·麴允传》："麴允，金城人也，与游氏世为豪族。西州为之语曰：'麴与游，牛羊不数头。南开朱门，北望青楼。'"

【译文】

苏小小门前的杨柳枝千万条，细长的金丝线低垂轻拂平桥。东风吹起时黄莺也不再啼鸣，在紧闭的朱门内陪伴着舞腰。

金缕毶毶碧瓦沟〔1〕，六宫眉黛惹香愁〔2〕。晚来更带龙池雨〔3〕，半拂栏干半入楼。

【注释】

〔1〕金缕：形容初春的柳丝像金色的丝线。毶毶：见前首注〔2〕。

瓦沟：屋檐仰瓦与覆瓦结合形成的流水槽。

〔2〕六宫：古代天子后宫的总称。汉郑玄注《周礼·天官·内宰》"六宫"，认为天子正寝一，燕寝五，合称六宫。后即泛指皇后及嫔妃住处。唐白居易《长恨歌》："回眸一笑百媚生，六宫粉黛无颜色。"

〔3〕龙池：在唐长安隆庆坊唐玄宗故宅内，由井外溢而成。中宗时，因时有云龙祥瑞出现，故名（见《唐六典》七"兴庆宫"）。

【译文】

缕缕金丝线摇荡在碧瓦檐头，勾起六宫嫔妃眉宇间的春愁。傍晚更带着龙池飘来的风雨，一半轻拂栏杆一半进入画楼。

馆娃宫外邺城西[1]，远映征帆近拂堤。系得王孙归意切，不同芳草绿萋萋[2]。

【注释】

〔1〕馆娃宫：春秋时吴国宫殿。相传吴王为越国美女西施而建，旧址在今江苏苏州灵岩山。娃，美女，这里指西施。邺城：三国时魏国都，在今河北临漳县北，有曹操铜雀台。

〔2〕系得二句：化用战国楚宋玉《招魂》"王孙游兮不归，春草生兮萋萋"句意，谓杨柳牵系归情，并不亚于芳草。王孙，公子，泛称权贵富家子弟。萋萋，草茂盛的样子。

【译文】

馆娃宫外邺城西的万缕千丝，远映出行的帆近拂河边的堤。维系着切盼游子回归的情意，不同于春草碧绿的漫无边际。

两两黄鹂色似金[1]，袅枝啼露动芳音[2]。春来幸自长如线，可惜牵缠荡子心[3]。

【注释】

〔1〕黄鹂：即黄莺鸟。唐杜甫《绝句四首》之三："两只黄鹂鸣翠

柳，一行白鹭上青天。"

〔2〕袅：缠绕。

〔3〕可惜：犹可爱。荡子：外出不归的游子。《古诗十九首·青青河畔草》："荡子行不归，空床难独守。"

【译文】

　　两两成对羽毛似金的黄莺鸟，围绕着带露的枝叶婉转啼叫。春天来了恰好枝条细长如线，温柔能把游子归心紧紧缠牢。

　　御柳如丝映九重〔1〕，凤凰窗映绣芙蓉〔2〕。景阳楼畔千条路〔3〕，一面新妆待晓风。

【注释】

〔1〕御柳：皇家宫苑内的柳树。九重：帝王居住的地方。战国楚宋玉《九辩》："岂不郁陶而思君兮，君之门以九重。"

〔2〕凤凰窗：雕有凤凰的花窗。绣芙蓉：指绣有荷花的窗帘。

〔3〕景阳楼：宫楼名。故址在今南京玄武湖边。据《南齐书·武穆裴皇后传》载，武帝因内宫太深，听不到瑞门报时的鼓声，就在景阳楼上置钟，让宫人闻钟早起梳妆。

【译文】

　　官内的柳丝掩映着九重大门，映绿了雕凤花窗和芙蓉绣帘。在景阳楼边的千百条道路上，梳妆的宫女期待着晓风拂面。

　　织锦机边莺语频〔1〕，停梭垂泪忆征人。塞门三月犹萧索〔2〕，纵有垂杨未觉春。

【注释】

〔1〕织锦：编织锦缎。唐李白《乌夜啼》："机中织锦秦川女，碧纱如烟隔窗语。"

〔2〕塞门：见前《定西番》（细雨晓莺春晚）注〔1〕。萧索：萧条凄凉。

【译文】

　　黄莺鸟在织锦机旁不停歌唱，想起行人停了梭子泪湿衣裳。边塞三月还是那么萧条荒凉，即有垂杨也感不到春日暖阳。

南　歌　子[1]

　　手里金鹦鹉，胸前绣凤凰[2]。偷眼暗形相[3]。不如从嫁与[4]，作鸳鸯[5]。

【注释】

　　〔1〕南歌子：又名南柯子。唐教坊曲名，属"夷则宫"。汉张衡《南都赋》："坐南歌兮起郑舞。"因其调为南音，故取以为名。敦煌卷子内有本曲舞谱，故知其原作舞曲。后用作词调名，有单、双之别。单调二十三字，平韵，所存以温词最早；双调，五十二字，仄韵。集收庭筠词本调七首，论者以为其"语意工妙，殆可追配刘梦得《竹枝》，信一时杰作也"（宋陆游《放翁题跋》）；"有《菩萨蛮》之绮艳而无其堆砌。天机云锦，同其工丽"（李冰若《栩庄漫记》）。

　　〔2〕手里二句：唐诗多以鹦鹉和凤凰对举。如骆宾王《代女道士王灵妃赠道士李荣》"鹦鹉杯中浮竹叶，凤凰琴里落梅花"、杜甫《秋兴八首》之八"香稻啄余鹦鹉粒，碧梧栖老凤凰枝"。

　　〔3〕形相：观察，打量。《诗·鄘风·相鼠》："相鼠有皮，人而无仪。"毛传："相，视也。"唐曹唐《小游仙》："万树琪花千圃药，心知不敢辄形相。"

　　〔4〕从嫁与：同意嫁给他。唐顾况《梁广画花歌》："心相许，为白阿娘从嫁与。"

　　〔5〕作鸳鸯：成为始终相伴的恩爱夫妻。南朝梁王训《奉和率尔有咏》："君恩若可恃，愿作双鸳鸯。"

【译文】

　　手上擎着金色的鹦鹉，胸前绣有五彩的凤凰。偷偷看那英俊的模样。还不如就嫁给他了吧，做对恩爱鸳鸯。

　　似带如丝柳[1]，团酥握雪花[2]。帘卷玉钩斜。九衢尘欲暮[3]，逐香车。

【注释】

　　〔1〕似带如丝：形容柳条柔软细长，像飘带，如长丝。
　　〔2〕团酥握雪：形容鲜花洁白晶莹，像凝脂，如聚雪。
　　〔3〕九衢：通往四面八方的道路。南朝梁沈约《岁暮愍衰草》："凋芳卉之九衢，宝灵茅之三脊。"

【译文】

　　像飘带像垂丝的杨柳，像凝脂像白雪的鲜花。玉钩卷起的窗帘横斜。街上尘飞扬天色将暮，跑着宝马香车。

　　髻堕低梳髻[1]，连娟细扫眉[2]。终日两相思。为君憔悴尽，百花时。

【注释】

　　〔1〕髻(wō)堕：也作"倭堕"，古代妇女一种发式。汉乐府《陌上桑》："头上倭堕髻，耳中明月珠。"又称"堕马髻"，原偏在一侧，中唐时改成向额前俯垂，故称"低梳"。
　　〔2〕连娟：也作"联娟"，微微弯曲的样子。战国楚宋玉《神女赋》："眉联娟以蛾扬兮，朱唇的其若丹。"扫眉：即画眉，因须用眉笔在眉上来回涂抹，故称"扫"。唐司空图《灯花》："明朝斗草多应喜，剪得灯花自扫眉。"

【译文】

　　低低地梳拢了倭堕髻，细细地描画了弯曲眉。两人整天在彼此思忆。为了你身心都已憔悴，在百花争艳时。

脸上金霞细[1]，眉间翠钿深[2]。欹枕覆鸳衾[3]。隔帘莺百啭，感君心。

【注释】

〔1〕金霞：当指晨光。细：微弱。

〔2〕翠钿：花形翡翠首饰。

〔3〕欹(qī)：斜靠。鸳衾：绣有鸳鸯的被子。

【译文】

脸上的晨光微弱闪亮，眉间的翠钿色泽深沉。盖着鸳鸯被斜靠枕上。隔帘晓莺不停地啼鸣，感知你的真心。

扑蕊添黄子[1]，呵花满翠鬟[2]。鸳枕映屏山[3]。月明三五夜，对芳颜。

【注释】

〔1〕扑蕊：用花蕊修饰。黄子：指额黄、星靥等面饰。见前《菩萨蛮》（蕊黄无限当山额）注〔1〕、《归国遥》（双脸）注〔6〕。唐李商隐《宫中曲》："赚得羊车来，低扇遮黄子。"

〔2〕呵花：指用气吹将要开放的花。鬟：环形发髻。

〔3〕鸳枕：绣有鸳鸯的枕头。屏山：见前《菩萨蛮》（南园满地堆轻絮）注〔4〕。

【译文】

沾些花蕊补上额间黄，吹开鲜花插满黑发鬟。鸳鸯枕映着屏上小山。十五夜晚的团圆明月，映着娇美容颜。

转眄如眼波[1]，娉婷似柳腰[2]。花里暗相招[3]。忆君肠欲断，恨春宵。

【注释】

〔1〕转眄(miǎn)：流动顾盼。

〔2〕娉婷：姿态轻盈优美的样子。汉辛延年《羽林郎》："不意金吾子，娉婷过我庐。"

〔3〕暗相招：暗中邀约，指幽会。

【译文】

明眸像秋波那样流转，身姿如柳腰一般柔软。花丛间暗暗相约见面。想你想得肠都快断了，只恨春宵太短。

懒拂鸳鸯枕，休缝翡翠裙。罗帐罢烟熏[1]。近来心更切，为思君。

【注释】

〔1〕罗帐句：古人入睡前，为取香暖，常用熏炉熏染床帐、被褥。罢，停止。

【译文】

懒得去掸拂鸳鸯绣枕，也不想缝缀翡翠罗裙。纱绸帐幔已不再烟熏。近日来心情更加急迫，只因思念郎君。

河　渎　神[1]

河上望丛祠[2]，庙前春雨来时。楚山无限鸟飞迟，兰棹空伤别离[3]。　　何处杜鹃啼不歇[4]，艳红开尽如血。蝉鬓美人愁绝[5]，百花芳草佳节。

【注释】

〔1〕河渎神：唐教坊曲名，属"夷则商"。后用作词调名。《宋书·乐志》："山岳、河渎，皆坤之灵"，宜有神；祀神，乃有曲。唐王延昌有《河渎神灵源公祠庙碑》，当为调名所本。花庵《唐宋诸贤绝妙词选》："唐词多缘题，所赋《河渎神》则咏祠庙。"双调，四十九字，上片平韵，下片仄韵。集收庭筠词本调三首。

〔2〕丛祠：山野丛林间的神祠。《史记·陈涉世家》："又间令吴广之次所旁丛祠中，夜篝火，狐鸣。"一说丛指诸神而祭之。

〔3〕兰棹：船桨的美称。棹，桨，也代指船。

〔4〕杜鹃：杜鹃鸟。见前《菩萨蛮》（玉楼明月长相忆）注〔6〕。

〔5〕蝉鬓：见前《菩萨蛮》（杏花含露团香雪）注〔4〕。

【译文】

从河上远望林间古祠，老庙前春雨一片迷离。楚山空濛悠远鸟儿缓缓飞过，船桨咿呀徒然哀伤别离。

不知道杜鹃鸟在哪叫个不停，花儿开遍红得都像鲜血。美人梳着蝉鬓心里极苦，在百花芳草相映的佳节。

孤庙对寒潮，西陵风雨萧萧[1]。谢娘惆怅倚兰桡[2]，泪流玉箸千条[3]。　　暮天愁听思归乐[4]，早梅香满山郭[5]。回首两情萧索[6]，离魂何处漂泊。

【注释】

〔1〕西陵：西陵峡。在今湖北宜昌市西北。

〔2〕谢娘：见前《更漏子》（柳丝长）注〔5〕。兰桡：船桨的美称。桡，船桨，也代指船。

〔3〕玉箸(zhù)：玉筷。形容泪水直流。梁刘孝威《独不见》："谁怜双玉箸，流面复流襟。"

〔4〕思归乐：杜鹃鸟的别名。见前《菩萨蛮》（玉楼明月长相忆）注

〔6〕。唐元稹《思归乐》:"山中思归乐,尽作思归鸣。"

〔5〕山郭:山城郊外。

〔6〕萧索:见前《杨柳枝》(织锦机边莺语频)注〔2〕。

【译文】

孤庙面对寒冷的江潮,西陵峡中漫天风雨飘摇。谢家娇娘心怀惆怅身倚船旁,两条珠泪不禁哗哗直淌。

傍晚更怕听见杜鹃鸟的啼叫,早梅的花香已飘满城郊。回想两人情意无比失落,分离的梦魂在何处漂泊。

铜鼓赛神来[1],满庭幡盖徘徊[2]。水村江浦过风雷[3],楚山如画烟开。   离别橹声空萧索[4],玉容惆怅妆薄。青麦燕飞落落[5],卷帘愁对珠阁。

【注释】

〔1〕赛神:也称赛会。古代民间一种还愿酬神的风俗,多设道场、具仪仗,用箫鼓、杂戏迎神。

〔2〕幡盖:旗帜、伞盖,均为仪仗所用器物。

〔3〕过风雷:指神到来时行如风,声如雷。

〔4〕橹:划船工具,长大而纵,与桨不同。萧索:见前《杨柳枝》(织锦机边莺语频)注〔2〕。

〔5〕青麦:麦青时为农历三月。落落:从容自在的样子。宋钱昭度《春阴》:"语燕初飞陇麦青,春云将雨滞人行。"

【译文】

敲起铜鼓把尊神迎来,满庭旗幡华盖来往徘徊。水村江滨一阵急风惊雷过后,云雾散去楚山如画一般。

离别的摇橹声还在空中回荡,美人因惆怅淡了梳妆。麦田青青燕子款款而飞,卷帘独对朱阁黯然神伤。

女 冠 子[1]

含娇含笑，宿翠残红窈窕[2]。鬓如蝉[3]，寒玉簪秋水[4]，轻纱卷碧烟。　　雪胸鸾镜里[5]，琪树凤楼前[6]。寄语青娥伴[7]，早求仙。

【注释】

〔1〕女冠子：唐教坊曲名，属"林钟商"。后用作词调名。唐代女道士戴冠，因以为名。唐词多咏调名本意，传写女道士容貌、妆饰、情态。小令始于温庭筠。双调，四十一字，平仄韵转换。集收庭筠词本调二首。

〔2〕宿翠残红：指隔夜所剩残妆。窈窕：美丽姣好的样子。《诗·周南·关雎》："窈窕淑女，君子好逑。"

〔3〕鬓如蝉：形容发形轻薄如蝉翼。见前《菩萨蛮》（杏花含露团香雪）注〔4〕。

〔4〕寒玉：指玉簪。秋水：形容玉清澈凉爽。

〔5〕鸾镜：见前《菩萨蛮》（宝函钿雀金鸂鶒）注〔4〕。

〔6〕琪树：传说中昆仑山上的仙树。唐白居易《牡丹芳》："仙人琪树白无色，王母桃花小不香。"凤楼：这里借指道观中的楼阁。

〔7〕青娥：美少女。南朝梁江淹《水上神女赋》："青娥羞艳，素女惭光。"

【译文】

含着娇羞含着笑，隔夜妆没整仍妩媚窈窕。鬓发薄如蝉翼，清凉的玉簪宛如秋水，飘逸的轻纱就像青烟。

雪白的酥胸映在镜中，玲珑的琼树立在楼前。捎句话给美貌的同伴，早早前来求仙。

含娇含笑

霞帔云发[1]，钿镜仙容似雪[2]，画愁眉[3]。遮语回轻扇[4]，含羞下绣帏。　　玉楼相望久，花洞恨来迟[5]。早晚乘鸾去[6]，莫相遗。

【注释】

〔1〕霞帔：红披肩。云发：秀发轻盈如云。参见前《菩萨蛮》（小山重叠金明灭）注〔3〕。

〔2〕钿镜：即菱花镜。

〔3〕画愁眉：《后汉书·五行志一》："桓帝元嘉中，京都妇女作愁眉、啼妆……所谓愁眉者，细而曲折。"

〔4〕遮语：说话时遮挡唇齿。

〔5〕花洞：这里指女道士的住所。

〔6〕早晚：何时。唐李白《口号赠杨征君》："不知杨伯起，早晚向关西？"乘鸾：指飞升成仙。据前蜀杜光庭《墉城集仙录》载，天使降时，鸾鹤千万，众仙毕集。高者乘鸾。

【译文】

披肩染霞发似云，菱花宝镜映出雪白面容，描画两道细眉。说话时转过轻扇遮住口，含羞放下了丝绣帘帷。

曾在玉楼上久久相望，又抱恨来到道观太迟。什么时候能乘鸾仙去，不再彼此相失。

玉　胡　蝶[1]

秋风凄切伤离，行客未归时。塞外草先衰，江南雁到迟。　　芙蓉凋嫩脸[2]，杨柳堕新眉。摇落使人悲[3]，断肠谁得知[4]。

【注释】

〔1〕玉胡蝶：唐代曲名，属"夹钟宫"。后用为词调名。小令四十一字，双调，平韵。此词为首见。宋代教坊衍为慢曲，长调创自柳永。集收庭筠词本调一首。论者云"'塞外'十字，抵多少《秋声赋》"（清

陈廷焯《白雨斋词评》)。

〔2〕芙蓉句:《西京杂记》卷二:"文君姣好……脸际常如芙蓉。"

〔3〕摇落句:战国楚宋玉《九辩》:"悲哉秋之为气也,萧瑟兮草木摇落而变衰。"

〔4〕断肠:见前《定西番》(细雨晓莺春晚)注〔1〕。

【译文】

　　秋风凄切使离别更感伤,远行人不能回归家乡。塞外的荒草早就衰败,来江南的雁却已到迟。

　　娇嫩面容如芙蓉凋谢,新画双眉像柳叶低垂。草木摇落令人悲难抑,想断了柔肠又有谁知。

花间集卷第二

温助教庭筠

清 平 乐[1]

上阳春晚[2]，宫女愁蛾浅[3]。新岁清平思同辇[4]，争奈长安路远[5]。　　凤帐鸳被徒熏[6]，寂寞花锁千门。竞把黄金买赋[7]，为妾将上明君[8]。

【注释】

〔1〕清平乐：唐教坊曲名，属"无射商"。汉班固《两都赋序》："海内清平，朝廷无事。"当为其名所本。后用为词调名，又称《忆萝月》、《醉东风》。双调，四十六字。上片仄韵，下片平韵。集收庭筠词本调二首。

〔2〕上阳：唐代宫名。故址在今河南洛阳。唐白居易《上阳白发人》诗自注："天宝五载已后，杨贵妃专宠，后宫人无复进幸矣。六宫有美色者，辄置别所，上阳是其一也。"

〔3〕愁蛾：即愁眉。

〔4〕清平：清明平和。同辇：与皇帝同车。辇，原系人挽之车，秦汉以后特指天子车驾。

〔5〕争奈：怎奈，无奈。长安路远：皇帝常住长安，上阳宫却在洛阳，故云。

〔6〕凤帐句：见前《更漏子》（相见稀）注〔3〕。

〔7〕黄金买赋：据汉司马相如《长门赋》序载，武帝时陈皇后失宠，别居长门宫。听说司马相如工文，遂"奉黄金百斤为相如、文君取酒，

因于解悲愁之辞"，相如作赋上之，"陈皇后复得幸"。

〔8〕将：送，进。《诗·召南·鹊巢》："之子于归，百两将之。"

【译文】

上阳宫春色已晚，发愁的宫女蛾眉暗淡。新年天下太平想与皇上同车，无奈去长安的路太遥远。

凤凰帐鸳鸯被都白熏了，寂寞的群花被千门锁住。争相拿黄金去购买辞赋，为臣妾进献圣明的君主。

洛阳愁绝〔1〕，杨柳花飘雪。终日行人恣攀折〔2〕，桥下流水呜咽。　　上马争劝离觞〔3〕，南浦莺声断肠〔4〕。愁杀平原年少〔5〕，回首挥泪千行。

【注释】

〔1〕洛阳：东周都城。以后东汉、三国魏、西晋、北魏、隋都建都于此。西汉、唐则为陪都。

〔2〕终日句：见前《定西番》（汉使昔年离别）注〔3〕。恣，任意。

〔3〕离觞：送别酒。唐卢仝《送邵兵曹归江南》："春风杨柳陌，连骑醉离觞。"觞，酒杯，也代指酒。

〔4〕南浦：战国楚屈原《九歌·河伯》："子交手兮东行，送美人兮南浦。"后泛指送别地。断肠：见前《定西番》（细雨晓莺春晚）注〔1〕。

〔5〕愁杀：即愁煞，愁绝，极度哀愁。平原：战国时赵国都邑，故城在今山东平原县东南。古代燕赵多慷慨悲歌之士。

【译文】

洛阳城弥漫哀伤，柳絮漫天如雪花飘扬。远去行人整天随意攀来折取，桥下河水流淌声声呜咽。

争相劝说上马多喝几杯，南浦莺声令人充满哀伤。愁坏了那个平原的青年，回头挥别不禁泪下千行。

遐 方 怨^[1]

　　凭绣槛^[2]，解罗帏。未得君书，断肠潇湘春燕飞^[3]。不知征马几时归。海棠花谢也，雨霏霏^[4]。

【注释】
　　〔1〕遐方怨：唐教坊曲名，属"无射商"。后用作词调名。唐词多咏调名本意。有单、双调两体。单调三十二字，平韵，始于温庭筠；双调六十字，平韵，始于顾敻、孙光宪。集收庭筠词本调二首。
　　〔2〕绣槛：雕花栏杆。
　　〔3〕断肠：见前《定西番》（细雨晓莺春晚）注〔1〕。潇湘：水名。潇水和湘水在湖南零陵县（今零陵区）会合处。
　　〔4〕霏霏：纷纷扬扬。《诗·小雅·采薇》："今我来思，雨雪霏霏。"

【译文】
　　倚着雕花栏杆，揭开丝绸帷幔。没收到你的来信，潇湘边飞来的春燕使人肠断。不知出征战马什么时候回返。殷红的海棠花凋谢了，细雨纷扬连绵。

　　花半坼^[1]，雨初晴。未卷珠帘，梦残惆怅闻晓莺。宿妆眉浅粉山横^[2]。约鬟鸾镜里^[3]，绣罗轻。

【注释】
　　〔1〕坼：底本作"折"，据《四部丛刊》影印明刊本改。坼，裂开。
　　〔2〕眉浅粉山横：见前《菩萨蛮》（雨晴夜合玲珑日）注〔6〕。
　　〔3〕约鬟：缠束环形发式。鸾镜：见前《菩萨蛮》（宝函钿雀金鸂鶒）注〔4〕。

【译文】

鲜嫩的花半开，春雨后天刚晴。窗前珠帘还没卷，梦未做完却愁听晓莺在啼鸣。昨天的画眉浅淡如远山两横。对着镜子整束起发鬓，绣花罗袖轻盈。

诉 衷 情 [1]

莺语，花舞，春昼午。雨霏微[2]。金带枕[3]，宫锦[4]，凤皇帷[5]。柳弱蝶交飞，依依[6]。辽阳音信稀[7]，梦中归。

【注释】

〔1〕诉衷情：唐教坊曲名，属“无射商”。后用作词调名，多咏男女恋情。有单、双调两体。单调，三十三字，以平韵为主，平、仄韵换押；双调有四十一、四十四字等体。因毛文锡词有“桃花流水漾纵横”句，又名《桃花水》。集收庭筠词本调一首。论者以为“节愈促，词愈婉，结三字凄绝”（清陈廷焯《别调集》卷一）。

〔2〕霏微：细小零星。

〔3〕金带枕：用金带装饰的枕头。三国魏曹植《洛神赋》唐李善《文选》注：“帝示植玉缕金带枕，植见之，不觉泣。”

〔4〕宫锦：宫内专用锦缎。

〔5〕凤皇帷：绣有凤凰的帐幔。凤皇，即凤凰。

〔6〕柳弱二句：《诗·小雅·采薇》：“昔我往矣，杨柳依依。”

〔7〕辽阳：在今辽宁沈阳市南、辽河之东。这里泛指征人戍边之地。唐崔道融《春闺》：“辽阳在何处，莫忘寄征袍。”

【译文】

黄莺歌唱，鲜花起舞，正当春日中午。细雨纷纷扬扬。镶着金带的枕，宫中锦缎，绣凤凰的幕帐。柳丝袅娜彩蝶来回飞，相依相随。辽阳的音信十分稀少，梦见他已回归。

思 帝 乡^[1]

花花，满枝红似霞。罗袖画帘肠断^[2]，卓香车^[3]。
回面共人闲语，战篦金凤斜^[4]。唯有阮郎春尽^[5]，不
归家。

【注释】

〔1〕思帝乡：唐教坊曲名，属"无射商"。后用作词调名。帝乡，天
帝所居。《庄子·天地》："千岁厌世，去而上迁，乘彼白云，至于帝
乡。"也指都城。单调，有三十三、三十四、三十六字诸体，平韵。集
收庭筠词本调一首。

〔2〕肠断：见前《定西番》(细雨晓莺春晚)注〔1〕。

〔3〕卓：站立。

〔4〕战篦：见前《归国遥》(双脸)注〔2〕。

〔5〕阮郎：阮肇。据《神仙记》等书记载，汉人刘晨、阮肇入天台
山采药，遇二女子，留其同住。数月后回，人间已隔数世。等再进山，
便迷路找不到地方了。这里借指那些去久不归的人。

【译文】

鲜花朵朵，开满了枝头红如霞光。罗袖卷起画帘倍感哀伤，
独自站立车上。回过脸来和人说着闲话，颤动的篦上金凤歪斜。
念叨的只有心中的阮郎，春尽还不回家。

梦 江 南^[1]

千万恨，恨极在天涯^[2]。山月不知心里事，水风空
落眼前花。摇曳碧云斜^[3]。

【注释】

〔1〕梦江南：唐教坊曲名，属"林钟宫"。后用作词调名，有《忆江南》、《谢秋娘》、《望江南》、《春去也》等别称。现存唐词以白居易《忆江南》（江南好）较早。一说隋炀帝有《望江南》之作（真伪存疑）。单调，二十七字，平韵。宋代衍为双调。集收庭筠词本调二首。论者分别以"风华情致，六朝人之长短句"（《花间集》旧题明汤显祖评本）、"绝不着力，而款款深深，低回不尽"（清陈廷焯《白雨斋词评》）许之。

〔2〕天涯：天边，极言遥远。

〔3〕摇曳：飘荡摇晃。

【译文】

千般怨万种恨，最恨的是他远在天涯。山间的明月不知心里的情事，水上的清风空落眼前的繁花。碧云在空中飘浮横斜。

梳洗罢，独倚望江楼。过尽千帆皆不是，斜晖脉脉水悠悠[1]。肠断白蘋洲[2]。

【注释】

〔1〕斜晖：日落时的光芒。脉脉：恋恋不舍的样子。《古诗十九首》之十："盈盈一水间，脉脉不得语。"

〔2〕肠断：见前《定西番》（细雨晓莺春晚）注〔1〕。白蘋洲：长着白蘋水边地。白蘋，浮生水草，开白花。

【译文】

清晨梳洗完了，独自倚靠在望江楼头。眼前过尽的千片船帆都不是，依恋着夕阳的江水缓缓而流。柔肠已愁断在白蘋洲。

河　　传[1]

江畔，相唤。晓妆鲜，仙景个女采莲[2]。请君莫向那岸边，少年。好花新满舡[3]。　　红袖摇曳逐风暖，垂玉腕。肠向柳丝断[4]。浦南归，浦北归，莫知。晚来人已稀。

【注释】
　　〔1〕河传：隋代曲名，属"林钟宫"。又名水调《河传》。唐王灼《碧鸡漫志》引《脞说》，谓水调《河传》系隋炀帝"将幸江都时所制，声韵悲切"。用为词调，始于此词。双调，五十五字。句句押韵，上、下片平、仄转换相押。另有五十一、五十三、五十八、六十一字等体。集收庭筠词本调三首。
　　〔2〕仙景：景色优美，宛如仙境。
　　〔3〕舡：船。《汉书·项籍传》："已渡，皆湛舡。"《史记·项羽纪》作"皆沉船"。
　　〔4〕柳丝：与"留思"谐音，指少年曾逗留的地方。

【译文】
　　来到江边，相互召唤。晨妆美艳新鲜，采莲女子如在仙境一般。请你不要到岸的那边去，有个少年。鲜嫩的花刚被装满船。
　　飘逸的红袖追逐着暖暖的风，低垂了白手腕。眼望柳丝柔肠已愁断。是该从浦南回，还是从浦北回？茫然不知。天渐晚四周人迹已稀。

　　湖上，闲望。雨萧萧，烟浦花桥路遥[1]。谢娘翠娥愁不销[2]，终朝[3]。梦魂迷晚潮。　　荡子天涯归棹远[4]，春已晚。莺语空肠断[5]。若耶溪[6]，溪水西，柳堤。不闻郎马嘶。

【注释】
　　〔1〕烟浦：雾气弥漫的水滨。唐王建《泛水曲》："载酒入烟浦，方

舟泛绿波。"

〔2〕谢娘：见前《更漏子》(柳丝长)注〔5〕。翠娥：当从《全唐诗·附词》作"翠蛾"，青黛色的蛾眉。

〔3〕终朝：整个上午。《诗·小雅·采绿》"终朝采绿"毛传："自旦及食时为终朝。"这里指整天。

〔4〕荡子：见前《杨柳枝》(两两黄鹂色似金)注〔3〕。棹：船桨，代指船。

〔5〕肠断：见前《定西番》(细雨晓莺春晚)注〔1〕。

〔6〕若耶溪：见前《菩萨蛮》(满宫明月梨花白)注〔3〕。

【译文】

烟波湖上，放眼闲望。细雨迷离空濛，烟浦花桥的路那么遥远。谢家娇娘翠眉紧锁忧愁不展，从早到晚。连梦魂也把晚潮期盼。

浪迹天涯游子的归舟还很远，春光却已阑珊。莺啼声中柔肠已空断。秀美的若耶溪，潺潺的溪水西，弯弯柳堤。听不到郎来时的马嘶。

同伴，相唤。杏花稀，梦里每愁依违〔1〕。仙客一去燕已飞〔2〕，不归。泪痕空满衣。　　天际云鸟引情远，春已晚，烟霭渡南苑〔3〕。雪梅香，柳带长，小娘。转令人意伤。

【注释】

〔1〕依违：离合、聚散。三国魏曹植《七启》："飞声激尘，依违厉响。"

〔2〕仙客：道士的尊称。唐玄宗《送胡真师还西山》："仙客厌人间，孤云比性闲。"一说为鹤的别称。

〔3〕烟霭：烟云雾气。苑：花园。

【译文】

　　邻里同伴，互相召唤。杏花日渐稀落，梦中时常担心分合聚散。从求道人去后连燕也已飞走，从此不返。衣上空留着泪痕斑斑。

　　天边的云中鸟牵着情思飞远，明媚春光已晚，云气雾霭漫过了南苑。白梅如雪飘香，翠柳似带细长，年轻姑娘。转而使人心更加忧伤。

蕃　女　怨[1]

　　万枝香雪开已遍[2]，细雨双燕。钿蝉筝[3]，金雀扇[4]，画梁相见。雁门消息不归来[5]，又飞回。

【注释】

　　〔1〕蕃女怨：词调名，属"林钟宫"。由温庭筠创制。因咏蕃(少数民族)女的怨愁而名。单调，三十一字。平、仄韵转换。集收庭筠词本调二首。

　　〔2〕香雪：带香的白色花。如玉梅、杏花、梨花等。

　　〔3〕钿蝉筝：饰有玉蝉的筝。

　　〔4〕金雀扇：画着金雀的扇子。

　　〔5〕雁门：雁门山，在山西代县西北。《山海经·海内西经》："雁门山，雁出其间。"绝顶置关，即雁门关。自古为戍守重地。

【译文】

　　芳香的白花在千万枝头开遍，细雨中飞来双燕。饰玉蝉的古筝，画金雀的罗扇，都曾在雕梁上见。雁门关有消息说他不能归来，又相伴着飞回。

　　碛南沙上惊雁起[1]，飞雪千里。玉连环[2]，金镞箭[3]，年年征战。画楼离恨锦屏空，杏花红。

【注释】

〔1〕碛(qì)：原指浅水中的沙石，后引申为沙漠。唐杜甫《送人从军》："今君度沙碛，累月断人烟。"

〔2〕玉连环：连贯的玉环。

〔3〕金镞箭：箭头饰金的箭。唐王无竞《灭胡》："亭障多堕毁，金镞无全躯。"

【译文】

大漠南沙丘上群雁受惊飞起，白雪纷扬来千里。冰冷的玉连环，锋利的金头箭，年年浴血伴征战。画楼满是离愁别恨锦屏空空，窗外杏花又红。

荷　叶　杯[1]

一点露珠凝冷，波影，满池塘。绿茎红艳两相乱，肠断[2]，水风凉。

【注释】

〔1〕荷叶杯：唐教坊曲名，属"林钟宫"。后用作词调名。唐赵璘《因话录》卷二载靖安李少师"暑日临水，以荷为杯，满酌密系"；宋苏轼《中山松醪》诗自注："唐人以荷叶为酒杯，谓之碧筩酒。"当为调名所本。一说系取隋殷英童《采莲曲》"莲叶捧成杯"为曲名(清毛先舒《填词名解》)。有单、双两调。单调，二十三字，以平韵为主，平、仄韵递转。韦庄衍为双调，十句，五十字，上、下片各以三平韵为主，二仄韵间叶。集收庭筠词本调三首。

〔2〕肠断：见前《定西番》(细雨晓莺春晚)注〔1〕。

【译文】

一点点露珠凝聚着清冷，波光倒影，映满整个池塘。绿的茎叶红的花朵交错凌乱，愁得肠断，水上风来清凉。

镜水夜来秋月[1]，如雪，采莲时。小娘红粉对寒浪，惆怅，正思惟[2]。

【注释】
〔1〕镜水：水平静明亮如镜。
〔2〕思惟：底本作"思想"，不合此调韵律，故据《四部丛刊》影印明刊本改。

【译文】
夜来秋月照着明镜似的水面，晶莹如雪，正是采莲时节。姑娘抹了红粉面对清凉波浪，心中惆怅，正在默默思量。

楚女欲归南浦[1]，朝雨，湿愁红。小舡摇漾入花里，波起，隔西风。

【注释】
〔1〕楚女：楚地女子。南浦：见前《清平乐》（洛阳愁绝)注〔4〕。

【译文】
楚地的女子想回南岸边，早晨下雨，淋湿带愁红艳。坐的小船摇摇晃晃进入花丛，波浪泛起，偏又隔着西风。

皇甫先辈松

【简介】

皇甫松(生卒年不详),一名嵩,字子奇。睦州新安(今浙江淳安县)人。工部郎中皇甫湜之子,"先辈"为尊称。自号檀栾子,作有《醉乡日月》三卷。又工诗善词,风格清新,措词闲雅。本集收皇甫词十二首。论者以为其"词不多见,而秀雅在骨,初日芙蓉春月柳,庶几与韦相同工"(李冰若《栩庄漫记》)。

天 仙 子[1]

晴野鹭鸶飞一只[2],水葓花发秋江碧[3]。刘郎此日别天仙[4],登绮席[5],泪珠滴,十二晚峰高历历[6]。

【注释】

〔1〕天仙子:唐教坊曲名,属"林钟商"。后用作词调名。咏调名本意。唐段安节《乐府杂录》以为皇甫松词有"懊恼天仙应有以"句,"取以为名"。近代学者陈寅恪谓"仙"之一名用于女性,多指"娇艳妇人,或风流放诞之女道士……亦竟有以之目倡妓者"(《元白诗笺证稿》)。单调,三十四字,仄韵。也有双调,六十八字,见敦煌写本《云谣集杂曲子》。集收松词本调二首。

〔2〕鹭鸶:一种捕鱼为生的水鸟。

〔3〕水葓(hóng):即葓菜。因茎中空,又名空心菜。夏秋开白或粉红色花。

〔4〕刘郎：刘晨。见温庭筠《思帝乡》(花花)注〔5〕。天仙：指在天台山所遇仙女。

〔5〕绮席：华丽的宴席。据《幽明录》载，刘、阮求返，仙女"集会奏乐，共送刘、阮"。

〔6〕十二晚峰：指位于四川、湖北边境的巫山十二座著名高峰。其依次为望霞、翠屏、朝云、松峦、集仙、聚鹤、净坛、上升、起云、飞凤、登龙和圣泉(见宋祝穆《方舆胜览》)。这里也暗用战国楚宋玉《高唐赋》所言巫山神女事。历历：清晰分明。

【译文】

晴朗的原野上飞起一只鹭鸶，清澈的秋江边水蒗花正盛开。刘郎这天就要和仙女们告别，登上相送宴席，泪珠不禁下滴，暮色中十二高峰还那么清晰。

踯躅花开红照水^{〔1〕}，鹧鸪飞绕青山觜^{〔2〕}。行人经岁始归来，千万里，错相倚，懊恼天仙应有以^{〔3〕}。

【注释】

〔1〕踯躅(zhí zhú)：羊踯躅，杜鹃花的别名。南朝梁陶弘景《本草经集注》："羊踯躅，羊食其叶，踯躅而死，故名。"开红花者又名映山红。

〔2〕鹧鸪：一种形似母鸡的鸟。叫声如唤"行不得也哥哥"。青山觜：青山口。觜，同"嘴"。

〔3〕懊恼：悔恨。古乐府《懊侬歌》："懊恼奈何许，夜闻家中论，不得侬与汝。"有以：有原因。《诗·邶风·旄丘》："何其久也，必有以也。"

【译文】

盛开的杜鹃花映红了清江水，鹧鸪鸟围绕着青山口来回飞。远行人一整年后才刚刚归来，跋涉了千万里，当初不该相托，天仙懊恼悔恨实在符合情理。

浪　淘　沙^{〔1〕}

　　滩头细草接疏林，浪恶罾舡半欲沉^{〔2〕}。宿鹭眠鸥飞旧浦，去年沙觜是江心^{〔3〕}。

【注释】

　　〔1〕浪淘沙：唐教坊曲名，属"林钟商"。后用作词调名，创自刘禹锡、白居易。本七言绝句，二十八字，平韵。南唐李煜始为长短句，分上、下两片，五十四字。集收松词本调二首。

　　〔2〕罾(zēng)舡：捕鱼船。罾，用竿作支架的渔网。

　　〔3〕沙觜：沙岸与江水的衔接处。觜，同"嘴"。

【译文】

　　滩头细草连接着稀疏的丛林，打鱼船在大波浪中半浮半沉。投宿的鸥鹭飞着寻找旧水浦，去年的沙岸如今变成了江心。

　　蛮歌豆蔻北人愁^{〔1〕}，浦雨杉风野艇秋^{〔2〕}。浪起鵁鶄眠不得^{〔3〕}，寒沙细细入江流。

【注释】

　　〔1〕蛮：古代称南方为南蛮，这里泛指南方。豆蔻，又名草果，多年生草本植物。有肉豆蔻、红豆蔻、白豆蔻多种。诗人多以喻未嫁少女。唐杜牧《赠别》："娉娉袅袅十三余，豆蔻梢头二月初。"

　　〔2〕浦雨："浦"一作"蒲"，蒲草，与"杉"字对。野艇：野外小船。

　　〔3〕鵁鶄(jiāo jīng)：水鸟，大如凫，高脚长嘴，头有红毛，身披文彩，俗称"茭鸡"。

【译文】

　　南人唱起豆蔻北人听了发愁，秋风秋雨中蒲草杉林伴野舟。波浪涌起鸂鶒无法止息安睡，变凉的岸沙被细细噬入江流。

杨　柳　枝[1]

　　春入行宫映翠微[2]，玄宗侍女舞烟丝[3]。如今柳向空城绿，玉笛何人更把吹[4]？

【注释】

　　〔1〕杨柳枝：见温庭筠《杨柳枝》（宜春苑外最长条）注〔1〕。集收松词本调二首。
　　〔2〕行宫：皇帝出行时居住的宫苑。翠微：青绿的山色。
　　〔3〕玄宗：唐玄宗李隆基。烟丝：雾气中的柳丝。
　　〔4〕玉笛句：唐张祜《杨柳枝》："莫折宫前杨柳枝，玄宗曾向笛中吹。"

【译文】

　　春风吹入青翠掩映中的行宫，玄宗侍女在柳丝下翩翩起舞。如今杨树在空城中年年泛绿，有谁更手把玉笛来轻轻吹出？

　　烂漫春归水国时[1]，吴王宫殿柳丝垂[2]。黄莺长叫空闺畔[3]，西子无因更得知[4]。

【注释】

　　〔1〕水国：即水乡。江南吴越地区多江河湖沼，故称。
　　〔2〕吴王宫殿：指吴王夫差为西施修建的馆娃宫。见温庭筠《杨柳枝》（馆娃宫外邺城西）注〔1〕。
　　〔3〕闺：闺房。古代女子居室。畔：旁边。

〔4〕西子：西施。据《吴越春秋》载，西施原为越苧萝村女，越王勾践败于会稽，范蠡将她献给吴王夫差。吴亡，从范蠡游五湖。一说吴亡，被沉于江。

【译文】

烂漫的春色如期回归水乡时，吴王宫殿中的柳丝摇曳低垂。黄莺鸟在空闺阁边声声啼叫，美貌的西子却再也没法得知。

摘 得 新〔1〕

酌一卮〔2〕，须教玉笛吹〔3〕。锦筵红蜡烛，莫来迟。繁红一夜经风雨，是空枝。

【注释】

〔1〕摘得新：唐教坊曲名，宫调失传。唐宫旧制，每逢樱桃成熟，总摘赐百官尝新。王建《宫词一百首》之四十五："众里遥抛新摘子，在前收得便承恩。"为曲名所本。用为词调，则首见此词。单调，二十六字，平韵。集收松词本调二首。

〔2〕酌：倒酒。卮(zhī)：圆形盛酒器。《史记·项羽本纪》："项王曰：壮士，赐之卮酒。"

〔3〕须教句：古人设宴饮酒，多用声乐助兴。

【译文】

斟满一杯美酒，须请人来把玉笛吹奏。华宴上点亮了红蜡烛，不要耽搁来迟。繁花经过一整夜的风吹雨打，剩下只是空枝。

摘得新，枝枝叶叶春。管弦兼美酒，最关人〔1〕。平生都得几十度〔2〕，展香茵〔3〕。

【注释】

〔1〕关人：与人情相关。

〔2〕都得：都应当。度：次，回。

〔3〕香茵：染香的坐垫。

【译文】

摘采当趁新鲜，枝枝叶叶都含春韵味。优美的声乐加上美酒，最能令人心醉。平生享乐就该有这么几十回，铺开香垫相陪。

梦 江 南[1]

兰烬落[2]，屏上暗红蕉[3]。闲梦江南梅熟日[4]，夜船吹笛雨萧萧[5]，人语驿边桥[6]。

【注释】

〔1〕梦江南：见温庭筠《梦江南》（千万恨）注〔1〕。集收松词本调二首。论者以为"皇甫松以《天仙子》、《摘得新》著名，然总不如《梦江南》二阕为尤胜也"（《词苑萃编》卷三引《词暥》）。

〔2〕兰烬：蜡烛燃烧后形成的兰花形灯芯。唐李贺《恼公》："蜡泪垂兰烬，秋芜扫绮栊。"

〔3〕红蕉：开红花的美人蕉。

〔4〕江南梅熟：时在农历四月，江南多雨，梅子黄熟。隋薛道衡《梅夏应教》："长廊连紫殿，细雨应黄梅。"

〔5〕萧萧：同"潇潇"，风雨声。

〔6〕驿：驿站，古代官置供信使、行人往来换马、休息之处。

【译文】

兰花灯烬坠落，暗淡了屏上的美人蕉。无意中梦见江南梅熟的日子，夜泊小船吹笛伴着风雨潇潇，有人在驿站桥边闲聊。

楼上寝，残月下帘旌[1]。梦见秣陵惆怅事[2]，桃花柳絮满江城，双髻坐吹笙[3]。

【注释】

〔1〕帘旌：帘上饰物。

〔2〕秣陵：即金陵，属今江苏南京市。

〔3〕双髻：指梳着双髻的女子。

【译文】

在小楼上入睡，西垂的残月落下帘旌。梦见了金陵令人惆怅的往事，桃花和柳絮飘满了整个江城，她梳了双髻坐着吹笙。

采 莲 子[1]

菡萏香连十顷陂举棹[2]，小姑贪戏采莲迟少年。晚来弄水船头湿举棹，更脱红裙裹鸭儿少年。

【注释】

〔1〕采莲子：唐教坊曲名，属"夹钟商"。《乐府诗集》载梁简文帝《采莲曲》，有作者二十余人，为此调滥觞。用作词调，则此词首见。单调，二十八字，平韵。《词律》卷一："即七言绝句。其'举棹'、'年少'字，乃相和之声。说见《竹枝》。然'竹枝'二字用于句中，'女儿'二字用于句尾。此则一句一换耳。或曰《竹枝》之'枝'、'儿'两字，此调之'棹'、'少'两字，亦自相为叶，不可不知。"集收松词本调二首。论者有"人情中语，体贴工致，不减觌面见之"（《花间集》旧题明汤显祖评本）和"写出闺娃稚憨情态，匪夷所思，是何笔妙乃尔"（清况周颐《餐樱庑词话》）之评。

〔2〕菡萏(hàn dàn)：荷花。《诗·陈风·泽陂》："彼泽之陂，有蒲菡萏。"毛传："菡萏，荷华也。"陂：池塘。

【译文】

　　莲荷的花香连接着十顷池塘(举船桨)，小姑娘开心贪玩把采莲遗忘(少年郎)。到傍晚时因戏水打湿了船头(举船桨)，更脱下红罗裙子将小鸭裹藏(少年郎)。

　　船动湖光滟滟秋_{举棹}〔1〕，贪看少年信船流_{少年}〔2〕。无端隔水抛莲子_{举棹}〔3〕，遥被人知半日羞_{少年}。

【注释】

　　〔1〕滟滟：犹潋滟，波光闪动的样子。南朝梁何逊《望新月示同羁》："的的与沙静，滟滟逐波轻。"

　　〔2〕信：任由，但凭。

　　〔3〕无端：无缘无故，没来由。

【译文】

　　船在湖光潋滟的秋色中晃悠(举船桨)，只顾贪看那个少年任船漂流(少年郎)。好没道理隔着池水抛去莲子(举船桨)，远远被人察觉后害了半天羞(少年郎)。

韦 相庄

【简介】

韦庄(836？—910)，字端己，京兆杜陵(今陕西西安市东南)人。乾宁元年(894)进士，官左补阙。唐末黄巢军攻入长安，作《秦妇吟》叙其事，因有"《秦妇吟》秀才"之称。晚年奉昭宗命入蜀，王建称帝，累官至门下侍郎、吏部尚书同平章事。卒谥文靖。史称其"少孤贫力学，才敏过人"。为王建掌书记，"文不加点，而语多称情"。有《浣花集》。存词五十四首(见《全唐五代词》)。本集录词四十八首。论者谓其词与温庭筠齐名，"熏香掬艳，眩目怜心。尤能运密入疏，寓浓于淡。花间群贤，殆鲜其匹"(清况周颐《蕙风词话》)；又称其词品如"弦上黄莺语"，"骨秀"(王国维《人间词话》)。

浣 溪 沙[1]

清晓妆成寒食天[2]，柳球斜袅间花钿[3]。卷帘直出画堂前。　　指点牡丹初绽朵，日高犹自凭朱栏。含嚬不语恨春残[4]。

【注释】

〔1〕浣溪沙：唐教坊曲名，属"无射宫"。本为舞曲。后用作词调名。"沙"或作"纱"，又名《浣纱溪》。双调，四十二字，平韵。又有杂言体，见卷五毛文锡《浣沙溪》(春水轻波浸绿苔)注〔1〕。集收庄词本调五首。

〔2〕寒食：寒食节，在农历清明前一、二日。据传春秋时晋人介之推辅佐公子重耳回国执政，在封赏功臣时忘了他。他就和母亲一起隐居绵山上。重耳为逼他出来，就放火烧山。他坚持不出，被烧死了（见《左传·僖公二十四年》、《史记·晋世家》）。后人为了纪念介之推，便在这天禁火，吃冷食。一说仲春禁火是周朝旧制。

〔3〕柳球：用柳条编成球形作饰物。花钿：花形首饰。

〔4〕含嚬：微皱双眉。嚬，同"颦"。

【译文】

　　寒食这天一早就梳好了时妆，青翠的柳条球在金花间斜晃。把珠帘卷起后径直走出画堂。

　　用手指点那牡丹花含苞初放，日头升高了还独自靠在栏旁。微皱双眉默怨春去得太匆忙。

　　欲上秋千四体慵[1]，拟交人送又心忪[2]。画堂帘幕月明风。　　此夜有情谁不极[3]，隔墙梨雪又玲珑[4]。玉容憔悴惹微红[5]。

【注释】

　　〔1〕秋千：唐代朝野盛行的娱乐器具。南朝梁宗懔《荆楚岁时记》："每春节悬长绳于高木，士女咸集，并立其上，共推引之，名曰秋千。"慵：懒散，疲软。

　　〔2〕交：同"教"，请。忪：担心，害怕。

　　〔3〕极：极致，尽头。

　　〔4〕梨雪：指梨花如雪。玲珑：晶莹可爱的样子。

　　〔5〕玉容：貌美如玉。晋陆机《拟西北有高楼》："玉容谁能顾，倾城在一弹。"

【译文】

　　要上秋千却已感到四肢发软，想请人来推送却又担心害怕。清风吹过画堂帘幕明月高挂。

这样的夜晚谁能不尽情尽兴，隔墙的梨花又开得雪白晶莹。秀美的容颜憔悴中泛起红晕。

惆怅梦余山月斜，孤灯照壁背窗纱。小楼高阁谢娘家[1]。　　暗想玉容何所似，一枝春雪冻梅花。满身香雾簇朝霞[2]。

【注释】

〔1〕谢娘：见温庭筠《更漏子》（柳丝长）注〔5〕。

〔2〕簇：聚集。朝霞：比喻形象光彩照人。三国魏曹植《洛神赋》："远而望之，皎若太阳升朝霞。"

【译文】

梦中醒来心里惆怅山月低斜，孤独的灯映照墙壁背着窗纱。那幽静的小楼高阁是谢娘家。

暗暗揣想娇美的容貌像什么，一枝初春冰雪中绽放的梅花。满身缭绕着香雾簇拥着朝霞。

绿树藏莺莺正啼，柳丝斜拂白铜堤[1]。弄珠江上草萋萋[2]。　　日暮饮归何处客，绣鞍骢马一声嘶[3]。满身兰麝醉如泥[4]。

【注释】

〔1〕白铜堤：湖北襄阳（今襄阳市）境内汉水堤名。唐刘禹锡《故相国燕国公于司空挽歌》："汉水青山郭，襄阳白铜堤。"

〔2〕弄珠句：《韩诗外传》载，郑交甫曾在汉皋台下遇二女佩珠，郑目挑之，二女解佩赠之。汉张衡《南都赋》："游女弄珠于汉皋之曲。"另唐无名氏诗："弄珠江上草，无日不萋萋。"萋萋，草茂盛绵延的样子。

〔3〕骢（cōng）马：青白色马。嘶：马鸣。

〔4〕兰麝：兰和麝香，两种香料。南朝宋鲍照《中兴歌》："彩墀散兰麝，风起自生芳。"醉如泥：形容醉后身体疲软无力。唐李白《襄阳歌》："旁人借问笑何事，笑杀山公醉似泥。"

【译文】

黄莺鸟正藏在绿树丛中啼鸣，柳条低垂如丝斜拂着白铜堤。弄珠江边芳草绵延一片迷离。

暮色中哪里的客人喝酒归来，佩了绣鞍的青骢马一声长嘶。满身带着兰麝香味烂醉如泥。

夜夜相思更漏残[1]，伤心明月凭栏干。想君思我锦衾寒。　　咫尺画堂深似海[2]，忆来唯把旧书看[3]。几时携手入长安。

【注释】

〔1〕更漏：见温庭筠《更漏子》（柳丝长）注〔1〕。

〔2〕咫尺：形容距离很近。咫，古代八寸。深似海：比喻阻隔很远。《诗·郑风·东门之墠》："其室则迩，其人甚远。"

〔3〕旧书：指往日书信。

【译文】

天天夜里相思直到更漏声残，独倚栏干伤心只有明月相伴。想你怀念我也觉得锦被清寒。

近在咫尺的画堂却幽深似海，回忆起来只能把旧书信翻看。什么时候才能携手同去长安。

菩　萨　蛮[1]

红楼别夜堪惆怅[2]，香灯半卷流苏帐[3]。残月出门时，美人和泪辞[4]。　　琵琶金翠羽[5]，弦上黄莺语[6]。劝我早归家，绿窗人似花。

【注释】

　　〔1〕菩萨蛮：见温庭筠《菩萨蛮》（小山重叠金明灭）注〔1〕。集收庄词本调五首。论者谓其"意婉词直，一变飞卿面目，然消息正是相通"（清陈廷焯《白雨斋词话》）。

　　〔2〕红楼：古代富家女子居住的阁楼。南朝陈江总《长相思》："红楼千愁色，玉箸两行垂。"别夜：离别前夜。

　　〔3〕香灯：用香油点燃的长明灯。流苏：帘幕的下垂饰物，形同麦穗。宋叶廷珪《海录碎事·服用·帘幕》："流苏帐，盘绣之球，五色错为之，同心而下垂者也。"

　　〔4〕和泪：含着眼泪。辞：告别。

　　〔5〕金翠羽：指金饰翡翠鸟，琵琶上的饰物。句型与温庭筠《更漏子》"画屏金鹧鸪"同。翠羽，翡翠鸟雌性羽毛为青色，故名。

　　〔6〕弦上句：形容琵琶声宛转动听，如黄莺歌唱。唐白居易《琵琶行》："间关莺语花底滑，幽咽流泉水下滩。"

【译文】

　　红楼告别前夜多么令人惆怅，一盏香灯映着半卷的流苏帐。出门时月亮已经残缺，美人含着泪和我辞别。

　　琵琶间饰有金缕翠羽，弦上传出黄莺的娇语。再三规劝我早日回家，绿纱窗前人貌美如花。

　　　　人人尽说江南好，游人只合江南老[1]。春水碧于天[2]，画船听雨眠[3]。　　炉边人似月[4]，皓腕凝双雪[5]。未老莫还乡，还乡须断肠[6]。

【注释】

　　〔1〕只合：只应当。唐张祜《纵游淮南》："人生只合扬州死，禅智

山光好墓田。"

　　〔2〕春水句：唐白居易《忆江南》："日出江花红胜火，春来江水绿如蓝。"

　　〔3〕画船：游船的美称。

　　〔4〕炉边：指当垆卖酒。《史记·司马相如列传》："尽卖其车骑，买一酒舍酤酒，乃令文君当垆。"垆，通"炉"。《后汉书·孔融传》注："累土为之，以居酒甕，四边隆起，一边高如锻炉，故名炉。"人似月：形容女子明艳动人。唐杜牧《黄州偶见作》："有个当垆明似月，马鞭斜挹笑回头。"

　　〔5〕皓腕：白手腕。三国魏曹植《洛神赋》："攘皓腕于神浒兮，采湍濑之玄芝。"双雪：形容手腕白皙。

　　〔6〕断肠：见温庭筠《定西番》(细雨晓莺春晚)注〔1〕。

【译文】

　　人人都称赞说江南风光美好，出游的人只应该在江南终老。春天的水比天空还蓝，躺在画船中听雨入眠。

　　当垆的女子靓如明月，白皙的两腕如凝霜雪。还未年老就不要回乡，回乡后想来令人断肠。

　　如今却忆江南乐，当时年少春衫薄。骑马倚斜桥，满楼红袖招〔1〕。　　翠屏金屈曲〔2〕，醉入花丛宿〔3〕。此度见花枝〔4〕，白头誓不归。

【注释】

　　〔1〕红袖：借指红楼女子。

　　〔2〕翠屏：有翡翠为饰的屏风。金：闪亮。屈曲：折叠弯曲。

　　〔3〕花丛：喻指众多女子寄居的地方。

　　〔4〕此度：这回。花枝：喻突出、中意的女子。

【译文】

　　现在回想起江南曾经的快乐，当时年纪轻轻身上春衫轻薄。

骑上了骏马靠着斜桥，只见满楼的红袖相招。

  曲折的翡翠屏风闪烁，喝醉后就在花丛寄宿。这回见到娇艳的花枝，头发白了也誓不回归。

  劝君今夜须沉醉，樽前莫话明朝事[1]。珍重主人心，酒深情亦深。 须愁春漏短[2]，莫诉金杯满。遇酒且呵呵[3]，人生能几何。

【注释】

  〔1〕樽：古代盛酒器。

  〔2〕春漏：借喻春光。漏，更漏。见温庭筠《更漏子》（柳丝长）注〔1〕。

  〔3〕呵呵：笑声。

【译文】

  奉劝你今晚一定要喝到沉醉，杯前就不要再去说明天的事。理应珍重主人的用心，酒喝深了感情也就深。

  只须抱怨春光的短暂，不要推说金杯已斟满。遇见酒姑且呵呵一笑，人生能有多少个华年。

  洛阳城里春光好，洛阳才子他乡老[1]。柳暗魏王堤[2]，此时心转迷。 桃花春水渌[3]，水上鸳鸯浴。凝恨对残晖[4]，忆君君不知。

【注释】

  〔1〕洛阳才子：原指西汉贾谊。贾谊洛阳人，少有文名，世称"洛阳才子"。晋潘岳《西征赋》："终童山东之英妙，贾生洛阳之才子。"这里为作者自况。据《唐才子传》载，韦庄"少孤贫力学，才敏过人"，又曾于中和二三年间客居洛阳。

  〔2〕魏王堤：洛阳名胜，在魏王池上。《大明一统志·河南府志》：

"魏王池在洛阳县南，洛水溢为池，为唐都城之胜。贞观中以赐魏王泰，故名。"池上有堤，以隔洛水。唐白居易《魏王堤》："何处未春先有思，柳条无力魏王堤。"

〔3〕桃花春水：又称桃花水、桃花汛。《汉书·沟洫志》注："盖桃方华时，既有雨水，川谷冰泮，众流猥集，波澜盛长，故谓之桃华水耳。"南朝陈江总《乌栖曲》："桃花春水木兰桡，金羁翠盖聚河桥。"渌(lù)：清澈。

〔4〕残晖：日落时的余辉。

【译文】

洛阳古城里的春光无限美好，洛阳来的才子却在他乡终老。垂柳遮暗了魏王池堤，这时候心中转觉痴迷。

桃花盛开时春水青绿，水上鸳鸯在相伴戏浴。面对着夕晖怨恨凝集，念你想你而你却不知。

归　国　遥[1]

春欲暮，满地落花红带雨。惆怅玉笼鹦鹉，单栖无伴侣[2]。　　南望去程何许，问花花不语[3]。早晚得同归去，恨无双翠羽[4]。

【注释】

〔1〕归国遥：见温庭筠《归国遥》(香玉)注〔1〕。集收庄词本调三首。

〔2〕单栖：独处。

〔3〕问花句：唐温庭筠《惜春词》："百舌问花花不语，低回似恨横塘雨。"

〔4〕双翠羽：双翅。

【译文】

春天就要过去，飘落的花带着雨染红了一地。玉笼中鹦鹉令人惋惜，没伴侣只能单独栖息。

南望去的路程该有多远，低头问花花也不搭理。什么时候才能一同归去，只恨身上没有双羽翼。

金翡翠[1]，为我南飞传我意。罨画桥边春水[2]，几年花下醉。　　别后只知相愧，泪珠难远寄。罗幕绣帏鸳被[3]，旧欢如梦里。

【注释】

〔1〕金翡翠：羽毛光亮的翡翠鸟。

〔2〕罨（yǎn）画：杂色彩画。

〔3〕罗幕：绫罗帷幕。绣帏：绣花床帐。鸳被：绣着鸳鸯的被子。

【译文】

闪光的翡翠鸟，为我向南飞去替我传递心意。彩色画桥边如蓝的春水，多少年曾在花下沉醉。

离别后只是感到愧恨，路遥远泪珠无法相寄。绫罗幕绣花帐鸳鸯锦被，往日的欢愉如在梦里。

春欲晚，戏蝶游蜂花烂漫[1]。日落谢家池馆[2]，柳丝金缕断。　　睡觉绿鬟风乱[3]，画屏云雨散[4]。闲倚博山长叹[5]，泪流沾皓腕。

【注释】

〔1〕戏蝶游蜂：唐张鷟《游仙窟》：“戏蝶扶丹蕚，游蜂入紫房。”烂漫：形容色彩绚丽缤纷。

〔2〕谢家池馆：见温庭筠《更漏子》（柳丝长）注〔5〕。

〔3〕绿鬟：青丝环形发髻。风乱：蓬松纷乱，像被风吹乱似的。

〔4〕云雨：喻男女欢合。战国楚宋玉《高唐赋》序云，楚怀王曾游

高唐，"怠而昼寝。梦见一妇人曰：妾巫山之女也，为高唐之客，闻君游高唐，愿荐枕席。王因幸之。去而辞曰：妾在巫山之阳，高丘之阻，旦为朝云，暮为行雨，朝朝暮暮，阳台之下"。

〔5〕博山：博山炉，表面刻有重叠山形的香炉。《西京杂记》卷一："（丁谖）又作九层博山香炉，镂以奇禽怪兽，穷诸灵异，皆能自然运动。"古乐府《杨叛儿》："欢作沉水香，侬作博山炉。"

【译文】

春天就要过去，蝴蝶蜜蜂戏游在烂漫的花丛。落日余晖照着谢家池馆，金色的柳丝已被折断。

睡醒后发鬟似被风吹乱，画屏间的云雨已消散。闲来倚在博山炉旁长叹，泪流沾湿了白白臂腕。

应 天 长〔1〕

绿槐阴里黄莺语，深院无人春昼午。画帘垂，金凤舞〔2〕，寂寞绣屏香一炷〔3〕。　　碧天云，无定处，空有梦魂来去。夜夜绿窗风雨，断肠君信否〔4〕。

【注释】

〔1〕应天长：词调名，属"夹钟商"。小令创自韦庄，五十字，仄韵。慢词创自柳永，九十三字，也用仄韵。集收庄词本调二首。

〔2〕金凤：指画帘上的图案。

〔3〕炷：灯芯。这里作量词。唐韩偓《秋村》："绝粒看经香一炷，心知无事即长生。"

〔4〕断肠：见温庭筠《定西番》（细雨晓莺春晚）注〔1〕。

【译文】

黄莺在浓绿的槐树阴里娇语，春天无人的深院内时值中午。门前画帘低垂，金凤随风起舞，寂静的绣花屏风内燃香一炷。

蓝天飘着白云，浮动没有定处，空有梦魂随它来来去去。夜夜绿纱窗外声声风雨，我愁断了肠你信不信。

别来半岁音书绝，一寸离肠千万结。难相见，易相别，又是玉楼花似雪[1]。　　暗相思，无处说，惆怅夜来烟月。想得此时情切，泪沾红袖黦[2]。

【注释】

〔1〕玉楼：阁楼的美称。花似雪：指梨花洁白如雪。唐岑参《送杨子》："梨花千树雪，杨叶万条烟。"

〔2〕黦(yuè)：衣物受潮出现的黑黄色斑点，俗称"霉斑"。晋周处《风土记》："梅雨沾衣裳，服皆败黦。"

【译文】

分别半年多来一直没有书信，一寸离肠像打上了千万个结。相见那么困难，相别却很容易，春来玉楼又是满枝梨花如雪。

暗中苦苦相思，没有地方可说，满怀惆怅夜来独对烟月。这时想得情意更加迫切，泪水掉落把红袖沾黦。

荷　叶　杯[1]

绝代佳人难得，倾国[2]，花下见无期。一双愁黛远山眉[3]，不忍更思惟[4]。　　闲掩翠屏金凤，残梦，罗幕画堂空。碧天无路信难通，惆怅旧房栊[5]。

【注释】

〔1〕荷叶杯：见温庭筠《荷叶杯》（一点露珠凝冷）注〔1〕。集收庄词本调二首。论者谓其"语淡而悲，不堪多读"（清许昂霄《词综

偶评》)。

〔2〕绝代二句:《汉书·外戚传》载李延年歌:"北方有佳人,绝世而独立。一顾倾人城,再顾倾人国。宁不知倾城与倾国,佳人难再得。"倾国,形容美貌让国人都为其倾倒。

〔3〕远山眉:见温庭筠《菩萨蛮》(雨晴夜合玲珑日)注〔6〕。

〔4〕思惟:思想,思念。

〔5〕房栊:窗户。晋左思《吴都赋》:"房栊对欞,连阁相经。"栊,底本作"拢",据《四部丛刊》影印明刊本改。

【译文】

　　举世无双的美人真难得,容貌倾国,谁想在花下不期而遇。一双含着怨愁的黛眉如远山,忍不住更加相思怀念。

　　无事掩了金凤翡翠屏风,断续做梦,罗幕低垂画堂一片空。茫茫青天无路音信难以相通,满怀惆怅徘徊旧窗中。

　　记得那年花下,深夜,初识谢娘时〔1〕。水堂西面画帘垂〔2〕,携手暗相期。　　惆怅晓莺残月,相别,从此隔音尘〔3〕。如今俱是异乡人,相见更无因。

【注释】

〔1〕谢娘:见温庭筠《更漏子》(柳丝长)注〔5〕。

〔2〕水堂:临水厅堂。

〔3〕音尘:音信。南朝宋谢庄《月赋》:"美人迈兮音尘阙,隔千里兮共明月。"

【译文】

　　记得那年在繁花掩映下,夜深人稀,初与谢娘见面相识时。水边厅堂西面的绣花帘低垂,手牵手暗暗来相会。

　　最无奈拂晓莺啼月西沉,相互告别,从此以后音信全隔绝。现在彼此都成了异乡人,要相见就更没了原因。

清　平　乐^[1]

　　春愁南陌^[2]，故国音书隔。细雨霏霏梨花白，燕拂画帘金额^[3]。　　尽日相望王孙^[4]，尘满衣上泪痕。谁向桥边吹笛，驻马西望销魂。

【注释】

　　〔1〕清平乐：见温庭筠《清平乐》（上阳春晚）注〔1〕。集收庄词本调四首。

　　〔2〕南陌：南郊。陌，阡陌，田垄。

　　〔3〕拂：飞着掠过。金额：门上金饰匾额。

　　〔4〕王孙：见温庭筠《杨柳枝》（馆娃宫外邺城西）注〔2〕。

【译文】

　　春天在南郊发愁，故乡的音信已被阻隔。绵绵细雨中的梨花满枝雪白，燕子掠过画帘前金匾额。

　　整天盼望已远去的行人，尘土沾满了衣上的泪痕。谁在小桥边吹起了玉笛，游子驻马西望黯然销魂。

　　野花芳草，寂寞关山道^[1]。柳吐金丝莺语早，惆怅香闺暗老。　　罗带悔结同心^[2]，独凭朱栏思深。梦觉半床斜月，小窗风触鸣琴^[3]。

【注释】

　　〔1〕关山：关隘山川。古乐府《木兰诗》："万里赴戎机，关山度若飞。"

　　〔2〕结同心：见温庭筠《更漏子》（相见稀）注〔2〕。

　　〔3〕风触鸣琴：指有风吹过，琴弦发出声响。

【译文】

　　田野上花伴芳草，一条寂寞的关山小道。杨柳吐露金丝黄莺早早鸣叫，人在香闺的惆怅中暗老。

　　后悔当初罗带结了同心，独自身凭朱栏思念日深。梦醒时月光斜洒了半床，风吹进小窗琴泠然作响。

　　何处游女[1]，蜀国多云雨[2]。云解有情花解语[3]，窣地绣罗金缕[4]。　　妆成不整金钿[5]，含羞待月秋千[6]。住在绿槐阴里，门临春水桥边。

【注释】

　　[1] 游女：出游的女子。《诗·周南·汉广》："汉有游女，不可求思。"宋朱熹《诗集传》注："江汉之俗，其女好游，汉魏以后犹然。如《大堤》之曲可见也。"

　　[2] 蜀国：五代时王建据东西二川，在成都称帝，国号蜀。这里指蜀地。云雨：见韦庄《归国遥》（春欲晚）注[4]。

　　[3] 云解有情：指自称"且为朝云"的巫山神女。参见"云雨"注。花解语：指唐杨贵妃。五代王仁裕《开元天宝遗事》卷下载唐明皇秋八月在太液池观赏白莲花，"左右叹羡久之，帝指贵妃示于左右曰：'争如我解语花？'"

　　[4] 窣(sū)地：触地发出摩擦声。

　　[5] 金钿：花形金首饰。

　　[6] 秋千：见前《浣溪沙》（欲上秋千四体慵）注[1]。

【译文】

　　出游女子从哪来，蜀地山水多云雨遮盖。朝云能解风情鲜花领会语言，触地拖着罗带金丝线。

　　梳妆好了却不整金头钗，面含娇羞等待着月上秋千。家住在槐树下的绿阴里，门对着春水流淌的桥边。

　　莺啼残月，绣阁香灯灭[1]。门外马嘶郎欲别，正是落花时节。　　妆成不画蛾眉[2]，含愁独倚金扉[3]。
去路香尘莫扫，扫即郎去归迟。

【注释】

〔1〕绣阁：闺阁，古代女子居室。阁，通"阁"。

〔2〕蛾眉：蚕蛾触须弯曲细长，故喻女子修长娟秀的双眉。《诗·卫风·硕人》："齿如瓠犀，螓首蛾眉。"

〔3〕金扉：带金铺首的门。金，金铺，门上用以衔环的金饰底盘。

【译文】

莺啼声中月已残，闺阁内香灯已被吹灭。门外马在嘶叫情郎要辞别，正是落花纷纷恼人时节。

梳妆完了却不再画蛾眉，含着愁在金铺门前独倚。不要扫前去路上的香尘，扫了情郎去后回来就迟。

望　远　行[1]

欲别无言倚画屏，含恨暗伤情。谢家庭树锦鸡鸣[2]，残月落边城。　　人欲别，马频嘶，绿槐千里长堤。出门芳草路萋萋[3]，云雨别来易东西[4]。不忍别君后，却入旧香闺。

【注释】

〔1〕望远行：唐教坊曲名，属"夹钟宫"。调名本意与汉代横吹曲《望行人》相同。后用作词调名。双调，六十字，平韵。令词创自韦庄，宋柳永衍为慢词。集收庄词本调一首。

〔2〕谢家：见温庭筠《更漏子》（柳丝长）注〔5〕。锦鸡：雄鸡的美称。

〔3〕芳草路萋萋：见温庭筠《杨柳枝》（馆娃宫外邺城西)注〔2〕。

〔4〕云雨：见前《归国遥》（春欲晚）注〔4〕。

【译文】

就要离别默默无语身倚画屏，满含着怨恨暗暗伤心。谢家庭院树下雄鸡开始啼鸣，残缺的月落下了边城。

情人就要离别，马儿频频长嘶，绿槐下蜿蜒着千里长堤。出门的路上铺满了绵绵芳草，云消雨散以后容易各分东西。不忍心在和你分别后，再回往日相处的旧闺。

花间集卷第三

韦 相庄

谒 金 门[1]

春漏促[2]，金烬暗挑残烛[3]。一夜帘前风撼竹，梦魂相断续。　　有个娇饶如玉[4]，夜夜绣屏孤宿。闲抱琵琶寻旧曲，远山眉黛绿[5]。

【注释】

〔1〕谒金门：唐教坊曲名，属"夹钟商"。后用作词调名。敦煌曲子词《谒金门》（长伏气）有"得谒金门朝帝庭"句，当为调名所本。双调，四十五字，仄韵。有《空相忆》、《花自落》、《垂杨碧》、《出塞》等别称。集收庄词本调二首。

〔2〕春漏：春夜的更漏（见温庭筠《更漏子》"柳丝长"注〔1〕）。

〔3〕金烬：烛芯在燃烧时形成的剩余物，挑去后能使蜡烛恢复光亮。

〔4〕娇饶：即"娇娆"，婉丽妩媚。唐韩偓《意绪》："娇娆意态不胜羞，愿倚郎肩永相著。"这里代指美女。

〔5〕远山眉：见温庭筠《菩萨蛮》（雨晴夜合玲珑日）注〔6〕。

【译文】

春夜更声急促，暗挑去灯花拨亮了残烛。东风整夜吹动着帘前的丛竹，缠绵的梦魂断断续续。

有个娇美女子温润如玉，夜夜独自在绣屏间起宿。无事时怀抱着琵琶寻觅旧曲，双眉如远山一抹黛绿。

空相忆，无计得传消息。天上常娥人不识[1]，寄书何处觅。　　新睡觉来无力，不忍把伊书迹[2]。满院落花春寂寂，断肠芳草碧[3]。

【注释】

〔1〕常娥：即嫦娥，也称姮娥。古代神话传说中后羿之妻，因偷吃长生药而奔月。《后汉书·天文志》注："羿请无死之药于西王母，姮娥窃之以奔月。"后多代指美女。

〔2〕伊：他。书迹：指书信笔迹。

〔3〕断肠：见温庭筠《定西番》(细雨晓莺春晚)注〔1〕。

【译文】

白白地空相思，没有办法可以传递消息。美得像天上的嫦娥人不相识，想寄书信也无处寻觅。

刚睡醒来觉得浑身乏力，不忍心再翻看他的笔迹。春日院内满地落花一片沉寂，肠断心碎在芳草绿时。

江　城　子[1]

恩重娇多情易伤。漏更长[2]，解鸳鸯[3]。朱唇未动，先觉口脂香[4]。缓揭绣衾抽皓腕，移凤枕[5]，枕潘郎[6]。

【注释】

〔1〕江城子：词调名，属"林钟羽"。一说因欧阳炯词有"如西子

镜，照江城"得名。唐词均单调，三十五字，平韵。至宋衍为双调，又名《江神子》、《村意远》等。集收庄词本调二首。论者以为"描写顽艳，情事如绘"（李冰若《栩庄漫记》）。

〔2〕漏更：古代以刻漏计时报更。

〔3〕解鸳鸯：指揭开绣有鸳鸯的衣服。

〔4〕口脂：犹唇膏，唇上涂胭脂。

〔5〕凤枕：绣有凤凰的枕头。

〔6〕潘郎：指晋潘岳。《晋书·潘岳传》："岳字安仁，中牟人。美姿仪。尝出洛阳道，妇人遇之者，皆连手萦绕，投之以果。"后即用为美男子的代称。潘岳小字檀奴，故又称檀郎。

【译文】

重恩爱多娇柔情怀最易感伤。刻漏更声悠长，解了鸳鸯衣裳。红红的唇未开启，先闻到了胭脂的芳香。慢慢揭开绣花被伸出白臂腕，移过凤凰枕头，为美男子枕上。

髻鬟狼籍眉黛长[1]。出兰房[2]，别檀郎[3]。角声呜咽[4]，星斗渐微茫。露冷月残人未起，留不住，泪千行。

【注释】

〔1〕髻鬟：环形发髻。狼籍：也作"狼藉"，散乱不整的样子。

〔2〕兰房：女子闺房。晋潘岳《哀永逝文》："委兰房兮繁华，袭穷泉兮朽壤。"

〔3〕檀郎：指情郎。唐李贺《牡丹种曲》"檀郎谢女眠何处"曾谦益注："潘安小字檀奴，故妇呼所欢为檀郎。"

〔4〕角声呜咽：见温庭筠《更漏子》（背江城）注〔1〕。

【译文】

鬟髻散乱不整黛眉弯曲细长。走出温馨闺房，告别心爱情郎。低沉的角声响起，星斗渐稀失去了光芒。露清冷月残缺人还睡着未起，想留也留不住，不禁泪下千行。

河　传^[1]

何处，烟雨，隋堤春暮^[2]，柳色葱茏。画桡金缕^[3]，翠旗高飐香风^[4]，水光融。　青娥殿脚春妆媚^[5]，轻云里，绰约司花妓^[6]。江都宫阙^[7]，清淮月映迷楼^[8]，古今愁。

【注释】

〔1〕河传：见温庭筠《河传》（江畔）注〔1〕。集收庄词本调三首。

〔2〕隋堤：即通济渠堤。因隋炀帝时所开，故名。《隋书·炀帝纪》："炀帝自版渚引河，作道路，植以杨柳，名曰隋堤，一千三百里。"唐温庭筠《送淮阴孙令之官》："隋堤杨柳烟，孤棹正悠然。"

〔3〕画桡：彩饰船桨。这里代指华美的楼船。桡，底本作"挠"，从《全唐诗·附词》改。

〔4〕飐(zhǎn)：吹动。唐柳宗元《登柳州城楼寄漳汀封连四州刺史》："惊风乱飐芙蓉水，密雨斜侵薜荔墙。"

〔5〕青娥殿脚：指为隋炀帝牵羊拉船的美女。《隋遗录》卷上载隋炀帝御龙舟，"每舟择妍丽长白女千人，执雕板镂金楫，号为殿脚女。"又《开河记》谓炀帝诏造大船，泛江沿淮而下，"于吴越间取民间女年十五、六岁者五百人，谓之殿脚女。至于龙舟御楫，即每船用彩缆十条，每条用殿脚女十人、嫩羊十口，令殿脚女与羊相间而行，牵之"。

〔6〕绰约：姿态轻盈秀美。《庄子·逍遥游》："藐姑射之山，有神女居焉。肌肤若冰雪，绰约如处子。"司花妓：隋女官名。据《隋遗录》卷上载，炀帝幸江都，有洛阳人献合蒂迎辇花，帝令御车女袁宝儿持之，号"司花女"。

〔7〕江都：今江苏扬州市。隋炀帝下江南，曾在此大兴土木，建造宫殿楼台。

〔8〕清淮：清澈的淮河。淮河源出河南桐柏山，流经河南、安徽，至江苏入洪泽湖，又至江都入长江。迷楼：隋炀帝建，故址在今江苏扬

州西北观音山。据《迷楼记》载，其"楼阁高下，轩窗掩映，幽房曲室，玉栏朱楯，互相连属，回环四合，曲屋自通。千门万户，上下金碧……人误入者，虽终日不能出"，故被隋炀帝名为"迷楼"。

【译文】

这是在哪，烟雨濛濛，晚春时分的隋堤，柳色已青翠葱茏。金缕装饰的楼船，高扬的翠旗被香风吹动，天光水色交融。

牵龙舟的少女个个春妆妩媚，在轻云薄雾里，立着风姿绰约司花妓。瑰丽的江都宫阙，夜月映着淮河中的奇幻迷楼，古今多少怨愁。

春晚，风暖，锦城花满[1]，狂杀游人[2]。玉鞭金勒[3]，寻胜驰骤轻尘[4]，惜良晨。　　翠娥争劝临邛酒[5]，纤纤手，拂面垂丝柳。归时烟里，钟鼓正是黄昏，暗销魂[6]。

【注释】

〔1〕锦城：又称锦官城，即四川成都，故址在今成都市南。
〔2〕狂杀：欢快至极。杀，同"煞"。
〔3〕勒：马络头。
〔4〕寻胜：寻找出众的景色。
〔5〕翠娥：美女。临邛：县名，在今四川邛崃市。汉代司马相如曾与卓文君在这里卖酒谋生。
〔6〕销魂：见温庭筠《菩萨蛮》（雨晴夜合玲珑日）注〔7〕。

【译文】

晚春时分，风和日暖，锦官城满是鲜花，游人们欣喜若狂。玉饰马鞭金络头，寻胜景往来奔驰尘轻扬，珍惜美好时光。

少女争着劝客畅饮临邛美酒，那纤细的双手，像拂面的柳丝般温柔。在烟霭中归来时，正是钟鼓已敲响的黄昏，不由黯然销魂。

锦浦^[1]，春女，绣衣金缕，雾薄云轻。花深柳暗，时节正是清明^[2]，雨初晴。　　玉鞭魂断烟霞路^[3]，莺莺语，一望巫山雨^[4]。香尘隐映^[5]，遥见翠槛红楼^[6]，黛眉愁。

【注释】

〔1〕锦浦：锦江岸边。锦江在成都南，相传蜀人织锦濯其中则锦色鲜艳，濯于它水则色泽暗淡，故名锦江。浦，水边滩地。

〔2〕清明：见温庭筠《菩萨蛮》（南园满地堆轻絮）注〔2〕。

〔3〕玉鞭：这里代指执鞭人。烟霞：山水胜景。南朝齐谢朓《拟宋玉风赋》：“烟霞润色，荃荑结芳。”

〔4〕巫山：见皇甫松《天仙子》（晴野鹭鸶飞一只）注〔6〕。

〔5〕隐映：时隐时现。

〔6〕翠槛：绿栏干。

【译文】

锦江岸边，春游女子，绣花衣镶着金丝，轻薄如云雾飘逸。花色深沉柳阴浓，时节正当是回暖的清明，雨后天气初晴。

马上游人为沿路风景而陶醉，黄莺娇啭如语，一眼望去巫山正下雨。带香的轻尘隐现，远远看见绿栏红楼毗连，美女细眉微敛。

天　仙　子^[1]

怅望前回梦里期^[2]，看花不语苦寻思。露桃宫里小腰肢^[3]，眉眼细^[4]，鬓云垂，唯有多情宋玉知^[5]。

【注释】

〔1〕天仙子：见皇甫松《天仙子》（晴野鹭鸶飞一只）注〔1〕。集收

庄词本调五首。

〔2〕怅望：怅然回想。期：这里指约会。唐李白《月下独酌》："永结无情游，相期邈云汉。"

〔3〕露桃：露天水井边的桃树。宋郭茂倩《乐府诗集》卷二八古辞《鸡鸣》："桃生露井上，李树生桃旁。"小腰肢：细腰。《韩非子·二柄》："楚灵王好细腰，而国中多饿人。"

〔4〕眉眼细：双眉细长，两眼含情。唐白居易《龙花寺主家小尼》："头青眉眼细，十四女沙弥。"

〔5〕宋玉：战国时楚人，因作有《神女赋》、《登徒子好色赋》等，对美女多有精彩的描述，故被称"多情"。

【译文】

　　痴痴地回想上次梦中的约会，眼盯着花不声不响苦苦寻思。露井桃花宫殿里的纤巧腰肢，眉眼细长水灵，鬘发如云低垂，只有那多情的宋玉才能赏识。

　　　深夜归来长酩酊〔1〕，扶入流苏犹未醒〔2〕。醺醺酒气麝兰和〔3〕。惊睡觉，笑呵呵，长道人生能几何。

【注释】

〔1〕酩酊（mǐng dǐng）：大醉无状的样子。《晋书·山简传》："时有童儿歌曰：山公出何许，往至高阳池。日夕倒载归，酩酊无所知。"

〔2〕流苏：见前《菩萨蛮》（红楼别夜堪惆怅）注〔3〕。

〔3〕醺醺：沉醉不醒的样子。唐岑参《送羽林长孙将军赴歙州》："青门酒楼上，欲别醉醺醺。"麝兰：麝香、兰花，两种香料。

【译文】

　　深夜回来时已喝得酩酊大醉，扶入流苏帐后仍然呼呼大睡。醺醺酒气混杂着麝兰的香味。一觉惊醒之后，开口哈哈大笑，常说人的一生能有多少年岁。

蟾彩霜华夜不分[1]，天外鸿声枕上闻。绣衾香冷懒重薰[2]。人寂寂，叶纷纷，才睡依前梦见君。

【注释】

〔1〕蟾彩：月光。蟾，蟾蜍。因传说月宫中有蟾蜍，故以蟾蜍代指月亮。霜华：即霜花。唐白居易《长恨歌》："鸳鸯瓦冷霜华重，翡翠衾寒谁与共。"

〔2〕薰：通"熏"。熏被，见温庭筠《更漏子》（相见稀)注〔3〕。

【译文】

夜里分不清是月光还是霜花，睡枕上听到天边大雁的叫声。绣花被不再香暖也懒得重熏。人声已静悄悄，落叶却又纷纷，刚睡就像往常那样梦见郎君。

梦觉云屏依旧空[1]，杜鹃声咽隔帘栊[2]。玉郎薄幸去无踪[3]。一日日，恨重重，泪界莲腮两线红[4]。

【注释】

〔1〕云屏：云母石制成的屏风。晋张协《七命》："云屏烂汗，琼壁青葱。"

〔2〕杜鹃：见温庭筠《菩萨蛮》（玉楼明月长相忆)注〔6〕。帘栊：窗帘。栊，底本作"拢"，据《四部丛刊》影印明刊本改。

〔3〕玉郎：古代对男子的美称，又特用作女子对丈夫或情人的昵称。唐崔珏《美人尝茶行》："云鬟枕落困春泥，玉郎为碾瑟瑟尘。"薄幸：薄情。唐杜牧《遣怀》："十年一觉扬州梦，赢得青楼薄幸名。"

〔4〕界：划分界限。莲腮：脸颊红润如莲花。

【译文】

梦醒后云屏间依然空虚孤寂，隔着窗帘杜鹃鸟的叫声凄切。那个冤家太没良心一去无踪。一天又是一天，怨恨越积越重，泪在莲花般脸上留下两道红。

　　金似衣裳玉似身，眼如秋水鬓如云〔1〕。霞裙月帔一群群〔2〕。来洞口〔3〕，望烟分，刘阮不归春日曛〔3〕。

【注释】

　　〔1〕眼如秋水：形容眼光明澈纯净，像秋天的湖水。

　　〔2〕霞裙：晕红衣裙。月帔：月黄披肩。

　　〔3〕洞口：指女道士居住的门口。

　　〔4〕刘、阮：刘晨、阮肇，见温庭筠《思帝乡》（花花）注〔5〕。曛（xūn）：日暮黄昏。

【译文】

　　金灿灿的衣裳白玉般的腰身，眼波明如秋水鬓发飘似轻云。红衣裙黄披肩一群接着一群。来到道观门口，盼望云烟消散，春日暮色中仍不见刘阮归影。

喜　迁　莺〔1〕

　　人汹汹〔2〕，鼓鼕鼕，襟袖五更风〔3〕。大罗天上月朦胧〔4〕，骑马上虚空。　　香满衣，云满路，鸾凤绕身飞舞〔5〕。霓旌绛节一群群〔6〕，引见玉华君〔7〕。

【注释】

　　〔1〕喜迁莺：词调名，属“无射宫”。《诗·小雅·伐木》：“伐木丁丁，鸟鸣嘤嘤。出自幽谷，迁于乔木。”《禽经》：“莺鸣嘤嘤。”当为调名所本。内容多赋登科及第，或作进士及第的贺词。有小令和长调两体。小令创自唐人，双调，十句，四十七字，平、仄韵互换。长调始于宋人。又名《鹤冲天》、《万年枝》、《春光好》等。集收庄词本调二首。

〔2〕汹汹：形容人众多，声势大。

〔3〕五更：古代把一夜分成甲、乙、丙、丁、戊五个时段，五更是最后一个，天已拂晓。

〔4〕大罗天：道家所说诸天中的最高一层。唐段成式《酉阳杂俎》卷二"玉格"：道列三界诸天，"三界外曰四人境"，"四人天外曰三清"，"三清上曰大罗"。唐李商隐《留赠畏之三首》之一："曾记大罗天上事，众仙同日咏霓裳。"这里代指皇宫。

〔5〕鸾凤：指绣有鸾凤的衣裳。

〔6〕霓旌：彩旗。绛节：深红色的仗节。节，仪仗用品。

〔7〕玉华君：这里指皇帝。唐有玉华宫，故址在陕西宜君县西南。后废为佛寺。一说玉华为仙女，唐李康成有《玉华仙子歌》，故玉华君指皇后。

【译文】

到处人头攒动，四下鼓声咚咚，襟袖间鼓着五更的风。天界大罗仙境在月色朦胧中，骑马登上飘渺的云空。

衣上沾满芳香，路旁美女如云，仿佛鸾凤身边围绕飞翔。一群群手持彩旗绛节的仪仗，引导新人去拜见皇上。

街鼓动〔1〕，禁城开〔2〕，天上探人回〔3〕。凤衔金榜出云来〔4〕，平地一声雷。　　莺已迁〔5〕，龙已化〔6〕，一夜满城车马。家家楼上簇神仙〔7〕，争看鹤冲天〔8〕。

【注释】

〔1〕街鼓：唐代长安城各街置鼓晨昏警示众人。《旧唐书·马周传》："先是，京城诸街每至晨暮，遣人传呼以警众。周遂奏诸街置鼓，每击以警众。"

〔2〕禁城：宫城。

〔3〕天上：指天子视事的宫殿。探人：探榜人。唐徐夤《放榜日》："喧喧车马欲朝天，人探东堂榜已悬。"

〔4〕凤衔：古代称传达皇帝诏令为凤凰衔书。金榜：金制匾额。多指公布科举考试中举人的名单，即所谓"金榜题名"。唐郑谷《赠杨夔》：

"看取年年金榜上，几人才气似扬雄？"

〔5〕莺已迁：见前词注〔1〕。这里喻指及第者由一介布衣跃升为朝廷命官的候选人。唐卢照邻《五悲·悲今日》："各自云腾羽化，谷变莺迁。"

〔6〕龙已化：龙已化成。汉辛氏《三秦记》："河津一名龙门，水险不通，龟鳖之属莫能上。江海大鱼薄集龙门下数千，不得上，上则为龙也。"借喻科举及第。唐李白《与韩荆州书》："一登龙门，则声誉十倍。"

〔7〕神仙：喻指穿着华丽的美女。

〔8〕鹤冲天：《史记·滑稽列传》："此鸟不飞则已，一飞冲天；不鸣则已，一鸣惊人。"另据《搜神记》载，有鹤集辽东城门华表，有少年举弓欲射，鹤徘徊空中，后便"高上冲天"。韦庄另有《癸丑年下第献新先辈》诗："千炬火中莺出谷，一声钟后鹤冲天。"

【译文】

街鼓咚咚响起，禁宫城门开启，前往皇宫探榜人已回。凤凰口中衔着金榜破云而来，平地响起了一声春雷。

幽谷黄莺已迁，河津鱼龙已化，一夜满城都是高车大马。家家楼上聚着神仙般的闺媛，争看那群鹤高飞冲天。

思　帝　乡[1]

云髻坠[2]，凤钗垂。髻坠钗垂无力，枕函敧[3]。翡翠屏深月落，漏依依[4]。说尽人间天上，两心知[5]。

【注释】

〔1〕思帝乡：见温庭筠《思帝乡》（花花）注〔1〕。集收庄词本调二首。前首三十三字，后首三十四字，句格不一。

〔2〕云髻：如云的发髻。

〔3〕枕函：枕套。敧：倾斜。

〔4〕漏：刻漏，见温庭筠《更漏子》（柳丝长）注〔1〕。依依：迟缓

的样子。

〔5〕说尽二句：唐白居易《长恨歌》："但教心似金钿坚，天上人间会相见。临别殷勤重寄词，词中有誓两心知。"

【译文】

云状发髻乱了，凤形头钗低垂。发髻坠凤钗垂绵软无力，枕套歪斜不齐。翡翠屏间幽暗月已西沉，刻漏缓缓下滴。尽情诉说着人间天上事，只有两心相知。

春日游，杏花吹满头。陌上谁家年少[1]，足风流[2]。妾拟将身嫁与，一生休[3]。纵被无情弃，不能羞。

【注释】

〔1〕陌：田间小道。南北向为阡，东西向为陌。

〔2〕风流：英俊潇洒，风度翩翩。

〔3〕休：罢了。这里指心满意足，别无他求。

【译文】

春日外出郊游，飘落的杏花吹满了头。那田间路上是谁家少年，那么倜傥风流。我想这身如果能嫁给他，一生再无所求。即使日后被无情抛弃，也不懊悔害羞。

诉　衷　情[1]

烛烬香残帘未卷[2]，梦初惊。花欲谢[3]，深夜，月胧明[4]。何处按歌声[5]，轻轻。舞衣尘暗生，负春情。

【注释】

〔1〕诉衷情：见温庭筠《诉衷情》(莺语)注〔1〕。集收庄词本调二首。

〔2〕烛烬：蜡烛烧尽。香残：香将点完。

〔3〕谢：底本作"榭"，据《四部丛刊》影印明刊本改。

〔4〕月胧明：月色朦胧。唐元稹《嘉陵驿》："仍对墙南满山树，野花撩乱月胧明。"

〔5〕按歌：按弹奏节拍歌唱。

【译文】

香烛都将燃尽绿窗帘还未卷，幽梦刚被惊醒。繁花就要凋谢，夜已深沉，月色朦胧微明。从哪传来按拍的歌声，轻悠悠的。昔日舞衣已蒙上浮尘，辜负一片春情。

碧沼红芳烟雨静〔1〕，倚兰桡〔2〕。垂玉珮〔3〕，交带〔4〕，袅纤腰。鸳梦隔星桥〔5〕，迢迢〔6〕。越罗香暗销〔7〕，坠花翘〔8〕。

【注释】

〔1〕沼：水池。

〔2〕兰桡：船桨的美称。这里指游船。

〔3〕玉珮：玉制佩饰。

〔4〕交带：打结的绣带。见温庭筠《更漏子》(相见稀)注〔2〕。

〔5〕鸳梦：鸳鸯梦，与情郎相会的梦。星桥：横跨银河两岸的桥，即传说中的鹊桥。北周庾信《七夕》："星桥通汉使，机石逐仙槎。"

〔6〕迢迢：遥远的样子。

〔7〕越罗：越地所产丝绸。这里代指衣裙。

〔8〕花翘：形似鸟尾的首饰。《花间集》旧题明汤显祖评本："此词在成都作。蜀之伎女至今有花翘之饰，名曰翘花儿云。"

【译文】

静静的烟雨中池塘碧荷花香，身倚木兰舟旁。垂挂着白玉珮，绣带交叉，绕着纤细的腰。鸳鸯梦没有星桥连接，相隔迢迢。越绸的香暗暗消散，坠落了金花翘。

上 行 杯[1]

芳草灞陵春岸[2]，柳烟深，满楼弦管。一曲离声肠寸断[3]。　　今日送君千万里，红缕玉盘金镂盏[4]。须劝，珍重意，莫辞满。

【注释】

〔1〕上行杯：唐教坊曲名，属"林钟商"。后用作词调名。任半塘《教坊记笺订》以为"调名由来与《回波乐》、《下水船》等，同起于曲水流觞之义，用为酒令筹词"。双调，四十一字，仄韵。一说"小令原不宜分作两段也，合之为妥"（见清万树《词律》）。集收庄词本调二首。

〔2〕灞陵：也作"霸陵"。汉文帝陵墓，在今陕西西安市东。附近有灞桥，为汉人折柳送客的地方。唐李白《忆秦娥》："年年柳色，灞陵伤别。"

〔3〕肠寸断：见温庭筠《定西番》（细雨晓莺春晚）注〔1〕。

〔4〕红缕：指鱼脍。唐朱湾《宴杨驸马山亭》："脍下玉盘红缕细，酒开金瓮绿醅浓。"缕，底本作"镂"，据《全唐诗·附词》改。金镂盏：金质雕镂酒杯。

【译文】

春日芳草如茵的霸陵岸，雾笼垂柳如烟，满楼是丝竹管弦。一支离别乐曲令人愁肠寸断。

今天前来送你远去千里万里，金酒杯玉餐盘缕缕鱼脍纤细。真该相劝，珍重朋友情意，不要推辞干杯。

白马玉鞭金辔[1]，少年郎，离别容易。迢递去程千万里[2]。　　惆怅异乡云水，满酌一杯劝和泪。须愧，珍重意，莫辞醉。

【注释】

〔1〕金辔：金饰马缰绳。

〔2〕迢递：遥远。

【译文】

白马配着饰玉鞭镶金缰，轻狂的少年郎，对离别十分轻易。前去路途遥远不啻千里万里。

异乡云水令人满怀忧怨，满满斟上一杯含着眼泪相劝。真该追悔，珍重往日情意，不要推辞喝醉。

女 冠 子[1]

四月十七，正是去年今日，别君时。忍泪佯低面[2]，含羞半敛眉[3]。　　不知魂已断，空有梦相随。除却天边月，没人知。

【注释】

〔1〕女冠子：见温庭筠《女冠子》（含娇含笑）注〔1〕。集收庄词本调二首。论者以为前首"描摹情景，使人惘怅"，后首"稍为不及，以结句意尽故也"（李冰若《栩庄漫记》）。

〔2〕佯：假装。

〔3〕敛眉：皱眉。北周庾信《伤往》："见月长垂泪，花开定敛眉。"

【译文】

又到了四月十七，正是在去年的这个日子，要和你分别时。强忍泪水假装低了头，满含羞涩半皱着双眉。

不知从此后魂魄消散，空有幽梦仍苦苦追随。每晚除了天边的明月，再没有人会知。

　　昨夜夜半，枕上分明梦见，语多时。依旧桃花面[1]，频低柳叶眉[2]。　　半羞还半喜，欲去又依依。觉来知是梦，不胜悲[3]。

【注释】
　　〔1〕桃花面：面如桃花，白中透红。唐宇文氏《妆台记》："隋文帝宫中，梳九真髻红妆，谓之桃花面。"唐崔护《题都城南庄》："去年今日此门中，人面桃花相映红。"
　　〔2〕柳叶眉：眉细长弯曲如柳叶。隋陈子良《新城安乐宫》："柳叶来眉上，桃花落脸红。"
　　〔3〕不胜：不堪忍受。

【译文】
　　昨天晚上半夜里，分明在枕上的梦中见了，话也说了多时。还是那鲜嫩的桃花面，不时低下柳叶似的眉。
　　一半羞涩一半是欣喜，想要离去却又心中依依。醒来时才明白那是梦，满怀伤悲难抑。

更　漏　子[1]

　　钟鼓寒，楼阁暝[2]，月照古桐金井[3]。深院闭，小庭空，落花香露红。　　烟柳重，春雾薄，灯背水窗高阁[4]。闲倚户，暗沾衣，待郎郎不归。

【注释】
　　〔1〕更漏子：见温庭筠《更漏子》（柳丝长）注〔1〕。集收庄词本调一首。

〔2〕暝：阴暗。

〔3〕金井：有雕栏的水井。多用作井的美称。南朝梁费昶《行路难》："唯闻哑哑城上乌，玉阑金井牵辘轳。"

〔4〕水窗：临水之窗。

【译文】

钟鼓敲打轻寒，楼阁隐入阴暗，月光透过古桐照着井栏。深院大门紧闭，小庭一片虚空，含香带露的落花仍红。

柳丝如烟深重，春雾迷蒙淡薄，临水高阁窗前的灯已灭。闲来身倚着门，暗暗泪下沾衣，等待情郎郎却不回归。

酒 泉 子〔1〕

月落星沉，楼上美人春睡。绿云倾〔2〕，金枕腻〔3〕，画屏深。　　子规啼破相思梦〔4〕，曙色东方才动。柳烟轻，花露重，思难任〔5〕。

【注释】

〔1〕酒泉子：见温庭筠《酒泉子》（花映柳条)注〔1〕。集收庄词本调一首。

〔2〕绿云：形容女子秀发轻盈飘逸。唐李白《邯郸南亭观妓》："清筝荷缭绕，度曲绿云垂。"

〔3〕金枕：据晋干宝《搜神记》卷一六载，陇西辛道度外出游学，遇一青衣女子，留宿三夜，临别，以金枕一枚相赠。后即用作枕的美称。

〔4〕子规：见温庭筠《菩萨蛮》（玉楼明月长相忆)注〔6〕。

〔5〕思难任：思念难以忍受。三国魏曹植《杂诗》："方舟安可极，离思故难任。"

【译文】

月已落星也低沉，楼阁上的美人春睡未醒。乌发如云侧斜，金丝枕上湿腻，绣花屏风幽深。

子规鸟啼破了缠绵的相思梦，东方这时候刚吐露曙光。柳间晨雾轻拂，花上晓露浓重，难忍相思忧伤。

木 兰 花[1]

独上小楼春欲暮，愁望玉关芳草路[2]。消息断，不逢人，却敛细眉归绣户。　　坐看落花空叹息，罗袂湿斑红泪滴[3]。千山万水不曾行，魂梦欲教何处觅。

【注释】

〔1〕木兰花：唐教坊曲名，属"黄钟商"。后用作词调名。双调，五十五字，仄韵。又有《木兰花令》、《减字木兰花》、《偷声木兰花》、《木兰花慢》等名，字数、体格不一。集收庄词本调一首。论者谓"千山"、"魂梦"二语"荡气回肠，声哀情苦"（李冰若《栩庄漫记》）。

〔2〕玉关：见温庭筠《菩萨蛮》（翠翘金缕双鸂鶒）注〔6〕。

〔3〕罗袂：罗袖。红泪：晋王嘉《拾遗记》载，魏文帝曹丕所爱美人与父母分别，泪下沾衣。在车中用玉唾壶承泪，壶变成红色。到京城后，壶中泪凝聚如血。后即以"红泪"称女子悲伤的眼泪。

【译文】

春将尽时一人独自登上小楼，远望去玉门关的芳草路发愁。那里消息断了，又碰不到来人，只好皱着眉回到闺房内空守。

坐看窗前落花纷纷空自叹息，罗衣袖上湿斑点点热泪下滴。相隔万水千山从来没有走过，该让游魂幽梦到哪里去寻觅。

小 重 山[1]

一闭昭阳春又春[2]，夜寒宫漏永[3]，梦君恩。卧思陈事暗消魂[4]，罗衣湿，红袂有啼痕[5]。　　歌吹隔重闉[6]，绕庭芳草绿，倚长门[7]。万般惆怅向谁论，凝情立[8]，宫殿欲黄昏。

【注释】

〔1〕小重山：词调名，属"夹钟商"。旧说韦庄入蜀，其姬善词者被蜀主王建所夺，韦庄念之而作此词（清沈雄《古今词话》引《尧山堂外记》）。唐人多咏宫怨。双调，五十八字，平韵。又有《小冲山》、《小重山令》、《柳色新》等名。集收庄词本调一首。论者谓"犹是唐人宫怨绝句。而杨湜乃附会穿凿，谓因建夺其宠姬而作矣"（李冰若《栩庄漫记》）。

〔2〕昭阳：汉昭阳殿，成帝时赵飞燕姐妹所居，后代因指皇后寝宫。唐王昌龄《长信秋词》："玉颜不及寒鸦色，犹带昭阳日影来。"

〔3〕宫漏：宫中计时的刻漏。永：漫长。唐李商隐《龙池》："夜半宴归宫漏永，薛王沉醉寿王醒。"

〔4〕陈事：旧事。消魂：见温庭筠《菩萨蛮》（雨晴夜合玲珑日）注〔7〕。

〔5〕红袂：红袖。唐白居易《五弦诗》："清歌且罢唱，红袂亦停舞。"

〔6〕歌吹：歌唱吹奏。南朝宋鲍照《芜城赋》："廛閈扑地，歌吹沸天。"闉：宫门。汉扬雄《甘泉赋》："选巫咸兮叫帝闉，开天庭兮延众神。"

〔7〕长门：长门宫。故址在今陕西西安市东。参见温庭筠《清平乐》（上阳春晚）注〔7〕。

〔8〕凝情：专注、聚集情感。

【译文】

昭阳殿关后过了一春又一春，寒夜里宫中刻漏漫长，梦见君王隆恩。躺着追思往事独自暗暗悲伤，身上罗衣湿了，红袖边已沾满了泪痕。

欢快歌乐被重门阻隔，青青的芳草绕着庭阶，独自身倚长门。心中万般惆怅能对谁去诉说，痴呆呆地站着，幽深的宫殿又近黄昏。

薛侍郎昭蕴

【简介】

薛昭蕴（生卒年不详），河东（治今山西永济蒲州）人。唐御史中丞薛存诚后裔，仕蜀，官至侍郎。一说即薛存诚之孙薛昭纬，乾宁中任礼部侍郎。五代孙光宪《北梦琐言》卷四谓其"恃才傲物，亦有父风。每入朝省，弄笏而行，旁若无人。好唱《浣溪沙》词"。《花间集》录词十九首，多写思妇幽怨，风格"雅近韦相，清绮精绝，亦足以出人头地"（李冰若《栩庄漫记》）。

浣　溪　沙[1]

红蓼渡头秋正雨[2]，印沙鸥迹自成行[3]。整鬟飘袖野风香。　　不语含嚬深浦里[4]，几回愁煞棹船郎[5]。燕归帆尽水茫茫。

【注释】

〔1〕浣溪沙：见韦庄《浣溪沙》（清晓妆成寒食天）注〔1〕。集收昭蕴词本调八首。

〔2〕红蓼：一种水草，开红花，叶辛香，古人用以调味。

〔3〕鸥迹：鸥鸟的足迹。鸥，水鸟，以食鱼为生。

〔4〕含嚬：微皱双眉。唐温庭筠《照影曲》："黄印额山轻为尘，翠鳞红稚俱含嚬。"

〔5〕棹船郎：划船人，艄公。唐陆龟蒙《江南曲》："寄语棹船郎，

莫夸风浪好。"棹,船桨,这里用作动词,犹划、摇。

【译文】

开满红蓼的渡口正下着秋雨,沙上鸥鸟印的足迹自然成行。飘过整发鬟衣袖的野风带香。

站在水草丛生岸边皱眉不语,几次欲走还留急坏了摇船郎。燕子飞回征帆望尽江水茫茫。

钿匣菱花锦带垂[1],静临兰槛卸头时[2]。约鬟低珥算归期[3]。 茂苑草青湘渚阔[4],梦余空有漏依依[5]。二年终日损芳菲[6]。

【注释】

〔1〕钿匣:首饰盒。菱花:菱花镜。古铜镜常作六边形或刻有菱花,因多以菱花代称镜子。

〔2〕兰槛:栏杆的美称。卸头:卸下头饰。

〔3〕约鬟:挽束发鬟。低珥:垂下耳环。

〔4〕茂苑:花木繁茂的苑囿。晋左思《吴都赋》:"带朝夕之濬池,佩长洲之茂苑。"湘渚:湘江沿岸。

〔5〕漏依依:见温庭筠《更漏子》(柳丝长)注〔1〕。

〔6〕芳菲:美好的春光。这里指青春容貌。

【译文】

首饰盒菱花镜一条锦带飘垂,静静来到窗栏前默默卸妆时。整着发鬟低下耳环计算归期。

花园芳草青青湘江滩涂辽阔,幽梦醒来空有刻漏点点下滴。两年来青春就这样整天损弃。

粉上依稀有泪痕,郡庭花落欲黄昏[1]。远情深恨与谁论。 记得去年寒食日[2],延秋门外卓金轮[3]。

日斜人散暗销魂〔4〕。

【注释】

　　〔1〕郡庭：郡斋庭院。郡，泛指官府。欲：底本作"敛"，据《全唐诗·附词》改。

　　〔2〕寒食：见韦庄《浣溪沙》（清晓妆成寒食天）注〔2〕。

　　〔3〕延秋门：唐代长安禁苑中的宫廷门，在西南面。唐杜甫《哀王孙》："长安城头头白乌，夜飞延秋门上呼。"卓：停立。金轮：代指华贵的车。唐广宣《圣容院应制诗》："深殿虔心随宝辇，广庭徐步引金轮。"

　　〔4〕暗销魂：见温庭筠《菩萨蛮》（雨晴夜合玲珑日）注〔7〕。

【译文】

　　脸上的脂粉还依稀留着泪痕，官府园内枝头花落时近黄昏。心中深远的情和恨能与谁论。

　　还记得去年寒食节的那一天，在延秋门外停了华贵的车轮。夕阳西下人分别后忧伤万分。

　　握手河桥柳似金〔1〕，蜂须轻惹百花心〔2〕。蕙风兰思寄清琴〔3〕。　　　意满便同春水满，情深还似酒杯深。楚烟湘月两沉沉〔4〕。

【注释】

　　〔1〕柳似金：早春柳叶萌芽，色嫩黄，似金丝。唐白居易《杨柳枝》："一树春风万万枝，嫩如金色软于丝。"

　　〔2〕蜂须：蜜蜂的触须，用来嗅味。

　　〔3〕蕙风：芳草的清香。晋左思《魏都赋》："蕙风如薰，甘露如醴。"蕙，香草。兰思：相同的情思。《易·系辞上》："同心之言，其臭如兰。"唐刘沧《寄远》："蕙心迢递湘云暮，兰思萦回楚水长。"

　　〔4〕沉沉：幽远空寂的样子。唐张若虚《春江花月夜》："斜月沉沉藏海雾，碣石潇湘无限路。"

【译文】

　　在河桥边两手相握柳丝垂金，蜜蜂触须轻轻摆弄百花芳心。蕙草香风幽兰情思都付琴音。

　　满满的心意就像春水般丰满，深深的情思好比酒杯似幽深。楚山烟湘水月别后两地沉沉。

　　帘下三间出寺墙[1]，满街垂柳绿阴长。嫩红轻翠间浓妆。　　瞥地见时犹可可[2]，却来闲处暗思量。如今情事隔仙乡[3]。

【注释】

　　[1] 寺：寺院，寺庙。
　　[2] 瞥地：匆忙。可可：不在乎，不经意。
　　[3] 隔仙乡：指仙界和凡间相隔。

【译文】

　　放下三间屋的门帘走出寺墙，满街在垂柳掩映中绿阴深长。嫩红青绿间闪过丽人的艳妆。

　　乍看上去还不觉得什么特别，静下没事时却不禁暗暗思量。深情的往事如今已相隔天壤。

　　江馆清秋缆客船[1]，故人相送夜开筵。麝烟兰焰簇花钿[2]。　　正是断魂迷楚雨[3]，不堪离恨咽湘弦[4]。月高霜白水连天。

【注释】

　　[1] 江馆：江边驿站。唐杜荀鹤《江下初秋寓泊》："濛濛烟雨蔽江村，江馆愁人好断魂。"缆：维系。底本作"揽"，据《全唐诗·附词》改。

〔2〕麝烟：麝香燃烧时散发的烟。兰焰：兰膏灯的光焰。簇：聚集。花钿：簪花和首饰。这里代指艳妆女子。

〔3〕断魂：犹销魂，见温庭筠《菩萨蛮》（雨晴夜合玲珑日）注〔7〕。楚雨：楚地云雨，暗用楚王与神女相会合离别事，见韦庄《归国遥》（春欲晚）注〔4〕。唐司空图《浙上》："丹桂石楠宜并长，秦云楚雨暗相和。"

〔4〕湘弦：指湘灵鼓瑟。战国楚屈原《远游》："使湘灵鼓瑟兮，令海若舞冯夷。"唐韩愈《送灵师》："四座咸寂默，杳如奏湘弦。"

【译文】

清秋江边驿站系着作客小船，夜晚老朋友送别摆开了酒宴。香烟烛光中簇拥的花钿耀眼。

正是断魂迷恋楚地云雨时刻，不能忍受诉说离恨湘弦呜咽。明月高挂清霜凝白江水连天。

倾国倾城恨有余〔1〕，几多红泪泣姑苏〔2〕。倚风凝睇雪肌肤〔3〕。 吴主山河空落日〔4〕，越王宫殿半平芜〔5〕。藕花菱蔓满重湖〔6〕。

【注释】

〔1〕倾国倾城：见韦庄《荷叶杯》（绝代佳人难得）注〔2〕。

〔2〕红泪：见韦庄《木兰花》（独上小楼春欲暮）注〔3〕。姑苏：苏州别称。因其地吴县有姑苏山、姑苏台而名。据《吴越春秋》卷二载，吴王伐越，越王献美女西施，吴王退兵后筑姑苏台，游宴终日。

〔3〕倚风：临风。凝睇：注视。唐刘祎之《九成宫初秋应制》："怡神紫气外，凝睇白云端。"

〔4〕吴主：指吴王夫差。

〔5〕越王：指勾践。平芜：空旷的荒野。

〔6〕藕花：即荷花。荷的根茎称藕。菱蔓：菱角的枝蔓。重湖：大湖。这里指太湖，又名五湖。《越绝书》谓吴亡，西施与范蠡"同泛五湖而去"。

【译文】

　　倾国倾城的美女有无限怨恨，多少悲愤眼泪洒落古城姑苏。迎风伫立呆滞眼神雪白肌肤。

　　吴国山河在落日中一片空寂，越王的宫殿也多半坍圮荒芜。只剩荷花菱蔓遍布茫茫五湖。

　　越女淘金春水上[1]，步摇云鬓珮鸣珰[2]。渚风江草又清香。　　不为远山凝翠黛[3]，只应含恨向斜阳。碧桃花谢忆刘郎[4]。

【注释】

　　〔1〕越女淘金：唐刘禹锡《浪淘沙》："日照澄洲江雾开，淘金女伴满江隈。"越女，越地（今浙江一带）女子。

　　〔2〕步摇：女子的一种首饰。《释名·释首饰》："步摇，上有垂珠，步则摇动也。"珮：同"佩"。鸣珰：动则出声的耳珠。南朝陈徐陵编《玉台新咏》一《古诗为焦仲卿妻作》："腰若流纨素，耳着明月珰。"

　　〔3〕远山、翠黛：见温庭筠《菩萨蛮》（雨晴夜合玲珑日）注〔6〕。

　　〔4〕碧桃：重瓣桃花，即千叶桃。谢：底本作"榭"，据《四部丛刊》影印明刊本改。刘郎：见温庭筠《思帝乡》（花花）注〔5〕。

【译文】

　　越地女子春天在江水上淘金，鬓发如云头戴金步摇玉耳珰。岸边清风又吹来青草的芳香。

　　没有把远山似的眉涂上黛色，面对斜阳只因心怀怨恨哀伤。碧桃花谢了想起离别的情郎。

喜　迁　莺[1]

　　残蟾落[2]，晓钟鸣，羽化觉身轻[3]。乍无春睡有余醒[4]，杏苑雪初晴[5]。　　紫陌长[6]，襟袖冷，不是人间风景。回看尘土似前生，休羡谷中莺[7]。

【注释】

〔1〕喜迁莺：见韦庄《喜迁莺》（人汹汹）注〔1〕。集收昭蕴词本调三首。

〔2〕残蟾：残月。蟾，因传说月中有蟾蜍，故被用作月的代称。

〔3〕羽化：飞升成仙。《晋书·许迈传》："玄（迈信道后改名玄）自后莫测所终，好道者皆谓之羽化矣。"

〔4〕乍：忽然。余醒（chéng）：宿酒，经夜未消的醉意。醒，酒过量。《诗·小雅·节南山》："忧心如醒，谁秉国成。"

〔5〕杏苑：即杏园，在长安东南曲江边。唐代进士及第后，朝廷按例在此举行游宴活动。

〔6〕紫陌：宫城内的道路。唐刘禹锡《元和十年戏赠看花诸君子》："紫陌红尘拂面来，无人不道看花回。"

〔7〕谷中莺：仍留在幽谷尚未迁居乔木的流莺，指未登第者。

【译文】

残缺的月落了，报晓钟声响起，飘举时觉得一身轻盈。忽然睡意全消只剩下了酒意，杏花园内雪后天初晴。

宫城道路漫长，衣袖晨风清冷，恍惚已不是人间风景。回过头来看尘土就像是前生，不再羡慕谷中的流莺。

金门晓[1]，玉京春[2]，骏马骤轻尘。桦烟深处白衫新[3]，认得化龙身[4]。　　九陌喧[5]，千户启，满袖桂香风细[6]。杏园欢宴曲江滨[7]，自此占芳辰。

【注释】

〔1〕金门：金马门，汉代长安臣属待诏的官署。因汉武帝得大宛马，铸铜像置于署前而名。

〔2〕玉京：京城的美称。唐骆宾王《咏怀古意裴侍御》：“若不犯霜雪，虚掷玉京春。”

〔3〕桦烟深处：指朝廷正宫。桦烟，用桦木皮卷制成烛燃烧散发的烟。《本草纲目》卷三五：“桦木生辽东及临洮、河州、西北诸地，……以皮卷蜡，可作烛点。”唐代宫中多用之。唐白居易《早朝》：“月堤槐露气，风烛桦烟香。”白衫：唐代举子的便服，这里指中式者。

〔4〕化龙：见韦庄《喜迁莺》（街鼓动)注〔6〕。

〔5〕九陌：泛指多条道路。《三辅黄图》：“长安八街九陌。”

〔6〕桂香：指折得桂枝香。《晋书·郤诜传》载诜举贤良对策列最优，自谓“犹桂林之一枝，昆山之片玉”。后即以折桂称科举登第。

〔7〕杏园欢宴：唐代新及第的进士举行的一项游宴活动，有探花、宴饮、赋诗等内容。曲江：曲江池，在长安东南。唐康骈《剧谈录》卷下：“曲江池，本秦世陷州，开元中疏凿，遂为胜境。其南有紫云楼、芙蓉苑，其西有杏园、慈恩寺，花卉环列，烟水明媚。”

【译文】

金马门的清晨，长安春色渐浓，骏马驰过时扬起轻尘。桦皮烛烟香缭绕处白衫一新，可知鲤鱼已化成龙身。

条条道路喧腾，千家万户开门，满衣袖的桂枝飘香风中可闻。曲江边的杏园摆开喜庆酒宴，从此能尽享美景良辰。

清明节〔1〕，雨晴天，得意正当年。马骄泥软锦连乾〔2〕，香袖半笼鞭。　　花色融〔3〕，人竞赏，尽是绣鞍朱鞅〔4〕。日斜无计更留连，归路草和烟。

【注释】

〔1〕清明：见温庭筠《菩萨蛮》（南园满地堆轻絮）注〔2〕。

〔2〕连乾：即连乾，马饰品。《晋书·王济传》：“尝乘一马，著连乾障泥，前有水，终不肯渡。”

〔3〕融：明艳。《国语·郑》“祝融”注：“祝，始也。融，明也。”

〔4〕鞅：马颈上用来负轭的皮带。

【译文】

　　恰逢清明佳节，雨后初晴那天，正是人生得意的当年。脚踏软泥的骏马披了锦连乾，熏香袖内半笼着玉鞭。

　　鲜花色彩明艳，游人竞相观赏，都是绣花马鞍配红绳缰。太阳已西斜没法再逗留耽玩，归途中一路绿草轻烟。

小　重　山[1]

　　春到长门春草青[2]，玉阶华露滴[3]，月胧明。东风吹断紫箫声[4]，宫漏促[5]，帘外晓啼莺。　　愁极梦难成，红妆流宿泪，不胜情。手挼裙带绕阶行[6]，思君切，罗幌暗尘生[7]。

【注释】

　　〔1〕小重山：见韦庄《小重山》（一闭昭阳春又春)注〔1〕。集收昭蕴词本调二首。

　　〔2〕长门：长门宫，见韦庄《小重山》（一闭昭阳春又春)注〔7〕。

　　〔3〕华露：花上露珠。

　　〔4〕紫箫：紫竹或紫玉制成的箫。

　　〔5〕宫漏：见温庭筠《更漏子》（柳丝长)注〔1〕。

　　〔6〕挼(ruó)：搓揉。

　　〔7〕幌：帷幕。

【译文】

　　春来到了长门宫内芳草青青，玉石阶旁的花露垂滴，月色朦胧微明。东风吹断了幽怨的紫玉箫声，宫中更漏短促，晨莺已在珠帘外啼鸣。

　　愁到极处梦也做不成，身着红妆流了一夜泪，难忍幽怨悲情。手中搓揉着罗裙带绕阶徘徊，思念君王心切，绫罗帷幕已浮尘暗生。

秋到长门秋草黄，画梁双燕去，出宫墙。玉箫无复理霓裳[1]，金蝉坠[2]，鸾镜掩休妆[3]。　　忆昔在昭阳[4]，舞衣红绶带[5]，绣鸳鸯。至今犹惹御炉香[6]，魂梦断，愁听漏更长[7]。

【注释】
　　〔1〕玉箫：玉制之箫。《初学记》卷一五引《三十国春秋》，谓"凉州人发凉王张骏墓，得赤玉箫、紫玉笛"。霓裳：即《霓裳羽衣曲》。原名《婆罗门》，西域舞曲。唐开元中由西凉节度使杨敬述依曲创声，传入中原，深受玄宗和杨贵妃喜爱。
　　〔2〕金蝉：金制蝉翼首饰。
　　〔3〕鸾镜：见温庭筠《菩萨蛮》（宝函钿雀金鹨鹕）注〔4〕。
　　〔4〕昭阳：见韦庄《小重山》（一闭昭阳春又春）注〔2〕。
　　〔5〕绶带：原为系官印用的腰带，后女子也用以系香囊等物。
　　〔6〕御炉：皇帝用的熏香炉。
　　〔7〕漏更：见温庭筠《更漏子》（柳丝长）注〔1〕。

【译文】
　　秋来到了长门宫内青草泛黄，雕梁间的双燕正飞去，出了深宫高墙。闲置了玉箫已不再吹奏霓裳，金蝉发钗垂落，遮了菱花镜懒得梳妆。
　　回想过去曾在昭阳宫，舞衣裙上束了红绶带，绣着一对鸳鸯。如今还带有御用熏炉的芳香，不觉梦魂欲断，愁听更漏声久久回荡。

离　别　难[1]

宝马晓鞴雕鞍[2]，罗帏乍别情难。那堪春景媚，送君千万里。半妆珠翠落[3]，露华寒。红蜡烛，青丝曲〔4〕，偏能勾引泪阑干〔5〕。　　良夜促，香尘绿〔6〕。魂欲迷，檀眉半敛愁低〔7〕。未别心先咽，欲语情难说。出芳草，路东西。摇袖立，春风急，樱花杨柳雨凄凄〔8〕。

【注释】
　　〔1〕离别难：唐教坊曲名，属"夹钟羽"。唐段安节《乐府杂录》谓"天后朝有士人陷冤狱，籍没家族。其妻配入掖庭，本初善吹觱篥，乃撰此曲，以寄哀情"。始名《大郎神》，又名《悲切子》、《怨回鹘》。后用作词调名，有八十七字、一百十二字两体，皆咏调名本意。此词八十七字，双调，平、仄韵转换。集收昭蕴词本调一首。
　　〔2〕鞴(bèi)：同"鞁"，车具。这里用作动词。
　　〔3〕半妆：半面妆。《梁史·梁元帝徐妃传》："妃以帝眇一目，每知帝将至，必为半面妆以俟，帝见则大怒而出。"这里指妆半已凋落。
　　〔4〕青丝曲：指琴曲。唐刘长卿《杂咏·幽琴》："月色满轩白，琴声宜夜阑。飅飅青丝上，静听松风寒。"青丝，琴弦。
　　〔5〕阑干：纵横流淌的样子。
　　〔6〕香尘：香灰。绿：指青烟。
　　〔7〕檀眉：檀色晕眉。《枕谭》："画家七十二色有檀色，浅赭所合。妇女眉旁晕色似之。"
　　〔8〕樱花：清况周颐《蕙风词话》卷四："此中国樱花也。入词殆自此始。此花以不繁，故益见娟倩。"

【译文】
　　天亮就为宝马备好雕鞍，罗帐仓促离别让人为难。怎忍受得了春景妖媚，送别你远去千里万里。妆半已谢却珠翠零落，晨露沾衣清寒。红红的香蜡烛，青青的琴弦曲，最能引发伤感让人泪流满面。
　　良宵这样短暂，香灰散着青烟。心神不觉迷乱，愁低了头眉间檀晕半敛。还未分别心先已哽咽，想要开口情又难坦言。走出了芳草地，道路各分东西。站着摇袖招手，春风吹得正急，湿了樱花垂了杨柳细雨淅淅。

相 见 欢[1]

罗襦绣袂香红[2]，画堂中。细草平沙蕃马[3]，小屏风。　　卷罗幕，凭妆阁，思无穷。暮雨轻烟魂断，隔帘栊[4]。

【注释】

〔1〕相见欢：唐教坊曲名，宫调不传。用作词调名首见于此。又有《乌夜啼》、《上西楼》、《西楼子》、《秋夜月》等名。双调，三十六字，平韵。集收昭蕴词本调一首。

〔2〕襦：短衣，短袄。袂：衣袖，袖口。

〔3〕蕃马：边地所产之马。

〔4〕栊：底本作"拢"，据《全唐诗·附词》改。

【译文】

绫罗袄绣花袖飘香拂红，幽静的画堂中。青草细沙地平跑着骏马，尽在小小屏风。

收卷起罗帐幔，凭靠梳妆楼前，心中思念无限。傍晚细雨轻烟令人伤感，隔了一个窗帘。

醉 公 子[1]

慢绾青丝发[2]，光研吴绫袜[3]。床上小熏笼[4]，韶州新退红[5]。　　叵耐无端处[6]，捻得从头污[7]。恼得眼慵开[8]，问人闲事来。

【注释】

〔1〕醉公子：唐教坊曲名，宫调不传。唐李山甫《曲江》："千队国娥轻

似雪，一群公子醉如泥。"似为调名所本。后用作词调，多咏调名本意。双调，四十字，平、仄韵凡四换，故又名《四换头》。集收昭蕴词本调一首。

〔2〕绾(wǎn)：盘束，系结。青丝：喻指黑发。唐李白《将进酒》："君不见高堂明镜悲白发，朝如青丝暮成雪。"

〔3〕光砑(yà)：即砑光，用光石碾磨纸、布、皮革等使之柔滑发光。旧题明汤显祖评《花间集》以为"昔王母宴群仙，戴砑光帽，簪花舞，'砑光'二字本此"。吴绫：吴地产丝绸。

〔4〕熏笼：熏香、取暖的小炉。

〔5〕韶州：今广东曲江。当地出产红色染料，称"韶红"。退红：粉红色。唐王建《题所赁宅牡丹花》："粉光深紫腻，肉色退红娇。"

〔6〕叵耐：无法忍受。唐张鷟《游仙窟》："一眉犹叵耐，双眼定伤人。"无端：没有缘故。

〔7〕捻：用手搓揉碾压。

〔8〕慵：懒。

【译文】

　　头盘散乱的乌黑头发，脚穿砑光的吴产丝袜。床上放了个熏香小笼，涂着韶州新出的粉红。

　　真受不了竟无缘无故，把它搓揉得一塌糊涂。生气时眼也懒得睁开，却问起别人的闲事来。

女　冠　子〔1〕

　　求仙去也〔2〕，翠钿金篦尽舍〔3〕，入岩峦。雾卷黄罗帔〔4〕，云雕白玉冠〔5〕。　　　野烟溪洞冷，林月石桥寒。静夜松风下，礼天坛〔6〕。

【注释】

　　〔1〕女冠子：见温庭筠《女冠子》（含娇含笑）注〔1〕。集收昭蕴词本调二首。

　　〔2〕求仙：寻访神仙。这里指入道观为女道士。

〔3〕翠钿：翡翠首饰。金篦：金梳子。舍：舍弃。
〔4〕黄罗帔：绫罗黄披肩。
〔5〕白玉冠：白玉装饰的头冠。
〔6〕礼天坛：道家登坛拜祭天地的礼仪。

【译文】

要寻访神仙去了，翡翠钿金质篦统统舍弃，隐入层岩叠峦。山中雾卷起黄罗披肩，天上云雕成白玉头冠。

溪旁洞谷的野烟清冷，林下石桥的月光幽寒。夜色沉静的松树风下，登上高坛祭天。

　　云罗雾縠〔1〕，新授明威法篆〔2〕，降真函〔3〕。髻绾青丝发〔4〕，冠抽碧玉簪。　　　往来云过五〔5〕，去住岛经三〔6〕。正遇刘郎使〔7〕，启瑶缄〔8〕。

【注释】

〔1〕縠(hú)：绉纱一类丝织物。
〔2〕明威：犹"明畏"，赏罚。《书·皋陶谟》："天明畏，自我民明畏。"宋蔡沈《集注》："威，古文作'畏'，二字通用。明者显其善，畏者威其恶。"法篆：道家称天神所授符命(天赐祥瑞予人君的凭证)。
〔3〕真函：装法篆的封套。
〔4〕绾：盘结。
〔5〕云过五：指穿过五色祥云。唐白居易《长恨歌》："楼阁玲珑五云起，其中绰约多仙子。"
〔6〕岛经三：经过三座仙岛。《史记·秦始皇本纪》："齐人徐市等上书，言海中有三神山，名曰蓬莱、方丈、瀛洲，仙人居之。"
〔7〕刘郎：见温庭筠《思帝乡》(花花)注〔5〕。
〔8〕瑶缄(jiān)：仙界来信。这里指珍贵的信件。

【译文】

罗纱如云雾轻薄，新授上天赏善罚恶符命，降下法篆封函。

青青发丝盘结成高髻，碧玉头簪系定了道冠。

往来时飘过祥云五色，去住曾途经海上三山。正好遇见刘郎的来使，拆看珍贵信函。

谒　金　门^{〔1〕}

春满院，叠损罗衣金线^{〔2〕}。睡觉水精帘未卷^{〔3〕}，檐前双语燕。　　斜掩金铺一扇^{〔4〕}，满地落花千片。早是相思肠欲断^{〔5〕}，忍交频梦见^{〔6〕}。

【注释】

〔1〕谒金门：见韦庄《谒金门》（春漏促）注〔1〕。集收昭蕴词本调一首。

〔2〕叠损：折坏，弄皱。

〔3〕水精帘：见温庭筠《菩萨蛮》（水精帘里颇黎枕）注〔1〕。

〔4〕金铺：古时门上用来衔环的铜质低盘，多饰金，作花或兽面。其为兽面形者称铺首，有辟邪作用。汉司马相如《长门赋》："挤玉户以撼金铺兮，声噌吰而似钟音。"

〔5〕肠欲断：见温庭筠《定西番》（细雨晓莺春晚）注〔1〕。

〔6〕交：同"教"，使，让。

【译文】

春色已满庭院，折叠损了罗衣上的金线。一觉睡醒水晶窗帘还没有卷，屋檐前有对燕子呢喃。

一扇饰金铺的院门斜掩，千百片花瓣已遍地落满。早因日夜相思不禁愁肠寸断，怎忍心常在梦中遇见。

牛给事嶠

【简介】

　　牛嶠(生卒年不详)，字松卿，又字延峰，陇西(今属甘肃)人。唐宰相牛僧孺之孙。博学有文，以歌诗著名。乾符五年(878)进士，历官拾遗、补阙、尚书郎。王建镇蜀，辟为判官。前蜀建国，仕给事中，人称"牛给事"。《花间集》存词三十二首，多写闺情，风格"莹艳缛丽"，与温庭筠相近(李冰若《栩庄漫记》)。

柳　　枝[1]

　　解冻风来末上青[2]，解垂罗袖拜卿卿[3]。无端袅娜临官路[4]，舞送行人过一生。

【注释】

　　〔1〕柳枝：见温庭筠《杨柳枝》(宜春苑外最长条)注〔1〕。集收嶠词本调五首。

　　〔2〕解冻风：指东风。《礼记·月令》："孟春之月……东风解冻，蛰虫始振。"末上青：枝头已泛青。

　　〔3〕解：知晓，懂得。卿卿：男女间的爱称。《世说新语·惑溺》："妇曰：'亲卿爱卿，是以卿卿；我不卿卿，谁当卿卿？'"唐元稹《答姨兄胡灵之见寄五十韵》："华奴歌浙浙，媚子舞卿卿。"

　　〔4〕袅娜：柔弱纤细的样子。官路：官员来往的道路。

【译文】

　　融化冰冻的风吹来枝头泛青，已知道低垂了罗袖拜揖卿卿。对着官行道路无故轻柔飘荡，用舞姿来伴送行人度过一生。

　　吴王宫里色偏深[1]，一簇纤条万缕金。不愤钱塘苏小小，引郎松下结同心[2]。

【注释】

　　〔1〕吴王宫：即吴王夫差修筑的馆娃宫。见温庭筠《杨柳枝》（馆娃宫外邺城西）注〔1〕。

　　〔2〕不愤二句：谓不服苏小小为何在松下结同心，而不是在柳下。不愤：即不忿，不服气。《世说新语·文学》："于法开始与支公争名，后情渐归支，意甚不忿，遂遁迹剡下。"钱塘：古代县名。隋以后治今浙江杭州市。低本作"前塘"，据《四部丛刊》影印明刊本改。苏小小：见温庭筠《杨柳枝》（苏小门前柳万条）注〔1〕。结同心：见温庭筠《更漏子》（相见稀）注〔2〕。《乐府诗集》八五载古辞《苏小小歌》："我乘油壁车，郎乘青骢马。何处结同心，西陵松柏下。"

【译文】

　　吴王宫苑里的颜色特别深沉，一簇簇细枝条就像万缕黄金。真不服那个钱塘才女苏小小，引着情郎在松树下缔结同心。

　　桥北桥南千万条，恨伊张绪不相饶[1]。金羁白马临风望[2]，认得杨家静婉腰[3]。

【注释】

　　〔1〕恨伊句：据《南齐书·张绪传》载，张绪字思曼，吴郡人。风姿清雅，吐纳风流。武帝时为国子祭酒。当时益州献柳数株，状如丝缕。帝植之灵和殿，曾叹曰："此杨柳风流可爱，似张绪当年。"不相饶，不相让。

〔2〕金羁白马：这里代指少年郎。三国魏曹植《白马篇》："白马饰金羁，连翩西北驰。借问谁家子，幽并游侠儿。"金羁，金饰马笼头。

〔3〕杨家静婉腰：《南史·羊侃传》："舞人张净婉腰围一尺六寸，时人咸推能掌上舞。"因知"杨"当作"羊"，"静"当作"净"。

【译文】

河旁桥南桥北垂丝千条万条，恨他张绪风流倜傥不肯相饶。骑白马金笼头的少年临风望，认得那是羊家净婉的细舞腰。

狂雪随风扑马飞〔1〕，惹烟无力被春欺〔2〕。莫交移入灵和殿〔3〕，宫女三千又妒伊。

【注释】

〔1〕狂雪：形容柳絮漫天飞舞。

〔2〕惹烟句：说柳丝纤细，软柔无力，常被烟雾笼罩，春风吹乱。

〔3〕交：同"教"，让。灵和殿：南朝齐武帝时宫殿，在芳林苑。参见上首注〔1〕。

【译文】

轻絮如雪随风狂舞扑向马匹，枝条柔弱招烟惹雾多被春欺。不要把它移入皇家灵和宫殿，不然三千宫女又都会嫉妒伊。

袅翠笼烟拂暖波〔1〕，舞裙新染曲尘罗〔2〕。章华台畔隋堤上〔3〕，傍得春风尔许多〔4〕。

【注释】

〔1〕袅翠：青色缭绕。笼烟：烟雾笼罩。

〔2〕曲尘：酒曲所生细菌，淡黄色，轻扬为尘，故以曲尘指淡黄色。唐刘禹锡《杨柳枝》："凤阙轻遮翡翠帏，龙墀遥望曲尘丝。"

〔3〕章华台：春秋时楚灵王筑。故址在今湖北监利县西北，其地多

柳。唐李白《司马将军歌》："狂风吹古月，窃弄章华台。"隋堤：见韦庄《河传》（何处）注〔2〕。

〔4〕尔许：如此，这样。

【译文】

　　青翠缭绕烟雾笼罩轻拂暖波，罗裙新染了鹅黄色起舞婆娑。在楚王章华台旁隋炀帝堤上，得到和煦轻柔的春风那么多。

花间集卷第四

牛给事峤

女 冠 子[1]

绿云高髻[2]，点翠匀红时世[3]。月如眉，浅笑含双靥[4]，低声唱小词。　　眼看唯恐化[5]，魂荡欲相随。玉趾回娇步[6]，约佳期。

【注释】

〔1〕女冠子：见温庭筠《女冠子》(含娇含笑)注〔1〕。集收峤词本调四首。论者以为"四词虽题《女冠子》，亦情词也"(李冰若《栩庄漫记》)。

〔2〕绿云：喻指女子秀发浓密。唐白居易《和春深二十首》之七："宋家宫样髻，一片绿云斜。"

〔3〕点翠匀红：指穿着打扮色彩艳丽匀称。时世：这里指入时，时髦。

〔4〕双靥：两个酒窝。

〔5〕化：指羽化成仙。

〔6〕玉趾：脚趾的美称。三国魏曹植《冬至献袜颂》："玉趾既御，履和蹈贞。"

【译文】

青丝如云盘高髻，点翡翠匀朱红梳妆入时。秀眉宛如弯月，微微一笑含着两酒窝，低声唱起幽怨的小词。

眼看着只怕就要羽化，心旌摇荡想时刻相随。没走几步又回过身来，约了相会佳期。

锦江烟水[1]，卓女烧春浓美[2]。小檀霞[3]，绣带芙蓉帐[4]，金钗芍药花。　　额黄侵腻发[5]，臂钏透红纱[6]。柳暗莺啼处，认郎家。

【注释】

〔1〕锦江：见韦庄《河传》（春晚）注〔1〕。

〔2〕卓女：汉人卓文君。曾与司马相如在成都当垆卖酒。烧春：酒名。唐李肇《国史补》卷下："酒则有……剑南之烧春。"

〔3〕檀霞：浅赭与红色。

〔4〕芙蓉帐：绣有荷花的罗帐。唐白居易《长恨歌》："云鬟花颜金步摇，芙蓉帐暖度春宵。"

〔5〕额黄：见温庭筠《菩萨蛮》（蕊黄无限当山额）注〔1〕。

〔6〕臂钏：即镯子，臂环。唐元稹《估客乐》："输石打臂钏，糯米吹项璎。"

【译文】

锦江边烟水迷蒙，卓氏女的烧春酒味香浓。身着浅红小袄，芙蓉罗帐前绣带垂挂，金钗上佩戴着芍药花。

乌黑的秀发遮了额黄，臂上的镯光透出红纱。杨柳垂阴莺叫的地方，认得是情郎家。

星冠霞帔[1]，住在蕊珠宫里[2]。佩丁当，明翠摇蝉翼[3]，纤珪理宿妆[4]。　　醮坛春草绿[5]，药院杏花香[6]。青鸟传心事[7]，寄刘郎[8]。

【注释】

〔1〕星冠：饰有珍珠的帽子。霞帔：红披肩。

〔2〕蕊珠宫：也省称"蕊宫"，道教传说中神仙居住的宫观。唐皮日休《扬州看辛夷花》："一枝拂地成瑶圃，数树参庭是蕊宫。"

〔3〕明翠：翡翠首饰。蝉翼：像蝉翼般轻薄。

〔4〕纤珪：指纤细白皙的手。珪，玉石。

〔5〕醮坛：道士的祭神台。醮，祭祀。

〔6〕药院：道观种植药材的园圃。

〔7〕青鸟：传说中西王母的信使。旧题汉班固《汉武故事》："七月七日，上于承华殿斋，日正中，忽见有青鸟从西方来集殿前。上问东方朔，朔对曰：西王母暮必降……是夜漏七刻……王母至……有二青鸟如乌，夹侍母旁。"

〔8〕刘郎：见温庭筠《思帝乡》（花花)注〔5〕。

【译文】

星光帽子红披肩，住在烟云缭绕蕊珠宫殿。耳珮叮当作响，翡翠簪上的蝉翼轻摇，细白的手理着隔夜妆。

祭神的坛边春草青翠，种药的园内杏花飘香。青鸟飞来可传递心事，远寄别后刘郎。

　　双飞双舞，春昼后园莺语〔1〕。卷罗帏，锦字书封了〔2〕，银河雁过迟。　　鸳鸯排宝帐，豆蔻绣连枝〔3〕。不语匀珠泪，落花时。

【注释】

〔1〕昼：底本作"画"，据《全唐诗·附词》改。

〔2〕锦字：据《晋书·窦滔妻苏氏传》载，窦滔符坚时为秦州刺史，被徙流沙。妻苏氏思之，"织锦为回文旋图诗以赠滔"。诗可宛转循环读之，情词悽惋，共三百四十字。后即以锦字代指妻子给丈夫的书信。

〔3〕豆蔻：见皇甫松《浪淘沙》（蛮歌豆蔻北人愁)注〔1〕。连枝：连理枝。两棵树的枝条连生在一起。喻夫妻恩爱。唐白居易《长恨歌》：

"在天愿为比翼鸟，在地愿为连理枝。"

【译文】

　　一双双翩飞起舞，春日后花园中声声莺语。卷起丝绸帘帷，封好了织锦回文书信，飞过银河的雁来太迟。

　　帐上排着恩爱的鸳鸯，绣出的豆蔻枝干相连。默默抹去脸上的泪珠，正是落花时节。

梦　江　南[1]

　　衔泥燕，飞到画堂前。占得杏梁安稳处[2]，体轻唯有主人怜，堪羡好因缘[3]。

【注释】

　　〔1〕梦江南：见温庭筠《梦江南》（千万恨）注〔1〕。集收峤词本调二首。论者以为二词"一咏燕，一咏鸳鸯，是咏物而不滞于物也。词家当法此"（《词林纪事》卷二引宋姜夔语）。
　　〔2〕占：挑选。杏梁：杏木屋梁。
　　〔3〕堪羡：应该羡慕。好因缘：完美结合的因果缘分。

【译文】

　　两只衔泥燕子，相伴飞到雕花厅堂前。在杏木梁上找了个安稳地方，轻盈的体态只有主人家爱怜，真羡慕这种美好因缘。

　　红绣被，两两间鸳鸯[1]。不是鸟中偏爱尔，为缘交颈睡南塘[2]，全胜薄情郎。

【注释】

　　〔1〕两两句：说间隔绣着两对鸳鸯。

〔2〕为缘：是因为。交颈：两颈交叉相依，表示亲密。《庄子·马蹄》："夫马……喜则交颈相摩。"

【译文】

一条红色绸被，间隔绣着俏鸳鸯两对。不是在百鸟中偏偏只喜爱你，是因它们在南塘中交颈而睡，全胜薄情郎没心没肺。

感　恩　多〔1〕

两条红粉泪〔2〕，多少香闺意。强攀桃李枝，敛愁眉。　　陌上莺啼蝶舞，柳花飞。柳花飞，愿得郎心，忆家还早归〔3〕。

【注释】

〔1〕感恩多：唐教坊曲名，宫调失传。用于词调首见于此。任半塘《教坊记笺订》引唐崔群玉《留别马使君》"唯有管弦知客意，分明吹出感恩多"等诗，谓"岂此曲原用诗体，后始有长短句欤？俟考"。有三十九、四十字两体。双调，平、仄韵转换，下片二、三为叠句。集收峤词本调二首。论者以为"二词情韵谐婉，纯以白描见长"（李冰若《栩庄漫记》）。

〔2〕红粉泪：带着脸上红粉的眼泪。

〔3〕忆家句：唐李白《蜀道难》："锦城虽云乐，不如早还家。"

【译文】

两条带有红粉的眼泪，多少闺中委屈的情意。勉强手攀着桃李树枝，含愁双眉皱起。

田间道上娇莺啼彩蝶舞，柳树扬花飘飞。柳树扬花飘飞，希望你的心意不变，想家了盼望早早回归。

　　自从南浦别[1]，愁见丁香结[2]。近来情转深，忆鸳衾[3]。　　　几度将书托烟雁，泪盈襟。泪盈襟，礼月求天[4]，愿君知我心。

【注释】

　　〔1〕南浦：见温庭筠《清平乐》（洛阳愁绝）注〔4〕。

　　〔2〕丁香结：丁香的花蕾。古人多用以喻愁思凝结。唐李商隐《代赠》之一："芭蕉不展丁香结，同向春风各自愁。"

　　〔3〕鸳衾：绣有鸳鸯的被子。

　　〔4〕礼月：祭拜月神。唐司空图《偶书五首》之三："晚妆留拜月，卷上水精帘。"

【译文】

　　自从在南浦相互告别，就生怕看见丁香花结。近来这情思越转越深，想起鸳被温存。

　　几次要把书信托付大雁捎去，眼泪流满衣襟。眼泪流满衣襟，跪拜明月祈求天，只愿你能知我一片心。

应 天 长[1]

　　玉楼春望晴烟灭，舞衫斜卷金条脱[2]。黄鹂娇啭声初歇，杏花飘尽龙山雪[3]。　　　凤钗低赴节[4]，筵上王孙愁绝[5]。鸳鸯对衔罗结[6]，两情深夜月。

【注释】

　　〔1〕应天长：见韦庄《应天长》（绿槐阴里黄莺语）注〔1〕。集收娇词本调二首。

　　〔2〕条脱：也作"条达"、"调脱"、"跳脱"，腕环。汉繁钦《定情诗》："何以致契阔，绕腕双跳脱。"

〔3〕龙山：在今湖北江陵县西北。晋温桓九月九日登高，风吹孟嘉落帽处。

〔4〕赴节：依声打节拍。

〔5〕王孙：见温庭筠《杨柳枝》（馆娃宫外邺城西)注〔2〕。

〔6〕罗结：用罗带打结，表示彼此倾心。

【译文】

春日登楼眺望远处烟雨初晴，舞衣飘动露出腕上金环光晶。黄莺鸟宛转的啼鸣声刚停歇，杏花满天飘尽了龙山的白雪。

凤钗轻轻敲打着节拍，宴席上公子忧愁满怀。一对鸳鸯用罗带打成结，夜月下两人情深似海。

双眉淡薄藏心事，清夜背灯娇又醉。玉钗横，山枕腻〔1〕，宝帐鸳鸯春睡美。　　别经时，无限意，虚道相思憔悴〔2〕。莫信彩笺书里〔3〕，赚人肠断字〔4〕。

【注释】

〔1〕山枕：见温庭筠《菩萨蛮》（竹风轻动庭除冷)注〔3〕。

〔2〕虚道：空言，白说。

〔3〕彩笺：彩色纸张。唐温庭筠《感旧陈情五十韵献淮南李仆射》："雷电随神笔，鱼龙落彩笺。"

〔4〕赚人：犹诓人，骗人。肠断：见温庭筠《定西番》（细雨晓莺春晚)注〔1〕。

【译文】

两条淡薄的秀眉隐藏着心事，冷清的夜熄了灯烛娇弱又醉。玉钗横了过来，山枕湿了一片，绣花帐上的鸳鸯鸟春睡正美。

分别已经多时，自有无限情意，空说那相思的人已憔悴。不要信彩色信纸里写的，那些哄骗人的断肠字。

更 漏 子[1]

星渐稀，漏频转[2]，何处轮台声怨[3]。香阁掩，杏花红，月明杨柳风。　　挑锦字[4]，记情事，唯愿两心相似。收泪语，背灯眠，玉钗横枕边。

【注释】

〔1〕更漏子：见温庭筠《更漏子》（柳丝长）注〔1〕。集收峤词本调三首。

〔2〕漏：计时的滴漏。

〔3〕轮台：在今新疆米泉市境。唐天宝间封常青西征，轮台为重镇。唐岑参有《轮台歌奉送封大夫出师西征》诗。其地歌舞传入内地，"轮台"被作为舞曲名，晚唐、五代流行不废。（参见任半塘《唐声诗》下编第八）

〔4〕锦字：见前《女冠子》（双飞双舞）注〔2〕。

【译文】

星辰渐渐稀疏，漏滴时时流转，哪里传来轮台曲声幽怨。闺阁的门关着，院内杏花殷红，明月下吹拂着杨柳风。

选取织锦文字，记下往日情事，只盼望两颗心彼此相似。收住和泪话语，吹灭灯烛入眠，碧玉头钗就横在枕边。

春夜阑，更漏促[1]，金烬暗挑残烛[2]。惊梦断，锦屏深，两乡明月心。　　闺草碧[3]，望归客，还是不知消息。辜负我，悔怜君，告天天不闻。

【注释】

〔1〕更漏：见温庭筠《更漏子》（柳丝长）注〔1〕。

〔2〕金烬：烛芯烧尽。

〔3〕闺：闺房。这里指女子居住的所在地。

【译文】

　　漫漫春夜将尽，报时更漏声促，灯芯燃尽暗中挑亮残烛。好梦已被惊断，锦屏更觉幽深，明月映出两地的人心。

　　闺阁外草青碧，盼望行客回归，等待多时还是不知消息。这么辜负了我，后悔深爱着你，祈告苍天苍天也不听。

　　南浦情〔1〕，红粉泪〔2〕，争奈两人深意。低翠黛〔3〕，卷征衣，马嘶霜叶飞。　　招手别，寸肠结，还是去年时节。书托雁，梦归家，觉来江月斜。

【注释】

　　〔1〕南浦：见温庭筠《清平乐》（洛阳愁绝)注〔4〕。

　　〔2〕红粉泪：见前《感恩多》（两条红粉泪)注〔2〕。

　　〔3〕翠黛：指双眉。见温庭筠《菩萨蛮》（雨晴夜合玲珑日)注〔6〕。

【译文】

　　南浦相送的情，和着红粉的泪，怎能传递两人满怀深意。低下黛色双眉，卷起行者征衣，马叫声中霜叶随风飞。

　　频频招手告别，不禁柔肠寸结，还是去年的心碎时节。信早托雁捎去，梦见你已回家，醒来时江上明月西斜。

望　江　怨〔1〕

　　东风急，惜别花时手频执，罗帏愁独入。马嘶残雨春芜湿〔2〕，倚门立。寄语薄情郎，粉香和泪泣。

【注释】

〔1〕望江怨：词调名，宫调失传。本集仅此一首。清沈雄《古今词话·词评》引陆游语，云"牛峤《定西番》为塞下曲，《望江怨》为闺中曲，是盛唐遗音"。单调，三十五字，仄韵。集收峤词本调一首。清况周颐《餐樱庑词话》谓其"繁弦促柱间有劲气暗转，愈转愈深"。

〔2〕春芜：亦名荃蘼，一种香草。《初学记》二〇引《洞冥记》谓波祇国"献神精香草，一名荃蘼，亦名春芜……妇人带之，弥月芬馥"。唐杜甫《大历三年春……凡四十韵》："乾坤霾涨海，雨露洗春芜。"这里泛指青草。

【译文】

东风吹得正急，花开时手长牵着手依依惜别，生怕罗帐再一人独入。马叫声中残雨打湿了青青草，独倚门柱呆立。请传话给薄情的郎君，她香粉和泪不停哭泣。

菩 萨 蛮[1]

舞裙香暖金泥凤[2]，画梁语燕惊残梦。门外柳花飞，玉郎犹未归[3]。　　愁匀红粉泪，眉剪春山翠[4]。何处是辽阳[5]，锦屏春昼长。

【注释】

〔1〕菩萨蛮：见温庭筠《菩萨蛮》(小山重叠金明灭)注〔1〕。集收峤词本调七首。

〔2〕金泥：即泥金，用金粉饰物。唐孟浩然《宴张记室宅》："玉指调筝柱，金泥饰舞罗。"

〔3〕玉郎：见韦庄《天仙子》(梦觉云屏依旧空)注〔3〕。

〔4〕眉剪句：见温庭筠《菩萨蛮》(雨晴夜合玲珑日)注〔6〕。

〔5〕辽阳：见温庭筠《诉衷情》(莺语)注〔7〕。

【译文】

香暖的舞裙妆点着金粉凤凰，惊醒残梦的语燕还在画梁上。门外柳絮在随风飞舞，外出的夫君还未归乡。

含愁匀了带泪的红粉，皱眉宛如春山的翠痕。什么地方是梦中辽阳，织锦屏间的春日漫长。

柳花飞处莺声急，晴街春色香车立。金凤小帘开[1]，脸波和恨来[2]。　　今宵求梦想，难到青楼上[3]。赢得一场愁，鸳衾谁并头。

【注释】

〔1〕金凤：指车帘上绣的金凤凰。

〔2〕脸波：眼波，也指泪光。

〔3〕青楼：这里指富贵人家的豪宅大院。三国魏曹植《美女篇》："青楼临大路，高门结重关。"

【译文】

杨柳絮纷飞的地方莺啼声急，晴天街上春色浓郁香车停立。绣了金凤的小帘揭开，含着怨恨的眼波瞟来。

今晚但求能做个好梦，却担心难到青楼之中。最终只得到一场忧愁，鸳鸯锦被中与谁并头。

玉钗风动春幡急[1]，交枝红杏笼烟泣。楼上望卿卿[2]，寒窗新雨晴。　　薰炉蒙翠被，绣帐鸳鸯睡。何处最相知，羡他初画眉[3]。

【注释】

〔1〕春幡：春旗。旧俗立春日挂春幡，象征春至。也剪彩作小幡，插在头上或挂在树上。南朝陈徐陵《杂曲》："立春历日自当新，正月春

幡底须故。"

　　〔2〕卿卿：见前《柳枝》（解冻风来末上青)注〔3〕。

　　〔3〕画眉：据《汉书·张敞传》载，张敞"为妇画眉，长安中传张京兆眉怃"。南朝梁刘孝威《郡县遇见人织率尔寄妇》："新妆莫点黛，余还自画眉。"

【译文】

　　风吹过玉钗上的春幡晃动急，烟雾中的交枝红杏像在哭泣。站在楼上盼望着卿卿，新雨过后的寒窗初晴。

　　熏香的暖炉蒙着翠被，绣帐上鸳鸯交颈而睡。怎么能体现相亲相知，羡慕他当初为妻画眉。

　　　画屏重叠巫阳翠[1]，楚神尚有行云意[2]。朝暮几般心，向他情谩深[3]。　　风流今古隔，虚作瞿塘客[4]。山月照山花，梦回灯影斜。

【注释】

　　〔1〕巫阳：巫山之阳。见韦庄《归国遥》（春欲晚)注〔4〕。

　　〔2〕楚神：指巫山神女。

　　〔3〕谩：枉，徒劳。唐李白《述德兼陈情上哥舒大夫》："卫青谩作大将军，白起真成一竖子。"

　　〔4〕瞿塘客：指瞿塘的过客。唐李益《江南曲》："嫁得瞿塘贾，朝朝误妾期。"瞿塘，位列长江三峡之首，在今四川奉节县东。

【译文】

　　画屏上重叠的巫山一片青翠，楚地的神女还有行云的美意。朝朝暮暮有多少痴心，对他的依恋一往情深。

　　风流的逸事古今暌隔，白白做了回瞿塘过客。山间的明月照着山花，梦醒时分灯影已歪斜。

风帘燕舞莺啼柳，妆台约鬟低纤手[1]。钗重髻盘珊[2]，一枝红牡丹。　　门前行乐客，白马嘶春色。故故坠金鞭[3]，回头应眼穿[4]。

【注释】

〔1〕约鬟：整理鬟发。

〔2〕盘珊：即盘桓，发髻盘绕的模样。晋崔豹《古今注·杂注》："长安妇人好为盘桓髻。"唐吴融《个人三十韵》："髻学盘桓绾，床依宛转成。"一说为长貌，唐李贺《瑶华乐》："舞霞垂尾长盘珊，江澄海净神母颜。"

〔3〕故故：时时，屡屡。唐杜甫《月》："时时开暗室，故故满青天。"

〔4〕眼穿：形容看不够。唐白居易《江楼夜吟元九律诗三十韵》："白头吟处变，青眼望中穿。"

【译文】

燕在帘外风中飞，莺在柳间啼，梳妆台边整理云鬟纤手低垂。盘绕的发髻金钗重重，一枝牡丹花妖艳鲜红。

游冶少年在门前盘桓，白马嘶鸣春色正无限。屡屡掉下手中的金鞭，回头看应把眼睛望穿。

绿云鬟上飞金雀[1]，愁眉敛翠春烟薄。香阁掩芙蓉[2]，画屏山几重。　　窗寒天欲曙，犹结同心苣[3]。啼粉污罗衣，问郎何日归。

【注释】

〔1〕绿云：见牛峤《女冠子》（绿云高髻）注〔2〕。金雀：金雀钗。

〔2〕芙蓉：这里指菱花镜。

〔3〕同心苣(jù)：蔬菜名，俗称莴苣笋。南朝陈沈约《少年新婚》："锦履并花纹，绣带同心苣。"

【译文】

　　绿云般鬓发上飞来一只金雀，愁眉收敛了青翠色春烟淡薄。闺阁中遮掩了菱花镜，画屏上苍山重重叠叠。

　　清寒的窗外天色将曙，绸带还系结着同心苣。脂粉和泪沾污了罗衣，只是问情郎哪天才归。

　　玉楼冰簟鸳鸯锦[1]，粉融香汗流山枕[2]。帘外辘轳声[3]，敛眉含笑惊。　　柳阴烟漠漠[4]，低鬓蝉钗落。须作一生拚[5]，尽君今日欢。

【注释】

　　〔1〕冰簟：凉席。《说文》："簟，竹席也。"唐李商隐《可叹》："冰簟且眠金缕枕，琼筵不醉玉交杯。"

　　〔2〕山枕：见温庭筠《菩萨蛮》（竹风轻动庭除冷）注〔3〕。

　　〔3〕辘轳：井上横架的圆木，上缠挂桶的绳索，上下转动即可从井中汲水。唐陆龟蒙《病中晓思》："月堕霜西竹井寒，辘轳丝冻下瓶难。"

　　〔4〕漠漠：四下弥漫散布的样子。汉王逸《九思·疾世》："时咄咄兮旦旦，尘漠漠兮未晞。"

　　〔5〕拚(pàn)：舍弃，不顾一切。

【译文】

　　阁楼的凉席上铺了鸳鸯锦被，枕上流着融合了脂粉的汗水。绣帘外传来了辘轳声，微皱起双眉含笑受惊。

　　柳阴下晨雾弥漫轻薄，鬓发低垂使蝉钗滑落。宁愿抛舍一生的牵绊，今天也要和郎君尽欢。

酒　泉　子[1]

　　记得去年，烟暖杏园花正发[2]，雪飘香。江草绿，柳丝长。　　　钿车纤手卷帘望[3]，眉学春山样[4]。凤钗低袅翠鬟上[5]，落梅妆[6]。

【注释】

〔1〕酒泉子：见温庭筠《酒泉子》（花映柳条）注〔1〕。集收峤词本调一首。

〔2〕杏园：见薛昭蕴《喜迁莺》（残蟾落）注〔5〕。

〔3〕钿车：金饰香车。

〔4〕眉学句：见温庭筠《菩萨蛮》（雨晴夜合玲珑日）注〔6〕。

〔5〕袅：摇摆不定。翠鬟：环形发鬓。

〔6〕落梅妆：也称"梅花妆"。古代妇女的一种面饰。据传南朝宋武帝女寿阳公主人日卧含章殿檐下，梅花落在额上，成五出之花，拂之不去。自后宫人仿之，遂有梅花妆。（见唐韩鄂《岁华纪丽》一《人日·梅花妆》）唐李商隐《对雪》之二："侵夜可能争桂魄，忍寒应欲试梅妆。"

【译文】

记得去年这时候，烟雾湿暖的杏园内繁花正开，宛如白雪飘香。江边的草绿了，杨柳垂丝细长。

雕花香车内纤手卷了帘张望，双眉学的是春山模样。低垂的金凤钗在发鬓上摇摆，额头点着梅妆。

定　西　番[1]

紫塞月明千里[2]，金甲冷，戍楼寒[3]，梦长安[3]。乡思望中天阔，漏残星亦残[4]。画角数声呜咽[5]，雪漫漫。

【注释】

〔1〕定西番：见温庭筠《定西番》（汉使昔年离别）注〔1〕。集收峤

词本调一首。

〔2〕紫塞：指长城。晋崔豹《古今注·都邑》："秦筑长城，土色皆紫，汉塞亦然，故称'紫塞'焉。"也泛指北方边塞。南朝宋鲍照《芜城赋》："南驰苍梧涨海，北走紫塞雁门。"

〔3〕戍楼：边防哨所的瞭望楼。

〔4〕长安：今陕西西安市。唐代西都。

〔5〕漏残：指滴漏将尽，天欲拂晓。

〔6〕画角：见温庭筠《更漏子》（背江楼）注〔1〕。呜咽：声音悲凉凄厉。

【译文】

月光下紫城墙蜿蜒千里，铁盔金甲冰冷，瞭望楼上凝寒，夜来梦回长安。

怀着乡思远望天地辽阔，滴漏稀疏星只剩几点。传来了数声呜咽的画角，满天大雪弥漫。

玉 楼 春〔1〕

春入横塘摇浅浪〔2〕，花落小园空惆怅。此情谁信为狂夫〔3〕，恨翠愁红流枕上〔4〕。　　小玉窗前嗔燕语〔5〕，红泪滴穿金线缕〔6〕。雁归不见报郎归，织成锦字封过与〔7〕。

【注释】

〔1〕玉楼春：词调名，宫调不传。调名本唐白居易《长恨歌》"玉楼宴罢醉和春"句。双调，五十六字，七言律体，仄韵。宋以后与《木兰花》混合，因有为《木兰花》别名之说。其实在宋代，两调在教坊入乐时乐调不同，故分而列之。集收峤词本调一首。论者以为"隽调中时下隽句，隽句中时下隽字，读之甘芳浃齿"（《花间集》旧题明汤显祖评本）。

〔2〕横塘：在今江苏南京秦淮河南岸，三国时东吴"自江口沿淮筑堤，谓之横塘"（宋张敦颐《六朝事迹·江河门》）。另江苏吴县东南也有横塘，因水东出分流而名。这里泛指大水塘。

〔3〕狂夫：古代女子对自己丈夫的谦称，有调侃的意思。南朝梁何思澄《南苑逢美人》："自有狂夫在，空持劳使君。"

〔4〕恨翠：指愁眉。愁红：指眼泪。

〔5〕小玉：唐蒋防作有《霍小玉传》，讲述霍小玉被丈夫李益遗弃的故事。这里泛指闺妇。嗔：责怪，抱怨。

〔6〕红泪：见韦庄《木兰花》（独上小楼春欲暮）注〔3〕。

〔7〕锦字：见前《女冠子》（双飞双舞）注〔2〕。

【译文】

春风吹入横塘摇起层层浅浪，小园花落纷纷令人空自惆怅。这情愫谁相信是为那个狂夫，愁眉下的眼泪全流在了枕上。

小玉在纱窗前嗔怪燕语呢喃，伤心的泪滴穿了身上金缕线。大雁归来却不见报郎君也归，只能封了织锦书信请它递传。

西 溪 子 〔1〕

捍拨双盘金凤〔2〕，蝉鬓玉钗摇动。画堂前，人不语，弦解语。弹到昭君怨处〔3〕，翠娥愁〔4〕，不抬头。

【注释】

〔1〕西溪子：唐教坊曲名，宫调不传。用作词调名，此为首见。单调，有三十三、三十五二体，平、仄韵换押。集收峤词本调一首。

〔2〕捍拨：护拨饰物。拨，拨动琵琶、筝、瑟弦索的器具。唐李贺《春怀引》："蟾蜍碾玉挂明弓，捍拨装金打仙凤。"双盘金凤：琵琶面上刻有凤凰的图案。

〔3〕昭君：汉宫人王嫱，字昭君。汉元帝时出塞和亲，抱琵琶戎服入匈奴。离乡去国之日多有怨思诉诸乐曲，故乐府古琴曲歌辞有《昭君怨》、《明妃怨》。其事见载于《汉书·元帝纪》、《西京杂记》、《琴操》

等书，流传于民间的传说也很多。

〔4〕翠娥：指弹琵琶的女子。

【译文】

捍拨在双盘金凤上游走，蝉鬓玉钗跟着轻轻颤抖。华美的厅堂前，人的声都不出，只有弦在倾诉。弹奏到昭君悲怨的地方，美女满怀忧愁，再也没有抬头。

江　城　子[1]

鸂鶒飞起郡城东[2]，碧江空，半滩风。越王宫殿[3]，蘋叶荷花中[4]。帘卷水楼渔浪起[5]，千片雪，雨濛濛。

【注释】

〔1〕江城子：见韦庄《江城子》（恩重娇多情易伤)注〔1〕。集收峤词本调二首。

〔2〕鸂鶒：一种水鸟。《埤雅·释鸟》：鸂鶒"似凫而脚高，有毛冠，长目似睛交，故云交睛"。郡城：这里指春秋时越国国都会稽（今浙江绍兴）。

〔3〕越王：指勾践。

〔4〕蘋：又名田字草，浅水生蕨类植物，夏秋开小白花。

〔5〕水楼：临水楼榭。

【译文】

一群鸂鶒鸟在郡城东面飞起，江上青碧空蒙，吹过半滩清风。越王巍峨的宫殿，曾在一片蘋叶荷花中。卷帘的临水楼前鱼随浪涌起，宛如千片白雪，挟着细雨濛濛。

极浦烟消水鸟飞[1]，离筵分手时[2]，送金卮[3]。渡口杨花，狂雪任风吹。日暮空江波浪急，芳草岸，雨如丝。

【注释】

〔1〕极浦：遥远的水边。战国楚屈原《九歌·湘君》："望涔阳兮极浦，横大江兮扬灵。"

〔2〕分手：底本作"分首"，据《全唐诗·附词》改。

〔3〕金卮：金质酒杯。这里代指酒。唐孟郊《赠主人》："侧闻清风议，饫如黄金卮。"

【译文】

遥远水边烟雾散去水鸟翩飞，饯别宴将要分手时候，呈上金杯美酒。渡口的柳树扬花，像狂乱的雪任凭风吹。日暮时分大江空阔波浪湍急，岸边芳草如茵，绵绵细雨如丝。

张舍人泌

【简介】

张泌（"泌"一作"佖"），生卒年不详，字、里均失考，当仕蜀为舍人。一说即南唐张泌，字子澄，常州人。后主时官至内史舍人，入宋为郎中。但《花间集》按例不收南唐词人的作品，如冯延巳词即不入集。故此说存疑。华钟彦《花间集注》以为"或者泌曾宦游于蜀，故入是集乎？观其词涉及成都景物甚多，可以想见"。然也仅限揣测，录以俟考。今存词二十七首，论者以为其词佳者"能蕴藉，有韵致"（清况周颐《餐樱庑词话》)，风格"介乎温、韦之间，而与韦最近"（李冰若《栩庄漫记》)。

浣 溪 沙[1]

钿毂香车过柳堤[2]，桦烟分处马频嘶[3]。为他沉醉不成泥[4]。　　花满驿亭香露细，杜鹃声断玉蟾低[5]。含情无语倚楼西。

【注释】

〔1〕浣溪沙：见韦庄《浣溪沙》（清晓妆成寒食天)注〔1〕。集收泌词本调十首。

〔2〕钿毂(gǔ)：用金饰车轮。毂，车轮中心圆木。

〔3〕桦烟：见薛昭蕴《喜迁莺》（金门晓)注〔3〕。

〔4〕不成泥：形容醉极，比"烂醉如泥"更甚。

〔5〕玉蟾：明月。见韦庄《天仙子》(蟾彩霜华夜不分)注〔1〕。

【译文】

　　轮子饰金的香车驰过垂柳堤，马在桦烟缭绕的分别处频嘶。为了他已喝得软瘫醉不成泥。

　　驿亭边开满了鲜花露含香气，杜鹃鸟不再鸣叫月越沉越低。含情脉脉静静倚靠在小楼西。

　　马上凝情忆旧游[1]，照花淹竹小溪流。钿筝罗幕玉搔头[2]。　　早是出门长带月，可堪分袂又经秋[3]。晚风斜日不胜愁。

【注释】

　　〔1〕凝情：专情，痴情。

　　〔2〕钿筝：用金银装饰的筝。玉搔头：玉簪。《西京杂记》卷二："武帝过李夫人，就取玉簪搔头。自此后宫人搔头皆用玉，玉价倍贵焉。"唐白居易《长恨歌》："花钿委地无人收，翠翘金雀玉搔头。"

　　〔3〕分袂：分手，离别。袂，衣袖。南朝宋谢惠连《西陵遇风献康乐》："饮饯野亭馆，分袂澄湖阴。"

【译文】

　　骑在马上情思凝集回忆旧游，映照红花浸绕翠竹小溪迴流。雕花古筝丝绸纱幔碧玉搔头。

　　当初出门分手月亮还在空中，怎能忍受离别又过了一个秋。站在落日的晚风中不胜哀愁。

　　独立寒阶望月华[1]，露浓香泛小庭花。绣屏愁背一灯斜。　　云雨自从分散后[2]，人间无路到仙家[3]。但凭梦魂访天涯。

【注释】

〔1〕月华：月的光华。南朝梁元帝《乌栖曲》："复值西施新浣纱，共向江干眺月华。"

〔2〕云雨：见韦庄《归国遥》(春欲晚)注〔4〕。

〔3〕人间句：用刘晨、阮肇遇神女事，见温庭筠《思帝乡》(花花)注〔5〕。

【译文】

独立在寒冷的台阶仰望月光，小庭中花含着露珠散着芳香。绣屏内背了灯心中无限惆怅。

自从朝云暮雨飘散分离以后，人间就没有路可去造访仙家。只能凭借了梦魂去寻遍天涯。

依约残眉理旧黄^[1]，翠鬟抛掷一簪长^[2]。暖风晴日罢朝妆。　　闲折海棠看又撚^[3]，玉纤无力惹余香^[4]。此情谁会倚斜阳。

【注释】

〔1〕依约：依稀，隐约。黄：额黄。见温庭筠《菩萨蛮》(蕊黄无限当山额)注〔1〕。

〔2〕翠鬟抛掷：秀发散乱不成型。

〔3〕撚：用手来回搓碾。

〔4〕玉纤：白皙细嫩的手。唐韩偓《咏柳》："玉纤折得遥相赠，便似观音手里持。"

【译文】

眉间隐约残留着昔日的额黄，一支玉簪歪在散乱的发鬟旁。风和日暖的早晨却无心梳妆。

闲来折下海棠看后又用手搓，无力抬起白嫩的手去嗅花香。这种情感谁能体味独倚夕阳。

翡翠屏开绣幄红[1]，谢娥无力晓妆慵[2]。锦帷鸳被宿香浓[3]。　　微雨小庭春寂寞，燕飞莺语隔帘栊[4]。杏花凝恨倚东风。

【注释】
　〔1〕绣幄：绣花床帐。
　〔2〕谢娥：谢娘。见温庭筠《更漏子》（柳丝长）注〔5〕。慵：懒散。
　〔3〕宿香：隔夜的香味。
　〔4〕栊：底本作"拢"，据《四部丛刊》影印明刊本改。

【译文】
　打开翡翠屏风露出桃红绣帐，丽人娇柔无力晨起懒得梳妆。织锦帷鸳鸯被散着隔夜浓香。
　春日寂寞的小院内细雨飘洒，隔着帘子黄莺娇啭燕子飞翔。杏花在东风吹起时满怀忧伤。

枕障熏炉隔绣帏[1]，二年终日两相思。杏花明月始应知。　　天上人间何处去[2]，旧欢新梦觉来时。黄昏微雨画帘垂。

【注释】
　〔1〕熏炉：熏笼中的炉子，古人用以焚香取暖。
　〔2〕天上人间：指生死之别。唐白居易《长恨歌》："但教心似金钿坚，天上人间会相见。"也可指仙凡之隔。

【译文】
　枕边屏障熏香小炉隔着绣帏，二年中两人整天在相互思念。春日杏花秋夜明月都应深谙。

天上杳杳人间茫茫去了哪里，重温旧时欢愉的新梦醒来时。日暮黄昏细雨霏霏画帘低垂。

花月香寒悄夜尘[1]，绮筵幽会暗伤神[2]。婵娟依约画屏人[3]。 人不见时还暂语，令才抛后爱微颦[4]。越罗巴锦不胜春[5]。

【注释】

〔1〕悄夜尘：夜晚没有白日的喧闹。

〔2〕绮筵：华丽的宴席。

〔3〕婵娟：美好秀丽。这里代指美女。依约：仿佛。

〔4〕令：酒令。微颦：微微皱眉。

〔5〕越罗：越产丝绸。巴锦：蜀产锦缎。这里指与宴人衣着华贵。不胜：不尽。唐李白《苏台览古》："旧苑荒台杨柳新，菱歌清唱不胜春。"

【译文】

静静的夜晚月光清寒花飘香，华宴上的幽会令人黯然神伤。她风姿绰约仿佛画屏中娇娘。

人没有见到时还简短地说话，酒令刚抛出总是爱微皱蛾眉。身着越罗巴锦无限娇艳妩媚。

偏戴花冠白玉簪，睡容新起意沉吟[1]。翠钿金缕镇眉心[2]。 小槛日斜风悄悄[3]，隔帘零落杏花阴。断香轻碧锁愁深[4]。

【注释】

〔1〕沉吟：反复思虑，迟疑不定。三国魏曹操《短歌行》："但为君故，沉吟至今。"

〔2〕翠钿金缕：发间首饰。镇：安放，压。

〔3〕槛：栏杆。
〔4〕断香：落花。轻碧：嫩绿的新叶。

【译文】

歪斜的花冠上别着白玉发簪，刚起身后一脸睡容神情迷离。额前眉宇间翡翠花金丝低垂。

夕阳西斜清风轻轻吹过栏杆，隔着门帘杏花在暮霭中飘零。香消散叶青碧锁住怨恨幽深。

晚逐香尘入凤城[1]，东风斜揭绣帘轻。慢回娇眼笑盈盈[2]。　　消息未通何计是，便须伴醉且随行[3]。依稀闻道太狂生[4]。

【注释】

〔1〕凤城：也称丹凤城，京城。因相传春秋时秦穆公女弄玉吹箫引凤，凤凰降于京城而名。唐杜甫《夜》："步蟾倚仗看牛斗，银汉遥应接凤城。"

〔2〕盈盈：饱满甜美的样子。汉《古诗十九首·青青河畔草》："盈盈楼上女，皎皎当窗牖。"

〔3〕便须：就应。伴：假装。

〔4〕依稀：隐约。太狂生：太放肆了。生，语助词。隋虞世南《应诏嘲司花女》："学画鸦黄半未成，垂肩亸袖太憨生。"

【译文】

晚上跟着香车一起进了京城，东风从旁把绣帘儿轻轻揭起。回头看时眼中带着盈盈笑意。

没法传递心意那可怎么才好，只得装成喝醉了酒跟随前行。隐约听她在说这人太不正经。

小市东门欲雪天[1]，众中依约见神仙[2]。蕊黄香画帖金蝉[3]。　　饮散黄昏人草草[4]，醉容无语立门前。马嘶尘烘一街烟[5]。

【注释】

〔1〕小市：小集市。

〔2〕依约：仿佛。神仙：这里代指美女。

〔3〕蕊黄：即额黄。见温庭筠《菩萨蛮》（蕊黄无限当山额）注〔1〕。帖：即贴，佩戴。金蝉：蝉形金钗。

〔4〕草草：匆忙，急促。《诗·小雅·巷伯》："骄人好好，劳人草草。"唐杜甫《送长孙九侍御赵武威判官》："闻君适万里，取别何草草。"

〔5〕尘烘：尘土飞扬。烘，火起的样子。一街烟：形容满街尘土如烟雾弥漫。

【译文】

天要下雪时的东门小集市上，人头攒动中仿佛遇见了神仙。额间点着蕊黄头上戴着金蝉。

黄昏酒席散后众人急着赶路，带了满脸醉意默默站在门前。马嘶叫灰飞扬一街烟尘弥漫。

临　江　仙[1]

烟收湘渚秋江静[2]，蕉花露泣愁红[3]。五云双鹤去无踪[4]，几回魂断，凝望向长空。　　翠竹暗留珠泪怨[5]，闲调宝瑟波中[6]。花鬟月鬓绿云重[7]，古祠深殿[8]，香冷雨和风。

【注释】

〔1〕临江仙：唐教坊曲名，属"林钟羽"。用作词调名首见于此。宋

黄昇《花庵词选》："唐词多缘题所赋，《临江仙》之言水仙，亦其一也。"双调，五十八字，平韵。又有五十四、五十六、六十字等体。也名《谢新恩》、《雁后归》、《画屏春》、《庭院深深》等。集收泌词本调一首。论者以为"词气委宛，不即不离，水仙之雅操也"（《花间集》旧题明汤显祖评本）。

〔2〕湘渚：湘江边小洲。

〔3〕蕉花：美人蕉花。

〔4〕五云：五色祥云。见薛昭蕴《女冠子》（云罗雾縠）注〔5〕。双鹤：这里指娥皇、女英，舜帝的二个妃子，死于沅、湘间。

〔5〕翠竹句：用传说中湘妃泪下染竹事。晋张华《博物志》："舜死，二妃泪下，染竹即斑。"妃死后为湘水之神。

〔6〕闲调句：说湘妃在湘水的波浪中弹瑟。战国楚屈原《远游》："使湘灵鼓瑟兮，令海若舞冯夷。"

〔7〕花鬟：发鬟如花。月鬓：鬓发似月。绿云：见牛峤《女冠子》（绿云高髻）注〔2〕。

〔8〕古祠：祭祀湘妃的庙宇。

【译文】

秋日雾散后湘江岸一片静谧，美人蕉含露像是在哭泣。双鹤和五色祥云已去无影踪，多少次失魂落魄，久久伫立凝望着长空。

丛丛翠竹暗留下泪珠的哀怨，闲弹着宝瑟在风波浪中。花环鬓月形鬟秀发乌黑深浓，独自在古祠深殿，守着冷香和细雨寒风。

女　冠　子^[1]

露花烟草，寂寞五云三岛^[2]。正春深，貌减潜销玉^[3]，香残尚惹襟。　　竹疏虚槛静，松密醮坛阴^[4]。何事刘郎去^[5]，信沉沉。

【注释】

〔1〕女冠子：见温庭筠《女冠子》（含娇含笑）注〔1〕。集收泌词本

调一首。
　　〔2〕五云三岛：见薛昭蕴《女冠子》（云罗雾縠）注〔5〕、〔6〕。
　　〔3〕销玉：体态消瘦。
　　〔4〕醮坛：见牛峤《女冠子》（星冠霞帔）注〔5〕。
　　〔5〕刘郎：见温庭筠《思帝乡》（花花）注〔5〕。

【译文】
　　花含露草蒙烟雾，瑞云中三仙岛分外寂寞。正是春深时节，容貌憔悴玉体暗消瘦，衣襟上还有余香残留。
　　竹丛稀疏中栏干寂静，松林茂密处醮坛浓阴。为什么刘郎这样走了，至今杳无音信。

河　传〔1〕

　　渺莽云水〔2〕，惆怅暮帆，去程迢递〔3〕。夕阳芳草，千里万里，雁声无限起。　　梦魂悄断烟波里，心如醉，相见何处是。锦屏香冷无睡，被头多少泪。

【注释】
　　〔1〕河传：见温庭筠《河传》（江畔）注〔1〕。集收泌词本调二首。
　　〔2〕渺莽：即渺茫，烟波浩茫的样子。
　　〔3〕迢递：十分遥远。晋左思《吴都赋》："旷瞻迢递，迥眺冥蒙。"

【译文】
　　云水间一片渺茫，惆怅中暮帆起航，远去路程正漫长。夕阳下芳草无际，蔓延了千里万里，雁叫声不断此伏彼起。
　　幽梦怨魂已悄然断在烟波里，心中痴痴如醉，谁知到哪里相见才是。锦屏间香冷了还未入睡，被上不知流了多少泪。

红杏，交枝相映，密密濛濛。一庭浓艳倚东风，香融，透帘栊[1]。　　斜阳似共春光语。蝶争舞，更引流莺妒。魂销千片玉尊前[2]，神仙，瑶池醉暮天[3]。

【注释】

〔1〕栊：底本作"拢"，据《四部丛刊》影印明刊本改。

〔2〕玉尊：玉制酒杯。

〔3〕瑶池：传说中神仙居住的地方。《穆天子传》卷三："乙丑，天子觞西王母于瑶池之上，西王母为天子谣。"

【译文】

杏花殷红，枝条交错相辉映，绣团锦簇密濛濛。满庭艳妆浓抹笑倚和煦东风，芬芳沁脾，透入绮窗帘中。

夕阳好像在和明媚春光对话。彩蝶竞相飞舞，更引娇啭的流莺嫉妒。手持酒杯销魂在千片飞花前，真是神仙，瑶池盛宴后醉卧暮天。

酒 泉 子[1]

春雨打窗，惊梦觉来天气晓。画堂深，红焰小，背兰钉[2]。　　酒香喷鼻懒开缸[3]，惆怅更无人共醉。旧巢中，新燕子，语双双。

【注释】

〔1〕酒泉子：见温庭筠《酒泉子》（花映柳条）注〔1〕。集收泌词本调二首。

〔2〕背兰钉：见温庭筠《酒泉子》（日映纱窗）注〔3〕。南朝齐王融《咏幔》："但愿置樽酒，兰钉当夜明。"

〔3〕喷鼻：扑鼻。唐刘禹锡《西山若兰试茶歌》："悠扬喷鼻宿醒散，

清峭彻骨烦襟开。"缸：这里指酒坛。

【译文】

　　春雨敲打着小窗，一帘旧梦惊醒时天已经拂晓。画堂空寂幽深，红烛光焰微小，兰膏香灯熄了。

　　好酒香气扑鼻懒得打开瓦缸，心中惆怅更没有人和我共醉。往年的老巢中，新飞来的燕子，双双呢喃絮叨。

　　　紫陌青门[1]，三十六宫春色[2]。御沟辇路暗相通[3]，杏园风[4]。　　咸阳沽酒宝钗空[5]。笑指未央归去[6]，插花走马落残红，月明中。

【注释】

　　〔1〕紫陌：见薛昭蕴《喜迁莺》（残蟾落）注〔6〕。青门：汉代长安东南城门，即霸城门，因色青，俗称青门。

　　〔2〕三十六宫：泛言宫阙众多。唐骆宾王《帝京篇》："秦塞重关一百二，汉家离宫三十六。"

　　〔3〕御沟：也称杨沟、羊沟，流经宫城的水道。南朝齐谢朓《入朝曲》："飞甍夹驰道，垂杨阴御沟。"辇路：皇帝车驾常经的道路。汉班固《西都赋》："辇路经营，修除飞阁。"

　　〔4〕杏园：见薛昭蕴《喜迁莺》（残蟾落）注〔5〕。

　　〔5〕咸阳：战国时秦国都城，故址在今陕西长安西。沽：换取。

　　〔6〕未央：汉代未央宫，在长安故城内。唐王昌龄《春宫曲》："昨夜风开露井桃，未央前殿月轮高。"

【译文】

　　京都的道路城门，连接着三十六宫的无边春色。宫中的水沟和车道暗中相通，杏园吹来和风。

　　咸阳买酒宝钗当完囊中空空。笑指着未央宫说要回去，头上插花策马奔走飘落残红，在一片明月中。

生 查 子[1]

相见稀，喜相见，相见还相远。檀画荔枝红[2]，金蔓蜻蜓软[3]。　　鱼雁疏[4]，芳信断，花落庭阴晚。可惜玉肌肤，消瘦成慵懒[5]。

【注释】

〔1〕生查子：唐教坊曲名，属"夹钟商"。查音渣，楂梨之楂的省笔。明李时珍《本草纲目·果部》："楂子乃木瓜之酢涩者，小于木瓜，色微黄。"调名即本此。用作词调，有四十、四十一、四十二等体。此词双调，四十二字，仄韵。集收泌词本调一首。

〔2〕檀：浅红色。唐罗隐《牡丹》："艳多烟重欲开难，红蕊当心一抹檀。"

〔3〕金蔓句：说金丝做的蜻蜓首饰轻盈柔软。

〔4〕鱼雁：传说能传递书信。南朝梁王僧孺《捣衣》："尺素在鱼肠，寸心凭雁足。"

〔5〕消：底本作"销"，据《全唐诗·附词》改。

【译文】

相见那样稀少，多么高兴相见，相见后还得相别遥远。淡赭色画出了荔枝红，金丝蜻蜓在钗上微颤。

鱼雁久未出现，别后音信已断，花落的庭院阴沉晦暗。可惜白皙温润的肤肌，已经消瘦得疲软松散。

思 越 人[1]

燕双飞，莺百啭，越波堤下长桥[2]。斗钿花筐金匣恰[3]，舞衣罗薄纤腰。　　东风澹荡慵无力[4]，黛眉愁聚春碧[5]。满地落花无消息，月明断肠空忆[6]。

【注释】

〔1〕思越人：词调名，宫调失传。首见于此集。词咏调名本意，越人指西施。论者称其为"亡吴之曲"（清毛先舒《填词名解》）。双调，五十一字，平、仄韵转换。集收泌词本调一首。

〔2〕越波堤：一说即月波堤，后唐同光二年朱殷在雒京修筑（《册府元龟》）。但词既咏西施事，则当在越地较妥。这里泛指河堤。

〔3〕斗钿、花筐：星形、花形头饰。金匣：熨斗。唐徐夤《剪刀》："金匣掠平花翡翠，绿窗裁破锦鸳鸯。"恰：服帖，平整。

〔4〕澹荡：犹荡漾。南朝宋鲍照《代白纻曲》之二："春风澹荡侠思多，天色净绿气妍和。"

〔5〕黛眉：见温庭筠《菩萨蛮》（雨晴夜合玲珑日）注〔6〕。

〔6〕断肠：见温庭筠《定西番》（细雨晓莺春晚）注〔1〕。

【译文】

梁燕双双飞舞，柳莺声声啼啭，越波河堤下绵延的长桥。星斗春花形的头饰熨烫妥帖，轻薄舞衣衬出娇柔细腰。

东风和煦荡漾令人慵懒无力，含愁黛眉聚着春的青碧。已是满地落花却仍没有消息，明月下空相忆哀惋至极。

满　宫　花[1]

花正芳，楼似绮[2]，寂寞上阳宫里[3]。钿笼金琐睡鸳鸯[4]，帘冷露华珠翠。　　娇艳轻盈香雪腻，细雨黄莺双起。东风惆怅欲清明[5]，公子桥边沉醉。

【注释】

〔1〕满宫花：词调名，宫调失传。唐崔令钦《教坊记》有《满堂花》，华钟彦《花间集注》因疑二者同调，"宫"、"堂"意同，"传抄之

误也"。双调，五十一字，仄韵。另有五十字一体，见尹鹗同调词作。集收泌词本调一首。

〔2〕绮：有花纹的丝织品。这里形容楼阁华美。

〔3〕上阳宫：见温庭筠《清平乐》（上阳春晚)注〔2〕。

〔4〕钿笼：制作精美的笼子。琐：通"锁"。

〔5〕清明：见温庭筠《菩萨蛮》（南园满地堆轻絮)注〔2〕。

【译文】

百花正吐芬芳，阁楼宛如锦织，上阳宫里一片安静沉寂。鸳鸯在金锁的雕花笼中睡了，帘垂着凝露清冷的珠翠。

容貌娇艳体态轻盈肌肤雪白，黄莺在细雨中双双飞起。东风荡漾满怀惆怅又将清明，公子站在桥边心迷神醉。

柳　　枝〔1〕

腻粉琼妆透碧纱〔2〕，雪休夸。金凤搔头坠鬓斜〔3〕，发交加。　　倚着云屏新睡觉，思梦笑。红腮隐出枕函花〔4〕，有些些〔5〕。

【注释】

〔1〕柳枝：见温庭筠《杨柳枝》注〔1〕。这首词四十字，句格与七言绝句体不同。于每句七言后，各添三字一句。《词谱》以为系由唐时《竹枝》、《渔父》中的和声演变而来。集收泌词本调一首。

〔2〕腻粉：形容皮肤细嫩白皙。琼妆：指服饰洁白如玉。

〔3〕金凤搔头：凤形金簪。

〔4〕红腮：红润的脸颊。枕函花：枕套上的绣花。

〔5〕些些：少许，略微。唐白居易《衰病》："更恐五年三岁后，些些谈笑亦应无。"

【译文】

粉白的肌肤和淡妆透出碧纱，雪也不能自夸。凤凰形的金簪坠落在云鬓旁，秀发蓬松交加。

　　刚睡醒来身闲靠着云母屏风，想起了梦就笑。红脸颊上隐现出枕套上的花，有那么一点点。

南　歌　子[1]

　　柳色遮楼暗，桐花落砌香[2]。画堂开处远风凉，高卷水精帘额[3]，衬斜阳。

【注释】
　　[1]南歌子：见温庭筠《南歌子》（手里金鹦鹉）注[1]。集收泌词本调三首。
　　[2]桐花：梧桐花。春末夏初开放，淡黄绿色。唐李德裕《画桐花凤扇赋序》：“成都夹岷江矶岸多植紫桐，每至春暮，有灵禽五色，小于玄鸟，来集桐花。”砌：台阶。
　　[3]水精：即水晶。帘额：门窗帘上端的遮幅。唐李贺《宫娃歌》：“寒入罘罳殿影昏，彩鸾帘额著霜痕。”

【译文】
　　柳色浓郁遮暗了小楼，梧桐落花石阶上飘香。打开画堂门窗远风送来清凉，把水晶帘额高高地卷起，衬着一抹斜阳。

　　岸柳拖烟绿[1]，庭花照日红。数声蜀魂入帘栊[2]，惊断碧窗残梦，画屏空。

【注释】
　　[1]拖：曳引。
　　[2]蜀魂：杜鹃鸟。据《华阳国志》等书记载，战国时蜀王杜宇称帝，号望帝，为蜀除水患有功。后禅位，归西山隐居，时值二月子规啼

鸣。后人以为系杜宇死后魂魄所化，因名子归为杜宇、杜鹃、望帝、蜀魂。唐李商隐《井泥四十韵》："蜀王有遗魄，今在林中啼。" 桃：底本作"拢"，据《四部丛刊》影印明刊本改。

【译文】

岸边垂柳引一抹绿烟，阳光下庭花格外鲜红。一声声杜鹃的啼叫传入帘桃，惊断了绿纱窗下的残梦，画屏依旧空空。

锦荐红鸂鶒[1]，罗衣绣凤皇[2]。绮疏飘雪北风狂[3]，帘幕尽垂无事，郁金香[4]。

【注释】

〔1〕锦荐：织锦垫席。鸂鶒：水鸟。见温庭筠《菩萨蛮》（翠翘金缕双鸂鶒）注〔1〕。

〔2〕凤皇：即凤凰。

〔3〕绮疏：雕花窗。《后汉书·梁冀列传》："窗牖皆有绮疏青琐，图以云气仙灵。"

〔4〕郁金香：大秦国(古罗马)所产香草。《唐会要·杂录》："贞观二十一年……伽毗国献郁金香。" 可制香，作染料，或制酒。唐李白《客中行》："兰陵美酒郁金香，玉碗盛来琥珀光。"

【译文】

锦缎垫席织着红鸂鶒，丝绸衣裳绣了金凤凰。雕花窗外大雪飞扬北风正狂，把帘幕都垂下闲来没事，点燃了郁金香。

花间集卷第五

张舍人泌

江 城 子[1]

　　碧阑干外小中庭，雨初晴。晓莺声，飞絮落花，时节近清明[2]。睡起卷帘无一事，匀面了[3]，没心情。

【注释】
　　〔1〕江城子：见韦庄《江城子》（恩重娇多情易伤）注〔1〕。集收泌词本调二首。
　　〔2〕清明：见温庭筠《菩萨蛮》（南园满地堆轻絮）注〔2〕。
　　〔3〕匀面：涂擦脸上脂粉。

【译文】
　　碧玉栏干外是个小小的中庭，雨后天刚放晴。晨莺婉转啼鸣，柳絮纷飞花飘落，时光节气已临近清明。睡醒起身卷上珠帘闲无一事，抹匀脸上脂粉，却没什么心情。

　　浣花溪上见卿卿[1]，脸波秋水明[2]。黛眉轻，绿云高绾[3]，金簇小蜻蜓[4]。好是问他来得么[5]，和笑道，莫多情。

【注释】

〔1〕浣花溪：据宋陆游《老学庵笔记》载，在成都西五里，一名白花潭，有杜甫故宅。四月十九日，蜀人多游宴于此，称“浣花日”。卿卿：见牛峤《柳枝》（解冻风来末上青）注〔3〕。

〔2〕脸波：见牛峤《菩萨蛮》（柳花飞处莺声急)注〔2〕。

〔3〕绿云：见牛峤《女冠子》（绿云高髻)注〔2〕。绾：盘束。

〔4〕金簇小蜻蜓：蜻蜓形的金首饰。

〔5〕好是：真心。么：底本作“磨”，据《全唐诗·附词》改。

【译文】

浣花溪边遇见那个意中的人，眼波就像秋水般明净。黛眉纤细轻盈，高盘的乌发如云，上面停了个小金蜻蜓。真心诚意地问她能来吗，她含笑回答说，不要自作多情。

河　渎　神〔1〕

古树噪寒鸦〔2〕，满庭枫叶芦花。昼灯当午隔轻纱，画阁珠帘影斜。　　门外往来祈赛客〔3〕，翩翩帆落天涯〔4〕。回首隔江烟火，渡头三两人家。

【注释】

〔1〕河渎神：见温庭筠《河渎神》（河上望丛祠)注〔1〕。集收泌词本调一首。

〔2〕寒鸦：指秋冬季的乌鸦。

〔3〕祈赛客：求神许愿与还愿的香客。《礼记·郊特牲》：“祭有祈焉，有报焉。”祈，请求。赛，报答。

〔4〕翩翩：往来移动的样子。

【译文】

乌鸦在古树枝上聒噪，庭院内飘满了枫叶芦花。时当正午灯火点点隔着轻纱，画阁前珠帘的影子歪斜。

　　门外来往都是许愿还愿香客，片片白帆渐渐隐没天涯。回头远望隔江炊烟升起，摆渡口住着两三户人家。

胡 蝶 儿[1]

　　胡蝶儿，晚春时。阿娇初著淡黄衣[2]，倚窗学画伊[3]。　　还似花间见，双双对对飞。无端和泪拭燕脂[4]，惹教双翅垂[5]。

【注释】

　　[1]胡蝶儿：词调名，宫调失传。唐宋词中，仅见此一首。双调，四十字，平韵。集收泌词本调一首。

　　[2]阿娇：汉武帝姑母长公主的女儿。据《汉武故事》等书记载，武帝四岁封胶东王，长公主指女儿问"阿娇好否"，对曰："若得阿娇作妇，当作金屋贮之。"唐李商隐《茂陵》："玉桃偷得怜方朔，金屋妆成贮阿娇。"一说关中称儿女为阿娇(见《称谓录·阿娇》引《辍耕录》)。这里泛指少女。

　　[3]伊：它，指蝴蝶。

　　[4]无端：无故，没来由。燕脂：即胭脂。一种用红蓝花制成的红色颜料，既用于绘画，也用于化妆。

　　[5]惹教：犹导致，使得。

【译文】

　　漂亮的蝴蝶儿，纷飞在晚春时。阿娇新换上淡黄的轻薄罗衣，倚靠窗前正学着画伊。

　　还像花丛中见到那样，成双结对地相随翩飞。突然无故抹起带脂粉的眼泪，使纸上蝴蝶双翅低垂。

毛司徒文锡

【简介】

　　毛文锡(生卒年不详)，字平珪，南阳(今河南南阳附近)人。《十国春秋》作"高阳(今河北高阳)人"。十四岁登进士第。仕前蜀，历官翰林学士承旨、礼部尚书等，拜司徒，人称"毛司徒"。后降唐，复仕后蜀，与欧阳炯等五人以词章供奉内廷，为后主孟昶赏识，时有"五鬼"之名。有《前蜀纪事》二卷、《茶谱》一卷，皆不传。《花间集》存词三十一首，论者以为其词"以质直为情致"，不免"流于率露"(宋叶梦得《石林诗话》)。

虞 美 人〔1〕

　　鸳鸯对浴银塘暖〔2〕，水面蒲梢短〔3〕。垂杨低拂曲尘波〔4〕，蛛丝结网露珠多〔5〕，滴圆荷。　　遥思桃叶吴江碧〔6〕，便是天河隔。锦鳞红鬣影沉沉〔7〕，相思空有梦相寻，意难任。

【注释】

　　〔1〕虞美人：唐教坊曲名，属"夹中羽"。后用作词调。相传调名取自秦末项羽宠姬虞美人，《全唐诗·附词》有无名氏《虞美人》(帐中草草军军情变)一首，即咏调名本意。此调又名《一江春水》、《玉壶冰》、《虞美人令》等，有五十六、五十八字两体。这里两首双调，五十八字，平、仄韵转换。集收文锡词本调二首。

〔2〕银塘：水面清澈闪光的池塘。隋李德林《夏日诗》："桐枝覆玉槛，荷叶满银塘。"

〔3〕蒲：菖蒲，生水边。

〔4〕曲尘：见牛峤《柳枝》（袅翠笼烟拂暖波）注〔2〕。

〔5〕蛛：底本作"蚊"，据《全唐诗·附词》改。

〔6〕桃叶：晋王献之爱妾名。献之曾作《桃叶歌》："桃叶复桃叶，渡江不用楫。但渡无所苦，我自来迎接。"（《乐府诗集》四五）桃叶渡江处名桃叶渡，在今江苏南京市秦淮河畔，故称"吴江"。

〔7〕锦鳞红鬣(liè)：指红鲤鱼，传说腹中可藏书信。汉乐府《饮马长城窟行》："客从远方来，遗我双鲤鱼。呼儿烹鲤鱼，中有尺素书。"鬣，鱼颔旁的鬐。

【译文】

　　一对鸳鸯在银色池塘中沐浴，水面菖蒲草短梢嫩绿。柳条低垂拂弄淡黄色的微波，蜘蛛网细丝上聚着很多露珠，点点滴下圆荷。

　　遥想心上人桃叶远在吴江边，像是被天河阻隔两岸。见不到腹中藏书的红鲤鱼影，互相思念只能空在梦中追寻，实在难以为情。

　　宝檀金缕鸳鸯枕[1]，绶带盘宫锦[2]。夕阳低映小窗明，南园绿树语莺莺，梦难成。　　玉炉香暖频添炷[3]，满地飘轻絮。珠帘不卷度沉烟[4]，庭前闲立画秋千，艳阳天。

【注释】

　　〔1〕宝檀：上好檀木。这里指枕的材质。

　　〔2〕绶带：系挂印钮或帷幕的绸带。宫锦：宫中所用丝织物。这里指帐幔。

　　〔3〕炷：熏香燃料。

　　〔4〕沉烟：沉香燃烧的烟。

【译文】

檀木套着金丝绣的鸳鸯枕函，绸带束起宫中织锦幔。夕阳西下照亮了低矮的小窗，南园的绿树上黄莺叫个不停，连梦也难做成。

不时往熏香玉炉中添加燃料，飞扬的柳絮满地轻飘。沉香的烟气漫出垂挂的珠帘，庭院前空空立着彩饰的秋千，天上阳光灿烂。

酒　泉　子[1]

绿树春深，燕语莺啼声断续。蕙风飘荡入芳丛[2]，惹残红。　　柳丝无力袅烟空，金盏不辞须满酌。海棠花下思朦胧[3]，醉香风。

【注释】

〔1〕酒泉子：见温庭筠《酒泉子》（花映柳条)注〔1〕。集收文锡词本调一首。

〔2〕蕙风：即惠风，和风。晋王羲之《兰亭集序》："是日也，天朗气清，惠风和畅。"一说为香风，与末句"醉香风"意重合，似不可取。

〔3〕海棠句：据宋朱胜非《绀珠集》卷一《杨妃外传》载，唐明皇一次在沉香亭召见杨贵妃，贵妃醉酒未醒，由高力士命侍儿扶至。贵妃醉颜残妆，鬓乱钗横，明皇笑曰："此真海棠睡未足耳。"海棠，落叶乔木，春季开花。花未放时色深红，开后成淡红。

【译文】

春在绿树间变深，燕呢喃莺娇啭声音断断续续。和煦的清风轻轻荡入繁花丛，吹落片片残红。

柳丝在氤氲的空中无力摆动，眼前酒杯不要推辞务必斟满。徜徉海棠花下不禁情思朦胧，沉醉在香风中。

喜 迁 莺[1]

芳春景，暖晴烟[2]，乔木见莺迁[3]。传枝偎叶语关关[4]，飞过绮丛间[5]。　　锦翼鲜[6]，金毳软[7]，百啭千娇相唤[8]。碧纱窗晓怕闻声，惊破鸳鸯暖。

【注释】

〔1〕喜迁莺：见韦庄《喜迁莺》(人汹汹)注〔1〕。集收文锡词本调一首。

〔2〕暖(ài)：迷茫不清。

〔3〕乔木句：见韦庄《喜迁莺》注〔1〕。

〔4〕偎：依偎。底本作"隈"，据《四部丛刊》影印明刊本改。关关：和鸣声。《诗·周南·关雎》："关关雎鸠，在河之洲。"

〔5〕绮丛：色彩绚烂的花木丛。

〔6〕锦翼：犹彩翼，翅膀羽毛亮丽。

〔7〕毳(cuì)：鸟腹部羽毛。

〔8〕百啭千娇：形容莺啼声委婉流转，悦耳动听。

【译文】

春天景色美好，晴空云气弥漫，乔木上又见莺在徙迁。枝头叶下穿梭依偎叫声连连，飞过了缤纷的花草间。

双翼光鲜如锦，腹毛金黄松软，一阵阵一声声相互召唤。清晨时分碧纱窗内最怕听见，惊破了鸳鸯梦的香甜。

赞 成 功[1]

海棠未坼[2]，万点深红。香包缄结一重重[3]，似含羞态，邀勒春风[4]。蜂来蝶去，任绕芳丛。　　昨夜微雨，飘洒庭中。忽闻声滴井边桐，美人惊起，坐听晨钟。快教折取，戴玉珑璁[5]。

【注释】

〔1〕赞成功：词调名，宫调失传。唐五代作者甚少。双调，六十二字，平韵。上下片句格相同。集收文锡词本调一首。

〔2〕坼：裂开。

〔3〕香包：花蕾。缄：封闭。

〔4〕邀勒：邀请留住。

〔5〕珑璁：即璁珑，精致灵巧的样子。

【译文】

海棠花还未开裂，凝聚了万点深红。香蕾饱满紧裹的花瓣一重重，仿佛含着娇羞态，殷勤地邀约春风。蜜蜂飞来蝶飞去，任意缭绕芳菲丛。

昨夜里下了微雨，飘洒在小庭院中。忽然听到雨声滴落井边梧桐，美人从睡中惊起，坐起身来听晨钟。快叫人前去折取，戴上宛如玉玲珑。

西　溪　子[1]

昨日西溪游赏，芳树奇花千样，锁春光[2]。金尊满，听弦管[3]，娇妓舞衫香暖。不觉到斜晖，马驮归。

【注释】

〔1〕西溪子：见牛峤《西溪子》（捍拨双盘金凤）注〔1〕。集收文锡词本调一首。

〔2〕锁：底本作"琐"，据《全唐诗·附词》改。

〔3〕弦管：丝竹乐器。《宋书·乐志》一："寻庙祠，依新仪注，登哥人上殿，弦管在下。"这里泛指音乐。

【译文】

　　昨天前往西溪游览观赏，芳菲树奇异花百态千样，锁住大好春光。金杯美酒斟满，聆听管弦悠扬，娇美舞娘衣衫飘着暖香。不知不觉夕阳已西下，由马驮着回家。

中 兴 乐[1]

　　豆蔻花繁烟艳深[2]，丁香软结同心[3]。翠鬟女，相与共淘金。　　红蕉叶里猩猩语[4]，鸳鸯浦，镜中鸾舞[5]。丝雨隔，荔枝阴。

【注释】

　　〔1〕中兴乐：词调名，宫调失传。又名《湿罗衣》。有四十一、四十二、八十四字等体。此词双调，四十一字，平、仄韵转换。集收文锡词本调一首。

　　〔2〕豆蔻：见皇甫松《浪淘沙》（蛮歌豆蔻北人愁）注〔1〕。

　　〔3〕丁香句：见牛峤《感恩多》（自从南浦别）注〔2〕。

　　〔4〕红蕉：红色美人蕉。

　　〔5〕镜中句：见温庭筠《菩萨蛮》（宝函钿雀金鹧鸪）注〔4〕。鸾舞，这里指鸳鸯双双起舞。

【译文】

　　繁盛的豆蔻花宛如艳丽云霞，柔软的丁香已结了同心。少女头梳翠鬟，相伴在溪畔一起淘金。

　　猩猩在红色美人蕉叶间啼鸣，有鸳鸯的水边，镜中起舞映倩影。隔了丝丝细雨，在那荔枝树阴。

更 漏 子[1]

　　春夜阑[2]，春恨切，花外子规啼月[3]。人不见，梦难凭，红纱一点灯。　　偏怨别，是芳节[4]，庭下丁香千结[5]。宵雾散，晓霞晖，梁间双燕飞。

【注释】

〔1〕更漏子：见温庭筠《更漏子》（柳丝长）注〔1〕。集收文锡词本调一首。

〔2〕阑：晚，残尽。

〔3〕子归：即杜鹃鸟。见温庭筠《菩萨蛮》（玉楼明月长相忆）注〔6〕。

〔4〕芳节：百花盛开的季节。

〔5〕丁香千结：见牛峤《感恩多》（自从南浦别）注〔2〕。

【译文】

沉沉春夜将尽，绵绵春恨正切，花丛外子归鸟啼叫晨月。良人久已不见，梦也难以凭信，红纱帐映着孤灯一点。

偏偏抱怨离别，正是芳菲时节，庭院中的丁香花又百千成结。夜雾渐渐散去，朝霞吐露晨晖，燕子在梁间翩然双飞。

接　贤　宾[1]

香鞯镂襜五花骢[2]，值春景初融。流珠喷沫蹩躞[3]，汗血流红[4]。　　少年公子能乘驭，金镳玉辔珑璁[5]。为惜珊瑚鞭不下[6]，骄生百步千踪[7]。信穿花，从拂柳，向九陌追风[8]。

【注释】

〔1〕接贤宾：词调名，属"夷则商"。双调，五十九字，平韵。一说又名《集贤宾》，"接"、"集"字音相同，实一字。但《花间》在前，当从"接"字。然自北曲相沿至南曲均用《集贤宾》，则不便作"接"（见《词律》）。而今见《集贤宾》一百十六字，与此词相差颇大。集收

文锡词本调一首。

〔2〕鞯(jiān)：马鞍垫。幨(chān)：同"韂"，马障泥，垂于马腹两侧用来遮挡泥水的物件。五花骢：即五花马。唐韩翃《送王光辅归青州兼寄朱侍御》："远忆故人沧海别，当年好跃五花骢。"

〔3〕蹀躞(xiè dié)：小步迈进。唐白居易《初到洛下闲游》："曾在东方千骑上，至今蹀躞马头高。"

〔4〕汗血流红：指马汗色如血。《汉书·武帝纪》载太初四年春，贰师将军广利斩大宛王首，获汗血马来，作西极天马之歌。应劭注："大宛旧有天马种，踏石汗血，汗从肩髆出，如血，号一日千里。"

〔5〕镳：马衔。辔：缰绳。珑璁：精致灵巧。

〔6〕珊瑚鞭：用珊瑚雕饰的马鞭。南朝梁何逊《学古诗三首》之一："玉羁玛瑙勒，金络珊瑚鞭。"

〔7〕骄生：娇惯，骄纵。生，语助词。踪：足迹。

〔8〕九陌：见薛昭蕴《喜迁莺》(金门晓)注〔5〕。

【译文】

五花马配了华美的鞍垫障泥，正当初春风和日丽时。流着汗喷着沫来回踱步，汗水像血般鲜红。

年轻的公子哥骑术娴熟麻利，金衔口玉缰绳精美玲珑。只因太爱惜不愿挥下珊瑚鞭，娇惯它百步千步往前行。随意穿越花丛，任凭掠过垂柳，奔驰在道上追逐风云。

赞　浦　子〔1〕

　　锦帐添香睡，金炉换夕薰〔2〕。懒结芙蓉带，慵拖翡翠裙。　　正是桃夭柳媚〔3〕，那堪暮雨朝云。宋玉高唐意〔4〕，裁琼欲赠君〔5〕。

【注释】

〔1〕赞浦子：唐教坊曲名，宫调失传。《教坊记》"浦"字作"普"。用为词调，这是首见之作。双调，四十二字，平韵。集收文锡词本调

一首。

〔2〕夕薰：这里指晚间用的熏香。薰，通"熏"。

〔3〕桃夭：桃花盛开。《诗·周南·桃夭》："桃之夭夭，灼灼其华。"

〔4〕宋玉句：见韦庄《归国遥》（春欲晚）注〔4〕。

〔5〕琼：赤色美玉。《诗·卫风·木瓜》："投我以木桃，报之以琼瑶。"延伸指书信。南朝梁何逊《为衡山侯与妇书》："迟枉琼瑶，慰其杼轴。"

【译文】

添了香烛后睡入锦帐，金熏炉换上夜间用香。懒得把芙蓉带打好结，听任翡翠裙拖在地上。

正是桃红柳绿大好时光，怎忍暮雨朝云反复无常。宋玉高唐赋说的情意，想写在信中赠送给你。

甘　州　遍〔1〕

春光好，公子爱闲游，足风流。金鞍白马，雕弓宝剑，红缨锦襜出长鞦〔2〕。　　花蔽膝，玉衔头〔3〕。寻芳逐胜欢宴，丝竹不曾休〔4〕。美人唱，揭调是甘州〔5〕，醉红楼。尧年舜日〔6〕，乐圣永无忧〔7〕。

【注释】

〔1〕甘州遍：唐教坊大曲有《甘州》，凡大曲多遍，"此则《甘州》曲之一遍也"（《词谱》）。《新唐书·礼乐志》："天宝乐曲，皆以边地为名。若凉州、伊州、甘州之类。"其宫调失传。用作词调，此为首见。双调，六十三字，平韵。集收文锡词本调二首。

〔2〕缨：帽冠上的红缨。襜：短衣。长鞦：李冰若《栩庄漫记》："'鞦'字义不可通。按《御览》云，洛阳有长秋门。此词形容骏马寻芳，自应作'长秋'为合。若作'楸'字，亦非。"

〔3〕衔：佩戴。

〔4〕丝竹：弦乐与管乐合称。

〔5〕揭调：开腔。甘州：《甘州》曲。

〔6〕尧、舜：传说中古代帝王，成就了广受称颂的太平盛世。

〔7〕乐圣：乐享圣朝。唐李適之《罢相作》："避贤初罢相，乐圣且衔杯。"

【译文】

春日风光正好，公子哥闲来最喜出游，尽显潇洒风流。骑着白马配金鞍，挎了雕弓提宝剑，头顶红缨身穿锦袄出了长秋。

花草遮了双膝，美玉佩戴在头。追逐芳菲胜景纵情欢宴，悠扬的丝竹响个不休。美女开口歌唱，发声就是那名曲甘州，不觉醉在红楼。遇尧舜太平年月，享圣朝欢乐永没烦忧。

秋风紧，平碛雁行低[1]，阵云齐。萧萧飒飒，边声四起[2]，愁闻戍角与征鼙[3]。　　青冢北[4]，黑山西[5]。沙飞聚散无定，往往路人迷。铁衣冷，战马血沾蹄，破蕃奚[6]。凤皇诏下[7]，步步蹑丹梯[8]。

【注释】

〔1〕平碛(qì)：空旷的沙漠。

〔2〕边声：边塞的各种声响。

〔3〕戍角：见温庭筠《更漏子》(背江楼)注〔1〕。征鼙(pí)：战鼓。

〔4〕青冢(zhǒng)：汉王昭君墓，在今内蒙古呼和浩特市南。相传因墓上草常青而名。唐杜甫《咏怀古迹》之三："一去紫台连朔漠，独留青冢向黄昏。"

〔5〕黑山：又名杀虎山，在今内蒙古和林格尔以北。

〔6〕蕃奚：指西北地区少数民族。奚，匈奴的别称。

〔7〕凤皇诏：皇帝诏书。因诏书由驻地凤凰池的中书省颁发，故称。凤皇，即凤凰。

〔8〕蹑：登踏。丹梯：即丹墀，古代宫殿前的红色石阶。

【译文】

秋风一阵阵紧，沙漠空旷雁飞得很低，云层密集整齐。天地间萧萧飒飒，边塞声四下响起，愁听号角响战鼓擂苍凉悲戚。

孤独的青冢北，险恶的黑山西。飞沙时聚时散飘忽不定，过路行人往往会迷失。身上铠甲冰冷，血染红了战马的铁蹄，击破蕃奚强敌。天子颁下嘉奖令，功臣步步登上红阶梯。

纱　窗　恨[1]

新春燕子还来至，一双飞。垒巢泥湿时时坠，涴人衣[2]。　　后园里看百花发，香风拂，绣户金扉[3]。月照纱窗，恨依依。

【注释】

〔1〕纱窗恨：唐教坊曲名，宫调失传。用作词调，首见于此。双调，有四十一、四十二字两体，平、仄韵递转。集收文锡词本调二首。

〔2〕涴（wò）：沾污。唐韩愈《合江亭》："愿书岩上石，勿使泥尘涴。"

〔3〕金扉：有铜制兽形环钮的大门。

【译文】

新春伊始旧时燕子又回来了，一对相伴而飞。重筑巢时湿泥不停地往下掉，弄脏人的罗衣。

到后园中去观赏那百花吐艳，阵阵香风轻拂，吹过闺阁的房门。夜月映照着纱窗，心中满是怨恨。

双双蝶翅涂铅粉[1]，咂花心[2]。绮窗绣户飞来稳，画堂阴。　　　二三月爱随飘絮，伴落花，来拂衣襟。更剪轻罗片[3]，傅黄金[4]。

【注释】

〔1〕铅粉：涂面用的化妆品。唐李白《代美人愁镜》："铅粉坐相误，照来空凄然。"

〔2〕唵：用口吮吸。

〔3〕轻罗片：轻薄的丝绸片。

〔4〕傅：贴敷。

【译文】

一对对蝴蝶翅膀像涂了脂粉，用嘴吮吸花心。一会儿稳稳地飞过雕花门窗，落在阴凉前厅。

二三月喜欢跟随风中的柳絮，伴着飘零春花，来轻拂人的衣襟。更像剪了轻薄的绸片，贴敷上了黄金。

柳　含　烟[1]

隋堤柳[2]，汴河春[3]，夹岸绿阴千里。龙舟凤舸木兰香[4]，锦帆张[5]。　　　因梦江南春景好，一路流苏羽葆[6]。笙歌未尽起横流[7]，锁春愁。

【注释】

〔1〕柳含烟：唐教坊曲名，属"夹钟商"。宋吴曾《能改斋漫录》记京师僧念唐赞中有《三皈依柳含烟》，任半塘《教坊记笺订》据此以为"其调原为民间所流行者可知"。用为词调，此为首见。双调，四十五字，平、仄韵转换。集收文锡词本调四首。

〔2〕隋堤：见韦庄《河传》（何处）注〔2〕。

〔3〕汴河：从河南商丘东南流经安徽宿县（今埇桥）、灵璧、泗县入淮河，隋炀帝行幸江都所经。

〔4〕龙舟、凤舸：隋炀帝与随行嫔妃所乘之船。木兰：木名，舟船的材质。

〔5〕锦帆：锦制船帆。南朝陈阴铿《渡青草湖》："洞庭春溜满，平湖锦帆张。"

〔6〕流苏：见韦庄《菩萨蛮》（红楼别夜堪惆怅）注〔3〕。羽葆：以鸟羽为饰的仪仗。《礼·杂记》下"匠人执羽葆御柩"疏："羽葆者，以鸟羽注于柄头，如盖，谓之羽葆。葆，谓盖也。"

〔7〕横流：水不按常道而溢流。《孟子·滕文公》："洪水横流，泛滥于天下。"这里喻指天下大乱。

【译文】

隋堤上的杨柳，沐浴汴河春光，夹岸绿阴笼烟绵延千里。雕着龙凤的楼船飘着木兰香，片片锦帆高扬。

只因梦见江南春景无限妖娆，一路锦穗华盖醒目招摇。笙歌还未停歇天下纷乱已起，锁住千古春愁。

河桥柳[1]，占芳春，映水含烟拂路。几回攀折赠行人，暗伤神。　　乐府吹为横笛曲[2]，能使离肠断续。不如移植在金门，近天恩[3]。

【注释】

〔1〕河桥：指霸桥。《三辅黄图》："霸桥在长安东，跨水作桥。汉人送客至此，折柳送别。"

〔2〕乐府句：宋郭茂倩《乐府诗集》有《折杨柳》，属横吹曲辞。

〔3〕不如二句：据唐孟棨《本事诗》载，诗人白居易有樊素、小蛮二妓，曾作诗称"樱桃樊素口，杨柳小蛮腰"。后年迈，作《杨柳枝》托意，云"永丰西角荒园里，尽日无人属阿谁"。到宣宗朝，国乐唱此。帝遂寻原委，派人去园内折取两枝，种在禁中。居易感恩，又作诗叹道："一树衰残委泥土，双枝荣耀植天庭。定知玄象今春后，柳宿光中添两星。"词意即本此。金门：汉代有金马门，为文人待诏处。这里代指禁苑。天恩：皇家恩典。

【译文】

霸桥边的杨柳，占得芳菲春色，含了烟映着水轻拂道路。有多少回被攀折后赠送行人，能不暗自伤神。

被乐府吹奏成著名的横笛曲，可使离别衷肠断了又续。真不如移植在禁城的宫苑中，近沾皇上恩宠。

章台柳[1]，近垂旒[2]，低拂来往冠盖[3]。朦胧春色满皇州[4]，瑞烟浮。　　直与路边江畔别，免被离人攀折。最怜京兆画蛾眉[5]，叶纤时。

【注释】

〔1〕章台：秦宫台观，故址在今陕西咸阳。台下有街，汉代京兆尹张敞时罢朝会，走马过之。后泛指歌馆妓院所在地。唐韩翃《章台柳》："章台柳，章台柳。往日依依今在否？纵使长条似旧垂，也应攀折他人手。"

〔2〕垂旒(liú)：帝王贵族冠冕上的装饰，用丝绳系玉下垂。《白虎通·绋冕》："垂旒者，示不视邪。"后也用作帝王的代称。

〔3〕冠盖：做官的冠服车盖。汉班固《西都赋》："冠盖如云，七相五公。"

〔4〕朦胧：底本作"胧胧"，据《全唐诗·附词》改。皇州：京城。

〔5〕最怜句：用张敞为妻画眉事，见牛峤《菩萨蛮》(玉钗风动春幡急)注〔3〕。

【译文】

章台旁的杨柳，得以接近帝王，垂拂着来往的冠戴车盖。朦胧的春色笼罩着整个京城，瑞气祥烟蒸腾。

正好与道路边和江河畔不同，免得常被离别的人攀折。最喜爱京兆尹张敞为妻画眉，在翠叶纤细时。

御沟柳[1]，占春多，半出宫墙婀娜[2]。有时倒影蘸轻罗[3]，曲尘波[4]。 昨日金銮巡上苑[5]，风亚舞腰纤软[6]。栽培得地近皇宫，瑞烟浓。

【注释】

〔1〕御沟：皇家宫苑中的水道。

〔2〕婀娜：轻盈柔美的样子。

〔3〕蘸(zhàn)：浸入。轻罗：形容柳色青翠。

〔4〕曲尘：见牛峤《柳枝》（袅翠笼烟拂暖波）注〔2〕。

〔5〕金銮：唐代大明宫有金銮殿，是皇帝上朝的地方。这里代指皇帝的车乘。上苑：皇家园林。

〔6〕亚：通"压"。唐杜甫《上巳日徐司录林园宴集》："鬓毛垂领白，花蕊亚枝红。"

【译文】

御沟边的杨柳，占得春意独多，一半探出宫墙尽显婀娜。有时倒影水中就像浸入轻罗，荡起淡黄微波。

昨天皇帝车马巡幸禁宫林园，因风起舞腰肢纤细柔软。栽植培育真是地方接近皇宫，瑞气祥烟正浓。

醉 花 间[1]

休相问，怕相问，相问还添恨。春水满塘生，鸂鶒还相趁[2]。 昨夜雨霏霏[3]，临明寒一阵[4]。偏忆戍楼人[5]，久绝边庭信[6]。

【注释】

〔1〕醉花间：唐教坊曲名，属"夹钟商"。后用作词调名。双调，四十一字，仄韵。首两句叠韵。集收文锡词本调二首。

〔2〕鸂鶒：水鸟。见温庭筠《菩萨蛮》（翠翘金缕双鸂鶒）注〔1〕。相趁：相互追逐。

〔3〕霏霏：纷飞的样子。《诗·小雅·采薇》："今我来思，雨雪霏霏。"

〔4〕临明：指拂晓。唐韩偓《绝句》："昨夜三更雨，临明一阵寒。"

〔5〕戍楼：边塞瞭望哨楼。

〔6〕边庭：边塞，边疆。

【译文】

可不要来相问，也害怕来相问，相问只能是更添怨恨。池塘中的春水涨满了，鸂鶒嬉戏着相互追趁。

昨夜里细雨下个不停，临到天亮时一阵寒沁。偏偏想起戍楼的良人，好久断了边地的来信。

深相忆，莫相忆，相忆情难极〔1〕。银汉是红墙〔2〕，一带遥相隔。　　金盘珠露滴〔3〕，两岸榆花白〔4〕。风摇玉珮清〔5〕，今夕为何夕〔6〕。

【注释】

〔1〕极：穷尽。

〔2〕银汉句：唐李商隐《代应》："本来银汉是红墙，隔得卢家白玉堂。"银汉，银河。

〔3〕金盘：即承露盘。据《三辅故事》载，汉武帝用铜作柏梁柱，上有仙人以手掌承露，谓和玉屑饮之，可以成仙。

〔4〕榆花：榆树之花，白色，早春先叶而开。

〔5〕玉珮：这里指所思女子佩带的玉饰。

〔6〕今夕句：《诗·唐风·绸缪》："今夕何夕，见此良人。"

【译文】

相互深深思念，不要互相思念，相互思念情没个了结。红墙就是浩渺的银河，一衣带水却遥相阻隔。

露珠在金承盘中滴落，两岸榆花正一片雪白。传来风动玉珮的清响，今晚会是什么样的夜。

浣　沙　溪^[1]

　　春水轻波浸绿苔，枇杷洲上紫檀开^[2]。晴日眠沙鸂
鶒稳^[3]，暖相隈^[4]。　　罗袜生尘游女过^[5]，有人逢
着弄珠回^[6]。兰麝飘香初解佩^[7]，忘归来。

【注释】

　　〔1〕浣沙溪：唐教坊曲名，宫调失传。后用作词调。双调，四十八字，
平韵。以《浣溪沙》原调上下片结句改为仄起，并各加三字一句。实为
《浣溪沙》破格，又名《摊破浣溪沙》、《山花子》。集收文锡词本调一首。

　　〔2〕枇杷洲：即琵琶洲。在江西余干县南，因水中聚沙成岛、形似
琵琶而名。紫檀：紫檀树，常绿乔木，开黄花。

　　〔3〕鸂鶒：见温庭筠《菩萨蛮》（翠翘金缕双鸂鶒）注〔1〕。

　　〔4〕相隈：相互倚靠。隈，通"偎"，依偎。

　　〔5〕罗袜生尘：三国魏曹植《洛神赋》："凌波微步，罗袜生尘。"
游女：出游女子。见韦庄《清平乐》（何处游女）注〔1〕。

　　〔6〕弄珠：汉张衡《南都赋》："耕父扬光于清冷之渊，游女弄珠于
汉皋之曲。"

　　〔7〕兰麝：兰与麝香，两种香料。解佩：据《韩诗外传》等书载，郑交
甫经过汉皋台下，遇见二女，戴着两珠，郑"目而挑之，二女解佩赠之"。

【译文】

　　春水荡起的轻波浸湿了绿苔，琵琶洲上的紫檀树黄花盛开。
阳光下紫鸳鸯在沙滩上安眠，暖暖地相依偎。

　　罗袜生尘的出游丽人正经过，遇见动心人手弄珍珠头时回。
刚解下的佩饰还带着兰麝香，愣在那忘了归。

浣　溪　沙^[1]

　　七夕年年信不违^[2]，银河清浅白云微。蟾光鹊影伯

劳飞[3]。　　　每恨蟪蛄怜婺女，几回娇妒下鸳机[4]。
今宵嘉会两依依。

【注释】

　　〔1〕浣溪沙：见韦庄《浣溪沙》（清晓妆成寒食天)注〔1〕。集收文
锡词本调一首。

　　〔2〕七夕：农历七月初七夜。民间传说，天帝的孙女（一说外孙女）
织女在河东，勤于编织，被许配给河西长年耕作的牛郎。婚后织女荒废
了编织，天帝震怒，令她回归河东，只许他们每年七月七日晚渡河相会。
事见南朝梁宗懔《荆楚岁时记》等书。

　　〔3〕蟾光：月光。蟾，因传说月中有蟾蜍，故用为月的代称。鹊影：
相传七夕牛郎织女渡河，由喜鹊搭桥。汉应劭《风俗通》："织女七夕当
渡河，使鹊为桥。"伯劳：伯劳鸟。《玉台新咏》卷九《歌词二首》之
一："东飞伯劳西飞燕，黄姑织女时相见。"

　　〔4〕每恨二句：说经常因蟪蛄能向婺女倾诉，而嫉妒地走下织机。
蟪蛄(huì gū)：一种秋蝉，鸣声悲切。婺(wù)女：二十八星宿之一，即
女宿星，在织女星南。鸳机：织锦机。唐上官仪《八咏应制》之二：
"且学鸟声调凤管，方移花影入鸳机。"

【译文】

　　年年七夕相会坚持守约不变，碧海晴空白云飘浮银河清浅。
月光照亮鹊桥伯劳将信递传。
　　常怨恨秋蝉向婺女倾诉爱恋，几次嫉妒娇嗔停下手中织机。
今夜佳会更加令人两情缱绻。

月　宫　春[1]

　　水精宫里桂花开[2]，神仙探几回。红芳金蕊绣重
台[3]，低倾马脑杯[4]。　　　玉兔银蟾争守护[5]，姮娥
姹女戏相隈[6]。遥听钧天九奏[7]，玉皇亲看来[8]。

【注释】

〔1〕月宫春：词调名，属"中吕闻"。又名《月中行》。双调，四十九字，平韵。集收文锡词本调一首。

〔2〕水精宫：月宫。水精，即水晶。桂花：相传月中有桂树。宋叶梦得《避暑录话》："月中有桂，故又谓之月桂。"

〔3〕红芳金蕊：桂有丹桂、金桂。

〔4〕马脑：即玛瑙，一种玉髓矿物，色光美，常用来制作器皿、饰品。

〔5〕玉兔银蟾：相传月宫中有玉兔和蟾蜍。

〔6〕姮娥：嫦娥。见韦庄《谒金门》（空相忆）注〔1〕。姹（chà）女：少女。唐张九龄《剪彩》："姹女矜容色，为花不让春。"偎：通"偎"，依偎。

〔7〕钧天：中天。《吕氏春秋·有始》："中央曰钧天。"九奏：九成乐。《周礼·春宫》："九奏乃终，谓之九成。"《史记·赵世家》："（赵简子）语大夫曰：'我至帝所甚乐，与百神游于钧天，广乐九奏万舞，不类三代之乐，其声动人心。'"

〔8〕玉皇：即玉帝，天国之君。

【译文】

晶莹剔透的月宫中桂花盛开，神仙已来探望了几回。丹红花金黄蕊叠满层层楼台，低倾手中的玛瑙酒杯。

白玉兔银蟾蜍争着看守管护，美貌的嫦娥和少女戏笑依偎。远远听中天响起九成乐，玉皇大帝正亲驾前来。

恋　情　深 [1]

滴滴铜壶寒漏咽 [2]，醉红楼月。宴余香殿会鸳衾 [3]，荡春心。　　真珠帘下晓光侵 [4]，莺语隔琼林 [5]。宝帐欲开慵起 [6]，恋情深。

【注释】

〔1〕恋情深：唐教坊曲名，宫调失传。用为词调，首见于此。因

其末句皆为"恋情深"三字，或为调名所取。双调，四十二字，平、仄韵转换。上片第二句句法，应为一、二、一。集收文锡词本调二首。

〔2〕铜壶：古代铜制刻漏计时器。咽：形容滴漏声短促悲凉。

〔3〕会鸳衾：拥鸳鸯被而眠。

〔4〕真珠：即珍珠。侵：映入。

〔5〕琼林：林木的美称。

〔6〕慵：懒散，没情绪。

【译文】

深夜铜壶滴漏声声凄清哽咽，沉醉在红楼月前。宴散后回香阁紧拥鸳鸯锦被，春心荡漾难睡。

拂晓时晨光从珍珠帘下映入，隔着林木莺叫声不住。想掀开帐幔却懒得起身，眷恋的情意深。

玉殿春浓花烂漫[1]，簇神仙伴[2]。罗裙窣地缕黄金[3]，奏清音。　　酒阑歌罢两沉沉，一笑动君心。永愿作鸳鸯伴，恋情深。

【注释】

〔1〕玉殿：厅堂的美称。

〔2〕簇：聚集。伴：伴侣。

〔3〕窣(sū)地：见韦庄《清平乐》（何处游女）注〔4〕。

【译文】

大殿堂内春色浓郁鲜花烂漫，簇拥着美女侣伴。金丝绣织的罗裙在地上轻曳，奏响清扬音乐。

喝完酒唱罢歌两下沉默无声，嫣然一笑打动了君心。愿像鸳鸯那样永远相伴，眷恋的情意深。

诉 衷 情[1]

桃花流水漾纵横，春昼彩霞明。刘郎去，阮郎行[2]，惆怅恨难平。 愁坐对云屏[3]，算归程。何时携手洞边迎[4]，诉衷情。

【注释】

〔1〕诉衷情：见温庭筠《诉衷情》（莺语）注〔1〕。与温词句格不同，毛词二首皆双调，四十一字。词末皆以"诉衷情"三字结束。集收文锡词本调二首。

〔2〕刘郎、阮郎：见温庭筠《思帝乡》（花花）注〔5〕。

〔3〕云屏：这里指画有云山图的屏风。

〔4〕洞：神仙居处，也指道观。

【译文】

桃花开时小河流水荡漾纵横，春日的彩霞绚烂光明。刘郎早就离去，阮郎也已上路，心中的惆怅难以抚平。

满怀忧愁坐对着云屏，反复计算归程。什么时候手牵手在观前相迎，相互诉说衷情。

鸳鸯交颈绣衣轻[1]，碧沼藕花馨[2]。隈藻荇[3]，映兰汀[4]，和雨浴浮萍。 思妇对心惊，想边庭[5]。何时解佩掩云屏[6]，诉衷情。

【注释】

〔1〕绣衣：喻指鸳鸯华美的羽毛。

〔2〕沼：池塘。馨(xīn)：芳香。

〔3〕隈：通"偎"，依偎。藻荇：水草。荇，荇菜。《诗·周南·关

雎》："参差荇菜，左右流之。"

〔4〕兰汀：长着芳草的水滨。

〔5〕边庭：边塞，边境。

〔6〕解佩：见前《浣沙溪》（春水轻波浸绿苔)注〔7〕。

【译文】

一对交颈鸳鸯羽毛美丽轻盈，碧池中藕花散发芳馨。伴了水藻荇菜，映着香草小洲，细雨中沐浴嬉戏浮萍。

思妇对此景心中陡惊，想起关外边境。什么时候掩了云屏解下佩饰，相互诉说衷情。

应 天 长〔1〕

平江波暖鸳鸯语，两两钓船归极浦〔2〕。芦洲一夜风和雨〔3〕，飞起浅沙翘雪鹭〔4〕。　　　渔灯明远渚〔5〕，兰棹今宵何处〔6〕。罗袂从风轻举，愁杀采莲女。

【注释】

〔1〕应天长：见韦庄《应天长》（绿槐阴里黄莺语)注〔1〕。集收文锡词本调一首。

〔2〕极浦：遥远的水岸。战国楚屈原《九歌·湘君》："望涔阳兮极浦，横大江兮扬灵。"

〔3〕芦洲：长着芦苇的岛屿。

〔4〕翘雪鹭：长颈白鹭。前蜀韦庄《虢州涧东村居作》："清涧涨时翘鹭喜，绿桑疏处哺牛鸣。"

〔5〕远渚：遥远的水边滩地。

〔6〕兰棹：船桨的美称。这里代指行舟。

【译文】

江面平静鸳鸯在暖波间私语，钓鱼船三三两两向天际归去。

芦苇荡经过一夜的风吹雨淋，雪白的长颈鹭从浅沙上飞起。

渔家灯火在远处闪烁，行舟今晚将要停在何处。罗袖随着风轻轻飘举，愁坏了船上的采莲女。

河 满 子[1]

红粉楼前月照，碧纱窗外莺啼。梦断辽阳音信[2]，那堪独守空闺。恨对百花时节，王孙绿草萋萋[3]。

【注释】

〔1〕河满子：唐教坊曲名，属"夹钟商"。"河"又作"何"。唐白居易《何满子》："世传满子是人名，临就刑时曲始成。一曲四词歌八叠，从头便是断肠声。"其自注："开元中，沧州有歌者何满子，临刑进此曲以赎死，上竟不免。"当为调名所本。又曾为舞曲，据《杜阳杂编》等书记载，宫人沈阿翘曾为文宗舞《何满子》，"调词风态，率皆宛畅"。后用作词调名，有单调三十六、三十七字，双调七十三、七十四字等体。此词单调，三十六字，平韵。集收文锡词本调一首。

〔2〕辽阳：见温庭筠《诉衷情》（莺语）注〔7〕。

〔3〕王孙：见温庭筠《杨柳枝》（馆娃宫外邺城西）注〔2〕。

【译文】

明月照在少妇的阁楼前，绿纱窗外黄莺开始娇啼。断送了辽阳来信的好梦，怎能忍受独自长守空闺。含恨面对百花盛开时节，游子一去不回绿草萋萋。

巫 山 一 段 云[1]

雨霁巫山上[2]，云轻映碧天。远风吹散又相连，十二晚峰前[3]。　　暗湿啼猿树，高笼过客船[4]。朝朝暮暮楚江边^[5]，几度降神仙。

【注释】

〔1〕巫山一段云：唐教坊曲名，属"夹钟商"。战国楚宋玉《高唐赋》所记巫山神女事(见韦庄《归国遥》"春欲晚"注〔4〕)当为调名所本。后用作词调名，有四十四、四十六字两体。此词双调，四十四字，平韵。集收文锡词本调一首。论者称其为"画云第一手"（明卓人月、徐士俊《古今词统》）、"神光离合，高唐神女之流亚也"（清陈廷焯《白雨斋词评》）。

〔2〕雨霁(jì)：雨止天晴。巫山：位于四川、湖北边境，长江穿流其间，形成著名的三峡景观。

〔3〕十二晚峰：见皇甫松《天仙子》(晴野鹭鸶飞一只)注〔6〕。

〔4〕笼：笼罩。

〔5〕朝朝暮暮：用巫山神女事，见韦庄《归国遥》(春欲晚)注〔4〕。

【译文】

巫山上空的雨已停了，轻淡的白云映着蓝天。被远风吹散后又慢慢地相连，在暮色中的十二峰前。

暗暗沾湿了猿啼的树，高高笼罩着来往客船。朝朝暮暮在楚江边时聚时散，神仙好几次飘然下凡。

临 江 仙^[1]

暮蝉声尽落斜阳，银蟾挂影潇湘^[2]。黄陵庙侧水茫茫^[3]。楚山红树，烟雨隔高唐^[4]。　　岸泊渔灯风飐碎^[5]，白蘋远散浓香^[6]。灵娥鼓瑟韵清商^[7]。朱弦凄切，云散碧天长。

【注释】

〔1〕临江仙：见张泌《临江仙》(烟收湘渚秋江静)注〔1〕。集收文

锡词本调一首。

〔2〕银蟾：因传说月中有蟾蜍，代指月亮。潇湘：见温庭筠《遐方怨》（凭绣槛）注〔3〕。

〔3〕黄陵庙：即湘妃祠，在今湖南湘阴县北洞庭湖边。《水经注·湘水》："湘水又北，径黄陵亭西，右合于黄陵水口，其水上承大湖。湖水西流，径二妃庙南，世谓之黄陵庙也。"

〔4〕高唐：见韦庄《归国遥》（春欲晚）注〔4〕。

〔5〕飐(zhǎn)：风吹物使之颤动摇曳。唐柳宗元《登柳州城楼寄漳汀封连四州》："惊风乱飐芙蓉水，密雨斜侵薜荔墙。"

〔6〕白蘋：蕨类植物，多生水边。

〔7〕灵娥鼓瑟：见张泌《临江仙》（烟收湘渚秋江静）注〔6〕。灵娥，即湘灵。清商：五音之一，其声哀怨。三国魏曹丕《燕歌行》："不觉泪下沾衣裳，援瑟鸣弦发清商。"

【译文】

深秋的蝉声送走了一轮夕阳，银色的月亮高挂在潇湘。黄陵庙边江水浩渺一片苍茫。楚山间枫叶已红，烟雨弥漫遮隔了高唐。

晚风吹碎了泊岸渔灯的倒影，白蘋远远地散发着浓香。湘水女神弹瑟音韵多用清商。朱红弦声调凄切，云消雾散后碧空浩荡。

牛学士希济

【简介】

牛希济(生卒年不详)，陇西(今甘肃陇西)人。牛峤的侄子。仕蜀，历官起居郎、翰林学士、御史中丞。后随王衍入后唐，拜雍州节度副使。工诗词。集中收词十一首。论者以为其"词笔清俊，胜于乃叔，雅近韦庄，尤善白描"(李冰若《栩庄漫记》)。

临 江 仙[1]

峭碧参差十二峰[2]，冷烟寒树重重。瑶姬宫殿是仙踪[3]。金炉珠帐，香霭昼偏浓[4]。　　一自楚王惊梦断[5]，人间无路相逢。至今云雨带愁容[6]。月斜江上，征棹动晨钟[7]。

【注释】

〔1〕临江仙：见张泌《临江仙》(烟收湘渚秋江静)注〔1〕。集收希济词本调七首。论者称"芊绵温丽极矣。自有凭吊凄凉之意，得咏史体裁"(清沈雄《古今词话》引伊山村语)。

〔2〕峭碧：陡峭青碧。参差：高低错落。十二峰：见皇甫松《天仙子》(晴野鹭鸶飞一只)注〔6〕。唐孟郊《巫山高》："巴山上峡重复重，阳台碧峭十二峰。"

〔3〕瑶姬：传说中天帝的女儿。《襄阳耆旧传》："赤帝女曰瑶姬。未行而卒，葬于巫山之阳。楚怀王游高唐，梦与神遇，自称巫山之女。遂

为置观，号曰朝云。"

〔4〕香霭(ǎi)：香的烟气。

〔5〕楚王：指楚怀王。

〔6〕云雨：见韦庄《归国遥》(春欲晚)注〔4〕。

〔7〕征棹：行舟。棹，船桨，这里代指船。

【译文】

陡峭青翠错落有致的十二峰，阴冷的林木间寒雾重重。巍峨宫殿是瑶姬留下的仙踪。金质香炉垂珠帐，白天的烟气特别香浓。

自从楚王的高唐美梦被惊断，人间再没道路可以相逢。到如今朝云暮雨都带着愁容。晓月斜挂在江上，客船内飘来声声晨钟。

谢家仙观寄云岑〔1〕，岩萝拂地成阴〔2〕。洞房不闭白云深〔3〕。当时丹灶〔4〕，一粒化黄金。　　石壁霞衣犹半挂〔5〕，松风长似鸣琴。时闻唳鹤起前林〔6〕。十洲高会〔7〕，何处许相寻。

【注释】

〔1〕谢家：指传说中修炼得道的谢家女谢自然。唐韩愈《谢自然诗》："果州南充县，寒女谢自然。童呆无所识，但闻有神仙。轻生学其术，乃在金泉山。"学成后白日飞升，被封为东极真人(事见《太平广记》卷六六)。仙观：道教庙宇。云岑：云间山峰。

〔2〕岩萝：攀援在岩石间的藤萝。

〔3〕洞房：即洞府，神仙居住的地方。也指道士修炼处。

〔4〕丹灶：炼丹炉灶。

〔5〕霞衣：仙女所穿之衣。

〔6〕唳(lì)鹤：鹤鸣。汉王充《论衡·变动》："夜及半而鹤唳，晨将旦而鸡鸣。"

〔7〕十洲：传说八方大海中有祖洲、瀛洲、玄洲、炎洲、长洲、元洲、流洲、生洲、凤麟洲、聚窟洲，为神仙所居，人迹罕至。(见《十洲记》)唐李商隐《牡丹》："鸾凤戏三岛，神仙居十洲。"

【译文】

　　谢真人的道观隐在云中峰峦，藤萝拂地成荫遮蔽山岩。不闭的洞屋中白云飘浮弥漫。当时炼丹的炉灶，黄金化出一粒粒仙丹。

　　山石壁上还半挂着仙女霞衣，风过松林就像琴音泠然。不时听到丹鹤啼鸣飞起林前。群仙在十洲集聚，哪里可找寻她的芳颜。

　　　渭阙宫城秦树凋[1]，玉楼独上无憀[2]。含情不语自吹箫[3]。调清和恨[4]，天路逐风飘[5]。　　何事乘龙人忽降[6]，似知深意相招。三清携手路非遥[7]。世间屏障，彩笔画娇饶[8]。

【注释】

　　〔1〕渭阙宫城：指秦朝宫城，因咸阳在渭水、泾水交汇处，故云。

　　〔2〕无憀：见温庭筠《菩萨蛮》（南园满地堆轻絮）注〔5〕。

　　〔3〕吹箫：汉刘向《列仙传》载，周宣王史官萧史善吹箫作凤鸣，后教秦穆公女弄玉吹箫，最终两人一起飞升成仙。

　　〔4〕调清：曲调凄清。和恨：含着怨恨。

　　〔5〕天路：天边。逐：追随。

　　〔6〕乘龙：指萧史乘龙来迎弄玉。

　　〔7〕三清：道教以为人、天两界之外，另有玉清、太清、上清，为神仙所居。

　　〔8〕娇饶：犹娇娆，见韦庄《谒金门》（春漏促）注〔4〕。

【译文】

　　渭水边秦代宫城中树木已凋，独自登上楼阁真是无聊。满怀情思默默无语吹起凤箫。曲调清泠含着恨，追随着风远向天边飘。

　　为什么乘龙人忽然从天而降，像是知道心意深情相招。携手同赴三清路途并不迢遥。人世间的屏障上，彩笔画出的姿态美妙。

　　　江绕黄陵春庙闲[1]，娇莺独语关关[2]。满庭重叠绿苔斑[3]。阴云无事，四散自归山。　　箫鼓声稀香炉冷，月娥敛尽弯环[4]。风流皆道胜人间。须知狂客，判死为红颜[5]。

【注释】

〔1〕黄陵春庙：见毛文锡《临江仙》（暮蝉声尽落斜阳）注〔3〕。

〔2〕关关：见毛文锡《喜迁莺》（芳春景）注〔4〕。

〔3〕斑：底本作"班"，据《全唐诗·附词》改。

〔4〕月娥：月亮。因传说月中有嫦娥，故称。弯：底本作"湾"，据《全唐诗·附词》改。

〔5〕须知二句：借用战国楚屈原《九歌·湘夫人》"闻佳人兮召予，将腾驾兮偕逝"、"捐余袂兮江中，遗余褋兮澧浦"之意。狂客，指屈原。判，同"拚"，舍弃，不惜。

【译文】

春江绕过的黄陵庙十分清闲，只有黄莺啼鸣声声娇啭。庭中绿苔重叠布满斑斑点点。阴云聚着也无事，四下散去后回归山峦。

箫鼓声稀落后香炉的灰已冷，空中月收尽了完美弧线。都说神女的风流要胜过人间。须知有人为情狂，不惜舍弃一切为红颜。

　　素洛春光潋滟平[1]，千重媚脸初生[2]。凌波罗袜势轻轻[3]。烟笼日照，珠翠半分明[4]。　　风引宝衣疑欲舞，鸾回凤翥堪惊[5]。也知心许恐无成[6]。陈王辞赋[7]，千载有声名。

【注释】

〔1〕素洛：清澈的洛水。洛水源出陕西洛南冢岭山，入河南东北经洛阳，至巩县（巩义市）入黄河。潋滟(liàn yàn)：波光闪动的样子。

〔2〕千重媚脸：形容容貌千娇百媚。媚脸，指洛水女神宓妃，溺死洛水的伏羲氏女。

〔3〕凌波罗袜：见毛文锡《浣溪沙》（春水轻波浸绿苔）注〔5〕。

〔4〕珠翠：洛神佩戴的饰物。三国魏曹植《洛神赋》："戴金翠之首饰，缀明珠以耀躯。"

〔5〕鸾回凤翥(zhù)：洛神命驾回车，有鸾凤伴随。翥，飞举。

〔6〕也知句：说洛神心有所属，但碍于人神之别，不能交接。《洛神赋》："恨人神之道殊兮，怨盛年之莫当。"

〔7〕陈王：即曹植，魏明帝太和三年改封陈王。辞赋：指《洛神赋》。

【译文】

春日洛水波光潋滟风静浪平，千娇百媚宛如朝阳初升。行走波间罗袜生尘姿态轻盈。披了云雾沐着光，佩戴的珠翠半暗半明。

清风吹动衣裙像是翩然起舞，鸾回驾凤飞举真令人惊。也知两心相许却怕于事无成。陈王的美妙辞赋，千年以来就享有盛名。

柳带摇风汉水滨〔1〕，平芜两岸争匀〔2〕。鸳鸯对浴浪痕新。弄珠游女〔3〕，微笑自含春。　　轻步暗移蝉鬓动〔4〕，罗裙风惹轻尘。水精宫殿岂无因〔5〕。空劳纤手，解佩赠情人〔6〕。

【注释】

〔1〕汉水：长江最大支流。源出陕西宁强县北蟠冢山，东南流经陕西南部、湖北西北部和中部，至武汉入长江。

〔2〕平芜：空旷的田野。争匀：指平分春色。

〔3〕弄珠游女：见韦庄《浣溪沙》（绿树藏莺莺正啼）注〔2〕。

〔4〕蝉鬓：见温庭筠《菩萨蛮》（杏花含露团香雪）注〔4〕。

〔5〕水精宫殿：汉水女神所居。水精，即水晶。

〔6〕解佩：见毛文锡《浣溪沙》（春水轻波浸绿苔）注〔7〕。

【译文】

风中柳条像飘带轻拂汉水滨，两岸旷野争相把绿分匀。鸳鸯戏水在江中泛起新浪痕。出游的弄珠女子，含情的微笑和煦如春。

　　暗移着轻盈的步履蝉鬓颤动，风吹过罗裙溅起了微尘。难道水晶宫里就没遇见知音。徒劳了那双纤手，解下佩饰去遗赠情人。

　　洞庭波浪飐晴天[1]，君山一点凝烟[2]。此中真境属神仙[3]。玉楼珠殿，相映月轮边[4]。　　万里平湖秋色冷[5]，星辰垂影参然[6]。橘林霜重更红鲜。罗浮山下[7]，有路暗相连[8]。

【注释】

　　〔1〕洞庭：洞庭湖，在今湖南北部。飐：浸染，晃动。

　　〔2〕君山：又名湘山、洞庭山，在洞庭湖中。相传为湘君、湘夫人所居，故名(见《水经注》)。唐刘禹锡《君山》："遥望洞庭山水翠，白银盘里一青螺。"

　　〔3〕此中真景：据《拾遗记》卷十《洞庭山》载，山浮于水上，"下有金堂数百间，玉女居之"。又有灵洞，"丹楼琼宇，宫观异常"。

　　〔4〕月轮：月圆如车轮。

　　〔5〕平湖：水面平静的洞庭湖。

　　〔6〕参然：错落不齐的样子。

　　〔7〕罗浮山：在今广东东江北岸。相传罗山西有浮山，为蓬莱山的一部分，后浮海而来，与罗山合二为一。又传东晋葛洪曾在这里修炼，被道家称为第七洞天。

　　〔8〕有路句：据南朝宋谢灵运《罗浮山赋》序云，有客"梦见延陵茅山，在京之东南。明旦得《洞经》，所载罗浮山事云：茅山是洞庭口，南通罗浮"(《艺文类聚》卷七引)。

【译文】

　　洞庭湖波拍打着晴朗的天空，君山就像凝聚云烟一点。这里面的奇幻景色本属神仙。璀璨的珠玉楼殿，相互辉映在一轮月边。

　　万里平静的湖泛着秋的清冷，星辰投下倒影错落零乱。重霜后的橘林显得更加鲜艳。传说在罗浮山下，有条路与它暗中相连。

酒 泉 子[1]

枕转簟凉[2]，清晓远钟残梦。月光斜，帘影动，旧炉香[3]。　　梦中说尽相思事，纤手匀双泪[4]。去年书，今日意，断离肠。

【注释】

〔1〕酒泉子：见温庭筠《酒泉子》（花映柳条）注〔1〕。集收希济词本调一首。

〔2〕转：移动。簟：竹席。

〔3〕旧炉香：说炉中还燃着隔夜点的香。

〔4〕匀：这里指抹去。

【译文】

辗转枕上竹席凉，远处钟声打破清晨残梦。月光已经低斜，帘影微微晃动，炉中点着旧香。

在梦中说尽相思的深情往事，纤手抹去了两行热泪。去年写的书信，今天有的心意，离别愁断了肠。

生 查 子[1]

春山烟欲收，天淡稀星小。残月脸边明，别泪临清晓。　　语已多，情未了，回首犹重道。记得绿罗裙，处处怜芳草[2]。

【注释】

〔1〕生查子：见张泌《生查子》（相见稀）注〔1〕。集收希济词本调

一首。

〔2〕记得二句：说罗裙和芳草同色，处处见而怜及。南朝陈江总妻《赋庭草》："雨过草芊芊，连云锁南陌。门前君试看，是妾罗裙色。"二句即借此立意。

【译文】

　　春山间云雾将要散去，淡淡天上星又稀又小。残留的月光映在脸边，清晨离别时泪往下掉。

　　话已说了很多，情意却难了结，回过头来还反复唠叨。要记住这绿色的罗裙，到哪都不忘爱惜芳草。

中 兴 乐[1]

　　池塘暖碧浸晴晖，濛濛柳絮轻飞。红蕊凋来[2]，醉梦还稀。　　春云空有雁归，珠帘垂。东风寂寞，恨郎抛掷，泪湿罗衣。

【注释】

〔1〕中兴乐：见毛文锡《中兴乐》（豆蔻花繁烟艳深）注〔1〕。集收希济词本调一首。

〔2〕红蕊：红花。凋来：谢了。

【译文】

　　天光浸映在温暖碧绿的池塘，濛濛的柳絮轻轻地飞扬。红花已逐渐凋谢，喝醉了梦也无常。

　　春云舒卷空有大雁来归，门前珠帘低垂。东风吹送着寂寞，恨郎君无情抛弃，泪流下湿了罗衣。

谒 金 门[1]

　　秋已暮，重叠关山歧路[2]。嘶马摇鞭何处去，晓禽霜满树。　　梦断禁城钟鼓[3]，泪滴枕檀无数[4]。一点凝红和薄雾[5]，翠娥愁不语[6]。

【注释】
〔1〕谒金门：见韦庄《谒金门》（春漏促）注〔1〕。集收希济词本调一首。
〔2〕歧路：不同的道路。
〔3〕禁城：宫城。
〔4〕枕檀：即檀枕，檀木枕。
〔5〕凝红：指眼泪凝结成血。红，红泪。参见韦庄《木兰花》（独上小楼春欲暮）注〔3〕。
〔6〕翠娥：指美女。

【译文】
秋色已经深沉，重叠的关山间岔道纵横。马嘶鸣鞭摇晃这是要去哪里，寒霜满树中晨鸟惊起。
宫城的钟鼓声敲醒幽梦，香檀枕上已泪滴无数。一点凝结成的殷红伴着薄雾，佳人忧愁得默默无语。

欧阳舍人炯

【简介】

　　欧阳炯(896—971),益州华阳(今四川成都市)人。仕前蜀,为中书舍人。随王衍入后唐,补秦州从事。又仕后蜀,历任武德军判官、翰林学士、礼部侍郎等职,官至门下侍郎同平章事。蜀亡,从孟昶入宋,为右散骑常侍,转左骑常侍。善文章,尤工诗词。《花间集序》即为其所作。曾应命作《宫词》,淫靡甚于韩偓。存词四十八首(见《全唐诗·附词》),集中收十七首。论者以为"大抵婉约轻和,不欲强作思者"(《词林纪事》卷二引张宗橚语)。

浣　溪　沙[1]

　　落絮残莺半日天[2],玉柔花醉只思眠[3]。惹窗映竹满炉烟。　　独掩画屏愁不语,斜敧瑶枕髻鬟偏[4],此时心在阿谁边[5]。

【注释】

　　〔1〕浣溪沙:见韦庄《浣溪沙》(清晓妆成寒食天)注〔1〕。集收炯词本调三首。
　　〔2〕半日天:指中午时分。
　　〔3〕玉柔花醉:形容美人困乏无力。
　　〔4〕斜敧(qī):歪斜倾侧。瑶枕:碧玉枕。
　　〔5〕阿谁:哪个。唐白居易《永丰坊园中垂柳》:"永丰西角荒园里,

尽日无人属阿谁。"

【译文】

中午时分柳絮飘落莺啼声残，软了玉醉了花只想悄然入眠。翠竹轻拂纱窗满炉飘着轻烟。

独自掩了画屏更加愁闷不语，倾侧了碧玉枕偏斜着美髻鬟。这时候心不知到了谁的身边。

天碧罗衣拂地垂[1]，美人初着更相宜。宛风如舞透香肌[2]。　　独坐含嚬吹凤竹[3]，园中缓步折花枝。有情无力泥人时[4]。

【注释】

〔1〕天碧罗衣：据《十国词笺》载，李后主伎妾曾染浅碧色，经夕未收，会露下，色愈鲜明。煜爱之。自是宫中竞收露水染碧以衣之，名天水碧。故五代女子着衣崇尚浅碧。

〔2〕宛风：柔和的清风。

〔3〕含嚬：微皱双眉。凤竹：指竹制箫、笙。《宋史·乐志》："列其管为箫，聚其管为笙。凤皇于飞，箫则象之；凤皇庱止，笙则象之。"

〔4〕泥：软磨死缠。唐元稹《遣悲怀三首》之一："顾我无衣搜画箧，泥他沽酒拔金钗。"

【译文】

天青色的丝罗衣裙飘拂垂地，美人初穿上更显出明艳得体。和风吹过飘然起舞透露香肌。

独自坐着微皱双眉吹起凤箫，又起身在园中漫步攀折花枝。在人情思缠绻眠乏无力之时。

相见休言有泪珠，酒阑重得叙欢娱[1]。凤屏鸳枕宿金铺[2]。　　兰麝细香闻喘息，绮罗纤缕见肌肤，此时还恨薄情无。

【注释】

〔1〕酒阑:酒喝得差不多了。《史记·高祖本纪》"酒阑"裴骃集解:"饮酒者半罢半在,谓之阑。"

〔2〕金铺:见薛昭蕴《谒金门》(春满院)注〔4〕。

【译文】

见面了就不要再说曾有眼泪,酒过半巡得以重叙欢愉快慰。屋内凤凰屏鸳鸯枕共同入睡。

兰麝香味中听见细微的喘息,轻薄的罗衣间看到雪白肌肤。到这时候还怨恨没情没义不。

三 字 令〔1〕

春欲尽,日迟迟〔2〕,牡丹时。罗幌卷〔3〕,翠帘垂。彩笺书,红粉泪,两心知。 人不在,燕空归,负佳期。香烬落,枕函欹〔4〕。月分明,花淡薄,惹相思。

【注释】

〔1〕三字令:词调名,宫调失传。因每句三字而名。此为首见之作。双调,四十八字,平韵。另有五十四字体。集收炯词本调一首。

〔2〕迟迟:迟缓漫长。《诗·豳风·七月》:"春日迟迟,采蘩祁祁。"

〔3〕幌:帐幔。

〔4〕函:封套。欹:倾斜。

【译文】

春季将要结束,白天越来越长,正是牡丹开时。卷起丝织帐幔，翠色窗帘低垂。彩纸写的书信，沾着佳人热泪，这情两颗心知。

　　良人不在身边，燕子白白回来，辜负良辰美景。香炷灰烬坠落，床上枕套斜倾。月光分外明亮，花却不再艳丽，惹出相思无尽。

花间集卷第六

欧阳舍人炯

南 乡 子[1]

嫩草如烟，石榴花发海南天[2]。日暮江亭春影渌[3]，鸳鸯浴，水远山长看不足。

【注释】
〔1〕南乡子：唐教坊曲名，属"无射宫"。后用作词调名。因多咏南中风物而名。有单双调。单调首见于此。有二十七、二十八、三十六字等体。集收炯词本调八首，两首二十七字，六首二十八字。平、仄韵转换。
〔2〕海南天：这里指南方珠江流域。
〔3〕渌：清澈。

【译文】
嫩草芊绵如云烟，火红的石榴盛开在南国海天。日落时江亭的倒影一片深绿，鸳鸯戏水沐浴，春水悠远青山蜿蜒常看不足。

画舸停桡[1]，槿花篱外竹横桥[2]。水上游人沙上女，回顾，笑指芭蕉林里住[3]。

【注释】

〔1〕画舸：彩饰大船。《旧五代史·前蜀世家》："龙舟画舸，照耀江水。"舸，大船。《方言》卷九："南楚、江湘凡船大者，谓之舸。"桡：船桨。

〔2〕槿花：木槿花，有红、白、紫等色，夏秋开放。落叶灌木，南方农村多植以为篱。南朝梁沈约《宿果园》："槿篱疏复密，荆扉新且故。"

〔3〕芭蕉：直立草本植物，叶大似扇，喜湿暖，在南方生长茂盛，密集成林。

【译文】

彩饰大船停了桨，木槿花篱外竹林横在小桥旁。水上的游人探问沙滩上女子，回头望去，笑指芭蕉林说就住那个地方。

岸远沙平，日斜归路晚霞明。孔雀自怜金翠尾〔1〕，临水，认得行人惊不起〔2〕。

【注释】

〔1〕孔雀：鸟名，产于云南南部、西南部。雄鸟羽毛色彩绚烂，翠绿中带金属光泽。其尾羽伸展成屏，开时五彩斑斓，金光闪烁，十分艳丽。

〔2〕惊不起：说孔雀尽管受惊，却不愿飞起。

【译文】

河岸绵远沙细平，夕阳照着归路晚霞光亮鲜明。孔雀正梳理着金翠色的尾羽，面对清水，见了行人尽管吃惊却不飞起。

洞口谁家，木兰船系木兰花〔1〕。红袖女郎相引去，游南浦〔2〕，笑倚春风相对语。

【注释】

　　〔1〕木兰船：即木兰舟，用木兰树制造的船。南朝梁任昉《述异记》下："木兰洲在浔阳江中，多木兰树。昔吴王阖闾植木兰于此，……有鲁般刻木兰为舟，舟至今在洲。诗家云木兰舟，出于此。"木兰，又名杜兰、林兰。乔木，质地似柏微疏，可造船。晚春先叶开花。

　　〔2〕南浦：这里泛指南面水边。

【译文】

　　洞口住的是谁家，木兰小船拴系在木兰树花下。红袖女郎愉快相约引导前去，游赏南面水滩，倚立在春风中相互笑着交谈。

　　　　二八花钿[1]，胸前如雪脸如莲[2]。耳坠金镮穿瑟瑟[3]，霞衣窄，笑倚江头招远客。

【注释】

　　〔1〕二八：指十六岁少女。唐李白《江夏行》："正见当垆女，红妆二八年。"花钿：花形首饰。

　　〔2〕脸如莲：形容脸色红润明艳。《西京杂记》卷二："文君姣好，眉色望如远山，脸际常若芙蓉。"

　　〔3〕镮(huán)：同"环"。瑟瑟：绿宝石。《周书·异域传下·波斯》："又出白象、师子……马瑙、水晶、瑟瑟……"

【译文】

　　少女十六戴花钿，胸前白皙如雪脸上红润如莲。双耳垂坠的金环穿着绿宝石，五彩霞衣紧身，倚在江边笑着招呼远方来客。

　　　　路入南中[1]，桄榔叶暗蓼花红[2]。两岸人家微雨后，收红豆[3]，树底纤纤抬素手。

【注释】

　　〔1〕南中：这里泛指南部地区。《艺文类聚》卷九○引晋枣据诗：

"有凤适南中，终日无欢娱。"

〔2〕桄（guáng）：桄：南方常绿乔木，树干高大。唐刘恂《岭表录异》卷中："桄榔树生广南山谷，枝叶并蕃茂，与枣、槟榔等树小异。……树皮中有屑如面，可为饼食之。"蓼：水边草本植物，花淡红或白色。

〔3〕红豆：又名相思子，产于岭南。明李时珍《本草纲目》"木部"卷三五引《古今诗话》，谓相思子圆而红，"故老言昔有人殁于边，其妻思之，哭于树下而卒，因以名之"。又说其"树高丈余，白色。其叶似槐，其叶似皂荚，其荚似扁豆。其子大如豆，半截红色，半截黑色，彼人以嵌首饰"。唐王维《相思》："红豆生南国，春来发几枝。劝君多采撷，此物最相思。"

【译文】

沿水路进入岭南，桄榔树叶暗处蓼花喷红吐艳。两岸的农户在一场微雨过后，正忙着收红豆，只见层层树下抬起纤纤素手。

袖敛鲛绡〔1〕，采香深洞笑相邀。藤杖枝头芦酒滴〔2〕，铺葵席〔3〕，豆蔻花间趖晚日〔4〕。

【注释】

〔1〕鲛（jiāo）绡：薄纱类丝织品。相传为海底怪人（鲛人）所织。晋左思《吴都赋》："泉室潜织而卷绡。"《文选》晋刘逵注："俗传鲛人从水中出，曾寄寓人家，积日卖绡。"

〔2〕藤杖：用藤做的手杖。芦酒：用插入酒器的芦管吸酒。唐杜甫《送从弟亚赴安西判官》："黄羊饫不膻，芦酒多还醉。"

〔3〕葵席：葵草编织的坐垫。

〔4〕豆蔻：见皇甫松《浪淘沙》（蛮歌豆蔻北人愁）注〔1〕。趖（suō）：走。这里指夕阳西下。

【译文】

卷起轻薄的纱袖，笑着相约前往深洞采集香草。酒从藤杖枝头的葫芦中滴出，铺开葵叶草席，豆蔻花间一直坐到日落山坳。

翡翠鸂鶒^[1]，白蘋香里小沙汀^[2]。岛上阴阴秋雨色，芦花扑，数只渔船何处宿^[3]。

【注释】

〔1〕鸂鶒：见皇甫松《菩萨蛮》（蛮歌豆蔻北人愁）注〔3〕。

〔2〕白蘋：开白花的蘋草。沙汀：水边沙地。

〔3〕渔：底本作"鱼"，据《全唐诗·附词》改。

【译文】

翡翠色的鸂鶒鸟，落在飘着白蘋清香的小沙岛。阴沉沉的岛上一片秋雨迷茫，芦花被风吹散，几条渔船不知停泊什么地方。

献 衷 心^[1]

见好花颜色，争笑东风。双脸上^[2]，晚妆同。闭小楼深阁^[3]，春景重重。三五夜^[4]，偏有恨，明月中。

情未已，信曾通。满衣犹自染檀红^[5]。恨不如双燕，飞舞帘栊^[6]。春欲暮，残絮尽，柳条空。

【注释】

〔1〕献衷心：唐教坊曲名，属"夹钟商"。"衷"原作"忠"，本唐代蕃国向唐宗室朝觐表达忠心的乐曲，后五代人易"忠"为"衷"，用作词调，抒写情思，一如《诉衷情》。双调，六十四字，平韵。另有六十九字体。集收炯词本调一首。

〔2〕双脸：见温庭筠《菩萨蛮》（凤凰相对盘金缕）注〔2〕。

〔3〕阁：通"阁"，楼阁。

〔4〕三五夜：农历十五夜。

〔5〕檀红：指和着脂粉的眼泪。檀，檀色，古代妇女多用以晕眉。红，红粉。

〔6〕枕：底本作"拢"，据《四部丛刊》影印明刊本改。

【译文】

看美丽的花色彩鲜艳，竞露笑容迎东风。红润的双颊上，晚妆与花媲美。关上小楼深阁的门窗，怕看见春色正浓。十五日的夜晚，偏偏心怀怨恨，在一片明月中。

缠绵情思未了，音信曾经相通。衣服上下沾染了带泪的檀红。只恨不能像眼前双燕，相伴飞舞在帘枕。春天将要过去，残絮随风飘尽，垂杨柳条已空。

贺　明　朝[1]

忆昔花间初识面，红袖半遮，妆脸轻转。石榴裙带[2]，故将纤纤玉指偷撚[3]，双凤金线。　　碧梧桐锁深深院[4]。谁料得两情，何日教缱绻[5]。羡春来双燕，飞到玉楼，朝暮相见。

【注释】

〔1〕贺明朝：词调名，宫调失传。唐教坊曲有《贺圣朝》（属"夹钟商"），两者关系俟考。《词律》谓即《贺圣朝》，《词谱》则辨其非。双调，六十一字，仄韵。另有四十七、四十八、四十九字等体。集收炯词本调二首。论者以为"艳而近于靡"（李冰若《栩庄漫记》）。

〔2〕石榴裙：大红裙。南朝梁何思澄《南苑逢美人》："风卷葡萄带，日照石榴裙。"

〔3〕偷撚(niǎn)：暗地里用手搓转。

〔4〕锁：底本作"琐"，据《全唐诗·附词》改。

〔5〕缱绻(qiǎn quǎn)：固结不解。《诗·大雅·民劳》："无纵诡随，以谨缱绻。"后形容情感缠绵，难以割舍。唐韩愈《赠别元十八协律》："临当背面时，裁诗示缱绻。"

【译文】

想当初花丛中初次相识见面，举着红袖半遮掩，化了妆的脸轻转。大红的石榴裙带，故意暗中用纤细雪白的手指搓捻，绣着双凤的金线。

碧绿的梧桐锁住深深的庭院。谁能想到两人的情意，什么时候可缠绵久远。真羡慕春来时的双燕，结伴飞到玉楼前，朝朝暮暮长相见。

忆昔花间相见后，只凭纤手，暗抛红豆[1]。人前不解，巧传心事，别来依旧，辜负春昼。　　碧罗衣上蹙金绣[2]。睹对对鸳鸯，空裛泪痕透[3]。想韶颜非久[4]，终是为伊，只恁偷瘦[5]。

【注释】

〔1〕红豆：见前《南乡子》（路入南中）注〔3〕。

〔2〕碧罗衣：见前《浣溪沙》（天碧罗衣拂地垂）注〔1〕。蹙（cù）金：刺绣的一种方式，即用拈紧的金线刺绣，使绣品纹路皱起。唐杜甫《丽人行》：“绣罗衣裳照暮春，蹙金孔雀银麒麟。”

〔3〕裛（yì）：沾湿。

〔4〕韶颜：美好的容貌。南朝宋鲍照《发后渚》：“华志分驰年，韶颜惨惊节。”

〔5〕恁（rèn）：如此，这样。

【译文】

想当初在花丛中相互见面后，只凭一双纤纤手，暗地里抛赠红豆。当着面人不知道，巧妙传递内心事，离别来情深依旧，辜负了美好春昼。

浅碧色罗衣上刺着金线纹绣。能看见对对戏水鸳鸯，白白被洒落的泪湿透。料想美丽容貌难持久，最终都是为了他，就这样暗自消瘦。

江　城　子[1]

晚日金陵岸草平[2]，落霞明，水无情。六代繁华[3]，暗逐逝波声[4]。空有姑苏台上月[5]，如西子镜[6]，照江城[7]。

【注释】

〔1〕江城子：见韦庄《江城子》（恩重娇多情易伤）注〔1〕。集收炯词本调一首。

〔2〕金陵：今江苏南京。战国楚威王灭越，置金陵邑。南朝齐谢朓《鼓吹曲》："江南佳丽地，金陵帝王州。"

〔3〕六代：指历史上先后定都金陵的东吴、东晋、宋、齐、梁、陈六个朝代。唐魏万《金陵酬李翰林谪仙子》："金陵百万户，六代帝王都。"

〔4〕逝波：流逝的水波。《论语·子罕》："子在川上曰：逝者如斯夫，不舍昼夜。"

〔5〕姑苏台：见薛昭蕴《浣溪沙》（倾国倾城有余恨）注〔2〕。

〔6〕西子：即越国美女西施。

〔7〕江城：指金陵，因在长江边，故称。

【译文】

日落时分金陵岸边风静草平，晚霞辉映光明，流水逝去无情。六个朝代的繁华，已暗随远去的波涛声。空留着姑苏台上的一轮明月，宛如西施的妆镜，静静映照江城。

凤　楼　春[1]

凤髻绿云丛[2]，深掩房栊[3]。锦书通[4]，梦中相见觉来慵。匀面泪，脸珠融〔5〕。因想玉郎何处去〔6〕，对淑景谁同〔7〕。　　小楼中，春思无穷。倚栏颙望〔8〕，暗牵愁绪，柳花飞起东风。斜日照帘，罗幌香冷粉屏空〔9〕。海棠零落，莺语残红。

【注释】

〔1〕凤楼春：唐教坊曲名，属"夹钟商"。用为词调名，首见于此。双调，七十七字，平韵。集收炯词本调一首。

〔2〕凤髻：盘成凤形的发髻。绿云丛：形容秀发乌黑浓密。见牛峤《女冠子》（绿云高髻）注〔2〕。

〔3〕房栊：窗户。晋左思《吴都赋》："房栊对櫎，连阁相经。"栊，底本作"拢"，据《全唐诗·附词》改。

〔4〕锦书：见牛峤《女冠子》（双飞双舞）注〔2〕。

〔5〕脸珠：即脸上泪珠。

〔6〕玉郎：见牛峤《菩萨蛮》（舞裙香暖金泥凤）注〔3〕。

〔7〕淑景：美景。唐柳宗元《迎长日赋》："淑景初延，幽阳潜起。"

〔8〕颙（yóng）望：仰望，企望。唐白居易《祈皋亭神文》："长吏虔诚而不答，下民颙望而不知。"

〔9〕罗幌：丝绸帐幔。

【译文】

凤形髻盘起在秀发丛，紧掩了闺房帘栊。情书已经相通，梦中惊喜相见醒后满是困慵。抹去脸上泪滴，泪和脂粉相融。不禁揣想玉郎如今去了哪里，面对着美景和谁相同。

小小的阁楼中，恼人春思正无穷。倚栏干久久凝望，暗牵出纷纷愁绪，像东风中柳絮飞舞飘弄。夕阳斜照着绣帘，丝罗帐内熏香已冷粉屏仍空。海棠花凋谢零落，莺啼声声泣残红。

和学士_凝

【简介】

和凝(898—955)，字成绩，郓州须昌(今山东东平)人。十七岁举明经，十九岁进士及第。历后梁、后唐、后晋、后汉、后周五朝，因在后晋任翰林学士承旨，人称"和学士"。累官中书侍郎、同中书门下平章事、太子太傅，封鲁国公。曾知贡举，得人甚多。又好纳后进，颇具长者之风。少聪敏好学，长于短歌艳曲，传播汴、洛。后为相，时有"曲子相公"之称。集中收词二十首。论者以为其词"有清秀处，有富艳处，盖介乎温、韦之间"，"自是《花间》一大家"(李冰若《栩庄漫记》)。

小 重 山^{〔1〕}

春入神京万木芳^{〔2〕}。禁林莺语滑^{〔3〕}，蝶飞狂。晓花擎露妒啼妆^{〔4〕}。红日永，风和百花香。　　烟锁柳丝长^{〔5〕}。御沟澄碧水^{〔6〕}，转池塘。时时微雨洗风光。天衢远^{〔7〕}，到处引笙篁^{〔8〕}。

【注释】

〔1〕小重山：见韦庄《小重山》(一闭昭阳春又春)注〔1〕。集收凝词本调二首。

〔2〕神京：京城。南朝齐谢庄《世祖孝武皇帝歌》："刷定四海，肇构神京。"

〔3〕禁林：皇家园林。汉班固《西都赋》："接翼侧足，集禁林而屯聚。"莺语滑：形容莺啼声流转。唐白居易《琵琶行》："间关莺语花底滑，幽咽泉流水下滩。"

〔4〕擎（qíng）露：托举露珠。唐司空图《偶题三首》之二："欲待秋塘擎露看，自怜生意已无多。"啼妆：古代女子脸部妆式，即以粉拭目下，有类啼痕。《后汉书·五行志》："桓帝元嘉中，京都妇女作愁眉、啼妆……啼妆者，薄拭目下若啼痕。"

〔5〕锁：底本作"琐"，据《全唐诗·附词》改。

〔6〕御沟：见毛文锡《柳含烟》（御沟柳）注〔1〕。澄：清澈。

〔7〕天衢：京城大道。《汉书·叙传》："攀龙附凤，并乘天衢。"

〔8〕笙篁：泛指竹制管乐器。篁，多本作"簧"。

【译文】

春天来到京城万木竞相芬芳。禁苑内林中莺声娇啭，蜂蝶纷飞如狂。晨花含露吐艳妒煞美人啼妆。当空红日久长，清风和煦百花遍地香。

雾气缭绕中柳丝细长。宫内的河水碧绿纯净，宛转流入池塘。微微细雨时时洗出大好风光。大道直通远方，到处传来悠扬的笙簧。

正是神京烂漫时。群仙初折得，郄诜枝〔1〕。乌犀白纻最相宜〔2〕。精神出，御陌袖鞭垂〔3〕。　　柳色展愁眉。管弦分响亮，探花期〔4〕。光阴占断曲江池〔5〕。新榜上，名姓彻丹墀〔6〕。

【注释】

〔1〕群仙二句：说士人登科及第。群仙，指新及第进士。郄诜（xì shēn）枝：指桂枝。见薛昭蕴《喜莺迁》（金门晓）注〔6〕。郄诜，即郄诜。唐李商隐《谢宗卿启》："托阮籍之竹林，攀郄诜之桂树。"

〔2〕乌犀：黑带钩。白纻（zhù）：白夏布。

〔3〕御陌：京城中的道路。

〔4〕探花期：唐代制度，新进士及第，初宴曲江杏园，称探花宴。席间以其中年少俊逸者二人为探花使，遍游名园。唐孟郊《登科后》："春风得意马蹄疾，一日看尽长安花。"

〔5〕曲江池：见薛昭蕴《喜迁莺》（金门晓）注〔7〕。

〔6〕丹墀（chí）：宫殿中的红漆台阶。汉张衡《西京赋》"青琐丹墀"《文选》吕向注："丹墀，阶也，以丹漆涂之。"

【译文】

正是京城的春花开得烂漫时。一群仙人刚刚折到了，邻诜说的桂枝。黑带钩白夏布穿戴格外得体。精神焕发出来，走马御街袖内鞭低垂。

柳枝新绿舒展了愁眉。欢快的管弦四下奏响，又到探花日期。多少美好的时光尽在曲江池。新放的皇榜上，这些姓名已传遍殿陛。

临　江　仙〔1〕

海棠香老春江晚〔2〕，小楼雾縠涳濛〔3〕。翠鬟初出绣帘中，麝烟鸾珮惹蘋风〔4〕。　　碾玉钗摇鸂鶒战〔5〕，雪肌云鬓将融。含情遥指碧波东，越王台殿蓼花红〔6〕。

【注释】

〔1〕临江仙：见张泌《临江仙》（烟收湘渚秋江静）注〔1〕。集收凝词本调二首。

〔2〕香老：指花色衰香残。

〔3〕雾縠（hú）：雾轻薄如纱。縠，绉纱类丝织品。战国楚宋玉《神女赋》："动雾縠以徐步兮，拂墀声之珊珊。"涳濛：水气弥漫的样子。

〔4〕麝烟：麝香的烟气。鸾珮：鸾形玉佩。蘋风：初起的微风。战国楚宋玉《风赋》："夫风生于地，起于青蘋之末。"

〔5〕碾玉：经过碾磨的玉石。唐李贺《春怀引》："蟾蜍碾玉挂明弓，捍拨装金打仙凤。"鸂鶒：紫鸳鸯，见温庭筠《菩萨蛮》（翠翘金缕双鸂

鹅）。这里指钗的形状。战：颤动。

〔6〕越王：指春秋时越国君王勾践。蓼：草本植物。花淡红或白色。

【译文】

海棠花在春江的暮色中凋残，小楼轻雾缭绕一片空濛。翠鬟少女刚从绣花帘内走出，麝烟鸾珮的香味飘荡在风中。

美玉头钗上紫鸳鸯微微颤动，白肌肤黑秀发优雅雍容。含情脉脉遥指碧波缓缓东流，当年越王宫殿如今蓼花正红。

披袍窣地红宫锦[1]，莺语时转轻音[2]。碧罗冠子稳犀簪[3]，凤皇双飐步摇金[4]。　　肌骨细匀红玉软[5]，脸波微送春心[6]。娇羞不肯入鸳衾，兰膏光里两情深[7]。

【注释】

〔1〕窣地：见韦庄《清平乐》（何处游女）注〔4〕。

〔2〕莺语：这里喻指女子说话声音轻柔婉转。

〔3〕碧罗冠子：古代贵妇帽。后唐马缟《中华古今注》中："冠子者，秦始皇之制也。令三妃九嫔当暑戴芙蓉冠子，以碧罗为之。"犀簪：犀牛角制成的发簪。

〔4〕飐：风吹物动。步摇：一种首饰。见薛昭蕴《浣溪沙》（越女淘金春水上）注〔2〕。

〔5〕肌骨细匀：体态苗条匀称。红玉：指肤色红润光洁。《西京杂记》一："赵太后体轻腰弱，善行步进退，女弟昭仪不能及也；但昭仪弱骨丰肌，尤工笑语。二人并色如红玉。"

〔6〕脸波：见牛峤《菩萨蛮》（柳花飞处莺声急）注〔2〕。

〔7〕兰膏：兰膏灯。见温庭筠《酒泉子》（日映纱窗）注〔3〕。

【译文】

身披红色宫锦长袍拖曳在地，不时传出莺语般的话音。绿纱芙蓉帽下插着犀角发簪，钗上金凤凰在风中随步震颤。

体态苗条匀称肤色红润如玉，眼波微澜中传递春心。面露娇羞不肯同入鸳鸯被衾，在兰膏灯光里两人互诉深情。

菩 萨 蛮[1]

越梅半拆轻寒里[2]，冰清淡薄笼蓝水[3]。暖觉杏梢红，游丝惹狂风[4]。　　闲阶莎径碧[5]，远梦犹堪惜。离恨又迎春，相思难重陈。

【注释】
　〔1〕菩萨蛮：见温庭筠《菩萨蛮》（小山重叠金明灭）注〔1〕。集收凝词本调一首。
　〔2〕越梅：越地所产之梅。拆：开裂。
　〔3〕蓝水：源出秦岭，西北流入蓝田，经蓝桥镇入灞水。
　〔4〕游丝：蜘蛛等昆虫所吐之丝，因常飘荡空中，故称。南朝梁萧纲《春日》："落花随燕入，游丝带蝶惊。"
　〔5〕莎径：长有莎草的小路。

【译文】
　梅花已半开在早春的轻寒中，淡薄清冷的冰凌覆盖着蓝水。暖意荡漾在红杏梢头，狂风中游丝到处飘浮。
　幽径空阶上莎草青青，真惋惜那远去的梦境。心怀离恨又迎来新春，缠绵的相思再难重陈。

山 花 子[1]

莺锦蝉縠馥麝脐[2]，轻裾花草晓烟迷[3]。鸂鶒颤金红掌坠[4]，翠云低[5]。　　星靥笑隈霞脸畔[6]，蹙金开襜衬银泥[7]。春思半和芳草嫩，绿萋萋[8]。

【注释】

〔1〕山花子：唐教坊曲名。用作词调首见于此。即《摊破浣溪沙》别名，参见韦庄《浣溪沙》（清晓妆成寒食天）注〔1〕。双调，四十八字，平韵。集收凝词本调二首。

〔2〕莺锦：喻锦莺羽般光洁。蝉縠：喻纱蝉翼般轻薄。馥（fù）：浓香。麝脐：即麝香。雄麝腹部香腺分泌物，干后成颗粒或块状，香味浓烈。

〔3〕轻裾：轻薄的衣襟。裾，衣的前襟。

〔4〕鸂鶒：见温庭筠《菩萨蛮》（翠翘金缕双鸂鶒）注〔1〕。颤：抖动。红掌：钗的坠饰。

〔5〕翠云：即绿云。见欧阳炯《凤楼春》（凤髻绿云丛）注〔2〕。

〔6〕星靥：酒窝妆饰。见温庭筠《归国遥》（双脸）注〔6〕。限：同"偎"，依傍。

〔7〕蹙金：见欧阳炯《贺明朝》（忆昔花间相见后）注〔2〕。襜（chān）：围裙。《诗·小雅·采绿》："终朝采蓝，不盈一襜。"银泥：涂染银色。参见牛峤《菩萨蛮》（舞裙香暖金泥凤）注〔2〕。

〔8〕萋萋：草茂盛的样子。见温庭筠《杨柳枝》（馆娃宫外邺城西）注〔2〕。

【译文】

莺羽锦蝉翼纱散着浓郁麝香，衣襟间的花草在晨雾中迷离。钗上的金鸂鶒晃动红玉下坠，秀发如云低垂。

黄星靥笑依在朝霞般的脸边，金线盘绣的围裙衬出银绸衣。春日的相思伴随鲜嫩的芳草，青绿一望无际。

银字笙寒调正长[1]，水纹簟冷画屏凉。玉腕重□金扼臂[2]，淡梳妆。　几度试香纤手暖[3]，一回尝酒绛唇光[4]。伴弄红丝蝇拂子[5]，打檀郎[6]。

【注释】

〔1〕银字：古人用银字在管乐器上标出音色高低，故也代指管乐器。唐白居易《秋夜听高调凉州》："楼上金风声渐紧，月中银字韵初调。"

〔2〕玉腕句：底本脱一字。现从《词谱》，在"重"字后加一缺字符"□"。金扼臂：金手镯。

〔3〕试香：在香炉上取暖。

〔4〕绛唇光：红唇发亮。

〔5〕佯：装样。蝇拂子：扑打、驱赶蚊蝇的掸子。

〔6〕檀郎：见韦庄《江城子》（恩重娇多情易伤)注〔6〕。

【译文】

银字玉笙吹出曲调清泠悠长，冷了水纹竹席凉了雕花屏障。白玉手臂戴着沉甸甸的金镯，对镜梳理淡妆。

几次探烘香炉两手纤柔温暖，一回品尝美酒红唇滋润闪光。佯装拨弄系红丝的拂蝇掸子，笑着追打情郎。

河　满　子^[1]

　　正是破瓜年几^[2]，含情惯得人饶^[3]。桃李精神鹦鹉舌^[4]，可堪虚度良宵。却爱蓝罗裙子，羡他长束纤腰^[5]。

【注释】

〔1〕河满子：见毛文锡《河满子》（红粉楼前月照)注〔1〕。集收凝词本调二首。

〔2〕破瓜年几：指十六岁。因"瓜"字可分破成"二"、"八"两字，故古代诗文多用"破瓜"代指十六岁。晋孙绰《碧玉歌》："碧玉破瓜时，郎为情颠倒。"年几，即年纪。

〔3〕惯：惯常。饶：宽恕，包容。引申为喜爱。

〔4〕桃李精神：指桃李的容颜神采。鹦鹉舌：喻指伶牙俐齿，能说会道。

〔5〕却爱二句：化用晋陶渊明《闲情赋》"愿在裳而为带，束窈窕之纤身"句意，表达追随爱慕之情。蓝罗裙子，见欧阳炯《浣溪沙》（天碧罗衣拂地垂）注〔1〕。

【译文】

正是十六岁的花样年纪，含情脉脉总是让人欢喜。神采艳若桃李口巧好比鹦鹉，怎能将大好时光白抛弃。真怜爱那条蓝色纱裙子，羡慕它时常束着细腰肢。

写得鱼笺无限[1]，其如花锁春辉。目断巫山云雨[2]，空教残梦依依。却爱薰香小鸭[3]，羡他长在屏帏。

【注释】

〔1〕鱼笺：指用鱼笺纸写的书信。鱼笺即鱼子笺。唐代四川出产，其纸面呈霜粒如鱼子，故称。唐王勃《七夕赋》："握犀管，展鱼笺。"

〔2〕巫山云雨：见韦庄《归国遥》（春欲晚）注〔4〕。

〔3〕小鸭：指鸭形熏炉。

【译文】

用鱼子笺写了无数情书，鲜花春光被锁又能如何。望断了巫山的朝云暮雨，空让破碎的梦难分难舍。真喜爱那熏香小鸭金炉，羡慕它长伴在屏内帐侧。

薄 命 女[1]

天欲晓，宫漏穿花声缭绕[2]，窗里星光少。冷露寒侵帐额[3]，残月光沉树杪[4]。梦断锦帏空悄悄，强起愁眉小。

【注释】

〔1〕薄命女：即《长命女》。唐教坊曲名，属"夷则羽"。据宋王灼《碧鸡漫志》载，此曲起于开元之前，大历间乐工曾加减节奏，才人张红红又正其一声。初为五言四句声诗，后演变成长短句。以"薄命女"为词调名首见于此。底本题后原注："一名《长命女》。"底本作单调，三十九字，仄韵。《词谱》则以"冷霞（一作露）"以下四句作下片，并谓"'梦断'二句与上言'宫漏'二句相合，宜分如左"，可备一说。集收凝词本调一首。

〔2〕宫漏：古代宫中使用漏壶原理制作的计时器。唐李商隐《龙池》："夜半宴归宫漏永，薛王沉醉寿王醒。"

〔3〕冷露：底本作"冷霞"。《词律》卷二："'霞'字疑是'露'字。霞不可言冷，亦不可言侵帐也。"故据《全唐诗·附词》改。又《草堂诗余》作"雾"，亦佳。帐额：帐檐，床帐上沿突出部分，用以装饰。

〔4〕树杪：树梢。

【译文】

天就快要亮了，宫中的漏壶声在花丛中缭绕，透进窗里的星光已少。寒冷的晨露渗入花帐额，残月的余光沉没在树梢。梦醒时锦幔内一片空虚寂寥，强坐起身愁小了眉毛。

望　梅　花[1]

春草全无消息，腊雪犹遗踪迹[2]。越岭寒枝香自拆[3]，冷艳奇芳堪惜。何事寿阳无处觅[4]，吹入谁家横笛[5]。

【注释】

〔1〕望梅花：唐教坊曲名，宫调失传。用作词调，首见于此。此调专咏梅花。《历代诗余》谓"和凝作望梅花词，即以名调"，则似为和凝首创。单调，三十八字，分平、仄韵二体。集收凝词本调一首。

〔2〕腊雪：腊月（农历十二月）下的雪。

〔3〕越岭：越城岭。五岭之一，在广西东北部和湖南边境，以梅盛著称。唐罗邺《梅花》："繁如瑞雪压枝开，越岭吴溪免用栽。"一说即大庾岭。拆：裂开。

〔4〕寿阳：即南朝宋寿阳公主。见牛峤《酒泉子》(记得去年)注〔6〕。

〔5〕横笛：汉代横吹笛曲中有《梅花落》。唐李白《与史郎中钦听黄鹤楼上吹笛》："黄鹤楼中吹玉笛，江城五月落梅花。"

【译文】

　　春天草还没有一点消息，腊月的白雪仍留着残迹。越岭的寒梅已独在枝头绽放，清冷的色香真值得珍惜。为什么寿阳公主都无处寻觅，原来已被吹入哪家横笛。

天 仙 子〔1〕

　　柳色披衫金缕凤〔2〕，纤手轻捻红豆弄〔3〕。翠娥双脸正含情〔4〕，桃花洞〔5〕，瑶台梦〔6〕。一片春愁谁与共。

【注释】

〔1〕天仙子：见皇甫松《天仙子》(晴野鹭鸶飞一只)注〔1〕。集收凝词本调二首。

〔2〕底本词后小字注："刟，古柳字，后方从木；又一本作卯，两存之。"

〔3〕捻(niǎn)：用手搓揉。红豆：见欧阳炯《南乡子》(路入南中)注〔3〕。

〔4〕双脸：见温庭筠《菩萨蛮》(凤凰相对盘金缕)注〔2〕。

〔5〕桃花洞：指与世隔绝的仙女居处。

〔6〕瑶台：神话中神仙住地。战国楚屈原《离骚》："望瑶台之偃蹇兮，见有娀之佚女。"

【译文】

　　翠柳色的衣衫绣着金丝鸾凤，纤细的手指把红豆轻轻搓弄。

美艳女子的双脸正满含深情，身在桃花山洞，心寄瑶台幽梦。这一片青春的忧愁能与谁共。

　　洞口春红飞蕨蕨[1]，仙子含愁眉黛绿。阮郎何事不归来[2]，懒烧金[3]，慵篆玉[4]。流水桃花空断续。

【注释】
　　[1] 蕨蕨：花飘落的样子。唐元稹《连昌宫词》："又有墙头千叶桃，风动落花红蕨蕨。"
　　[2] 阮郎：见温庭筠《思帝乡》（花花）注〔5〕。
　　[3] 烧金：指点燃金香炉。
　　[4] 篆玉：指香气缭绕如篆文。

【译文】
　　洞口春日红花随风纷纷飘落，美女道人秀眉深绿情怀寂寞。相知的阮郎为什么一去不归，无心烧金香炉，懒得点玉盘烟。流水断断续续带走桃花片片。

春　光　好[1]

　　纱窗暖，画屏闲，鬈云鬟[2]。睡起四肢无力，半春间。　　玉指剪裁罗胜[3]，金盘点缀酥山[4]。窥宋深心无限事[5]，小眉弯。

【注释】
　　[1] 春光好：唐教坊曲名，属"夹钟宫"。据唐南卓《羯鼓录》载，唐玄宗喜羯鼓、玉笛，"时春雨始晴，景色明丽，帝……命取羯鼓，临轩纵击，曲名《春光好》，回顾柳杏，皆已微坼"。用作词调名，此为首见。又名《愁倚阑令》。双调，四十字，平韵。另有四十一、四十二、

四十八字等体。集收凝词本调二首。

〔2〕軃(duǒ)：下垂。唐岑参《暮春虢州东亭送李司马归扶风别庐》："柳軃莺娇花复殷，红亭绿酒送君还。"

〔3〕罗胜：丝绸花胜。参见温庭筠《菩萨蛮》（水精帘里颇黎枕）注〔4〕。

〔4〕酥山：用牛羊乳脂凝制成的小山。

〔5〕窥宋：战国楚宋玉《登徒子好色赋》曾极言"东家之子"体态容貌之美，谓其"嫣然一笑，惑阳城，迷下蔡。然此女登墙窥臣三年，至今未许"。这里借指期待情郎。

【译文】

暖暖的纱窗前，静静的画屏间，低垂着秀发鬟。睡起感觉四肢困乏无力，天气正当春半。

玉手指剪裁了丝绸花胜，金餐盘点缀着乳脂酥山。深藏期盼少年郎的无限心事，微皱双眉弯弯。

蘋叶软〔1〕，杏花明，画船轻。双浴鸳鸯出渌汀〔2〕，棹歌声。　　春水无风无浪，春天半雨半晴。红粉相随南浦晚〔3〕，几含情。

【注释】

〔1〕蘋：水草，有长柄，柄端小叶成田字形，又名田字草。

〔2〕渌汀：清水环绕的滩地。

〔3〕红粉：借指美女。南浦：见温庭筠《清平乐》（洛阳愁绝）注〔4〕。

【译文】

蘋草嫩叶细软，杏花艳丽鲜明，画船灵巧轻盈。双浴的鸳鸯游出清澈的水边，飘来船歌声声。

春天里的水无风也无浪，春季的天气半雨还半晴。红粉佳人相随直到南浦日暮，隐含多少深情。

采 桑 子[1]

蛴蟧领上诃梨子[2]，绣带双垂。椒户闲时[3]，竞学樗蒲赌荔枝[4]。　　丛头鞋子红编细[5]，裙窣金丝[6]。无事嚬眉[7]，春思翻教阿母疑[8]。

【注释】

〔1〕采桑子：唐教坊曲有《杨下采桑》，大曲有《采桑》，调名本此。用为词调名，首见于此。属"夹钟商"。又名《丑奴儿令》、《罗敷艳歌》等。双调，四十四字，平韵。集收凝词本调一首。

〔2〕蛴蟧(qiú qí)：天牛幼虫，身白而长。喻指女子脖颈美白。《诗·卫风·硕人》："领如蛴蟧，齿如瓠犀。"诃(hē)梨子：妇女所用披肩。一说即诃梨勒，天竺果名，因避石勒讳而改。晋嵇含《南方草木状》："诃黎勒，树似木梡，花白。"这里指所绣花纹。

〔3〕椒户：用椒和泥涂壁，取其香暖。这里指闺房。

〔4〕樗(chū)蒲：古代赌博游戏。汉马融《樗蒲赋》："昔有玄通先生，游于京都，道德既备，好此樗蒲。"其法详见唐李肇《唐国史补》卷下"叙古樗蒲法"。

〔5〕丛头：一种头簇花丛的鞋子式样。红编：红色带子。

〔6〕窣：窣地，见韦庄《清平乐》（何处游女)注〔4〕。

〔7〕嚬眉：皱眉。嚬，同"颦"。

〔8〕翻：反而。

【译文】

白如蛴蟧的脖颈上搭着披肩，绣带飘垂在两边。香闺空闲的时候，争着学习樗蒲戏赌荔枝消遣。

头簇花丛的鞋上系着细红带，拖地裙绣金丝线。无事微皱了双眉，春思缱绻反让阿母心生疑团。

柳　枝[1]

　　软碧摇烟似送人[2]，映花时把翠蛾颦[3]。青青自是风流主[4]，慢飔金丝待洛神[5]。

【注释】
　　〔1〕柳枝：即《杨柳枝》，见温庭筠《杨柳枝》（宜春苑外最长条）注〔1〕。集收凝词本调三首。
　　〔2〕软碧摇烟：形容柳条柔软青碧，摇曳在水雾弥漫中。
　　〔3〕翠蛾：底本作"翠娥"，据《四部丛刊》影印明刊本改。蛾，秀眉。颦：微皱。
　　〔4〕青青：茂盛的样子。《诗·卫风·淇澳》："瞻彼淇澳，绿竹青青。"风流主：指张绪，见牛峤《柳枝》（桥南桥北千万条）注〔1〕。
　　〔5〕飔：风吹物动。洛神：洛水神女，即宓妃。相传为伏羲氏女，因溺死洛水，而为洛水之神。战国楚屈原《离骚》："吾令丰隆乘云兮，求宓妃之所在。"三国魏曹植作有《洛神赋》。

【译文】
　　柔软青碧摇曳烟雾像在送人，映着春花时又常把翠眉微皱。丰盈袅娜自然是风流的情主，慢慢晃动金丝等待洛神出游。

　　瑟瑟罗裙金缕腰[1]，黛眉偎破未重描[2]。醉来咬损新花子[3]，拽住仙郎尽放娇[4]。

【注释】
　　〔1〕瑟瑟：碧绿的样子。唐白居易《暮江吟》："一道残阳铺水中，半江瑟瑟半江红。"
　　〔2〕偎：底本作"隈"，据《四部丛刊》影印明刊本改。
　　〔3〕花子：古代妇女一种面饰。见温庭筠《归国遥》（双脸）

注〔6〕。

　　〔4〕拽：拖拉。放娇：犹撒娇。

【译文】

　　碧绿的罗裙金缕带围着细腰，青黛色眉被依乱了还未重描。喝醉后脸上的贴花也被吻坏，拽住了如意郎撒娇不依不饶。

　　鹊桥初就咽银河^{〔1〕}，今夜仙郎自姓和^{〔2〕}。不是昔年攀桂树^{〔3〕}，岂能月里索恒娥^{〔4〕}。

【注释】

　　〔1〕鹊桥：见毛文锡《浣溪沙》（七夕年年信不违）注〔2〕。咽：哽咽，悲泣。
　　〔2〕自姓和：作者自称。
　　〔3〕不是句：作者于后梁贞明二年(916)举进士，年仅十九岁。攀桂树：即折桂枝，喻进士及第。见薛昭蕴《喜莺迁》（金门晓)注〔6〕。
　　〔4〕恒娥：即嫦娥。见韦庄《谒金门》（空相忆)注〔1〕。

【译文】

　　幽咽的银河上鹊桥刚刚搭成，今夜来相会的仙郎自报姓和。如果不是往年攀得桂树一枝，又怎能到月中宫殿寻找嫦娥。

渔　　父^{〔1〕}

　　白芷汀寒立鹭鸶^{〔2〕}，蘋风轻剪浪花时^{〔3〕}。烟幂幂^{〔4〕}，日迟迟^{〔5〕}，香引芙蓉惹钓丝。

【注释】

　　〔1〕渔父：即《渔歌子》。唐教坊曲名，属"无射宫"。据《新唐

书·张志和传》载，志和居江湖，自称烟波钓徒。每垂钓。不设饵，志不在鱼也。曾撰《渔歌》，宪宗图真求其歌，不能致。调名实本此。后用作词调名。单调，二十七字，平韵。又有双调《渔歌子》，五十字，实为二体。集收凝词本调一首。

〔2〕白芷：多年生香草。汀：水中或水边平地。

〔3〕蘋风：见前《临江仙》（海棠香老春江晚）注〔4〕。

〔4〕幂幂（mì）：深浓的样子。唐韩愈《叉鱼招张功曹》："盖江烟幂幂，拂棹影寥寥。"

〔5〕迟迟：和舒的样子。《诗·豳风·七月》："春日迟迟，采蘩祁祁。"

【译文】

清寒的白芷滩立着二三鹭鸶，吹过蘋草的风轻剪出浪花时。水气如烟迷茫，日光和煦悠长，荷花清香引来了垂钓的细丝。

顾太尉复

【简介】

　　顾复，生卒年不详，字、里失考。前蜀正通时以小臣给事内廷，后擢茂州刺史。复仕后蜀，累官至太尉，人称顾太尉。为人诙谐，善作小词。论者以为其词"浓淡疏密，一归于艳"，诚"五代艳词之上驷"（况周颐《餐樱庑词话》）；又说其词"浓丽，实近温尉"（李冰若《栩庄漫记》）。集中录词五十五首。

虞　美　人[1]

　　晓莺啼破相思梦，帘卷金泥凤[2]。宿妆犹在酒初醒，翠翘慵整倚云屏[3]，转娉婷[4]。　　香檀细画侵桃脸[5]，罗袂轻轻敛[6]。佳期堪恨再难寻[7]，绿芜满院柳成阴，负春心。

【注释】

　　〔1〕虞美人：见毛文锡《虞美人》（鸳鸯对浴银塘暖)注〔1〕。集收复词本调六首。

　　〔2〕金泥：见牛峤《菩萨蛮》（舞裙香暖金泥凤)注〔2〕。

　　〔3〕翠翘：妇女头饰，因形似翠鸟尾而名。唐白居易《长恨歌》："花钿委地无人收，翠翘金雀玉搔头。"

　　〔4〕转：反而。娉婷：姿态优美。汉辛延年《羽林郎》："不意金吾子，娉婷过我庐。"

〔5〕香檀：化妆用的浅赭色颜料。桃脸：形容脸色红润，艳如桃花。唐崔护《过故人庄》："去年今日此门中，人面桃花相映红。"

〔6〕罗袂：罗袖。敛：收起。

〔7〕佳期：指男女约会。

【译文】

清晨娇莺啼鸣惊破相思幽梦，卷起窗帘上的金泥凤。昨日化的粉妆还在酒也刚醒，翠翘歪了懒得整理斜倚云屏，反而别有风韵。

香檀细细描画晕染了桃花脸，罗袖轻轻将妆匣收敛。真怨恨美妙的期约再难找寻，满院绿草丛生柳树也已成阴，辜负一片春心。

触帘风送景阳钟[1]，鸳被绣花重[2]。晓帏初卷冷烟浓[3]，翠匀粉黛好仪容，思娇慵。　　起来无语理朝妆，宝匣镜凝光[4]。绿荷相倚满池塘，露清枕簟藕花香，恨悠扬。

【注释】

〔1〕景阳钟：据《南齐书·武穆裴皇后传》载，武帝因宫深听不到端门鼓漏声，于是在景阳楼上置钟报时，以便宫人早起梳妆。唐李贺《画江潭苑》之四："今朝画眉早，不待景阳钟。"

〔2〕重：缛丽，繁富。

〔3〕冷烟：指带寒气的晨雾。

〔4〕宝匣：梳妆盒。

【译文】

微风吹动绣帘送来景阳晓钟，鸳鸯被上绣着繁花丛。天亮卷起帏幔雾气清凉浓重，眉青翠粉匀称一副姣好仪容，情思慵懒娇纵。

起身后默默地仔细梳理晨妆，奁镜中映出痴情目光。青翠的荷叶依靠着挤满池塘，露珠晶莹枕席间已藕花飘香，恨意散漫悠长。

翠屏闲掩垂珠箔[1]，丝雨笼池阁。露粘红藕咽清香[2]，谢娘娇极不成狂[3]，罢朝妆。　　小金鸂鶒沉烟细[4]，腻枕堆云髻。浅眉微敛注檀轻[5]，旧欢时有梦魂惊，悔多情。

【注释】

〔1〕珠箔(bó)：珠帘。南朝梁刘孝威《奉和晚日》："虹檐挂珠箔，虹梁卷霜绡。"

〔2〕咽清香：含着清香不吐。

〔3〕谢娘：见温庭筠《更漏子》（柳丝长）注〔5〕。不成：莫非。

〔4〕小金鸂鶒：鸂鶒形小香炉。沉烟：沉香燃烧释放的烟。

〔5〕注檀：用胭脂涂唇。

【译文】

闲来遮掩翠色屏风垂下珠帘，细雨如丝笼罩着池阁。粘露珠的红色荷花含蓄清香，美艳少妇任性撒娇莫非痴狂，晨起不愿梳妆。

鸂鶒小金炉内的沉香烟轻细，腻枕堆散了云般发髻。淡眉微微皱起唇上胭脂已轻，旧日欢愉的梦魂时常被惊醒，懊悔当时多情。

碧梧桐映纱窗晚，花谢莺声懒。小屏屈曲掩青山[1]，翠帏香粉玉炉寒，两蛾攒[2]。　　颠狂年少轻离别，辜负春时节。画罗红袂有啼痕[3]，魂销无语倚闺门[4]，欲黄昏。

【注释】

〔1〕屈曲：弯曲重叠，未展开。青山：指小屏上的画。

〔2〕两蛾：双眉。攒（cuán）：聚拢。汉司马相如《上林赋》："攒立丛倚，连卷栅佹。"

〔3〕画罗：锦绣罗衣。红袂：红袖。

〔4〕魂销：即消魂，见温庭筠《菩萨蛮》（雨晴夜合玲珑日）注〔7〕。

【译文】

傍晚碧绿的梧桐映在纱窗上，花谢后莺声不再响亮。弯曲的屏风遮掩了绵延青山，翠幔中冷香炉伴着孤寂美人，双眉紧锁忧伤。

错乱轻狂的少年郎看轻离别，辜负了春的美好时节。红罗衣袖上还沾着斑斑泪痕，魂不守舍独自默默身倚房门，天已将近黄昏。

深闺春色劳思想〔1〕，恨共春芜长〔2〕。黄鹂娇啭泥芳妍〔3〕，杏枝如画倚轻烟，琐窗前〔4〕。　　凭栏愁立双蛾细〔5〕，柳影斜摇砌。玉郎还是不还家〔6〕，教人魂梦逐杨花，绕天涯。

【注释】

〔1〕劳：费。唐高适《秋胡行》："劳心苦力终无恨，所冀君恩那可依。"

〔2〕春芜：春草。

〔3〕黄鹂：即黄莺。娇啭：流利多变。泥（ní）：萦绕难舍。芳妍：花丛。

〔4〕琐窗：雕花窗。

〔5〕蛾：底本作"娥"，据《全唐诗·附词》改。

〔6〕玉郎：见牛峤《菩萨蛮》（舞裙香暖金泥凤）注〔3〕。

【译文】

　　春色映入深闺令人前思后想，怨恨与芳草一样漫长。黄莺萦绕着芬芳的花丛娇啼，图画一般的杏花枝倚着轻烟，横在雕花窗前。

　　手扶栏干含愁独立双眉纤细，柳影斜在石砌上摇曳。久盼的心上人还是没有回家，教人的梦魂追逐纷飞的杨花，绕遍海角天涯。

　　少年艳质胜琼英[1]，早晚别三清[2]。莲冠稳簪钿篦横[3]，飘飘罗袖碧云轻[4]，画难成。　　迟迟少转腰身袅[5]，翠靥眉心小[6]。醮坛风急杏枝香[7]，此时恨不驾鸾凰[8]，访刘郎[9]。

【注释】

　　〔1〕琼英：喻指白梅。唐宋璟《梅花赋》："若夫琼英缀雪，绛萼著霜，俨如傅粉，是谓何郎。"

　　〔2〕早晚：何时。三清：仙人所居。见牛希济《临江仙》（渭阙宫城秦树凋）注〔7〕。

　　〔3〕莲冠：莲花冠，道士所戴。簪：固定头发或帽子的长针。钿篦：镏金梳子。

　　〔4〕碧云轻：喻指罗袖的颜色、质地。见欧阳炯《浣溪沙》（天碧罗衣拂地垂）注〔1〕。

　　〔5〕迟迟：柔和舒缓的样子。袅：袅娜，纤细轻盈。

　　〔6〕翠靥：面部妆饰。参见温庭筠《归国遥》（双脸）注〔6〕。

　　〔7〕醮坛：见牛峤《女冠子》（星冠霞帔）注〔5〕。

　　〔8〕鸾凰：鸾鸟凤凰，神仙下凡时所乘。

　　〔9〕刘郎：刘晨。见温庭筠《思帝乡》（花花）注〔5〕。

【译文】

　　少年天生丽质胜过美玉琼英，什么时候能告别三清。玉簪插定莲花冠镏金梳半横，飘浮轻扬的罗袖像蓝天白云，画也难以画成。

　　缓缓转身尽显腰身轻盈纤巧，颇有翠靥微皱了眉梢。急风吹过祭坛送来杏花芳香，这时候恨不能乘上鸾鸟凤凰，去访昔日刘郎。

河　　传[1]

　　燕飏[2]，晴景。小窗屏暖，鸳鸯交颈[3]。菱花掩却翠鬟攲[4]，慵整，海棠帘外影。　　绣帏香断金鸂鶒[5]，无消息，心事空相忆。倚东风，春正浓。愁红，泪痕衣上重。

【注释】

　　〔1〕河传：见温庭筠《河传》（江畔）注〔1〕。集收复词本调三首。论者以为"凡属《河传》题，高华秀美，良不易得。此三调，绝唱也"（《花间集》旧题明汤显祖评本）。

　　〔2〕飏：高飞。

　　〔3〕鸳鸯交颈：这里指屏风上的图案。

　　〔4〕菱花：菱花镜。古代六角形或镜背刻有菱花的铜镜。唐李白《代美人愁镜》："狂风吹却妾心断，玉箸并堕菱花前。"攲：倾斜。

　　〔5〕金鸂鶒：这里指鸂鶒形金香炉。

【译文】

　　燕子高飞，天晴景明。小窗前屏风生暖，绣着鸳鸯正交颈。遮掩了菱花镜云鬟已歪斜，懒得梳理，帘外映着海棠的花影。

　　绣帏旁鸂鶒金炉的香已燃尽，至今仍没消息，白白把心事反复思忆。倚立独对东风，无边春色正浓。生怕落红，衣上的泪痕点点相重。

曲槛^[1]，春晚。碧流纹细，绿杨丝软。露花鲜，杏枝繁。莺啭，野芜平似剪^[2]。　　直是人间到天上，堪游赏，醉眼疑屏障^[3]。对池塘，惜韶光^[4]。断肠^[5]，为花须尽狂。

【注释】

〔1〕槛：栏杆。
〔2〕野芜：野草。
〔3〕屏障：即屏风。
〔4〕韶光：美好的时光。南朝梁简文帝《与慧琰法师书》："五翳消空，韶光表节。"
〔5〕断肠：见温庭筠《定西番》（细雨晓莺春晚)注〔1〕。

【译文】

栏杆弯曲，春日已晚。碧流中波纹细微，绿杨柳垂丝柔软。花儿含露鲜艳，杏树枝头抱团。莺歌委婉，原野上绿草平整如剪。

简直像是从人间来到了天上，可以尽情游赏，醉眼望去怀疑是屏障。面对清澈池塘，珍惜大好时光。与其忧伤，不如为花开即兴狂放。

棹举^[1]，舟去。波光渺渺，不知何处。岸花汀草共依依^[2]。雨微，鹧鸪相逐飞^[3]。　　天涯离恨江声咽，啼猿切，此意向谁说。舣兰桡^[4]，独无憀^[5]。魂销^[6]，小炉香欲焦^[7]。

【注释】

〔1〕棹：船桨。
〔2〕汀：水边或水中平地。依依：茂盛的样子。
〔3〕鹧鸪：鸟名。见温庭筠《更漏子》（柳丝长)注〔4〕。

〔4〕舣：停泊。兰桡：兰舟，船的美称。兰，底本作"栏"，据《四部丛刊》影印明刊本改。

〔5〕无憀：无聊，没心情。

〔6〕魂销：即消魂，见温庭筠《菩萨蛮》（雨晴夜合玲珑日）注〔7〕。

〔7〕香欲焦：这里指香将燃尽。

【译文】

　　船桨一举，小舟远去。渺渺波光遥无际，不知道到了哪里。岸上花汀边草一起随风披靡。小雨淅沥，鹧鸪鸟互相追着飞起。

　　江声呜咽像在倾诉天涯离恨，猿叫声声哀切，这种滋味能向谁诉说。把船泊在岸边，一人孤独无聊。黯然神伤，小炉中的香残烟袅袅。

甘　州　子[1]

　　一炉龙麝锦帷傍[2]，屏掩映，烛荧煌[3]。禁楼刁斗喜初长[4]，罗荐绣鸳鸯[5]。山枕上[6]，私语口脂香。

【注释】

〔1〕甘州子：即《甘州遍》，见毛文锡《甘州遍》（春光好）注〔1〕。集收叠词本调五首。

〔2〕龙麝：香名。唐司空图《白菊杂书》："却笑谁家扃绣户，正熏龙麝暖鸳衾。"

〔3〕荧煌：忽明忽暗，闪烁不定。

〔4〕禁楼：宫城楼阁。刁斗：小铃。《史记·李将军传》"不击刁斗以自卫"，《索隐》引荀悦云："刁斗，小铃，如宫中传夜铃也。"

〔5〕罗荐：织锦垫子。

〔6〕山枕：见温庭筠《菩萨蛮》（竹风轻动庭除冷）注〔3〕。

【译文】

　　一炉龙麝香缭绕在织锦帐旁，雕花屏风掩映，床头烛光闪亮。

暗喜宫城楼中传夜铃声刚响，精美的垫上绣着鸳鸯。山形檀木枕
上，溢出私语时的唇香。

　　每逢清夜与良晨，多怅望，足伤神。云迷水隔意中
人，寂寞绣罗茵[1]。山枕上，几滴泪痕新。

【注释】
　　〔1〕罗茵：织锦褥垫或毯子。

【译文】
　　每遇到清静的夜和美好早晨，常常怅然凝望，满怀幽怨哀伤。
云水浩渺凄迷阻隔了意中人，绣花的垫褥寂寞空荡。山形沉香枕
上，有几滴心酸的泪新淌。

　　曾如刘阮访仙踪[1]，深洞客[2]，此时逢。绮筵散
后绣衾同[3]，款曲见韶容[4]。山枕上，长是怯晨钟。

【注释】
　　〔1〕刘阮：刘晨、阮肇。见温庭筠《思帝乡》（花花)注〔5〕。
　　〔2〕深洞客：这里以刘、阮所遇仙女喻所爱女子。
　　〔3〕绮筵：华美丰盛的宴席。
　　〔4〕款曲：情思周至。汉秦嘉《赠妇诗》之二："念当远离别，思念
叙款曲。"韶容：娇好的容貌。

【译文】
　　曾像刘阮那样寻访神仙影踪，幽居的深洞客，这时欣喜相逢。
丰盛的宴席散后同拥绣花被，情意缠绵得见美娇容。山形绣花枕
上，常怕听到窗外的晨钟。

露桃花里小楼深^[1]，持玉盏^[2]，听瑶琴^[3]。醉归青琐入鸳衾^[4]，月色照衣襟。山枕上，翠钿镇眉心^[5]。

【注释】

〔1〕露桃：露天井边的桃树。宋郭茂倩《乐府诗集》二八载古辞《鸡鸣》："桃生露井上，李树生桃傍。"

〔2〕玉盏：玉制酒杯。

〔3〕瑶琴：饰玉之琴。南朝宋鲍照《拟古》之七："明镜尘匣中，瑶琴生网罗。"

〔4〕青琐：见温庭筠《菩萨蛮》（翠翘金缕双鸂鶒）注〔5〕。这里代指闺阁门。

〔5〕翠钿：翡翠首饰。镇：压。

【译文】

露井边桃树花中的小楼幽深，手持碧玉酒杯，且听仙乐瑶琴。带着醉意回闺房睡入鸳鸯被，明亮的月色照着衣襟。山形织锦枕上，翡翠花饰垂压在眉心。

红炉深夜醉调笙^[1]，敲拍处，玉纤轻^[2]。小屏古画岸低平，烟月满闲庭。山枕上，灯背脸波横^[3]。

【注释】

〔1〕红炉：指正燃着火的香炉。

〔2〕玉纤：白细，代指美女手指。

〔3〕灯背：灯熄灭。脸波：眼波。见牛峤《菩萨蛮》（柳花飞处莺声急）注〔2〕。

【译文】

深夜在火炉边带醉调起玉笙，敲节拍的地方，手指白细轻盈。小屏风上古画中的河岸低平，雾气月色布满了院庭。山形丝绸枕上，灯熄了眼光还闪不停。

玉　楼　春[1]

月照玉楼春漏促[2]，飒飒风摇庭砌竹[3]。梦惊鸳被觉来时，何处管弦声断续。　　惆怅少年游冶去[4]，枕上两蛾攒细绿[5]。晓莺帘外语花枝，背帐犹残红蜡烛。

【注释】

〔1〕玉楼春：见牛峤《玉楼春》（春入横塘摇浅浪)注〔1〕。集收复词本调四首。

〔2〕春漏：春夜报时的更漏声。参见温庭筠《更漏子》（柳丝长)注〔1〕。

〔3〕飒飒：风声。战国楚屈原《九歌·山鬼》："风飒飒兮木萧萧，思公子兮徒离忧。"

〔4〕游冶：出游玩乐。这里指寻欢作乐。

〔5〕攒：聚拢。见前《虞美人》（碧梧桐映纱窗晚)注〔2〕。

【译文】

月光照着小楼春夜漏声短促，清风飒飒摇动庭院阶前翠竹。鸳鸯被中的幽梦被惊醒来时，不知哪里的管弦声时断时续。

少年郎外出游乐真让人惆怅，两条细眉青青相簇横在枕上。拂晓时莺在帘外花枝间吟唱，身背罗帐红蜡烛还闪着余光。

柳映玉楼春日晚，雨细风轻烟草软。画堂鹦鹉语雕笼，金粉小屏犹半掩。　　香灭绣帏人寂寂，倚槛无言愁思远[1]。恨郎何处纵疏狂[2]，长使含啼眉不展。

【注释】

〔1〕槛：栏杆。思远：想念远离的人。

〔2〕纵：放纵，任意。疏狂：放浪不羁。唐白居易《代书诗一百韵寄微之》："疏狂属年少，闲散为官卑。"

【译文】

　　春日傍晚小楼掩映在绿柳间，微风细雨轻轻飘过烟迷草软。厅堂中鹦鹉在雕花笼里学舌，涂着金粉的小屏风半遮半掩。

　　绣花帏下香火已灭悄没声响，独倚栏杆沉默无语愁思悠远。怨恨郎君不知去哪胡玩乱逛，使她经常含泪饮泣双眉不展。

　　月皎露华窗影细，风送菊香粘绣袂〔1〕。博山炉冷水沉微〔2〕，惆怅金闺终日闭。　　懒展罗衾垂玉箸〔3〕，羞对菱花簪宝髻〔4〕。良宵好事枉教休，无计那他狂耍婿〔5〕。

【注释】

〔1〕粘：沾染。袂：衣袖。

〔2〕博山炉：见韦庄《归国遥》（春欲晚）注〔5〕。水沉：即沉水香。因沉香木质重，入水则沉，故名。

〔3〕玉箸：眼泪。见温庭筠《河渎神》（孤庙对寒潮)注〔3〕。

〔4〕菱花：菱花镜，见前《河传》（燕飏)注〔4〕。

〔5〕那：奈。狂耍婿：纵情放荡的丈夫。

【译文】

　　月光皎洁露珠晶莹小窗影细，晚风吹送的菊花香沾满绣衣。博山炉已经冷却沉水香细微，满怀孤寂惆怅闺房终日紧闭。

　　懒得铺开绸被脸上挂着泪水，重簪发髻菱花宝镜怎忍面对。多少良宵好事都被白白抛弃，对那个放浪夫婿真无计可施。

　　拂水双飞来去燕，曲槛小屏山六扇[1]。春愁凝思结眉心，绿绮懒调红锦荐[2]。　　话别情多声欲颤，玉箸痕留红粉面[3]。镇长独立到黄昏[4]，却怕良宵频梦见。

【注释】

　　[1] 小屏山六扇：六扇山水画小屏风。一说由六扇屏风组成山形。唐代屏风多以六扇为一组。《旧唐书·宪宗纪》："元和四年，御制前代君臣事迹十四篇，书于六扇屏风。"又唐温庭筠《经旧游》："屏倚故窗山六扇，柳垂寒砌露千条。"

　　[2] 绿绮：古琴名。晋傅玄《琴赋序》："楚庄王有鸣琴曰绕梁，司马相如有琴曰绿绮，蔡邕有琴曰焦尾，皆名器也。"后用作琴的代称。晋张载《拟四愁诗》："佳人遗我绿绮琴，何以报之双南金。"荐：垫子。

　　[3] 玉箸：见前首注[3]。

　　[4] 镇长：犹长久。明胡震亨《唐音癸签》卷二四："六朝人诗用'镇'字，唐诗尤多……《韵书》：'镇，压也，亦安之也。'盖有常之义。"

【译文】

　　燕子双双飞来飞去掠过水面，曲栏杆旁放着小山屏风六扇。无边的春愁和思恋凝聚眉间，红锦垫上的绿绮琴懒得去弹。

　　话别时情不自禁连声也发颤，两行泪痕已留在粉红的双脸。一人久久独自伫立直到黄昏，却生怕良宵在梦中频频相见。

花间集卷第七

顾太尉敻

浣　溪　沙[1]

春色迷人恨正赊[2]，可堪荡子不还家[3]。细风轻露著梨花。　　帘外有情双燕飏[4]，槛前无力绿杨斜。小屏狂梦极天涯。

【注释】

〔1〕浣溪沙：见韦庄《浣溪沙》（清晓妆成寒食天）注〔1〕。集收敻词本调八首。论者以为"此公管调，动必数章。虽中间铺叙成文，不如人之字雕句琢，而了无穷措大酸气。即使瑜瑕不掩，自是大家"（《花间集》旧题明汤显祖评本）。

〔2〕赊(shē)：长久，遥远。南朝梁萧衍《娈童》："羽帐晨香满，珠帘夕漏赊。"

〔3〕荡子：见温庭筠《杨柳枝》（两两黄鹂色似金）注〔3〕。

〔4〕飏：高飞。

【译文】

春色迷人心中的怨恨却深长，怎能忍受浪荡子久别不回家。细风携带轻露沾湿娇艳梨花。

珠帘外有情的双燕高飞云天，绿杨柳在曲栏杆前无力歪斜。

小屏间的痴狂梦已远及天涯。

红藕香寒翠渚平[1]，月笼虚阁夜蛩清[2]。塞鸿惊梦两牵情[3]。　　宝帐玉炉残麝冷[4]，罗衣金缕暗尘生。小窗孤灯泪纵横[5]。

【注释】
　〔1〕红藕：红色莲花。翠渚：绿色小洲。渚，水中平地。
　〔2〕虚阁：空阁。蛩（qióng）：蟋蟀。
　〔3〕塞鸿：塞外大雁。
　〔4〕麝：麝香。
　〔5〕底本词后小字注："旧前作'天际鸿，枕上梦，两情牵'；后作'小窗深，孤烛背，泪纵横'。"

【译文】
　翠绿的小洲飘着红莲的清香，月光下蟋蟀在空楼阁中吟唱。塞外雁惊醒闺阁梦两情牵肠。
　绣花帐旁玉炉里的麝香已冷，金丝绣织的罗衣上暗蒙浮尘。小纱窗下孤独灯前泪流纵横。

荷芰风轻帘幕香[1]，绣衣鸂鶒泳回塘[2]。小屏闲掩旧潇湘[3]。　　恨入空帏鸾影独[4]，泪凝双脸渚莲光[5]。薄情年少悔思量。

【注释】
　〔1〕芰（jì）：即菱，水生植物，夏季开白花。
　〔2〕绣衣：形容鸂鶒羽毛鲜明光洁。鸂鶒，水鸟。见温庭筠《菩萨蛮》（翠翘金缕双鸂鶒）注〔1〕。回塘：水流回旋的池塘。
　〔3〕潇湘：见温庭筠《遐方怨》（凭绣槛）注〔3〕。这里指屏风上的

潇湘山水画。

〔4〕鸾影独：鸾镜中人影孤独。参见温庭筠《菩萨蛮》（宝函钿雀金
鹧鸪）注〔4〕。

〔5〕双脸：见温庭筠《菩萨蛮》（凤凰相对盘金缕）注〔2〕。渚莲
光：形容脸色像水边莲花，光彩照人。

【译文】

吹过荷芰的轻风把帘幕染香，一身绣衣的鹧鸪戏水在池塘。
小画屏遮掩了旧时潇湘风光。

怀恨进入空帐如孤鸾形只影单，双脸滴泪就像水边莲花闪光。
少年薄情当悔最初没多思量。

惆怅经年别谢娘〔1〕，月窗花院好风光。此时相望最
情伤。　　青鸟不来传锦字〔2〕，瑶姬何处锁兰房〔3〕。
忍教梦魂两茫茫。

【注释】

〔1〕谢娘：见温庭筠《更漏子》（柳丝长）注〔5〕。

〔2〕青鸟：见牛峤《女冠子》（星冠霞帔）注〔7〕。锦字：见牛峤
《女冠子》（双飞双舞）注〔2〕。

〔3〕瑶姬：见牛希济《临江仙》（峭碧参差十二峰）注〔3〕。兰房：
特指女子居室。晋潘岳《哀永逝文》："委兰房兮繁华，袭穷泉兮朽壤。"

【译文】

与佳人分别一年来无比惆怅，月映窗花满院又是大好风光。
这时相盼望最令人黯然神伤。

传说中的青鸟不来传递情书，天仙般的美女在哪被锁闺房。
怎忍心让两地梦魂失落迷惘。

庭菊飘黄玉露浓，冷莎隈砌隐鸣蛩〔1〕。何期良夜得

相逢。　　背帐风摇红蜡滴，惹香暖梦绣衾重[2]。觉来枕上怯晨钟。

【注释】

〔1〕莎(suō)：莎草。多年生草本植物。偎：通"偎"，依偎。蛩：蟋蟀。

〔2〕惹香：沾染香气。南朝梁何逊《九日侍宴乐游苑》："晴轩连瑞气，同惹御香芬。"绣衾重：织绣繁缛的被子。

【译文】

庭中带露的黄菊花迎风摆动，蟋蟀隐藏在莎草石阶间吟诵。想不到如此美好的夜晚相逢。

背着绣帐红蜡在风吹中滴落，精致的熏香被温暖了甜美梦。枕上醒来时就生怕听见晨钟。

　　云澹风高叶乱飞，小庭寒雨绿苔微。深闺人静掩屏帏。　　粉黛暗愁金带枕[1]，鸳鸯空绕画罗衣[2]。那堪辜负不思归。

【注释】

〔1〕粉黛：代指女子。金带枕：见温庭筠《诉衷情》(莺语)注〔3〕。

〔2〕鸳鸯：指罗衣上绣织的图案。

【译文】

高空云淡急风吹得落叶纷飞，寒雨过后小庭院内绿苔细微。深闺中人寂静遮着绣屏锦帏。

金带枕上红粉佳人暗暗忧伤，丝绣的鸳鸯白白围绕着罗衣。怎能忍受负心忘情不想回归。

雁响遥天玉漏清[1]，小纱窗外月胧明。翠帏金鸭炷
香平[2]。　　何处不归音信断，良宵空使梦魂惊。簟凉
枕冷不胜情[3]。

【注释】
〔1〕玉漏：玉制计时器。唐苏味道《正月十五日》："金吾不禁夜，
玉漏莫相催。"
〔2〕金鸭：香炉。见温庭筠《酒泉子》（日上纱窗）注〔1〕。炷香：
即香炷。
〔3〕簟：竹席。不胜：难以忍受。

【译文】
天边雁叫声声伴着更漏清泠，小纱窗外的月色朦胧中微明。
翠帏旁金鸭炉的香炷已燃尽。
去了哪里还不回来音信全无，美好的夜晚白白让梦魂惊醒。
竹席凉枕边冷难忍相思深情。

露白蟾明又到秋[1]，佳期幽会两悠悠[2]。梦牵情
役几时休[3]。　　记得呢人微敛黛[4]，无言斜倚小书
楼。暗思前事不胜愁。

【注释】
〔1〕蟾：月亮。见韦庄《天仙子》（蟾彩霜华夜不分）注〔1〕。
〔2〕悠悠：遥远，空无着落。
〔3〕情役：为情役使，被情所困。
〔4〕呢（ní）：粘，缠。敛黛：皱眉。黛，黛眉。

【译文】
夜露白蟾月明一年又到清秋，盼佳期订约会两都渺茫无由。

梦被牵扯情受役使何时能休。

记得当时微皱黛眉温柔粘人，默默无语斜倚在那个小书楼。暗暗回想往事难忍无边怨愁。

酒 泉 子[1]

杨柳舞风，轻惹春烟残雨。杏花愁，莺正语，画楼东。　　锦屏寂寞思无穷，还是不知消息。镜尘生，珠泪滴，损仪容[2]。

【注释】

〔1〕酒泉子：见温庭筠《酒泉子》（花映柳条)注〔1〕。集收复词本调七首。

〔2〕仪容：仪表容貌。

【译文】

杨柳在风中舞动，轻轻招来春雾和残雨。杏花开始担心，娇莺正在啼鸣，还是雕花楼东。

孤寂的锦屏间思念没完没了，他的消息还是不知道。妆镜暗生浮尘，泪珠不禁滴落，损了仪表容貌。

罗带缕金[1]，兰麝烟凝魂断[2]。画屏欹[3]，云鬓乱，恨难任[4]。　　几回垂泪滴鸳衾[5]，薄情何处去。月临窗，花满树，信沉沉。

【注释】

〔1〕缕金：绣着金丝线。

〔2〕兰麝：见毛文锡《浣溪沙》（春水轻波浸绿苔)注〔7〕。魂断：

形容极度哀伤。

〔3〕攲：倾斜。

〔4〕任：忍受，承担。

〔5〕鸳衾：绣有鸳鸯的被子。

【译文】

罗带绣了金丝线，幽魂在兰麝香间飘散。小画屏歪斜着，鬓发蓬松凌乱，怨恨难以承担。

多少次落泪沾湿了鸳鸯绣被，薄情人究竟去了哪里。明月照临纱窗，春花开满树枝，音信杳杳无期。

　　　　小槛日斜，风度绿窗人悄悄。翠帏闲掩舞双鸾[1]，旧香寒[2]。　　　　别来情绪转难拚[3]，韶颜看却老[4]。依稀粉上有啼痕[5]，暗销魂[6]。

【注释】

〔1〕舞双鸾：指帷幔上绣的图案。

〔2〕旧香：以前点的香。

〔3〕拚：舍弃，丢开。

〔4〕韶颜：美丽的容颜。南朝宋鲍照《发后渚》：“华志分驰年，韶颜惨惊节。”

〔5〕稀：底本作“俙”，据《全唐诗·附词》改。

〔6〕销魂：即消魂，见温庭筠《菩萨蛮》（雨晴夜合玲珑日）注〔7〕。

【译文】

小栏前日影斜了，风吹过绿纱窗人却悄无声息。双鸾起舞的翠绿帷幔空掩着，陈香烟灭火熄。

离别以后情绪反而难以轻抛，美好的容颜眼看衰老。抹粉的脸上还依稀留着泪痕，独自暗暗伤神。

黛薄红深[1]，约掠绿鬟云腻[2]。小鸳鸯[3]，金翡翠，称人心。　　锦鳞无处传幽意[4]，海燕兰堂春又去[5]。隔年书，千点泪，恨难任。

【注释】

〔1〕黛薄：指眉黛色浅淡。红深：指唇脂色浓。

〔2〕约掠：同"约略"，简单梳理。云腻：形容秀发松软光泽。

〔3〕小鸳鸯：与下句"金翡翠"同为头上饰品。翡翠，翡翠鸟。

〔4〕锦鳞：鲤鱼。古代有鱼雁传书的传说。见张泌《生查子》（相见稀）注〔4〕。

〔5〕海燕：即燕子。古代传说燕子从海上来，故称。兰堂：即兰房，闺阁的美称。

【译文】

眉黛色淡口红深，简约梳的发鬟如绿云。灵巧的玉鸳鸯，精致的金翡翠，正好让人称心。

鲤鱼没有地方传递幽怨情意，闺房前燕子带了春来又飞去。重读隔年书信，不禁泪落千滴，难忍无限怨恨。

掩却菱花[1]，收拾翠钿休上面[2]。金虫玉燕锁香奁[3]，恨厌厌[4]。　　云鬟半坠懒重篸[5]，泪侵山枕湿[6]。银灯背帐梦方酣，雁飞南。

【注释】

〔1〕菱花：菱花镜。见顾敻《河传》（燕飏）注〔4〕。

〔2〕翠钿：镶嵌翡翠、金银等首饰。

〔3〕金虫：金龟子。据宋宋祁《益部方物略记·金虫》载，其"出利州山中，蜂体，绿色，光若金。里人取以佐妇钗镮之饰"。南朝梁吴均《和萧洗马子显古意》："莲花衔青雀，宝粟钿金虫。"玉燕：玉燕钗。据《洞冥记》卷二载，元鼎元年起招仙阁，有"神女留玉钗以赠帝，帝

以赐赵婕妤。至昭帝元凤中……既发匣，有白燕飞升天。后宫人学作此钗，因名玉燕钗"。唐李白《白头吟》之二："头上玉燕钗，是妾嫁时物。"锁：底本作"琐"，据《全唐诗·附词》改。香奁：梳妆盒。

〔4〕厌厌：犹恹恹，微弱，精神萎靡的样子。《汉书·李寻传》："列星皆失色，厌厌如灭。"

〔5〕篸：即簪，用长针固定头发。

〔6〕山枕：见温庭筠《菩萨蛮》（竹风轻动庭除冷）注〔3〕。

【译文】

合上了菱花铜镜，收好翡翠金银不再化妆打扮。金龟子玉燕钗一起锁进妆盒，神情怨恨疲软。

半垂着鬈发懒得再重新梳理，泪水已把山形枕浸湿。背着银灯绣帐内的睡梦正酣，雁群飞往南天。

水碧风清，入槛细香红藕腻〔1〕。谢娘敛翠恨无涯〔2〕，小屏斜。　　堪憎荡子不还家〔3〕，谩留罗带结〔4〕。帐深枕腻炷沉烟〔5〕，负当年。

【注释】

〔1〕红藕：红莲。腻：湿滑，温润。

〔2〕谢娘：见温庭筠《更漏子》（柳丝长）注〔5〕。敛翠：皱眉。翠，青黛色，代指眉。

〔3〕荡子：见温庭筠《杨柳枝》（两两黄鹂色似金）注〔3〕。

〔4〕谩留：空留，白留。罗带结：用罗带打结，表示男女定情，参见温庭筠《更漏子》（相见稀）注〔2〕。

〔5〕炷沉烟：指香炷燃尽，烟气消散。

【译文】

池水青碧风清新，飘入栏杆的红莲花香气细腻。娇娘翠眉紧锁哀怨正无边际，小屏风已斜倚。

真可恨那浪子至今还不回家，空留罗带上的同心结。绣帐阴暗山枕潮湿熏香烟散，辜负美好当年。

　　黛怨红羞^[1]，掩映画堂春欲暮。残花微雨隔青楼^[2]，思悠悠。　　芳菲时节看将度^[3]，寂寞无人还独语。画罗襦^[4]，香粉污，不胜愁。

【注释】

　　〔1〕黛：指眉。红：指脸。
　　〔2〕青楼：显贵家的闺阁。三国魏曹植《美女篇》："青楼临大路，高门结重关。"
　　〔3〕芳菲时节：春天花草繁盛的季节。度：度过，过去。
　　〔4〕襦(rú)：短衣，袄。

【译文】

　　眉聚幽怨脸含羞，画堂半明半暗春已走向尽头。花零落雨淅沥隔着青色小楼，难遣情思悠悠。
　　眼看花开草长时节即将过去，寂寞中空无一人还自言自语。绣花丝织短袄，已被香粉沾污，哀愁无法忍受。

杨　柳　枝^[1]

　　秋夜香闺思寂寥^[2]，漏迢迢^[3]。鸳帏罗幌麝烟销^[4]，烛光摇。　　正忆玉郎游荡去^[5]，无寻处。更闻帘外雨萧萧，滴芭蕉。

【注释】

　　〔1〕杨柳枝：见温庭筠《杨柳枝》（宜春苑外最长条)注〔1〕。集收复词本调一首。
　　〔2〕寂寥：寂静落寞。

〔3〕漏：更漏。迢迢：漫长悠远。

〔4〕幌：帷幔。晋张协《七命》：“重殿叠起，交绮对幌。”麝烟：麝香燃烧时释放的烟。销：消散。

〔5〕玉郎：见牛峤《菩萨蛮》（舞裙香暖金泥凤)注〔3〕。

〔6〕萧萧：同“潇潇”，风雨声。

【译文】

　　秋天夜晚闺房情思寂寞无聊，更漏漫长缥缈。绮罗鸳鸯帐幔间麝香烟已消，荧荧烛光微摇。

　　正想起郎君当时外出去游荡，没有找寻地方。更听见窗帘外传来雨声潇潇，点点滴落芭蕉。

谒　金　门〔1〕

　　帘影细，簟纹平。象纱笼玉指〔2〕，缕金罗扇轻〔3〕。嫩红双脸似花明〔4〕，两条眉黛远山横〔5〕。　　凤箫歇〔6〕，镜尘生。辽塞音书绝〔7〕，梦魂长暗惊。玉郎经岁负娉婷〔8〕，教人争不恨无情〔9〕。

【注释】

　　〔1〕谒金门：见温庭筠《谒金门》（凭绣槛)注〔1〕。集收复词本调一首。

　　〔2〕象纱：纱的名称。后蜀阎选《虞美人》：“石榴裙染象纱轻，转娉婷。”

　　〔3〕缕金：金线绣织。

　　〔4〕双脸：见温庭筠《菩萨蛮》（凤凰相对盘金缕)注〔2〕。

　　〔5〕眉黛远山横：见温庭筠《菩萨蛮》（雨晴夜合玲珑日)注〔6〕。

　　〔6〕凤箫：即排箫。汉应劭《风俗通·声音》：“《尚书》舜作箫韶九成，凤凰来仪，其形参差，象凤之翼。”后因称箫为凤箫。唐张说《道家》：“香随龙节下，云逐凤箫飞。”

〔7〕辽塞：辽阳边关。这里泛指北方边塞。

〔8〕玉郎：见牛峤《菩萨蛮》（舞裙香暖泥金凤）注〔3〕。经岁：一整年。娉婷：见温庭筠《南歌子》（转盼如波眼）注〔2〕。这里代指美女。

〔9〕争：怎么。

【译文】

　　珠帘投影纤细，竹席波纹浅平。象牙色轻纱半笼玉指，金丝精绣的罗扇轻盈。嫩红的脸颊就像鲜花般明艳，黛色的双眉好比横亘的远山。

　　凤箫不再吹响，妆镜浮尘暗生。辽阳边塞的书信已断，梦魂常常在暗中惊醒。郎君辜负了娇娘已经一整年，怎么不让人怨恨他这样无情。

献 衷 心^[1]

　　绣鸳鸯帐暖，画孔雀屏欹^[2]。人悄悄，月明时。想昔年欢笑，恨今日分离。银釭背^[3]，铜漏永^[4]，阻佳期。　　小炉烟细，虚阁帘垂。几多心事，暗地思惟。被娇娥牵役^[5]，魂梦如痴。金闺里，山枕上^[6]，始应知。

【注释】

　　〔1〕献衷心：见欧阳炯《献衷心》（见好花颜色）注〔1〕。集收夐词本调一首。

　　〔2〕欹：倾斜。

　　〔3〕银釭背：银灯熄灭。参见温庭筠《酒泉子》（日映纱窗）注〔3〕。

　　〔4〕铜漏：铜壶滴漏。永：漫长。

　　〔5〕娇娥：娇娆的美女。牵役：牵绊驱使。

　　〔6〕山枕：见温庭筠《菩萨蛮》（竹风轻动庭除冷）注〔3〕。

【译文】

　　绣着鸳鸯的罗帐温暖，画了孔雀的绣屏斜掩。入夜人声已静，窗前月色正明。回想往年的相见欢笑，怨恨今天的痛苦分离。银灯的光熄了，铜漏的声悠长，失去多少佳期。

　　小炉还冒着细烟，空阁内珠帘低垂。有多少难言心事，在暗中苦苦思念。神情被美女牵引役使，梦魂已如醉如痴。华美的闺房里，山形的绣枕上，应该体会相知。

应　天　长[1]

　　瑟瑟罗裙金线缕[2]，轻透鹅黄香画袴[3]。垂交带，盘鹦鹉[4]，袅袅翠翘移玉步[5]。　　背人匀檀注[6]，慢转横波偷觑[7]。敛黛春情暗许[8]，倚屏慵不语。

【注释】

　　〔1〕应天长：见韦庄《应天长》（绿槐阴里黄莺语）注〔1〕。集收夐词本调一首。

　　〔2〕瑟瑟：犹窸窣，罗裙金线在移动时发出轻微的摩擦声。

　　〔3〕袴(kù)：套裤。

　　〔4〕盘：环绕。鹦鹉：绣带上的图案。

　　〔5〕袅袅：底本后一字空格，据《四部丛刊》影印明刊本补。袅袅，摇曳晃动的样子。翠翘：见顾夐《虞美人》（晓莺啼破相思梦）注〔3〕。玉步：美人的脚步。

　　〔6〕匀檀注：抹口红。

　　〔7〕横波：横视的眼波。觑(qù)：暗瞄，偷看。

　　〔8〕敛黛：皱眉。春情：指男女情事。

【译文】

　　绮罗裙上的金线缕窸窣作响，薄薄透出染香绣花裤的鹅黄。

双带交结下垂，盘绣着绿鹦鹉，头上翠翘随着脚步微微摇晃。

背了人轻轻抹上口红，慢慢转过眼波偷偷投送。双眉微皱已把春情暗许，身倚着屏风娇慵无语。

诉　衷　情[1]

香灭帘垂春漏永[2]，整鸳衾[3]。罗带重，双凤[4]，缕黄金。窗外月光临，沉沉。断肠无处寻[5]，负春心。

【注释】

〔1〕诉衷情：见温庭筠《诉衷情》(莺语)注〔1〕。集收复词本调二首。

〔2〕春漏：春夜的更漏。永：漫长。

〔3〕鸳衾：绣有鸳鸯的被子。

〔4〕双凤：指罗带上绣的图案。

〔5〕断肠：见温庭筠《定西番》(细雨晓莺春晚)注〔1〕。这里指为之断肠的人。

【译文】

香炉烟熄珠帘垂挂春漏声长，铺好了鸳鸯被。相叠的罗带上，绣着双凤，黄金丝缕生辉。纱窗外月光悄悄降临，夜色沉静。让人断肠的无处可寻，辜负一片春心。

永夜抛人何处去[1]，绝来音。香阁掩，眉敛，月将沉。争忍不相寻[2]，怨孤衾。换我心，为你心，始知相忆深。

【注释】

〔1〕永夜：长夜。

〔2〕争忍：怎能忍受。

【译文】

漫漫长夜你抛下我去了哪里，没了所有音信。关上闺阁房门，双眉紧皱，明月就要西沉。怎么能够不反复寻思，怨恨锦被孤清。换取了我的心，成为了你的心，就知相思的情有多深。

荷　叶　杯[1]

春尽小庭花落，寂寞。凭槛敛双眉，忍教成病忆佳期[2]。知摩知[3]，知摩知。

【注释】

〔1〕荷叶杯：见温庭筠《荷叶杯》（一点露珠凝冷）注〔1〕。集收复词本调九首。论者以为"顾敻以艳词见长。有浓有淡，均极形容之妙。其淋漓真率处，前无古人。如《荷叶杯》九首，已为后代曲中《一半儿》张本"（李冰若《栩庄漫记》）。

〔2〕忍教句：怎么能让回忆佳期而思念成病。

〔3〕摩：《词律》："'摩'字应系'么'字，设为问答之词。"以下几首皆同。

【译文】

春走了小院内繁花飘落，一片寂寞。身凭栏杆紧皱了双眉，怎忍让我因忆佳期思念成疾。是知还是不知，是知还是不知。

歌发谁家筵上，寥亮[1]。别恨正悠悠，兰缸背帐月当楼[2]。愁摩愁，愁摩愁。

【注释】

〔1〕寥亮：即嘹亮，声音清脆响亮。晋向秀《思旧赋序》："邻人有吹笛者，发声寥亮。"

〔2〕兰釭：见温庭筠《酒泉子》（日映纱窗）注〔3〕。

【译文】

是谁家宴席传来的歌声，清脆响亮。离别怨恨正悠远漫长，帐边兰灯熄了小楼洒满月光。是愁还是不愁，是愁还是不愁。

弱柳好花尽拆〔1〕，晴陌〔2〕。陌上少年郎，满身兰麝扑人香〔3〕。狂摩狂，狂摩狂。

【注释】

〔1〕拆：同"坼"，裂开，绽放。
〔2〕陌：乡间小路。
〔3〕兰麝：见韦庄《浣溪沙》（绿树藏莺莺正啼）注〔4〕。

【译文】

细柳拂风好花都已开放，郊野清朗。路上来的那个少年郎，满身都飘着扑鼻的兰麝芳香。是狂还是不狂，是狂还是不狂。

记得那时相见，胆颤。鬓乱四肢柔，泥人无语不抬头〔1〕。羞摩羞，羞摩羞。

【注释】

〔1〕泥人：粘人，对人软磨死缠。唐卢仝《示添丁》："不知四体正困惫，泥人啼哭声呀呀。"

【译文】

还记得那时候与你相见，心中胆颤。鬓发乱了四肢也变柔，软磨粘人不言不语也不抬头。是羞还是不羞，是羞还是不羞。

夜久歌声怨咽[1]，残月。菊冷露微微，看看湿透缕金衣[2]。归摩归，归摩归。

【注释】

〔1〕怨咽：幽怨哽咽。

〔2〕缕金衣：即金缕衣，用金线缝制的衣服。

【译文】

夜深了歌声是那么幽怨，伴着残月。菊花沾了冷冷的露水，眼看就要湿透身上的金缕衣。是回还是不回，是回还是不回。

我忆君诗最苦，知否。字字尽关心[1]，红笺写寄表情深。吟摩吟，吟摩吟。

【注释】

〔1〕关心：有关心中的情事。

【译文】

我思念你的诗篇最痛苦，你知道吗。字字都出自一片真心，写在红信笺上寄托无限深情。是吟还是未吟，是吟还是未吟。

金鸭香浓鸳被[1]，枕腻[2]。小髻簇花钿[3]，腰如细柳脸如莲[4]。怜摩怜，怜摩怜。

【注释】

〔1〕金鸭：鸭形金香炉。

〔2〕腻：松软细腻。

〔3〕花钿：簪花首饰。

〔4〕腰如细柳：形容女子腰肢纤细。脸如莲：形容脸色明艳如莲。《西京杂记》卷二："文君姣好……脸际常若芙蓉。"唐韩偓《频访卢秀才》："药诀棋经思致论，柳腰莲脸本忘情。"

【译文】

金鸭小炉熏香了鸳鸯被，绣枕细软。小发髻上聚着金花钿，纤腰好比细柳嫩脸宛如红莲。是爱还是不爱，是爱还是不爱。

曲砌蝶飞烟暖〔1〕，春半。花发柳垂条，花如双脸柳如腰〔2〕。娇摩娇，娇摩娇。

【注释】

〔1〕曲砌：弯曲的台阶。

〔2〕花如双脸：即双脸如花。双脸，见温庭筠《菩萨蛮》（凤凰相对盘金缕)注〔2〕。

【译文】

弯曲的台阶间蝶飞烟暖，春将过半。鲜花开放柳条已低垂，容颜如花明艳腰肢似柳纤细。是娇还是不娇，是娇还是不娇。

一去又乖期信〔1〕，春尽。满院长莓苔〔2〕，手捻裙带独徘徊〔3〕。来摩来，来摩来。

【注释】

〔1〕乖：违背。期信：约定的日期。

〔2〕莓苔：阴湿的青苔。晋孙绰《游天台山赋》："践莓苔之滑石，搏壁立之翠屏。"

〔3〕捻：用手指来回搓揉。

【译文】

　　一去又过了约定的日期，春已将尽。小庭院内长满了霉苔，手中不停搓揉裙带独自徘徊。是来还是不来，是来还是不来。

渔　歌　子[1]

　　晓风清，幽沼绿[2]，倚栏凝望珍禽浴。画帘垂，翠屏曲，满袖荷香馥郁[3]。　　好摅怀[4]，堪寓目[5]，身闲心静平生足。酒杯深，光影促[6]，名利无心较逐[7]。

【注释】

　　〔1〕渔歌子：见欧阳炯《渔父》（白芷汀寒立鹭鸶）注〔1〕。集收复词本调一首。

　　〔2〕幽沼：深水池塘。

　　〔3〕馥郁：香味浓烈。唐齐己《病起见庭莲》："开时闻馥郁，枕上正缠绵。"

　　〔4〕摅(shū)：抒发，展示。

　　〔5〕寓目：过目。

　　〔6〕光影：即光阴。三国魏曹植《箜篌引》："惊风飘白日，光景驰西流。"影，同"景"。促：急促，短暂。

　　〔7〕较逐：计较追逐。

【译文】

　　早晨吹来清风，池塘一片深绿，斜倚栏杆出神观望水禽戏浴。描画竹帘低垂，翡翠屏风弯曲，满衣袖的荷花芳香浓郁。

　　正好抒写怀抱，也可愉悦耳目，身闲适心平静一生已经知足。酒杯时时斟满，光阴日日催促，无心去把名利计较追逐。

临　江　仙[1]

　　碧染长空池似镜，倚楼闲望凝情[2]。满衣红藕细香清。象床珍簟[3]，山障掩[4]，玉琴横。　　暗想昔时欢笑事，如今赢得愁生。博山炉暖澹烟轻[5]。蝉吟人静，残日傍，小窗明。

【注释】

〔1〕临江仙：见张泌《临江仙》（烟收湘渚秋江静）注〔1〕。集收复词本调三首。

〔2〕凝情：情感聚集。

〔3〕象床：用象牙装饰的床。《战国策·齐》三："孟尝君出行国，至楚，献象床。"珍簟：杂用珠玉制作的凉席。旧题汉郭宪《洞冥记》卷二："金床，象席，虎珀镇，杂玉为簟。"

〔4〕山障：绘有山景的屏风。

〔5〕博山炉：见韦庄《归国遥》（春欲晚）注〔5〕。

【译文】

长空青碧如染池水明静似镜，倚楼闲望凝聚一片深情。红莲花的细细清香飘满衣襟。象牙床铺珍珠席，山景屏风遮掩，一张瑶琴横陈。

暗中思念昔日多少欢笑往事，到如今却赢来忧愁丛生。温暖的博山炉香烟淡薄轻盈。蝉在鸣人声已静，夕阳西下那边，小窗分外光明。

幽闺小槛春光晚，柳浓花澹莺稀。旧欢思想尚依依。翠颦红敛[1]，终日损芳菲[2]。　　何事狂夫音信断[3]，不如梁燕犹归。画堂深处麝烟微[4]。屏虚枕冷，风细雨霏霏[5]。

【注释】

〔1〕翠颦：眉微皱。翠，翠眉。红敛：脸消瘦。红，代指脸。

　　〔2〕芳菲：原指花草丰茂，这里指青春容颜。
　　〔3〕狂夫：见牛峤《玉楼春》（春入横塘摇浅浪）注〔3〕。
　　〔4〕麝烟：麝香烟。
　　〔5〕霏霏：纷纷扬扬的样子。

【译文】

　　幽深闺阁小栏前的春光已晚，柳色浓花颜淡莺声渐稀。想起往日的欢乐仍情思依依。皱着眉脸也瘦了，整天折损青春的美丽。
　　那没心肝的为什么断了音信，不如梁间燕还知回归。画堂深处的麝香烟渐渐细微。屏内空寂枕上冷，窗外细风中小雨霏霏。

　　　月色穿帘风入竹，倚屏双黛愁时[1]。砌花含露两三枝[2]。如啼恨脸[3]，魂断损容仪[4]。　　　香炉暗销金鸭冷[5]，可堪辜负前期。绣襦不整鬓鬟敧[6]。几多惆怅，情绪在天涯。

【注释】

　　〔1〕双黛：双眉。黛，黛眉。
　　〔2〕砌：石阶。
　　〔3〕啼恨脸：含恨流泪的脸。东汉时妇女有啼妆，以粉拭目下如泪痕（见《后汉书·五行志》一）。
　　〔4〕魂断：形容极度哀伤。容仪：容貌仪态。
　　〔5〕金鸭：鸭形金香炉。
　　〔6〕襦：短衣，小袄。敧：倾侧，歪斜。

【译文】

　　月色透过帘幔晚风吹入竹丛，正当倚屏的双眉愁聚时。台阶旁的花含露开了两三枝。像怀恨啼哭的脸，伤心地损了青春容仪。
　　香在暗中燃尽金鸭小炉已冷，怎能忍受辜负前约日期。绣花袄凌乱了鬓鬟松散斜倚。心中有多少惆怅，情绪漂泊在海边天际。

醉 公 子[1]

漠漠秋云澹[2]，红藕香侵槛。枕倚小山屏[3]，金铺向晚扃[4]。　　睡起横波慢[5]，独望情何限。衰柳数声蝉，魂销似去年[6]。

【注释】

〔1〕醉公子：见薛昭蕴《醉公子》（慢绾青丝发）注〔1〕。集收夐词本调二首。

〔2〕漠漠：广布的样子。唐王维《积雨辋川庄作》："漠漠水田飞白鹭，阴阴林木啭黄鹂。"

〔3〕山屏：犹屏山，见温庭筠《菩萨蛮》（南园满地堆轻絮）注〔4〕。

〔4〕金铺：指门。见薛昭蕴《谒金门》（春满院）注〔4〕。扃（jiōng）：门闩，这里指关闭。

〔5〕横波：眼神。慢：迟钝，呆滞。

〔6〕销魂：见温庭筠《菩萨蛮》（雨晴夜合玲珑日）注〔7〕。

【译文】

秋空中飘着淡淡的云，红莲的清香沁入窗棂。绣枕倚着山水小画屏，傍晚时空闺门已关紧。

刚睡起眼光呆滞无神，独自怅望难抑心中情。衰柳间传来几声蝉鸣，失魂魄还像去年光景。

　

岸柳垂金线，雨晴莺百啭。家住绿杨边，往来多少年。　　马嘶芳草远[1]，高楼帘半卷。敛袖翠蛾攒[2]，相逢尔许难[3]。

【注释】

〔1〕马嘶句：指少年骑马远去。

〔2〕翠蛾：女子之眉。因修长弯曲形如蚕蛾而称。唐谢偃《听歌赋》："低翠蛾而敛色，睇横波而流光。"攒：堆积，聚拢。

〔3〕尔许：如此，这样。唐杜荀鹤《醉书僧壁》："九华山色真堪爱，留得高僧尔许年。"

【译文】

　　岸边柳垂拂条条金线，雨晴后林中黄莺百啭。家住在青翠的杨树边，往来的都是风华少年。

　　芳草间马叫声已去远，高楼上玉珠帘仍半卷。收起衣袖翠眉难舒展，想见个面怎么这样难。

更　漏　子〔1〕

　　旧欢娱，新怅望，拥鼻含颦楼上〔2〕。浓柳翠，晚霞微，江鸥接翼飞。　　帘半卷，屏斜掩，远岫参差迷眼〔3〕。歌满耳，酒盈樽，前非不要论。

【注释】

　　〔1〕更漏子：见温庭筠《更漏子》(柳丝长)注〔1〕。集收复词本调一首。

　　〔2〕拥鼻：掩鼻。据《晋书·谢安传》载，谢安能作洛下书生咏，因有鼻疾，音浊。后名人学之，用手掩鼻而吟。唐彦谦《春阴》："天涯已有销魂别，楼上宁无拥鼻吟。"含颦：皱眉。颦，同"矉"。

　　〔3〕远岫(xiù)：远山。南朝齐谢朓《郡内高斋闲望答吕法曹》："窗中列远岫，庭际俯乔林。"参差：高低错落。

【译文】

　　想起旧时欢娱，近来频频怅望，掩鼻皱眉伫立小楼上。柳条青翠色浓，云霞向晚光微，江上的鸥鹭接翼翩飞。

　　珠帘依旧半卷，绣屏如常斜掩，远山起伏烟云已迷眼。身旁歌声灌耳，手中酒杯斟满，以往的是非不要再谈。

孙少监光宪

【简介】

孙光宪（？—968），字孟文，自号葆光子，陵州贵平（今四川仁寿东北）人。仕唐为陵州判官，后唐天成初避地江陵，被荐为高季兴掌书记，遂仕荆南。历事三朝，初为从事，后累官至节度副使、检校秘书少监兼御史大夫。人称"孙少监"。入宋，因劝高继冲献地有功，授黄州刺史。又拟用为学士，未及而卒。平生好读书，藏书颇丰，著有《荆台笔备》、《橘斋集》、《北梦琐言》等。亦善词，被认为是继温庭筠、韦庄之后又一大家。所作题材较广，艳情之外，有对水乡风光、边塞生活的描写。集中收词六十一首。论者既称其词"气骨甚遒，措辞亦多警炼"，同时又指出"不及温、韦处亦在此，坐少闲逸之致"（清陈廷焯《白雨斋词话》）。

浣　溪　沙[1]

蓼岸风多橘柚香[2]，江边一望楚天长[3]。片帆烟际闪孤光[4]。　　目送征鸿飞杳杳[5]，思随流水去茫茫。兰红波碧忆潇湘[6]。

【注释】

〔1〕浣溪沙：见韦庄《浣溪沙》（清晓妆成寒食天）注〔1〕。集收光宪词本调九首。

〔2〕蓼岸：长有水蓼的江岸。蓼，水生草本植物。橘柚：《尚书·禹

贡》孔疏："橘、柚二果，其种本别。以实相比，则柚大橘小。"唐王昌龄《送别魏三》："醉别江楼橘柚香，江风引雨入船凉。"

〔3〕楚天：指楚国旧地（今湖北、湖南一带）天空。

〔4〕孤光：指白帆在阳光照射下的一点反光。

〔5〕征鸿：远飞的大雁。杳杳：遥远辽阔的样子。

〔6〕兰红：秋季开红花的兰草。晋郭璞《江赋》："葭蒲云蔓，褛以兰红。"潇湘：见温庭筠《遐方怨》（凭绣槛）注〔3〕。

【译文】

　　水蓼岸上风中都带橘柚清香，站在江边眺望楚天空阔悠长。一点白帆在云烟间闪着亮光。

　　目光伴送空中大雁飞向远方，思绪跟随眼前江水流入苍茫。红兰花碧波浪令人长忆潇湘。

　　　桃杏风香帘幕闲[1]，谢家门户约花关[2]。画梁幽语燕初还[3]。　　绣阁数行题了壁，晓屏一枕酒醒山[4]。却疑身是梦魂间。

【注释】

　　〔1〕风香：风中飘香。

　　〔2〕谢家：谢娘家。见温庭筠《更漏子》（柳丝长）注〔5〕。约花关：把花关在院内。

　　〔3〕幽语：轻声私语。

　　〔4〕山：指山枕。见温庭筠《菩萨蛮》（竹风轻动庭除冷）注〔3〕。

【译文】

　　风带着桃杏的芳香飘进幕帘，谢娘家的门把春的芳菲空关。画梁间刚回的燕子轻声呢喃。

　　在闺阁的墙上题写了几行字，醉醒时晨光已照着画屏枕山。却怀疑身仍游移幻梦迷魂间。

花渐凋疏不耐风，画帘垂地晚堂空。堕阶萦薛舞愁红[1]。　　腻粉半粘金靥子[2]，残香犹暖绣薰笼。蕙心无处与人同[3]。

【注释】

〔1〕薛：苔薛。愁红：指落花。唐温庭筠《元处士池上》："愁红一片风前落，池上秋波似五湖。"

〔2〕金靥子：金色花靥。见温庭筠《归国遥》（双脸）注〔6〕。

〔3〕蕙心：多指女子善美之心。南朝宋鲍照《芜城赋》："东都妙姬，南国佳人，蕙心纨质，玉貌绛唇。"蕙，香草。

【译文】

繁花渐渐凋残已经不起风吹，傍晚空空的厅堂内画帘低垂。落红飞舞萦绕薛阶纷纷下坠。

和泪的脂粉半粘着金花靥子，雕花熏笼余温尚存香烟细微。孤寂的芳心中别有一番滋味。

揽镜无言泪欲流[1]，凝情半日懒梳头[2]。一庭疏雨湿春愁。　　杨柳只知伤怨别，杏花应信损娇羞。泪沾魂断轸离忧[3]。

【注释】

〔1〕揽：拿来，持取。

〔2〕凝情：情感聚集。

〔3〕魂断：形容极度悲伤，魂不守舍。轸（zhěn）：惨痛。战国楚屈原《九章·哀郢》："出国门而轸怀兮，甲之朝吾以行。"

【译文】

拿过镜来沉默不语就想流泪，神情呆滞整个半天懒得梳头。

一庭院的稀疏雨淋湿了春愁。

杨柳只知道为相别抱怨哀伤，杏花应相信折损了往日娇羞。泪沾衣魂失舍悲痛都为离忧。

半踏长裾宛约行[1]，晚帘疏处见分明。此时堪恨昧平生[2]。　　早是销魂残烛影[3]，更愁闻着品弦声[4]。杳无消息若为情[5]。

【注释】

〔1〕半踏：小步。长裾（jū）：衣服前后襟。汉辛延年《羽林郎》："长裾连理带，广袖合欢襦。"宛约：柔美的样子。

〔2〕昧平生：素昧平生，一直不了解。昧，不明白。

〔3〕销魂：见温庭筠《菩萨蛮》（雨晴夜合玲珑日）注〔7〕。

〔4〕品弦：指弹奏琴弦。

〔5〕杳：悠远，缥缈。若为：怎么，如何。《南齐书·明僧绍传》："僧远问僧绍曰：'天子若来，居士若为相对？'"

【译文】

手提衣襟迈着小步款款而行，傍晚从珠帘缝间看得分外清。这时候真怨恨与她素昧平生。

早在残烛的光影中黯然伤神，更加幽怨听到柔美的琴弦声。没有一点消息怎么传递深情。

兰沐初休曲槛前[1]，暖风迟日洗头天[2]。湿云新敛未梳蝉[3]。　　翠袂半将遮粉臆[4]，宝钗长欲坠香肩。此时模样不禁怜[5]。

【注释】

〔1〕兰沐：用兰花水洗头。初休：刚洗完。

〔2〕迟日：《诗·豳风·七月》："春日迟迟，采蘩祁祁。"后因以迟日指春日。唐杜审言《渡湘江》："迟日园林悲昔游，今春花鸟作边愁。"

〔3〕湿云：喻湿发。蝉：蝉鬓。见温庭筠《菩萨蛮》（杏花含露团香雪)注〔4〕。

〔4〕袂：衣袖。粉臆：粉白的前胸。臆，胸。

〔5〕怜：怜爱。

【译文】

曲栏杆前刚用兰汤洗完秀发，在风和日暖适合洗头的春天。湿发如云才拢起还未梳鬓蝉。

半举的翠袖遮着粉白的胸臆，头上的宝钗就像要坠落香肩。这时候的模样不禁让人爱怜。

风递残香出绣帘[1]，团窠金凤舞襜襜[2]。落花微雨恨相兼。　　何处去来狂太甚，空推宿酒睡无厌[3]。争教人不别猜嫌[4]。

【注释】

〔1〕递：吹送，传递。

〔2〕团窠(kē)金凤：指绣帘上的图案。团，圆形。窠，鸟巢。襜襜(chān)：飘动、摇晃的样子。汉刘向《九叹》："裳襜襜而含风兮，衣纳纳而掩露。"王逸注："襜襜，摇貌。"

〔3〕宿酒：前次喝的酒。厌：满足。《诗·小雅·湛露》："厌厌夜饮，不醉无归。"

〔4〕争：怎么。猜嫌：猜测怀疑。

【译文】

晨风把一缕残香吹送出绣帘，成团的金凤凰随之起舞翩跹。微雨中花落纷纷与怨恨相伴。

到哪里轻狂去了实在太过分，空口推说喝过了酒昏睡无厌。怎么能不让人别有怀疑猜嫌。

　　轻打银筝坠燕泥[1]，断丝高罥画楼西[2]。花冠闲上午墙啼[3]。　　粉箨半开新竹径[4]，红苞尽落旧桃蹊[5]。不堪终日闭深闺。

【注释】

〔1〕轻打句：说弹响银筝震落梁上燕窝的泥。

〔2〕断丝：被风吹断的游丝。罥（juān）：挂，缠绕。晋木华《海赋》：“或屑没于鼋鼍之穴，或挂罥于岑嵓之峰。”

〔3〕花冠：鸡冠，这里指公鸡。南朝陈徐陵《斗鸡》：“花冠已冲力，金爪复惊媒。”午墙：正面当中的墙。

〔4〕粉箨（tuò）：带白粉的竹皮、笋壳。径：小道。

〔5〕红苞：红花苞。桃蹊：桃树下的路。

【译文】

　　轻轻弹起银筝震落梁上燕泥，断了的游丝高挂在雕画楼西。悠闲的公鸡飞上午墙高声啼。

　　竹径间新长的笋壳带粉半开，旧时桃林小路花苞掉落满地。怎么能忍受整天被深闺幽闭。

　　乌帽斜欹倒佩鱼[1]，静街偷步访仙居[2]。隔墙应认打门初[3]。　　将见客时微掩敛[4]，得人怜处且生疏。低头羞问壁边书[5]。

【注释】

〔1〕乌帽：乌纱帽。隋唐时初为贵人视事或见宾客所戴，后成闲居常服。唐杜甫《相从行赠严二别驾时方经崔旰之乱》：“乌帽拂尘青螺粟，紫衣将炙绯衣走。”佩鱼：初为唐代五品以上官员出入宫禁的信符，后成一般散官的饰物。（见《新唐书·车舆志》）

〔2〕仙居：这里指娼妓住处。

〔3〕打门：敲门。

〔4〕掩敛：检点收敛，形容女子矜持的羞涩情态。

〔5〕书：这里指字画、书体。

【译文】

歪戴着乌纱帽倒佩了金鱼袋，偷闲移步静街去访仙女楼台。隔墙应知最初敲门的今又来。

将要见客时神态还半遮半掩，得人爱怜后就故意装作生疏。低头羞问壁边题的是什么书。

河　传[1]

太平天子[2]，等闲游戏，疏河千里[3]。柳如丝，偎倚渌波春水[4]，长淮风不起[5]。　　如花殿脚三千女[6]，争云雨[7]，何处留人住。锦帆风[8]，烟际红，烧空，魂迷大业中[9]。

【注释】

〔1〕河传：见温庭筠《河传》（江畔）注〔1〕。集收光宪词本调四首。

〔2〕太平天子：这里指隋炀帝。

〔3〕疏河千里：据唐韩偓《开河记》载，大业十二年（616）开邗沟成，长二千余里。

〔4〕偎：底本作"偎"，据《全唐诗·附词》改。渌波春水：南朝梁江淹《别赋》："春草碧色，春水绿波。"渌，清澈。

〔5〕长淮：即淮河。

〔6〕殿脚：见韦庄《河传》（何处）注〔5〕。

〔7〕云雨：见韦庄《归国遥》（春欲晚）注〔4〕。

〔8〕锦帆：见毛文锡《柳含烟》（隋堤柳）注〔5〕。

〔9〕魂迷：隋炀帝晚年迷恋女色，曾筑迷楼供嫔妃宫女居住娱乐。大业：隋炀帝年号，公元605—618年。

【译文】

太平年间的天子，没事就外出游戏，疏凿运河千余里。两岸植柳如丝，相互偎靠着绿波春水，在淮河岸边风吹不起。

三千个如花似玉的殿脚少女，彼此争宠邀幸，哪里能把这些人留住。锦帆鼓起长风，竟把云际染红，如火烧空，魂魄已迷失在大业中。

柳拖金缕[1]，着烟笼雾，濛濛落絮。凤皇舟上楚女[2]，妙舞，雷喧波上鼓[3]。　　龙争虎战分中土[4]，人无主，桃叶江南渡[5]。襞花笺[6]，艳思牵[7]，成篇，宫娥相与传。

【注释】

〔1〕拖：下垂拂动。金缕：金丝线，形容初春嫩黄色的柳条。

〔2〕凤皇舟：即凤凰舟，隋炀帝与后妃侍女们乘坐的楼船。楚女：这里泛指江南女子。

〔3〕雷喧句：说水波上鼓声雷动。

〔4〕龙争虎战：指隋末群雄纷争。中土：中原地区。《淮南子·地形》："正中冀州曰中土。"

〔5〕桃叶江南渡：见毛文锡《虞美人》（鸳鸯对浴银塘暖）注〔6〕。

〔6〕襞（bì）：折叠。南朝梁简文帝《春宵》："彩笺徒自襞，无信往云中。"

〔7〕艳思：男女情思。

【译文】

垂柳低拂着金缕，和着云烟笼着雾，纷纷扬扬飘落絮。雕画凤凰楼船上的美女，轻歌曼舞，波上的鼓声雷鸣山呼。

龙争虎斗逐鹿中原分疆裂土，士人纷乱无主，挤爆了江南的桃叶渡。折叠好印花笺，被艳情绮思牵，写成了篇，宫女们相互争着传看。

花落，烟薄。谢家池阁[1]。寂寞春深，翠蛾轻敛意沉吟[2]。沾襟，无人知此心。　　玉炉香断霜灰冷[3]，帘铺影。梁燕归红杏[4]。晚来天，空悄然。孤眠，枕檀云髻偏[5]。

【注释】

〔1〕谢家：谢娘家。见温庭筠《更漏子》（柳丝长）注〔5〕。

〔2〕翠蛾：翠眉。蛾，底本作"娥"，据《全唐诗·附词》改。沉吟：深思。三国魏曹操《短歌行》："但为君故，沉吟至今。"

〔3〕霜灰：指香燃尽后形成的白灰。

〔4〕梁燕句：说屋梁上的燕子从红杏枝头飞回。

〔5〕枕檀：即檀枕，用檀木做的枕头。

【译文】

繁花飘落，雾霭轻薄。谢娘家的小池阁。寂寞中春色渐深，翠眉微微皱起心中思念难禁。泪下沾襟，没有人知道这颗芳心。

玉炉中香的余烬已发白变冷，珠帘铺着投影。燕从红杏间飞归梁楹。天色逐渐昏暗，四下空虚悄然。一人孤眠，蓬松的发髻偏在枕边。

风飐[1]，波敛。团荷闪闪，珠倾露点。木兰舟上[2]，何处吴娃越艳[3]，藕花红照脸。　　大堤狂杀襄阳客[4]，烟波隔。渺渺湖光白。身已归，心不归。斜晖，远汀鸂𫛢飞[5]。

【注释】

〔1〕飐：风吹物动。

〔2〕木兰舟：见欧阳炯《南乡子》（洞口谁家）注〔1〕。

〔3〕吴娃、越艳：吴越一带的美女。唐李白《经乱离后天恩流夜郎

忆旧游书怀赠江夏韦太守良宰》："吴娃与越艳，窈窕夸铅红。"娃，美女。

〔4〕大堤：指襄阳郊外的长江堤岸。襄阳：唐五代时置郡，治所在今湖北襄阳。南朝宋随王刘诞曾作《襄阳乐》："朝发襄阳城，暮至大堤宿。大堤诸女儿，花艳惊郎目。"又有《大堤曲》，见宋郭茂倩《乐府诗集》卷四八引《古今乐录》。

〔5〕汀：水边平地。鸂鶒：见温庭筠《菩萨蛮》（翠翘金缕双鸂鶒）注〔1〕。

【译文】

清风吹过，轻波微敛。圆荷叶上光闪闪，滚动着露珠点点。精巧的木兰舟上，哪来的一些江南美少女，让娇艳荷花映红了脸。

大堤上襄阳客看得如痴如醉，恨被烟波阻隔。渺渺湖光泛着一片白。身子虽已回来，心却还未同归。夕阳余辉，远处水边有鸂鶒起飞。

花间集卷第八

孙少监光宪

菩　萨　蛮[1]

　　月华如水笼香砌[2]，金镮碎撼门初闭[3]。寒影堕高檐[4]，钩垂一面帘。　　碧烟轻袅袅，红颤灯花笑[5]。即此是高唐[6]，掩屏秋梦长。

【注释】
　　〔1〕菩萨蛮：见温庭筠《菩萨蛮》（小山重叠金明灭）注〔1〕。集收光宪词本调五首。
　　〔2〕月华：月光。香砌：沾染花香的台阶。
　　〔3〕金镮：铜制门环。碎撼：没节奏地摇晃。
　　〔4〕寒影句：说高楼的屋檐投影在地。
　　〔5〕红颤：灯光抖动。灯花笑：指灯花爆。
　　〔6〕高唐：高唐观，楚王梦见巫山神女处。见韦庄《归国遥》（春欲晚)注〔4〕。

【译文】
　　月光如水笼罩着染香的石砌，发出声响的金环院门刚关闭。高高的屋檐投下寒影，玉钩低垂了一面帘绫。
　　青烟轻盈地升腾缭绕，红烛闪灯芯爆如花笑。这里就是心中的高唐，掩了屏好让秋梦绵长。

花冠频鼓墙头翼[1]，东方澹白连窗色。门外早莺声，背楼残月明。　　薄寒笼醉态，依旧铅华在[2]。握手送人归，半拖金缕衣[3]。

【注释】

〔1〕花冠：雄鸡。见前《浣溪沙》（轻打银筝坠燕泥）注〔3〕。鼓：扇动。

〔2〕铅华：烧铅成粉，用以搽脸。汉张衡《定情赋》："思在面为铅华兮，患离尘而无光。"

〔3〕拖：下垂低拂。金缕衣：以金丝为饰的舞衣。南朝梁刘孝威《拟古应教》："青铺绿琐流璃扉，琼筵玉笥金缕衣。"

【译文】

公鸡在墙头不停地扇动翅膀，窗口泛着的鱼肚白来自东方。门外传来早莺的啼叫，一弯残月背挂在楼梢。

轻薄的寒意笼罩醉态，脸上的脂粉依旧还在。手握着手送了人回归，半垂着漂亮的金缕衣。

小庭花落无人扫，疏香满地东风老[1]。春晚信沉沉，天涯何处寻。　　晓堂屏六扇[2]，眉共湘山远[3]。争奈别离心[4]，近来尤不禁[5]。

【注释】

〔1〕疏香：时有时无的淡香。东风老：指春已暮，东风软绵无力。唐罗隐《送人赴职褒中》："海棠花谢东风老，应念京都共苦辛。"

〔2〕屏六扇：六扇屏风，见顾夐《玉楼春》（拂水双飞来去燕。）注〔1〕。

〔3〕湘山：君山。这里指屏风上所画湖南一带山水。

〔4〕争奈：怎奈，无可奈何。唐卢仝《守岁》：“当炉一榼酒，争奈两年何。”

〔5〕不禁：承受不了。唐杜甫《舍弟观赴蓝田取妻子到江陵喜寄》二：“巡檐索共梅花笑，冷蕊疏枝半不禁。”

【译文】

小庭院中花落了没有人去扫，满地淡香连东风也无力吹跑。春色已晚仍杳无音信，天涯海角到哪里去寻。

天亮时堂内画屏六扇，眉像所绘湘山般悠远。怎奈这感伤离别的心，近来已变得更不能禁。

青岩碧洞经朝雨，隔花相唤南溪去。一只木兰船〔1〕，波平远浸天〔2〕。　　扣舷惊翡翠〔3〕，嫩玉抬香臂〔4〕。红日欲沉西，烟中遥解觿〔5〕。

【注释】

〔1〕木兰船：见欧阳炯《南乡子》（洞口谁家）注〔1〕。

〔2〕浸天：与天相合。

〔3〕扣舷：用桨敲击船沿。翡翠：翡翠鸟。

〔4〕嫩玉：比喻女子肌肤光洁白嫩。

〔5〕解觿(xī)：解下佩角送人。觿，角锥，古代一种用来解绳结的饰物。《诗·国风·卫风》：“芄兰之支，童子佩觿。”朱熹注：“觿，锥也。以象骨为之，所以解结。成人之佩，非童子之饰也。”字底本作“携”，据《全唐诗·附词》改。

【译文】

青翠碧绿的岩洞早晨下了雨，隔着花丛相互招唤同去南溪。一只灵巧的木兰小船，漂在天水相连的波间。

敲击船舷翡翠鸟惊飞，抬起的香臂嫩白如玉。火红的夕阳即将沉西，雾霭中远远解了佩觿。

木棉花映丛祠小[1]，越禽声里春光晓[2]。铜鼓与蛮歌[3]，南人祈赛多[4]。　　客帆风正急，茜袖偎樯立[5]。极浦几回头[6]，烟波无限愁。

【注释】

〔1〕木棉：落叶乔木。先叶开花，花大而红。丛祠：供奉神灵的祠庙。见温庭筠《河渎神》（河上望丛祠）注〔2〕。

〔2〕越禽：孔雀别名，见《本草·释名》。这里泛指粤闽地区禽鸟。

〔3〕蛮：古代中原地区对南方民族的蔑称。

〔4〕祈赛：祈求和回报神灵。见张泌《河渎神》（古树噪寒鸦）注〔3〕。

〔5〕茜(qiàn)袖：红袖，代指女子。樯：桅杆。

〔6〕极浦：遥远的水边。战国楚屈原《九歌·湘君》："望涔阳兮极浦，横大江兮扬灵。"

【译文】

火红的木棉花掩映着小庙堂，清晨禽鸟唤醒了明媚的春光。铜鼓咚咚伴民歌声声，南方人经常祈灵报神。

客船的帆正遇上风急，红袖人独倚桅杆伫立。多少次回头远望水涯，忧愁如烟波浩瀚无际。

河　渎　神[1]

汾水碧依依[2]，黄云落叶初飞。翠华一去不言归[3]，庙门空掩斜晖。　　四壁阴森排古画，依旧琼轮羽驾[4]。小殿沉沉清夜，银灯飘落香炷[5]。

【注释】

〔1〕河渎神：见温庭筠《河渎神》（河上望丛祠）注〔1〕。集收光宪

词本调二首。

〔2〕汾水：即汾河，在今山西省。

〔3〕翠华：饰于旗杆顶的翠鸟羽毛，多用为帝王的仪仗。古诗文中多代指皇帝。唐杜甫《北征》："都人望翠华，佳气向金阙。"一说指神仙。

〔4〕琼轮：玉轮，指华贵的车乘。羽驾：饰有羽毛的车盖。

〔5〕炧(xiè)：香烛灰。

【译文】

　　碧绿的汾河缓缓流淌，刚飘飞的落叶如云泛黄。神灵的仪仗一去后再也没回，庙门空掩着落日的余晖。

　　四面墙壁阴森森地排列古画，依然玉轮羽盖神采飞扬。入夜后小殿内一片寂静，香灰飘落银灯忽暗忽亮。

　　江上草芊芊〔1〕，春晚湘妃庙前〔2〕。一方卵色楚南天〔3〕，数行征雁联翩〔4〕。　　独倚朱栏情不极〔5〕，魂断终朝相忆。两桨不知消息〔6〕，远汀时起鸂鶒〔7〕。

【注释】

〔1〕芊芊（qiān）：草木茂盛的样子。《列子·力命》："美哉国乎，郁郁芊芊。"

〔2〕湘妃庙：即黄陵庙，见毛文锡《临江仙》（暮蝉声尽落斜阳）注〔3〕。

〔3〕卵色：蛋青色。卵，底本作"夘"，并有小字注："作夘，夘古柳字；作泖，泖水名。"现据《全唐诗·附词》改。

〔4〕征雁：远飞的大雁。联翩：鸟结伴而飞的样子。

〔5〕不极：难以穷尽。

〔6〕两桨：指划着双桨远去的人。

〔7〕远汀：远处水边平地。鸂鶒：见温庭筠《菩萨蛮》（翠翘金缕双鸂鶒）注〔1〕。

【译文】

江岸上的草碧绿绵延，湘妃古庙前的春色已晚。一抹蛋青色横亘在南方楚天，数行远飞大雁接踵联翩。

独自倚着红色雕栏情不能已，整天失魂落魄苦苦相忆。双桨去后再也不知消息，远处水边时有鸂鶒飞起。

虞 美 人^[1]

　　红窗寂寂无人语，暗澹梨花雨^[2]。绣罗纹地粉新描^[3]，博山香炷旋抽条^[4]，暗魂销。　　天涯一去无消息，终日长相忆。教人相忆几时休，不堪枨触别离愁^[5]，泪还流。

【注释】

〔1〕虞美人：见毛文锡《虞美人》（鸳鸯对浴银塘暖）注〔1〕。集收光宪词本调二首。

〔2〕梨花雨：梨花开时的雨。唐白居易《长恨歌》："玉容寂寞泪阑干，梨花一枝春带雨。"

〔3〕纹地：犹纹底。

〔4〕博山：博山炉。见韦庄《归国遥》（春欲晚）注〔5〕。抽条：指香穗，见温庭筠《更漏子》（金雀钗）注〔2〕。

〔5〕不堪：无法忍受。枨（chéng）触：触弄，拨动。唐陆龟蒙《蠹化》："橘之蠹大如小指……人或枨触之，辄奋角而怒。"

【译文】

朱红色窗下静悄悄没人说话，小雨淅沥暗淡了梨花。绣花罗帐纹底的金粉刚新描，博山炉中的兰香炷青烟袅袅，独自暗暗魂销。

自从一去天涯再也没有消息，整天没日夜苦苦相思。这缠绵的相思让人何时能休，真受不了碰触到离别的哀愁，泪止不住地流。

好风微揭帘旌起[1]，金翼鸾相倚[2]。翠檐愁听乳禽声，此时春态暗关情[3]，独难平。　　画堂流水空相翳[4]，一穗香摇曳[5]。教人无处寄相思[6]，落花芳草过前期[7]，没人知。

【注释】

〔1〕帘旌：帘子上部的饰物。

〔2〕金翼鸾：金羽翼鸾鸟。这里指帘上所绣图案。

〔3〕暗关情：暗暗与心中的情事相关。

〔4〕流水：这里指画堂中的山水图景。翳(yì)：遮挡，掩盖。

〔5〕穗香：即香穗，见温庭筠《更漏子》(金雀钗)注〔2〕。

〔6〕教：底本作"交"，据《全唐诗·附词》改。

〔7〕过前期：超出了原先约定的期限。

【译文】

好风把丝绸的帘旌微微揭起，金羽翼鸾鸟相偎相依。愁听绿瓦檐间雏鸟声声啼鸣，这时的春天光景暗涉不了情，独自难以平静。

眼前画堂与流水已不再相遮，炉中的香穗仍在摇曳。让人无处去寄托心中的相思，花凋落草茂密已过先前约期，幽怨没有人知。

后　庭　花[1]

景阳钟动宫莺啭[2]，露凉金殿。轻飙吹起琼花旋[3]，玉叶如剪[4]。　　晚来高阁上，珠帘卷，见坠香千片[5]。修蛾慢脸陪雕辇[6]，后庭新宴。

【注释】

〔1〕后庭花：唐教坊曲名。据《南史·陈后主本纪》载，后主每引

宾客与张贵妃等游宴，使诸贵人、女学士和狎客共赋新诗相赠答，采其绝丽者为曲调，其曲有《玉树后庭花》。有论者以为《后庭花》即《玉树后庭花》。宋王灼《碧鸡漫志》卷五辩之，说"诗家或称《玉树》，或称《后庭花》，少有连称者。伪蜀时孙光宪、毛熙震、李珣有《后庭花》曲，皆赋后主故事，不著宫调，两段各四句，似令也。今曲在，两段各六句，亦令也。"双调，四十六字，仄韵。另有四十四字体，见毛熙震《后庭花》（莺啼燕语芳菲节）。集收光宪词本调二首。

〔2〕景阳钟：见顾敻《虞美人》（触帘风送景阳钟）注〔1〕。

〔3〕轻飙(biāo)：轻风。飙，本为狂风，这里代指风。底本篇末小字注："'轻飙'一作'鲜飙'。"琼花：花木名。叶柔，有光泽；花微黄，有香味。

〔4〕玉叶如剪：唐贺知章《咏柳》："碧玉妆成一树高，万条垂下绿丝绦。不知细叶谁裁出，二月春风似剪刀。"

〔5〕坠香：指落花。

〔6〕修蛾慢脸：代指嫔妃宫女。修蛾，修长的细眉。慢脸，柔美的脸庞。慢，犹曼。雕辇：制作精美的皇帝车驾。这里代指皇帝。

【译文】

　　景阳钟响起时宫莺开始啼啭，玉露清凉了金殿。琼花在轻轻吹起的风中回旋，碧绿的枝叶如剪。

　　入夜在高高的楼阁上，把珍珠帘卷起，只见落花纷飞已千片。长蛾眉娇红颜陪在君王身边，后庭内正开新宴。

　　　　石城依旧空江国[1]，故宫春色[2]。七尺青丝芳草绿[3]，绝世难得[4]。　　玉英凋落尽[5]，更何人识。野棠如织[6]，只是教人添怨忆，怅望无极[7]。

【注释】

　　〔1〕石城：即石头城，故址在今江苏南京市西，石头山后。唐刘禹锡《石头城》："山围故国周遭在，潮打空城寂寞回。"

　　〔2〕故宫：指南朝陈霸先起兵破齐，攻取石头城后，建都南京的宫殿。

〔3〕七尺青丝：指贵妃张丽华。《南史·后妃传下》："张贵妃发长七尺，鬒黑如漆，其光可鉴。"青丝，黑发。

〔4〕绝世难得：形容美貌之极。见韦庄《荷叶杯》（绝代佳人难得）注〔2〕。

〔5〕玉英：琼花。喻指张丽华。

〔6〕野棠：野生棠梨。如织：形容密集丛生。

〔7〕无极：没有穷尽。

【译文】

石头城依旧耸立空阔的江边，故宫又春色烂漫。七尺青丝已化作碧绿的芳草，再难得绝世美貌。

缤纷的琼花凋落殆尽，还有什么人相识。野棠梨繁密如织，只能让人平添那幽怨的回忆，怅望中哀伤不已。

生 查 子[1]

寂寞掩朱门，正是天将暮。暗澹小庭中，滴滴梧桐雨。　　绣工夫，牵心绪，配尽鸳鸯缕[2]。待得没人时，偎依论私语[3]。

【注释】

〔1〕生查子：见张泌《生查子》（相见稀)注〔1〕。集收光宪词本调三首。

〔2〕鸳鸯缕：这里指绣鸳鸯的彩色丝线。

〔3〕偎依句：写紧贴绣品喃喃私语，述说心愿。

【译文】

寂寞中关上朱漆大门，这时天色已将近黄昏。光线暗淡的小庭院中，梧桐叶上雨嘀嗒有声。

刺绣的手工活，牵扯内心情绪，搭配尽鸳鸯彩色丝缕。等到身边没有人在时，紧贴着胸前自言自语。

暖日策花骢[1]，弹鞚垂杨陌[2]。芳草惹烟青，落絮随风白。　谁家绣毂动香尘[3]，隐映神仙客[4]。狂杀玉鞭郎[5]，咫尺音容隔[6]。

【注释】

〔1〕花骢(cōng)：青白色相间的马。

〔2〕弹鞚(duǒ kòng)：松弛马勒。唐杜甫《醉为马坠诸公携酒相看》：“江村野堂争入眼，垂鞭弹鞚凌紫陌。”

〔3〕绣毂(gū)：犹香车，女子装饰华美的车子。毂，车轮中心圆木，这里代指车。

〔4〕神仙客：指车中美女。

〔5〕狂杀：形容心急火燎。

〔6〕咫尺：比喻距离很近。《左传》僖公九年：“天威不违颜咫尺。”

【译文】

天气温暖骑着青花马，信马由缰在垂杨阡陌。漂浮的青烟连着芳草，飞落的柳絮随风飘白。

不知是谁家的香车扬起轻尘，隐约的身影宛若神仙。急煞执玉鞭的少年郎，近在咫尺音容却难见。

金井堕高梧[1]，玉殿笼斜月。永巷寂无人[2]，敛态愁堪绝[3]。　玉炉寒，香烬灭，还似君恩歇。翠辇不归来[4]，幽恨将谁说。

【注释】

〔1〕金井：设有雕栏的井。高梧：高大的梧桐树。

〔2〕永巷：这里指嫔妃住地。《南史·后妃传》下《论》：“永巷贫

空，有同素室。"

〔3〕敛态：收起欢颜。

〔4〕翠辇：皇帝的车驾。

【译文】

梧桐影高堕在雕栏井，明月光斜笼着玉华殿。幽深的长街寂静无人，收敛了欢颜愁苦欲绝。

玉炉变得冰冷，香灰早已熄灭，就好像君恩从此止歇。御驾一去后不再归来，心中幽恨能对谁述说。

临 江 仙〔1〕

霜拍井梧干叶堕〔2〕，翠帏雕槛初寒〔3〕。薄铅残黛称花冠〔4〕。含情无语，延伫倚栏干〔5〕。 杳杳征轮何处去〔6〕，离愁别恨千般。不堪心绪正多端。镜奁长掩〔7〕，无意对孤鸾〔8〕。

【注释】

〔1〕临江仙：见张泌《临江仙》（烟收湘渚秋江静）注〔1〕。集收光宪词本调二首。

〔2〕井梧：水井边的梧桐树。

〔3〕雕槛：雕花栏杆。

〔4〕薄铅：淡妆。铅，铅华，抹脸粉。残黛：深浅不一的眉色。花冠：犹花魁，花中之首。

〔5〕延伫：久久站立。战国楚屈原《九歌·大司命》："结桂枝兮延伫，羌愈思兮愁人。"

〔6〕杳杳：遥远渺茫的样子。征轮：远行的车轮。

〔7〕镜奁：梳妆镜盒。掩：覆盖。

〔8〕孤鸾：见温庭筠《菩萨蛮》（宝函钿雀金鹦鹉)注〔4〕。这里喻指独处的身影。

【译文】

　　早霜打着井边梧桐枯叶纷落，雕花栏翠屏帏一阵初寒。脂粉淡眉黛浅花貌依旧称冠。含情脉脉不说话，久久站在那身倚栏杆。

　　远行的车轮已不知去了哪里，离别的忧愁怨恨有千般。无法忍受的心绪正杂乱多端。久合了梳妆镜盒，无意面对孤独的凤鸾。

　　暮雨凄凄深院闭，灯前凝坐初更[1]。玉钗低压鬓云横。半垂罗幕，相映烛光明。　　终是有心投汉珮[2]，低头但理秦筝[3]。燕双鸾耦不胜情[4]。只愁明发[5]，将逐楚云行。

【注释】

　　〔1〕凝坐：犹呆坐。初更：即甲夜。古代把一夜分成甲、乙、丙、丁、戊五段，称五更，每更约两小时。

　　〔2〕投汉珮：指汉皋游女传解珮相赠事。见韦庄《浣溪沙》（绿树藏莺莺正啼）注〔2〕。

　　〔3〕理：弹奏。秦筝：弦乐器，类似瑟。传为秦蒙恬所造。晋潘岳《笙赋》："晋野悚而投琴，况齐瑟与秦筝。"

　　〔4〕燕双鸾耦：喻指男女成双。耦，通"偶"。

　　〔5〕明发：天亮。《诗·小雅·小宛》："明发不寐，有怀二人。"

【译文】

　　黄昏深闭的院内雨淅淅沥沥，呆坐在灯前时已初更。玉头钗低垂着鬓发歪斜不整。丝绸帐幔半垂着，映出跳动闪烁的光影。

　　终究是有心投赠汉皋的玉珮，低了头只顾摆弄秦筝。燕双飞鸾对翱难承如此深情。只担心天亮以后，他将要追随楚云远行。

酒　泉　子[1]

空碛无边[2]，万里阳关道路[3]。马萧萧[4]，人去去，陇云愁[5]。　　香貂旧制戎衣窄[6]，胡霜千里白[7]。绮罗心[8]，魂梦隔，上高楼。

【注释】

　　[1] 酒泉子：见温庭筠《酒泉子》（花映柳条）注〔1〕。集收光宪词本调三首。

　　[2] 空碛（qì）：空旷的沙漠。唐戴师颜《塞上》："空碛昼苍茫，沙腥古战场。"

　　[3] 阳关：关塞名，在今甘肃敦煌市西南，为西出边塞的必经之地。因在玉门关南，故称阳关。唐王维《送元二使安西》："劝君更尽一杯酒，西出阳关无故人。"

　　[4] 萧萧：马鸣声。《诗·小雅·车攻》："萧萧马鸣，悠悠旆旌。"

　　[5] 陇：指陇山以西甘肃、陕西部分地区。这里泛指西北地区。

　　[6] 香貂：指貂皮，极名贵。戎衣：军服。《书·武成》："一戎衣，天下大定。"

　　[7] 胡霜：北方的严霜。南朝宋鲍照《代出自蓟北门行》："箫鼓流汉思，旌甲被胡霜。"胡，古代称西北少数民族，这里指胡地。

　　[8] 绮罗心：指闺妇思念征夫的心情。

【译文】

　　大沙漠空旷无边，西出阳关道路万里遥远。战马声声鸣叫，征人一去迢迢，陇上愁云笼罩。

　　旧制的貂皮戎装已显得狭窄，西北霜凝千里一片白。绮罗人心挂念，梦魂却被阻隔，独上高楼远眺。

　　曲槛小楼，正是莺花二月。思无憀[1]，愁欲绝，郁离襟[2]。　　展屏空对潇湘水[3]，眼前千万里。泪淹红[4]，眉敛翠，恨沉沉。

【注释】

　　[1] 无憀：即无聊，精神没有寄托。

〔2〕郁：忧郁，压抑。离襟：离别的情怀。

〔3〕潇湘水：见温庭筠《遐方怨》（凭绣槛）注〔3〕。这里指画屏中景。

〔4〕红：指脸上的红粉。

【译文】

曲栏围绕的小楼，正是二月莺语花开时候。情思无法排解，愁得就要绝望，离怨郁结胸襟。

展开屏风空对着潇湘的山水，眼前烟波浩淼千万里。泪水打湿红粉，蛾眉聚敛翠色，恨如江流深沉。

敛态窗前[1]，袅袅雀钗抛颈[2]。燕成双，鸾对影[3]，耦新知[4]。 玉纤澹拂眉山小[5]，镜中嗔共照[6]。翠连娟[7]，红缥缈[8]，早妆时。

【注释】

〔1〕敛态：调整姿态。

〔2〕袅袅：微微颤动的样子。雀钗：雀形头钗。抛颈：垂在脖子一边。

〔3〕鸾对影：指照镜。见温庭筠《菩萨蛮》（宝函钿雀金鸂鶒）注〔4〕。

〔4〕耦新知：结交新伴侣。

〔5〕玉纤：喻指女子细白的手指。眉山：眉形色如山。见温庭筠《菩萨蛮》（雨晴夜合玲珑日）注〔6〕。

〔6〕嗔(chēn)：故意作态，有嬉闹、撒娇的成分。

〔7〕翠连娟：翠眉弯曲细长。

〔8〕红缥缈：脸上泛起红晕。

【译文】

在窗前摆正姿态，颈边微微晃动着金雀钗。燕子成双飞舞，鸾鸟对镜见影，结识了新相知。

细白手指把山形秀眉轻轻描，在镜中故意一起共照。翠眉连娟如柳，红颜缥缈似云，在梳理晨妆时。

清 平 乐[1]

愁肠欲断，正是青春半[2]。连理分枝鸾失伴[3]，又是一场离散。　　掩镜无语眉低，思随芳草萋萋[4]。凭仗东风吹梦[5]，与郎终日东西。

【注释】

〔1〕清平乐：见温庭筠《清平乐》（上阳春晚)注〔1〕。集收光宪词本调二首。

〔2〕青春半：春季一半，即仲春二月。

〔3〕连理：即连理枝，两棵树的枝干连生在一起。唐白居易《长恨歌》："在天愿作比翼鸟，在地愿为连理枝。"鸾失伴：见温庭筠《菩萨蛮》（宝函钿雀金鸂鶒)注〔4〕。

〔4〕芳草萋萋：见温庭筠《杨柳枝》（馆娃宫外邺城西)注〔2〕。

〔5〕凭仗：凭借，依靠。

【译文】

愁得柔肠快断了，正当阳春三月的一半。连理枝被分割鸾鸟失去侣伴，眼见又是一场分别离散。

合上镜低垂眉沉默无语，情思随着芳草绵延千里。凭借了东风将梦魂吹去，整天能和郎君漂泊东西。

等闲无语[1]，春恨如何去。终是疏狂留不住[2]，花暗柳浓何处。　　尽日目断魂飞[3]，晚窗斜界残晖[4]。长恨朱门薄暮，绣鞍骢马空归[5]。

【注释】

〔1〕等闲：平常，平时。

〔2〕疏狂：放荡不羁。唐白居易《代书诗一百韵寄微之》："疏狂属年少，闲散为官卑。"

〔3〕目断：犹望眼欲穿，整日盼望。唐杜甫《祠南夕望》："兴来犹杖屦，目断更云沙。"

〔4〕斜界：从旁投射。界，划线。

〔5〕骢马：青白色相间的马。

【译文】

平日里也不说话，无边的春恨怎么打发。终究是轻薄放荡留也留不住，花暗柳浓不知身在何处。

整天望眼欲穿魄散魂飞，直到西窗斜映落日余晖。时常怨恨夜色笼罩朱门，骑着绣鞍骢马酩酊而归。

更　漏　子〔1〕

听寒更，闻远雁，半夜萧娘深院〔2〕。扄绣户〔3〕，下珠帘，满庭喷玉蟾〔4〕。　　人语静，香闺冷，红幕半垂清影。云雨态〔5〕，蕙兰心〔6〕，此情江海深。

【注释】

〔1〕更漏子：见温庭筠《更漏子》（柳丝长）注〔1〕。集收光宪词本调二首。论者以为"得情深江海，自不至断肠东西。其不然者，命也，数也。人非木石，那得无情。世间负心人，木石之不若也"（《花间集》旧题明汤显祖评本）。

〔2〕萧娘：泛指女子。唐杨巨源《崔娘》："风流才子多春思，肠断萧娘一纸书。"

〔3〕扄：关闭。

〔4〕喷玉蟾：投射月光。玉蟾，指月，见韦庄《天仙子》（蟾彩霜华夜不分）注〔1〕。

〔5〕云雨态：形容女子貌美，宛若朝云暮雨的巫山神女。《文选》宋玉《高唐赋》李善注："朝云行雨，神女之美也。"

〔6〕蕙兰心：即芳心，形容女子内心高洁素雅。蕙，兰的一种。

【译文】

才听寒夜更声，又闻远飞大雁，半夜女郎在幽深的小院。关上了雕花门，放下了珍珠帘，庭院中月光如水洒满。

人声已经安静，闺房愈显清冷，红幔半垂映出娇美倩影。朝云暮雨姿态，春蕙秋兰心意，这种情思比江海还深。

今夜期〔1〕，来日别，相对只堪愁绝。偎粉面，撚瑶簪〔2〕，无言泪满襟。　　银箭落〔3〕，霜华薄，墙外晓鸡咿喔〔4〕。听付嘱〔5〕，恶情悰〔6〕，断肠西复东〔7〕。

【注释】

〔1〕期：期许，相约。唐李白《月下独酌四首》之一："永结无情游，相期邈云汉。"

〔2〕撚(niǎn)：用手指持物。唐杜牧《重送》："手撚金仆姑，腰悬玉辘轳。"瑶：底本作"摇"，据《四部丛刊》影印明刊本改。

〔3〕银箭落：指一夜将尽。银箭，古代计时器刻漏上的箭标。唐宋之问《寿阳王花烛图》："莫令银箭晓，为尽合欢杯。"

〔4〕咿喔：鸡叫声。

〔5〕付嘱：吩咐叮嘱。

〔6〕恶(wù)：厌恶。情悰(cóng)：欢乐之情。悰，欢乐。南朝齐谢朓《游东田》："戚戚苦无悰，携手共行乐。"

〔7〕断肠：见温庭筠《定西番》（细雨晓莺春晚)注〔1〕。

【译文】

今天晚上相约，明日就要分别，两人相对只有愁苦不绝。低偎了脂粉面，搓弄着碧玉簪，还未开口已泪流满襟。

刻盘银箭下坠，晨霜开始显白，墙外的雄鸡报晓声咿喔。听着声声叮嘱，心情实在糟糕，到哪都不免牵肠挂肚。

女 冠 子[1]

蕙风芝露[2]，坛际残香轻度[3]。蕊珠宫[4]，苔点分圆碧，桃花践破红[5]。　　品流巫峡外[6]，名籍紫微中[7]。真侣墉城会[8]，梦魂通。

【注释】

〔1〕女冠子：见温庭筠《女冠子》(含娇含笑)注〔1〕。集收光宪词本调二首。

〔2〕蕙：蕙草，兰的一种。芝：瑞草。

〔3〕坛：指醮坛，道家祭神坛。见牛峤《女冠子》（星冠霞帔）注〔5〕。

〔4〕蕊珠宫：神仙居处。见牛峤《女冠子》（星冠霞帔）注〔2〕。

〔5〕践破红：犹次第开放。践，依循。《论语·先进》："不践迹，亦不入于室。"

〔6〕品流：辈分等级。唐裴廷裕《东观奏记》上："李宗闵为相，以品流程式为己任。"巫峡：长江三峡之一，在湖北巴东县，因巫山得名。这里指巫山神女。

〔7〕名籍：名册。紫微：这里指神仙宫殿。旧题汉东方朔《神异经》："青丘山有紫微宫，天真仙女多游于此。"

〔8〕真侣：真人同道。真，真人，道家称存养本性的得道之人。《庄子·大宗师》："何谓真人？古之真人，不逆寡，不雄成，不谟士。"墉城：神仙所居。《水经注》一《河水》："承渊山又有墉城，金台玉楼，相似如一……西王母之所治，真官仙灵之所宗。"

【译文】

风露带蕙芝芬芳，醮坛间飘过轻袅的残香。寂静的蕊珠宫，分布着点点圆形青苔，鲜艳的桃花次第吐红。

道行品级出巫峡之外，名册已载入紫微宫中。真人们常在墉城聚会，梦魂彼此相通。

澹花瘦玉[1]，依约神仙装束[2]。佩琼文[3]，瑞露通宵贮[4]，幽香尽日焚。　　碧烟笼绛节[5]，黄藕冠浓云[6]。勿以吹箫伴[7]，不同群。

【注释】

〔1〕澹花：花饰浅淡素净。瘦玉：形体苗条白皙。

〔2〕依约：仿佛，好像。

〔3〕琼文：雕镂的玉饰。

〔4〕瑞露：甘露。贮：收集，积攒。道教以为饮甘露可以延年。汉武帝曾作承露盘贮存甘露。

〔5〕碧烟：指碧纱轻薄如烟。见温庭筠《女冠子》（含娇含笑）。绛节：红色符节。道家作法时执以示信。唐李商隐《中元作》："绛节飘飖宫国来，中元朝拜上清回。"

〔6〕黄藕：藕黄色。冠：道冠。浓云：喻黑发。

〔7〕吹箫伴：用萧史、弄玉吹箫成仙事，见牛希济《临江仙》（渭阙宫城秦树凋）注〔3〕。

【译文】

花饰素雅体纤白，隐约一身神仙的装束。佩着精美玉饰，通宵收存祥瑞的露珠，整天点燃清幽的香炷。

碧纱袖笼了绛红符节，藕黄冠盖着黑发如云。不要寻找吹箫伴侣，仙凡本不同群。

风　流　子[1]

茅舍槿篱溪曲[2]，鸡犬自南自北。菰叶长[3]，水蘋开[4]，门外春波涨渌。听织[5]，声促，轧轧鸣梭穿屋[6]。

【注释】

〔1〕风流子：唐教坊曲名，属"黄钟商"。后用作词调名。清徐釚《词苑丛谈》卷一引《南濠诗话》："《风流子》，出《文选》。刘良《文选》注曰：风流，言其风美之声流于天下。子者，男子之通称也。"唐词单调，三十四字，仄韵。宋词演为双调，一百十一字，又名《内家娇》。集收光宪词本调三首。

〔2〕槿(jǐn)篱：用木槿作篱笆。见欧阳炯《南乡子》（画舸停桡）注〔2〕。

〔3〕菰(gū)：南方水生草本植物，嫩茎可食，俗称茭白。

〔4〕水葓(hóng)：蕹菜，茎中空，俗称空心菜。开白或粉红色花。

〔5〕织：织布。

〔6〕轧轧：梭子在织布机上来回摆动的撞击声。穿屋：由屋内传至屋外。

【译文】

小溪弯曲茅屋围着槿篱，从南到北鸡和狗在嬉戏。茭白绿叶细长，蕹菜白花开放，门外春水上涨绿波荡漾。听人纺织，声音急促，梭子轧轧声从屋内传出。

楼倚长衢欲暮〔1〕，瞥见神仙伴侣〔2〕。微傅粉〔3〕，拢梳头〔4〕，隐映画帘开处。无语，无绪，慢曳罗裙归去〔5〕。

【注释】

〔1〕长衢：长街。衢，大道。

〔2〕瞥：眼光掠过。神仙：喻指妙龄女子。

〔3〕傅粉：涂抹脂粉。

〔4〕拢：收起，束好。

〔5〕曳：拖引。

【译文】

小楼靠着长街天色将暮，无意看见神仙般的美女。淡淡地抹了粉，飘飘长发拢起，隐约映现在画帘开处。没有言语，没有心绪，拖着长长罗裙缓缓回去。

金络玉衔嘶马[1]，系向绿杨阴下。朱户掩，绣帘垂，曲院水流花榭[2]。欢罢，归也，犹在九衢深夜[3]。

【注释】

〔1〕金络：金饰马笼头。南朝梁元帝《后园看骑马》："遥望黄金络，悬识幽并儿。"玉衔：玉制马嚼，放在马口中用来控制其行止。

〔2〕花榭：植有花草的台上屋。

〔3〕九衢：四通八达的道路。见温庭筠《南歌子》（似带如丝柳）注〔3〕。

【译文】

配金笼头玉口嚼的宝马，拴系在杨柳的绿树阴下。关上朱漆大门，垂下绣花帘幕，相约在曲院水流的花榭。作乐完了，独自回去，大街上已是漆黑的深夜。

定 西 番[1]

鸡禄山前游骑[2]，边草白[3]，朔天明[4]，马蹄轻[5]。　　鹊面弓离短帐[6]，弯来月欲成[7]。一只鸣髇云外[8]，晓鸿惊。

【注释】

〔1〕定西番：见温庭筠《定西番》（汉使昔年离别）注〔1〕。集收光宪词本调二首。

〔2〕鸡禄山：在今内蒙古杭锦后旗西北，与鸡鹿塞相连。游骑：流动突袭的骑兵。《新唐书·李密传》："密率骁勇常何等二十人为游骑，伏

千兵莽间。"

〔3〕边草：边地野草。

〔4〕朔天：北方天空。

〔5〕蹄：底本作"啼"，据《四部丛刊》影印明刊本改。

〔6〕鹊面弓：也称鹊画弓，以鹊形为饰的弓。

〔7〕韔（chàng）：弓袋。《诗·秦风·小戎》："虎韔镂膺，交韔二弓。"

〔8〕鸣髇（xiāo）：响箭。《新唐书·地理志》三："妫州土贡髇矢。"

【译文】

突骑兵流动在鸡禄山前，边地草已发白，北方长空明净，生风马蹄轻盈。

从短袋中把鹊面弓取出，拉开后弯成了满月形。一支响箭直飞向云天外，晨雁应声而惊。

　　帝子枕前秋夜〔1〕，霜幄冷〔2〕，月华明，正三更〔3〕。　　何处戍楼寒笛〔4〕，梦残闻一声。遥想汉关万里，泪纵横。

【注释】

〔1〕帝子：帝王的儿女。战国楚屈原《九歌·湘夫人》："帝子降兮北渚，目眇眇兮愁予。"《楚辞》王逸注："帝子谓尧女也。"这里指汉代江都王刘建的女儿、远嫁乌孙王昆莫的乌孙公主。

〔2〕幄：帐篷。

〔3〕三更：古代把一夜分作五更，三更正值深夜。

〔4〕戍楼：边关哨所。

【译文】

深秋夜又降临公主枕前，霜帐一片清冷，月光分外明亮，正当三更时分。

不知从哪戍楼传来寒笛，梦残时偶然听见一声。想起汉关已远隔千万里，不禁泪流纵横。

河 满 子[1]

冠剑不随君去，江河还共恩深。歌袖半遮眉黛惨[2]，泪珠旋滴衣襟[3]。惆怅云愁雨怨[4]，断魂何处相寻。

【注释】

〔1〕河满子：见毛文锡《河满子》（红粉楼前月照）注〔1〕。集收光宪词本调一首。

〔2〕眉黛惨：指眉间露出愁怨。

〔3〕旋：随即，立刻。

〔4〕云愁雨怨：指男女相思悲切。云雨，见韦庄《归国遥》（春欲晚）注〔4〕。

【译文】

儒冠宝剑没有随君而去，留下江海般的一往深情。歌袖半遮着脸双眉黛色惨淡，泪珠儿随即滴落衣襟。云雨愁怨实在令人惆怅，梦魂断了该去哪里找寻。

玉 胡 蝶[1]

春欲尽，景仍长[2]，满园花正黄。粉翅两悠扬，翩翩过短墙。　　鲜飚暖[3]，牵游伴，飞去立残芳。无语对萧娘[4]，舞衫沉麝香[5]。

【注释】

〔1〕玉胡蝶：见温庭筠《玉蝴蝶》（秋风凄切伤离）注〔1〕。集收光宪词本调一首。

〔2〕景：日光。

〔3〕鲜飚:和煦的春风。

〔4〕萧娘:指少女。见前《更漏子》(听寒更)注〔2〕。

〔5〕沉麝:沉香和麝香,两种香料名。

【译文】

　　春季即将过去,白天还很漫长,满园子的花开得正黄。粉蝶双双扇动着翅膀,翩翩飞过低矮的土墙。

　　微风清新温暖,引领戏游同伴,飞去立在残存的花上。姑娘默默无语地相对,舞衣飘出沉麝的芳香。

八　拍　蛮 [1]

　　孔雀尾拖金线长 [2],怕人飞起入丁香 [3]。越女沙头争拾翠 [4],相呼归去背斜阳。

【注释】

　　〔1〕八拍蛮:唐教坊曲名,宫调不传。用为词调,首见于此。单调,二十八字,平韵,即拗体七绝。集收光宪词本调一首。

　　〔2〕金线:指孔雀尾巴上的金色丝纹。

　　〔3〕丁香:南方生常绿乔木。见牛峤《感恩多》(自从南浦别)注〔2〕。

　　〔4〕越女:越地女子。这里泛指南方女子。拾翠:拾取翠鸟的羽毛。三国魏曹植《洛神赋》:"或采明珠,或拾翠羽。"

【译文】

　　孔雀的尾巴拖着长长的金线,害怕见人飞起躲入丁香树间。南国少女在沙滩上争拾翠羽,背着夕阳相互召唤一起回返。

竹　　枝 [1]

　　门前春水竹枝白蘋花女儿 [2],岸上无人竹枝小艇斜女

儿〔3〕。商女经过竹枝江欲暮女儿〔4〕，散抛残食竹枝饲神鸦
女儿〔5〕。

【注释】

〔1〕竹枝：又名《巴渝词》，属"黄钟羽"。本出乐府《竹枝词》。
元郭茂倩《乐府诗集》八一《竹枝》："《竹枝》本出于巴渝。唐贞元
中，刘禹锡在沅湘，以俚歌鄙陋，乃依骚人《九歌》，作《竹枝》新辞
九章，教里中儿歌之，由是盛于贞元、元和之间。"当时所作都没有和
声，到皇甫松、孙光宪的词中才有，可能与入乐歌唱创新有关。单调，
二十八字，平韵。另有十四字体。集收光宪词本调二首。

〔2〕竹枝、女儿：《词律》卷一："乃歌时群相随和之声，犹《采莲
子》之有'举棹'、'年少'等字。"参见皇甫松《采莲子》（菡萏香连
十顷陂）注〔1〕。

〔3〕小艇：小船。

〔4〕商女：歌女。唐杜牧《泊秦淮》："商女不知亡国恨，隔江犹唱
后庭花。"

〔5〕神鸦：即乌鸦。唐杜甫《过洞庭湖》："护堤盘古木，迎棹舞神
鸦。"清仇兆鳌注引宋范致明《岳阳风土记》："巴陵鸦甚多，土人谓之
神鸦，无敢弋者。"

【译文】

门前春水流淌（竹枝）蘋草白花盛开（女儿），岸上寂静无人
（竹枝）小船随意歪斜（女儿）。歌女从此经过（竹枝）江天已近黄昏
（女儿），四处散抛剩食（竹枝）喂养成群神鸦（女儿）。

乱绳千结竹枝绊人深女儿〔1〕，越罗万丈竹枝表长寻女
儿〔2〕。杨柳在身竹枝垂意绪女儿，藕花落尽竹枝见莲心女儿〔3〕。

【注释】

〔1〕绊：牵绊，维系。

〔2〕越罗：浙江出产的高级丝织品。表：外衣。寻：古代以八尺为

一寻。

　　〔3〕藕花：荷花。莲心：即莲子。这里"莲"谐音"怜"，寓爱恋之意。

【译文】

　　乱绳打了千结(竹枝)把人牵绊更深(女儿)，越产绫罗万丈(竹枝)制衣只用一寻(女儿)。仿佛杨柳在身(竹枝)垂挂万条丝缕(女儿)，风荷花瓣落尽(竹枝)才能现出莲心(女儿)。

思　帝　香[1]

　　如何，遣情情更多。永日水堂帘下[2]，敛羞蛾[3]。六幅罗裙窣地[4]，微行曳碧波[5]。看尽满池疏雨，打团荷[6]。

【注释】

　　〔1〕思帝香：即思帝乡，见温庭筠《思帝乡》（花花)注〔1〕。集收光宪词本调一首。论者以为"常语常景，自然丰采"。(《湘绮词选》)

　　〔2〕永日：整天。水堂：临水厅堂。

　　〔3〕敛羞蛾：女子皱起羞涩的蛾眉。

　　〔4〕幅：布帛宽度。《汉书·食货志》："布帛广二尺二寸为幅。"窣地：拖地，见韦庄《清平乐》（何处游女)注〔4〕。

　　〔5〕曳：牵引。

　　〔6〕团荷：圆圆的荷叶。

【译文】

　　怎么这样，想遣情思情思反更多。临水堂前帘子整天下垂，皱了含羞双蛾。六幅长的罗裙拖在地上，缓步走来牵引着碧波。看尽满池塘稀疏的雨点，敲打圆圆绿荷。

上 行 杯[1]

草草离亭鞍马[2]，从远道，此地分衿[3]。燕宋秦吴千万里[4]。　　无辞一醉。野棠开，江草湿。伫立[5]，沾泣[6]。征骑骎骎[7]。

【注释】

〔1〕上行杯：见韦庄《上行杯》（芳草霸陵春岸）注〔1〕。集收光宪词本调三首。

〔2〕草草：匆匆忙忙。

〔3〕分衿(jīn)：分别，离开。衿，同"襟"，衣领。

〔4〕燕、宋、秦、吴：春秋时的四个国名。燕在河北，宋在河南，秦在西，吴在东，天各一方。南朝梁江淹《别赋》："况秦吴兮绝国，复燕宋兮千里。"

〔5〕伫立：久久站立。

〔6〕沾泣：犹泣下沾襟，泪湿衣衫。

〔7〕骎骎(qīn)：马疾行的样子。《诗·小雅·四牡》："驾彼四骆，载骤骎骎。"

【译文】

离别长亭前的匆匆鞍马，都从远道而来，在这里分手话别。前往燕宋秦吴相隔千里万里。

不要推辞喝个醉。野外棠梨盛开，江边青草润湿。久久站立，泪洒衣襟。坐骑往来忙不停。

离棹逡巡欲动[1]，临极浦[2]，故人相送。去住心情知不共[3]。　　金船满捧[4]，绮罗愁[5]，丝管咽[6]。回别，帆影灭，江浪如雪。

【注释】

〔1〕棹：船桨。这里代指船。逡（qūn）巡：迟疑不决的样子。唐白居易《重赋》："里胥迫我纳，不许暂逡巡。"

〔2〕极浦：遥远的水边。

〔3〕去住：离开留下。

〔4〕金船：船形大酒杯。北周庾信《北园新斋成应赵王教》："玉节调笙管，金船代酒卮。"

〔5〕绮罗：身穿绮罗的人。这里指侍从、歌女。

〔6〕丝管：犹丝竹，弦乐和管乐。咽：低沉哀伤。

【译文】

离别的小船将行未行，来到遥远水边，老朋友前来相送。离开和留下的心情各不相同。

满上船形金酒杯，随从无不忧伤，丝竹管弦鸣咽。别后回归，去帆远影消失，江上波浪白如雪。

谒　金　门〔1〕

留不得，留得也应无益。白纻春衫如雪色〔2〕，扬州初去日〔3〕。　　轻别离，甘抛掷。江上满帆风急。却羡彩鸳三十六〔4〕，孤鸾还一只〔5〕。

【注释】

〔1〕谒金门：见韦庄《谒金门》（春漏促）注〔1〕。集收光宪词本调一首。

〔2〕白纻（zhù）：用白纻麻织成的布。晋《白纻舞歌诗》："质如轻云色如银，爱之遗谁赠佳人。制以为袍余作巾，袍以光躯巾拂尘。"（宋郭茂倩《乐府诗集》卷五五）

〔3〕扬州：隋灭陈，移扬州于江北江都，即今江苏扬州市。唐代多为商贾、纨绔子弟、歌女集居。唐杜牧《遣怀》："十年一觉扬州梦，赢得青楼薄幸名。"

〔4〕彩鸳三十六：三十六对彩色鸳鸯。南朝陈徐陵《玉台新咏》卷一载古诗《相逢狭路间》："鸳鸯七十二，罗列自成行。"注引谢氏《诗源》："霍光园中凿大池，植五色睡莲，养鸳鸯三十六对，望之烂若披锦。"这里喻指日夜相伴的恩爱夫妻。

〔5〕孤鸾：见温庭筠《菩萨蛮》(宝函钿雀金鹦鹉)注〔4〕。南朝陈徐陵《鸳鸯赋》："山鸡映水那相得，孤鸾舞镜不成双。"这里为居妇自喻。

【译文】

留是留不得了，即便留了也没有意思。身上穿一件雪白的纻布春衫，就在刚去扬州的那天。

轻率匆忙离别，心甘情愿抛掷。鼓满了船帆的江风正急。真羡慕那三十六对彩色鸳鸯，而我却好像孤鸾一只。

思　越　人^[1]

古台平^[2]，芳草远，馆娃宫外春深^[3]。翠黛空留千载恨^[4]，教人何处相寻。　　绮罗无复当时事^[5]，露花点滴香泪。惆怅遥天横渌水^[6]，鸳鸯对对飞起。

【注释】

〔1〕思越人：见张泌《思越人》(燕双飞)注〔1〕。集收光宪词本调二首。

〔2〕古台：指姑苏台，见薛昭蕴《浣溪沙》(倾国倾城有余恨)注〔2〕。

〔3〕馆娃宫：见温庭筠《杨柳枝》(馆娃宫外邺城西)注〔1〕。

〔4〕翠黛：翠眉。这里代指西施。千载：春秋末至五代时已千年。

〔5〕绮罗：指宫中以西施为代表的美女。当时事：指夫差与西施等宫中宴饮，通宵达旦。唐黄滔《馆娃宫赋》："吴王乃波伍相，辇西施。珠翠簇来，居玉堂而滇洞；笙簧拥出，登绮席以逶迤。"

〔6〕渌水：这里指清澈的太湖水。

【译文】

古台已被夷平，芳草远接天际，馆娃宫外的春色已深。青黛的蛾眉空留下千年遗恨，如今让人到哪去找寻。

满眼绮罗无法再行当时乐事，花露就是带香的泪滴。一湖绿水横在天际令人惆怅，时有鸳鸯成双相伴飞起。

渚莲枯[1]，宫树老[2]，长洲废苑萧条[3]。想像玉人空处所[4]，月明独上溪桥。　　经春初败秋风起[5]，红兰绿蕙愁死[6]。一片风流伤心地，魂销目断西子[7]。

【注释】

〔1〕渚：水边湿地。

〔2〕宫：指馆娃宫。

〔3〕长洲：春秋时吴国宫苑，在今江苏苏州。晋左思《吴都赋》："带朝夕之浚池，佩长洲之茂苑。"

〔4〕玉人：貌美如玉的人。这里指西施。

〔5〕败：衰落。

〔6〕兰、蕙：香草，喻贤能者。

〔7〕魂销：见顾敻《河传》（棹举）注〔6〕。目断：望眼欲穿。西子：西施。

【译文】

水边莲已枯萎，宫中树也衰老，长洲废弃宫苑满目萧条。想象中美人的住处空空荡荡，只有明月独上溪边小桥。

经过春天衰落又遇秋风吹起，红兰花绿蕙草愁得要死。在这一片风流不再的伤心地，失魂落魄地盼望着西施。

杨　柳　枝[1]

阊门风暖落花干[2]，飞遍江城雪不寒[3]。独有晚来临水驿[4]，闲人多凭赤栏干[5]。

【注释】

〔1〕杨柳枝：见温庭筠《杨柳枝》（宜春苑外最长条)注〔1〕。集收光宪词本调四首。

〔2〕阊（chāng）：门：苏州城门。唐李颀《送人尉闽中》："阊门折垂柳，御苑听残莺。"

〔3〕江城：当指金陵，今江苏南京。五代后蜀欧阳炯《江城子》（晚日金陵岸草平)："空有姑苏台上月，如西子镜，照江城。"雪不寒：说柳絮白如雪，却不寒冷。

〔4〕驿：驿站，古代官设供往来人马休息住宿的客栈。

〔5〕赤栏干：指赤栏桥上的栏杆，见温庭筠《杨柳枝》（宜春苑外最长条)注〔5〕。

【译文】

阊门城外的落花被暖风吹干，像雪那样飞遍江城却不清寒。只有傍晚时分水边的驿亭前，没事人多倚着桥上的红栏杆。

有池有榭即濛濛[1]，浸润翻成长养功[2]。恰似有人长点检[3]，着行排立向春风[4]。

【注释】

〔1〕榭：台上高屋。濛濛：雨雪飘飞迷茫不清的样子。这里形容柳絮。

〔2〕浸润句：说水的滋润有养育柳树的功劳。浸润，浸淫滋润。翻，同"反"。

〔3〕点检：指点检阅。

〔4〕着行：成行。唐杜甫《郪城西原送人赴成都府》："野花随处发，官柳着行新。"

【译文】

有池塘有台榭就有一片迷濛，水的滋润反而成就了养育功。

就像有人经常在这指点检阅，总是排列成行面对和煦春风。

　　根柢虽然傍浊河[1]，无妨终日近笙歌。毵毵金带谁堪比[2]，还共黄莺不校多[3]。

【注释】

　　[1] 根柢：指柳树根。傍：挨，靠。
　　[2] 毵毵：底本作"骖骖"，据《四部丛刊》影印明刊本改。形容枝叶细长，见温庭筠《杨柳枝》（苏小门前柳万条）注[2]。
　　[3] 不校多：犹差不多。校，通"较"。

【译文】

　　尽管树根扎在污浊的河水旁，却不妨整天陪伴着歌舞笙簧。轻盈细长的金丝带谁能相比，还和那漂亮的黄莺不分高低。

　　万株枯槁怨亡隋[1]，似吊吴台各自垂[2]。好是淮阴明月里[3]，酒楼横笛不胜吹[4]。

【注释】

　　[1] 枯槁：干枯衰败。亡隋：灭亡的隋朝。唐白居易《隋堤柳》："隋堤柳，岁久年深尽衰朽。风飘飘兮雨萧萧，三株两株汴河口。"
　　[2] 吴台：春秋时吴王所筑姑苏台，见薛昭蕴《浣溪沙》（倾国倾城有余恨）注[2]。
　　[3] 淮阴：旧县名，在今江苏淮安。
　　[4] 横笛不胜吹：指横笛吹不尽《杨柳枝》曲。唐张祜《杨柳枝》："莫折宫前杨柳枝，玄宗曾向笛中吹。"因其前身是乐府横吹曲中的《折杨柳》，故可作笛曲吹奏。

【译文】

　　千万朽木枯枝都怨隋朝灭亡，各自低垂又像凭吊姑苏古台。

好在淮阴城头的一片明月里，酒楼上的横笛仍在不停地吹。

望 梅 花[1]

数枝开与短墙平，见雪萼红跗相映[2]，引起谁人边塞情。　　帘外欲三更，吹断离愁月正明，空听隔江声[3]。

【注释】

〔1〕望梅花：见和凝《望梅花》（春草全无消息)注〔1〕。集收光宪词本调一首。

〔2〕雪萼：白色花萼。红跗(fū)：红色花房。跗，通"柎"。《山海经·西山经》："(崇吾之山)有木焉，员叶而白柎。"注："今江东人呼草木子房为柎。"

〔3〕吹断二句：汉代横吹曲中有《梅花落》，本笛曲。所传乐府辞中多有因梅连及思边之情者，如唐沈佺期《梅花落》："铁骑几时回，金闺怨早梅"等(见宋郭茂倩《乐府诗集》卷二四)。

【译文】

几枝梅花开得与短墙一样高，只见白花萼红花房相互辉映，不知引起谁思念边塞的深情。

帘外天已近半夜三更，吹断了离别的怨愁月儿正明，空听那隔江的玉笛声。

渔 歌 子[1]

草芊芊[2]，波漾漾[3]，湖边草色连波涨。沿蓼岸[4]，泊枫汀[5]，天际玉轮初上[6]。　　扣舷歌[7]，联极望[8]，桨声伊轧知何向[9]。黄鹄叫[10]，白鸥眠，谁似侬家疏旷[11]。

【注释】

〔1〕渔歌子：见和凝《渔父》（白芷汀寒立鹭鸶）注〔1〕。集收光宪词本调二首。论者以为其"竟夺了张志和、张季鹰坐席，忒觉狠些"（《花间集》旧题明汤显祖评本）。

〔2〕芊芊(qiān)：草茂盛的样子。《列子·力命》："美哉国乎，郁郁芊芊。"

〔3〕漾漾：水晃动的样子。唐宋之问《宿云门寺》："漾漾潭际月，飘飘杉上风。"

〔4〕蓼岸：水蓼丛生的河岸。

〔5〕枫汀：长着枫树的水边平地。

〔6〕玉轮：喻明亮的圆月。唐骆宾王《在江南赠宋五之问》："玉轮涵地开，剑匣连星起。"

〔7〕扣舷：敲击船帮为歌唱打拍子。唐杜甫《秋日夔府咏怀奉寄郑监李宾客一百韵》："东郡时题壁，南湖日扣舷。"

〔8〕联极望：眺望四极。极，边际。

〔9〕伊轧：船桨划水发出的声响。

〔10〕黄鹄(hù)：天鹅。

〔11〕侬：我。古代吴地人自称。《晋书·会稽王道子传》："道子颔曰：侬知侬知。"疏旷：闲散自在，不受拘束。

【译文】

青草绵延芬芳，波光清澈荡漾，湖边的草色和波浪一起高涨。沿着蓼花岸边，泊在枫树汀前，天际一轮明月跃然而上。

敲着船帮歌唱，四下纵目眺望，桨声咿呀响起不知要去何方。天鹅盘旋鸣叫，白鸥悄然入眠，谁能像我这样自在旷放。

泛流萤[1]，明又灭，夜凉水冷东湾阔。风浩浩[2]，笛寥寥[3]，万顷金波澄澈[4]。　　杜若洲[5]，香郁烈^[6]，一声宿雁霜时节。经霅水^[7]，过松江^[8]，尽属
侬家日月。

【注释】

〔1〕流萤：飞行不定的萤火虫。

〔2〕浩浩：广大无边的样子。

〔3〕寥寥：空旷悠远的样子。

〔4〕顷：底本作"倾"，据《全唐诗·附词》改。金波：指月光照耀
下的水波。澄澈：形容水明净清澈。晋王献之《镜湖帖》："镜湖澄澈，
清流泻注。"

〔5〕杜若洲：长有杜若的水中地。杜若，一种香草。战国楚屈原
《九歌·湘君》："采芳洲兮杜若，将以遗兮下女。"

〔6〕郁烈：浓郁强烈。三国魏曹植《洛神赋》："践椒涂之郁烈，步
蘅薄而流芳。"

〔7〕霅(zhá)水：又称霅川、霅溪，在今浙江湖州，东北流入太湖。

〔8〕松江：即吴淞江，源出太湖，流经江苏苏州，流域在古吴国境
内，入东海。

【译文】

萤火虫四处飞，光点亮了又灭，夜已凉水渐冷东湾寂静空阔。
清风阵阵吹来，笛声断断续续，月下万顷水波明净清澈。

小洲长满杜若，芳香格外浓烈，宿雁一声啼叫正是霜降时节。
刚经秀美霅溪，又过浩荡松江，这片日月都为我家乐享。

魏太尉承班

【简介】

魏承班（"班"低本作"斑"，据《四部丛刊》影印明刊本等改），生卒年不详，字、里无考。父宏夫被前蜀王建收为养子，赐名王宗弼，封齐王。承班仕蜀，以驸马都尉官至太尉，人称魏太尉。作词多言情。论者以为"大旨明净，不更苦心刻意以竞胜"（《古今词话》引元遗山语）；"其浓艳处近飞卿，间有清朗之作"（李冰若《栩庄漫记》）。集收词十五首。

菩 萨 蛮[1]

罗裾薄薄秋波染[2]，眉间画时山两点[3]。相见绮筵时[4]，深情暗共知。 翠翘云鬓动[5]，敛态弹金凤[6]。宴罢入兰房[7]，邀人解佩珰[8]。

【注释】

〔1〕菩萨蛮：见温庭筠《菩萨蛮》（小山重叠金明灭）注〔1〕。集收承班词本调二首。

〔2〕罗裾：丝绸衣裳。裾，前襟，这里代指衣裳。秋波：指碧蓝色的秋水。

〔3〕眉间句：指画远山眉。见温庭筠《菩萨蛮》（雨晴夜合玲珑日）注〔6〕。

〔4〕绮筵：华丽的宴席。

〔5〕翠翘：头钗。见顾敻《虞美人》（晓莺啼破相思梦）注〔3〕。

〔6〕敛态：收敛形态，犹正襟危坐。弹金凤：指弹奏饰有金凤凰的琴瑟。

〔7〕兰房：指闺房。见顾敻《浣溪沙》（惆怅经年别谢娘）注〔3〕。

〔8〕珮珰：玉佩耳环等饰物。

【译文】

薄薄的丝绸衣像被秋水浸染，双眉描画出入时的两点远山。相见在华美的盛宴时，会心的深情暗中共知。

秀发上翠翘微微颤动，整好了装束弹起金凤。宴会散后回到了闺房，请人解下佩戴的玉珰。

　　罗衣隐约金泥画[1]，玳筵一曲当秋夜[2]。声泛觑人娇[3]，云鬟袅翠翘[4]。　　酒醺红玉软[5]，眉翠秋山远[6]。绣幌麝烟沉[7]，谁人知两心。

【注释】

〔1〕隐：底本作"稳"，据《全唐诗·附词》改。金泥：即泥金。见牛峤《菩萨蛮》（舞裙香暖金泥凤）注〔2〕。

〔2〕玳筵：玳瑁筵。这里指豪华的宴席。

〔3〕泛：宽广。觑(qù)：用眼瞄。

〔4〕袅：晃动。翠翘：见顾敻《虞美人》（晓莺啼破相思梦）注〔3〕。

〔5〕醺：微醉。红玉：喻美人肌肤红润光洁。见和凝《临江仙》（披袍窣地红宫锦）注〔5〕。

〔6〕眉翠句：说眉色青淡弯曲，像秋天的远山。

〔7〕幌：帐幔。麝烟：麝香的烟。

【译文】

罗衣轻薄隐约透着金粉描画，盛宴妙歌一曲正当清秋良夜。声委婉看人眼中含娇，翠翘在云鬟上轻轻摇。

微醉的脸红玉般柔软，青翠的眉秋山似遥远。绣幔间麝香烟气氤氲，有谁知两颗相爱的心。

花间集卷第九

魏太尉承班

满 宫 花 [1]

雪霏霏 [2]，风凛凛 [3]，玉郎何处狂饮 [4]。醉时想得纵风流，罗帐香帏鸳寝。　　春朝秋夜思君甚，愁见绣屏孤枕。少年何事负初心，泪滴缕金双衽 [5]。

【注释】

〔1〕满宫花：见张泌《满宫花》（花正芳）注〔1〕。集收承班词本调一首。

〔2〕霏霏：雨雪纷飞的样子。见温庭筠《遐方怨》（凭绣槛）注〔4〕。

〔3〕凛凛：寒冷的样子。《古诗十九首》之一六："凛凛岁云暮，蝼蛄夕鸣悲。"

〔4〕玉郎：见牛峤《菩萨蛮》（舞裙香暖金泥凤）注〔3〕。

〔5〕衽(rèn)：底本作"袵"，据《四部丛刊》影印明刊本改。衽，衣襟，这里指衣服胸前的交领部分。双衽即左右衽。

【译文】

雪花纷纷扬扬，寒风阵阵呼啸，玉郎又在哪里狂饮放浪。想来他喝醉后一意纵情风流，鸳鸯相伴睡在香罗帷帐。

春晨和秋夜都那么思念夫君，生怕看见绣屏中的孤枕。年轻人为什么辜负当初真心，热泪滴下金丝绣的衣襟。

木 兰 花[1]

小芙蓉，香旖旎[2]，碧玉堂深清似水。闭宝匣[3]，掩金铺[4]，倚屏拖袖愁如醉。　　迟迟好景烟花媚[5]，曲渚鸳鸯眠锦翅[6]。凝然愁望静相思，一双笑靥嚬香蕊[7]。

【注释】

〔1〕木兰花：见韦庄《木兰花》（独上小楼春欲暮）注〔1〕。集收承班词本调一首。

〔2〕旖旎(yǐ nǐ)：繁盛的样子。战国楚宋玉《九辩》："窃悲夫蕙华之曾敷兮，纷旖旎乎都房。"

〔3〕宝匣：指梳妆盒。

〔4〕金铺：指门。见薛昭蕴《谒金门》（春满院)注〔4〕。

〔5〕迟迟：见和凝《渔父》（白芷汀寒立鹭鸶)注〔5〕。

〔6〕曲渚：弯曲的水边。锦翅：指鸳鸯翅膀羽毛鲜丽如锦。

〔7〕笑靥：见温庭筠《菩萨蛮》（翠翘金缕双鸂鶒)注〔3〕。嚬(pín)：同"颦"，皱，蹙。香蕊：花蕊形面饰。见温庭筠《归国遥》（双脸)注〔6〕。

【译文】

小小的芙蓉花，香气浓郁芬芳，寂静深邃的碧玉堂清幽似水。合上了梳妆盒，关好了金铺门，拖着长袖身倚屏风忧愁如醉。

和熙美好的春景里烟花妖媚，曲水边俏鸳鸯头枕锦翅而睡。心怀忧愁凝神眺望默默相思，酒窝上的一对花饰微微皱起。

玉 楼 春[1]

寂寂画堂梁上燕，高卷翠帘横数扇[2]。一庭春色恼人来，满地落花红几片。　　愁倚锦屏低雪面[3]，泪滴绣罗金缕线[4]。好天凉月尽伤心，为是玉郎长不见[5]。

【注释】

〔1〕玉楼春：见牛峤《玉楼春》（春入横塘摇浅浪）注〔1〕。集收承班词本调二首。

〔2〕横数扇：指开了几扇窗。

〔3〕雪面：雪白的面容。

〔4〕绣罗金缕线：指金丝线绣的绸衣。

〔5〕玉郎：见牛峤《菩萨蛮》（舞裙香暖金泥凤）注〔3〕。

【译文】

画堂屋梁上的燕子不再呢喃，打开的几扇窗翠色竹帘高卷。满庭院恼人的春色扑面而来，遍地落花又多添了残红几片。

身倚锦屏心中忧愁低垂玉颜，泪珠滴落绣罗衣上的金丝线。天晴好月清凉都是怀念伤心，为的是那玉郎已经长久不见。

　　轻敛翠蛾呈皓齿[1]，莺咔一枝花影里[2]。声声清迥遏行云[3]，寂寂画梁尘暗起[4]。　　玉斝满斟情未已[5]，促坐王孙公子醉[6]。春风筵上贯珠匀[7]，艳色韶颜娇旖旎[8]。

【注释】

〔1〕轻敛：微皱。翠蛾：女子青黑色眉。呈：呈现，露出。

〔2〕莺咔句：形容歌声流动婉转。

〔3〕清迥：清亮悠远。遏（è）行云：阻挡行云。形容歌声高亢嘹亮。《列子·汤问》："（秦青）抚节悲歌，声震林木，响遏行云。"

〔4〕寂寂句：形容声音有穿透力，能震动屋梁上的积尘。唐欧阳询《艺文类聚》卷四三引汉刘向《别录》，谓"汉兴以来，善雅歌者，鲁人虞公，发声清哀，盖动梁尘"。

〔5〕玉斝(jiǎ)：玉制酒器，圆口三足。

〔6〕促坐：靠近而坐。《史记·淳于髡传》："日暮酒阑，合尊促坐。"王孙公子：泛指富贵子弟。王孙，见温庭筠《杨柳枝》（馆娃宫外邺城西）注〔2〕。

〔7〕贯珠：形容歌声圆润流丽。《礼记·乐记》："故歌者上如抗，下如队，曲如折……累累乎端如贯珠。"唐元稹有《善歌如贯珠赋》，以"声气圆真，有如贯珠"依次用韵。

〔8〕韶颜：亮丽的容颜。旖旎：底本作"旎旖"，据《全唐诗·附词》改。旖旎，轻柔婀娜的样子。汉司马相如《上林赋》："旖旎从风，浏莅卉吸。"

【译文】

　　微微皱起双眉露出洁白牙齿，美妙莺歌流转在一枝花影里。声声清亮高远能够阻止行云，画梁上沉寂的灰尘暗暗扬起。

　　斟满了玉酒杯畅饮意犹未尽，王孙公子紧坐一起如痴如醉。春风吹拂的宴席上音如贯珠，娇美的容貌更显得艳丽妖媚。

<h1 style="text-align:center">诉　衷　情^{〔1〕}</h1>

　　高歌宴罢月初盈^{〔2〕}，诗情引恨情。烟露冷，水流轻，思想梦难成。　　罗帐袅香平^{〔3〕}，恨频生。思君无计睡还醒，隔层城^{〔4〕}。

【注释】

〔1〕诉衷情：见温庭筠《诉衷情》（莺语）注〔1〕。集收承班词本调五首。

〔2〕盈：圆满。《礼记·礼运》"（月）三五而盈"疏："盈谓月光圆满。"

〔3〕袅香平：香烟缭绕匀称平稳。

〔4〕层城：据《淮南子·地形》等记载，层城是古代神话昆仑山九重层城中的上层，又名天庭，为太帝所居。这里借喻阻隔极远。

【译文】

　　热闹的歌宴结束后月光初圆，所唱诗情正把离恨牵。雾气露滴清冷，水在缓缓流淌，前思后想梦也难做成。

　　罗帐内香烟轻轻缭绕，怨恨时时滋生。没有办法不去想他睡了还醒，哪怕远隔重城。

　　春深花簇小楼台，风飘锦绣开[1]。新睡觉，步香阶，山枕印红腮[2]。　　　鬓乱坠金钗，语檀偎[3]。临行执手重重嘱，几千回。

【注释】

　　〔1〕锦绣：形容春花色彩艳丽。

　　〔2〕山枕：山形枕，见温庭筠《菩萨蛮》（竹风轻动庭除冷）注〔3〕。红腮：红润的脸庞。

　　〔3〕语檀偎：与檀郎依偎着说话。檀，檀郎，见韦庄《江城子》（恩重娇多情易伤)注〔6〕。

【译文】

　　春深时分鲜花簇拥着小楼台，清风飘过如锦绣盛开。刚刚睡醒起身，走下带香台阶，枕印痕还留在红脸腮。

　　鬓发散乱滑落了金钗，偎着情郎说爱。临走时握着手一遍遍地叮嘱，反复了几千回。

　　银汉云晴玉漏长[1]，蛩声悄画堂[2]。筼簹冷[3]，碧窗凉，红烛泪飘香。　　　皓月泻寒光，割人肠[4]。那堪独自步池塘，对鸳鸯。

【注释】

　　〔1〕银汉：银河。这里指天空。玉漏：玉制计时器。唐苏味道《正

月十五日》："金吾不禁夜，玉漏莫相催。"

　　〔2〕蛩（qióng）声：蟋蟀叫声。唐白居易《禁中闻蛩》："西窗独暗坐，满耳新蛩声。"

　　〔3〕筠（yún）簟：竹席。筠，青竹皮。

　　〔4〕割人肠：形容极其痛苦。唐柳宗元《与浩初上人同看山寄京华亲故》："海畔尖山似剑铓，秋来处处割愁肠。"

【译文】

　　晴朗的夜空中刻漏声声悠长，画堂寂静蟋蟀在吟唱。竹席已觉微冷，绿窗透着新凉，流泪的红烛飘出芳香。

　　皓月泻下的遍地寒光，剜割人的愁肠。怎么能够独自在池塘边漫步，面对双双鸳鸯。

　　金风轻透碧纱窗〔1〕，银钉焰影斜〔2〕。欹枕卧〔3〕，恨何赊〔4〕，山掩小屏霞〔5〕。　　云雨别吴娃〔6〕，想容华〔7〕。梦成几度绕天涯，到君家。

【注释】

　　〔1〕金风：秋风。晋张协《杂诗》三："金风扇素节，丹霞启阴期。"《文选》注："西方为秋而主金，故秋风曰金风也。"

　　〔2〕银钉：银灯。

　　〔3〕欹：歪斜。

　　〔4〕赊（shē）：长久，悠远。南朝梁萧衍《娈童》："羽帐晨香满，珠帘夕漏赊。"

　　〔5〕山：屏山，见温庭筠《菩萨蛮》（南园满地堆轻絮）注〔4〕。霞：落日余晖。

　　〔6〕云雨：见韦庄《归国遥》（春欲晚）。吴娃：吴地女子。娃，美女。

　　〔7〕容华：容颜光华。三国魏曹植《杂诗》四："南国有佳人，容华若桃李。"

【译文】

秋风轻轻地透过碧绿的纱窗，银灯的焰影歪斜摇晃。倚靠枕头躺着，怨恨多么悠长，小屏风遮了晚霞余光。

云雨后告别吴地美娘，容颜朝思暮想。在梦中好几次寻找绕遍天涯，来到了她的家。

　　春情满眼脸红销[1]，娇妒索人饶[2]。星靥小[3]，玉珰摇[4]，几共醉春朝。　　别后忆纤腰，梦魂劳。如今风叶又萧萧[5]，恨迢迢[6]。

【注释】

　〔1〕销：通"消"，消散。
　〔2〕娇妒：娇媚妒嫉。索：求讨。饶：多。
　〔3〕星靥：黄星靥。见温庭筠《归国遥》（双脸）注〔6〕。
　〔4〕玉珰：玉制耳饰。汉乐府《孔雀东南飞》："腰若流纨素，耳著明月珰。"
　〔5〕风叶又萧萧：唐杜甫《登高》："无边落木萧萧下，不尽长江滚滚来。"萧萧，草木摇落声。
　〔6〕迢迢：遥远，悠长。

【译文】

眼中满含春情脸上红晕渐消，妩媚妒嫉常对人撒娇。酒窝黄色星小，耳边玉环轻摇，多少次共醉大好春光。

离别后经常想起细腰，梦魂日夜辛劳。现在又是风起云飞叶落萧萧，心中怨恨迢遥。

生　查　子[1]

烟雨晚晴天，零落花无语。难话此时心，梁燕双来去。　　琴韵对薰风[2]，有恨和情抚[3]。肠断断弦频[4]，泪滴黄金缕[5]。

【注释】

〔1〕生查子：见张泌《生查子》（相见稀）注〔1〕。集收承班词本调二首。

〔2〕琴韵：琴音。薰风：香风。南朝梁江淹《别赋》："闺中风暖，陌上草薰。"

〔3〕抚：触弄，弹奏。

〔4〕肠断：见温庭筠《定西番》（细雨晓莺春晚）注〔1〕。断弦频：古人以琴传心声，弦频断说明心情极差。北周庾信《怨歌行》："为君能歌此曲，不觉心随断弦。"

〔5〕黄金缕：代指金丝线绣成的衣裳。

【译文】

烟雨濛濛到傍晚才晴，默默地看着落花飘零。这时心情还真难述说，屋梁上的双燕来去相迎。

摆上琴面对带香暖风，怀着恨和情一起抚弄。琴弦时断只因愁肠断，金缕衣上已泪滴涟涟。

　　寂寞画堂空，深夜垂罗幕。灯暗锦屏攲[1]，月冷珠帘薄。　　愁恨梦难成，何处贪欢乐。看看又春来，还是长萧索[2]。

【注释】

〔1〕攲：歪斜不正。

〔2〕萧索：境况空寂凄凉。

【译文】

空空画堂内一片寂静，深夜时罗幕悄然低垂。灯光昏暗中锦屏斜立，清冷的月色透进帘里。

心怀愁恨梦也做不成，他到哪里去寻欢作乐。眼看着春天又要来了，我还是长守凄清孤独。

黄　钟　乐[1]

池塘烟暖草萋萋[2]，惆怅闲宵含恨[3]，愁坐思堪迷。遥想玉人情事远[4]，音容浑似隔桃溪[5]。　　偏记同欢秋月低，帘外论心花畔[6]，和醉暗相携。何事春来君不见，梦魂长在锦江西[7]。

【注释】

〔1〕黄钟乐：唐教坊曲名，宫调不传。用为词调，首见于此。双调，十句，六十四字，平韵。此词《词律》与旧谱断句有异，今从《词律》。集收承班词本调一首。

〔2〕萋萋：见温庭筠《杨柳枝》（馆娃宫外邺城西）注〔2〕。

〔3〕宵：底本作"霄"，据《全唐诗·附词》改。

〔4〕玉人：如花似玉之人。唐元稹《莺莺传》："拂墙花影动，疑是玉人来。"

〔5〕桃溪：即桃花源。晋陶渊明《桃花源记》："缘溪行，忘路之远近。忽逢桃花林，夹岸数百步，中无杂树，芳草鲜美，落英缤纷。"

〔6〕论心：倾诉心事。

〔7〕锦江：见牛峤《女冠子》（锦江烟水）注〔1〕。

【译文】

池塘暖气笼罩着绵延的芳草，无聊夜晚心怀太多怨恨，含着愁独坐情绪迷离。回想起与美人那段深情往事，音容笑貌好像隔了桃花小溪。

偏偏记得秋月低垂一起尽欢，在帘外的花畔述说情怀，带着醉意暗暗把手牵。春天来了为什么你还不出现，梦魂长久被牵扯在锦江西岸。

渔 歌 子[1]

　　柳如眉[2]，云似发，鲛绡雾縠笼香雪[3]。梦魂惊，钟漏歇[4]，窗外晓莺残月。　　几多情，无处说，落花飞絮清明节[5]。少年郎，容易别，一去音书断绝。

【注释】

　　〔1〕渔歌子：见和凝《渔父》（白芷汀寒立鹭鸶）注〔1〕。集收承班词本调一首。

　　〔2〕柳如眉：即眉如柳叶。唐李商隐《和人题真娘墓》："柳眉空吐效颦叶，榆荚还飞买笑钱。"

　　〔3〕鲛绡：底本作"蛟绡"，据《全唐诗·附词》改。鲛绡，见欧阳炯《南乡子》（袖敛鲛绡）注〔1〕。雾縠：轻薄如雾的绉纱。香雪：喻女子肌肤白洁芳香。

　　〔4〕钟漏：报时的钟和计时的滴漏。

　　〔5〕清明节：见温庭筠《菩萨蛮》（南园满地堆轻絮）注〔2〕。

【译文】

　　双眉宛如柳叶，秀发好似轻云，雾样的轻纱罩着香白的肌肤。梦魂忽被惊醒，报时钟漏停歇，窗外残月下晓莺声稀疏。

　　多少缠绵情思，没有地方述说，又到了落花飞絮的清明时候。郎君年纪轻轻，不把离别当事，一去以后连音信也没有。

鹿太保虔扆

【简介】

　　鹿虔扆，生卒年不详，字、里无考。后蜀时进士及第，累官学士。广政间出为永泰军节度使，进检校太尉，加太保，人称鹿太保。与欧阳炯、韩琮、阎选、毛文锡以工小词见幸，被忌者目为"五鬼"之一。为人颇有节操，曾以周公辅成王自许，蜀亡不仕。集收词六首。论者以为能"曲折尽变，有无限感慨淋漓处"（清沈雄《古今词话》引元倪瓒语）。

临　江　仙[1]

　　金锁重门荒苑静[2]，绮窗愁对秋空[3]。翠华一去寂无踪[4]。玉楼歌吹[5]，声断已随风。　　烟月不知人事改，夜阑还照深宫[6]。藕花相向野塘中。暗伤亡国，清露泣香红[7]。

【注释】

　　〔1〕临江仙：见张泌《临江仙》（烟收湘渚秋江静）注〔1〕。按：此词旧注多以为伤吊蜀亡之作。王国维指出其既见收于蜀广政三年（940）所辑《花间集》，则不应作于后蜀灭亡的广政二十八年（965），而当为伤吊前蜀之作。集收虔扆词本调二首。
　　〔2〕荒苑：废弃的苑囿，这里当指前蜀宣华苑。
　　〔3〕绮窗：雕镂精美的花窗。

〔4〕翠华：皇帝仪仗，见孙光宪《河渎神》（汾水碧依依)注〔3〕。这里当指前蜀皇帝王衍。一去寂无踪：据《五代史·王衍传》载，后唐同光三年(925)伐蜀，"衍即上表乞降"，"君臣面缚舆榇，出降于七里亭"。

〔5〕玉楼歌吹：据《王衍传》载，衍年少荒淫，所起宣华苑"有重光、太清、延昌、会真之殿，清和、迎仙之宫，降真、蓬莱、丹霞之亭，飞鸾之阁、瑞兽之门，又作怡神亭，与诸狎客、妇人日夜酣饮其中"。歌吹，歌舞音乐。

〔6〕夜阑：夜深。

〔7〕香红：代指藕花。

【译文】

铜锁锁着重门荒苑一片寂静，雕花窗含着愁面对秋空。翠羽华盖一去不返杳无影踪。玉楼的管弦歌声，音响也早已飘断随风。

薄雾间的明月不知人事已改，夜晚仍把清光照进深宫。荷花相对开在废弃的池塘中。暗暗地伤吊亡国，滴滴清露哭损了香红。

无赖晓莺惊梦断[1]，起来残酒初醒。映窗丝柳裛烟青。翠帘慵卷，约砌杏花零[2]。　　一自玉郎游冶去[3]，莲凋月惨仪形[4]。暮天微雨洒闲庭。手挼裙带[5]，无语倚云屏[6]。

【注释】

〔1〕无赖：烦扰多事。南朝陈徐陵《乌栖曲》："唯憎无赖汝南鸡，天河未落犹争啼。"

〔2〕约砌：弯曲的台阶。零：零落。

〔3〕玉郎：见牛峤《菩萨蛮》（舞裙香暖金泥凤）注〔3〕。游冶：即冶游，指外出寻欢作乐。《乐府诗集》卷四四晋《子夜四时歌·春歌》："冶游步春露，艳觅同心郎。"

〔4〕莲、月：喻指女子的花容月貌。仪形：仪表形态。

〔5〕挼：用手搓揉。

〔6〕云屏：云母屏风。晋张协《七命》："云屏烂汗，琼壁青葱。"

【译文】

多事的晨莺啼叫把幽梦惊断，起身后昨夜的残酒刚醒。柳丝青青含烟飘拂映在窗棂。绿竹帘还未卷起，石阶上的杏花已飘零。

自从郎君外出远去寻欢作乐，花容月貌日渐憔悴失形。傍晚时细雨洒落空寂的院庭。纤手搓揉着裙带，默默地身倚云母画屏。

女 冠 子[1]

凤楼琪树[2]，惆怅刘郎一去[3]，正春深。洞里愁空结[4]，人间信莫寻。　　竹疏斋殿迥[5]，松密醮坛阴[6]。倚云低首望，可知心。

【注释】

〔1〕女冠子：见温庭筠《女冠子》（含娇含笑）注〔1〕。集收虔扆词本调二首。

〔2〕凤楼：仙女住处。琪树：即神话中的玉树。唐白居易《牡丹芳》："仙人琪树白无色，王母桃花小不香。"

〔4〕洞：洞府，神仙居住的地方。

〔5〕迥：深邃。

〔6〕醮坛：见牛峤《女冠子》（星冠霞帔）注〔5〕。

【译文】

雕凤楼阁白玉树，刘郎一去令人满怀惆怅，正当春深时分。洞府中忧愁白白郁结，人间的音信不再找寻。

稀疏竹林中道观幽深，茂密松树下祭坛阴森。身依浮云低了头眺望，谁能知她的心。

步虚坛上[1]，绛节霓旌相向[2]，引真仙[3]。玉珮摇蟾影[4]，金炉袅麝烟[5]。　　露浓霜简湿[6]，风紧羽衣偏[7]。欲留难得住，却归天。

【注释】

〔1〕步虚：道士诵经声。南朝宋刘敬叔《异苑》五："陈思王游山，忽闻空里诵经声，清远遒亮。解音者则而写之，为神仙声；道士效之，作步虚声。"

〔2〕绛节霓旌：见韦庄《喜迁莺》（人汹汹)注〔6〕。

〔3〕真仙：真人神仙。

〔4〕玉珮：玉制佩饰。蟾影：月光。因传说月中有蟾蜍，故用蟾蜍代指月。

〔5〕麝烟：麝香之烟。

〔6〕霜简：即白简。这里指道士招神用的手板。

〔7〕羽衣：用鸟羽编织的衣服。古人以为"以鸟羽为衣，取其神仙飞翔之意"（《汉书·郊祀志上》颜师古注)。后即称道士或神仙所服之衣为羽衣。

【译文】

道士诵经祭坛上，彩旗和红符节两两相向，迎接真人神仙。玉珮晃着明月的光影，金炉腾起麝香的轻烟。

浓重的露打湿了手板，凄紧的风把羽衣吹偏。想留住她却无法留住，形迹已归云天。

思　越　人[1]

翠屏欹[2]，银烛背[3]，漏残清夜迢迢[4]。双带绣窠盘锦荐[5]，泪侵花暗香销。　　珊瑚枕腻鸦鬟乱[6]，玉纤慵整云散[7]。苦是适来新梦见[8]，离肠争不千断[9]。

【注释】

〔1〕思越人：见张泌《思越人》（燕双飞)注〔1〕。集收虔扆词本调

一首。

〔2〕欹：倾斜。

〔3〕背：犹灭，熄灭。

〔4〕漏：滴漏，古代计时器。迢迢：漫长深远。

〔5〕双带：指衣带下垂的两端。绣窠(kē)：指衣带上绣的花团。盘：曲折回旋。锦荐：丝绸垫褥。

〔6〕珊瑚枕：用珊瑚制作的枕头。鸦鬟：黑色发鬟。唐于濆《拟古意》："鸦鬟未成髻，鸾镜徒相知。"

〔7〕玉纤：白嫩纤细的手指。慵：懒散。云散：喻指秀发散乱。

〔8〕适来：刚才。

〔9〕争：怎么。

【译文】

　　翠屏风倾斜着，银蜡烛已灭了，清夜里的漏声零落悠远。绣花的双带盘放在织锦垫间，色彩香气已被泪水浸淡。

　　潮湿的珊瑚枕上黑发鬟松乱，纤白的手懒得再去整盘。最苦的是在梦中刚与他相见，离别愁肠怎不断成千段。

虞　美　人〔1〕

　　卷荷香澹浮烟渚〔2〕，绿嫩擎新雨〔3〕。琐窗疏透晓风清〔4〕，象床珍簟冷光轻〔5〕，水纹平。　　　　九疑黛色屏斜掩〔6〕，枕上眉心敛。不堪相望病将成，钿昏檀粉泪纵横〔7〕，不胜情。

【注释】

　　〔1〕虞美人：见毛文锡《虞美人》（鸳鸯对浴银塘暖）注〔1〕。集收虞宬词本调一首。

　　〔2〕卷荷：指还未开放的荷花。渚：水边湿地。

　　〔3〕擎：托举。

〔4〕琐窗：花窗。琐，底本作"锁"，据《全唐诗·附词》改。

〔5〕象床：象牙床。珍簟：精美的垫席。

〔6〕九疑：九疑山，在湖南宁远县南。这里指画屏上的景色。

〔7〕钿：花形首饰。檀粉：指脸上的脂粉浅淡紊乱。

【译文】

含苞荷香淡淡地飘浮在水边，枝叶嫩绿托举着雨点。清新的晨风透进雕花的窗棂，象牙床上竹席一片冷光轻凝，如水波纹细平。

斜遮屏风上九疑山黛色暗淡，枕上人正紧锁着眉尖。受不了相思的煎熬病已将成，钿色昏沉檀妆模糊热泪纵横，整日为情所困。

阎处士选

【简介】

　　阎选，生卒年不详，字、里失考。前蜀布衣。人称阎处士。后蜀以工小词见宠孟昶，为"五鬼"之一。集收词八首。论者以为其词"多侧艳语，颇近温尉一派；然意多平衍，盖与毛文锡伯仲耳"（李冰若《栩庄漫记》）。

虞　美　人[1]

　　粉融红腻莲房绽[2]，脸动双波慢[3]。小鱼衔玉鬓钗横[4]，石榴裙染象纱轻[5]，转娉婷[6]。　　偷期锦浪荷深处[7]，一梦云兼雨[8]。臂留檀印齿痕香[9]，深秋不寐漏初长[10]，尽思量[11]。

【注释】

　　〔1〕虞美人：见毛文锡《虞美人》（鸳鸯对浴银塘暖）注〔1〕。集收选词本调二首。

　　〔2〕莲房：即莲蓬。唐杜甫《秋兴》七："波漂菰米沉云黑，露冷莲房坠粉红。"这里借指莲花。

　　〔3〕双波：两眼。慢：借作"曼"，美丽，漂亮。

　　〔4〕小鱼衔玉：钗的形状。

　　〔5〕石榴裙：大红裙。南朝梁何思澄《南苑逢美人》："风卷葡萄带，日照石榴裙。"象纱：有彩绘的薄纱。

〔6〕娉婷：娇美的样子。

〔7〕偷期：暗暗约会。锦浪：指映着红花绿叶的水波。

〔8〕云兼雨：即云雨，见韦庄《归国遥》（春欲晚）注〔4〕。

〔9〕檀印：口红的痕迹。齿痕：牙印。古有啮臂（即咬臂出血）以誓忠诚的传说（见《史记·吴起传》），后演变为男女间的一种定情方式。

〔10〕漏初长：即初夜、一更，晚上 19—21 点。

〔11〕尽：底本小字注："尽，一作儘。"

【译文】

粉妆匀称宛如绽开的红莲房，转过脸来双眼闪波光。小鱼衔玉的金钗斜插鬓发上，大红的象纱石榴裙轻盈飘逸，转起来很漂亮。

偷约在碧波荡漾的荷塘深处，同入云翻雨覆的梦乡。臂上还留着唇齿印痕的芳香，深秋之夜无法入睡漏声初长，都是痴情回想。

楚腰蛴领团香玉〔1〕，鬟叠深深绿。月蛾星眼笑微频〔2〕，柳夭桃艳不胜春〔3〕，晚妆匀。　　水纹簟映青纱帐，雾罩秋波上〔4〕。一枝娇卧醉芙蓉，良宵不得与君同，恨忡忡〔5〕。

【注释】

〔1〕楚腰：女子细腰。战国韩非《韩非子·二柄》："楚灵王好细腰，而国中多饿人。"唐杨炎《赠薛瑶英》："玉山翘翠步无尘，楚腰如柳不胜春。"蛴（qí）领：长白的颈项。《诗·卫风·硕人》："领如蝤蛴，齿如瓠犀。"蛴，蝤蛴。天牛、桑牛幼虫，白色光洁而长，故用以为喻。团香玉：形容化妆，涂脂抹粉。

〔2〕月蛾：喻指秀眉细弯，形如月如蛾。蛾，底本作"娥"，据《全唐诗·附词》改。星眼：形容眼光像星一样晶莹明亮。笑微频：底本词末小字注："笑微频，一作笑和频。"频，同"颦"，皱眉。

〔3〕夭：柔和舒缓的样子。《论语·述而》："子之燕居，申申如也，

夭夭如也。"

〔4〕水纹二句：说纱帐与竹席细纹相映，就像薄雾笼罩着秋水。

〔5〕忡忡(chōng)：忧愁不断的样子。《诗·召南·草虫》："未见君子，忧心忡忡。"

【译文】

　　腰纤细颈长白宛如香玉凝成，重叠的鬓发乌黑浓深。眉如月眼似星笑时略带浅愁，柳窈窕桃艳丽似含不尽芳春，晚来梳妆匀称。

　　水纹凉席映衬着青色的纱帐，就像薄雾罩在秋波上。一枝娇美的芙蓉花带醉躺着，在这美好夜晚不能与你共枕，心中充满怨恨。

临　江　仙[1]

　　雨停荷芰逗浓香[2]，岸边蝉噪垂杨。物华空有旧池塘[3]。不逢仙子，何处梦襄王[4]。　　珍簟对欹鸳枕冷[5]，此来尘暗凄凉。欲凭危槛恨偏长[6]。藕花珠缀[7]，犹似汗凝妆。

【注释】

〔1〕临江仙：见张泌《临江仙》（烟收湘渚秋江静）注〔1〕。集收选词本调二首。

〔2〕芰(jì)：四角菱。逗：透露。

〔3〕物华：自然美景。唐白居易《酬南洛阳早春见赠》："物华春意尚迟回，赖有东风昼夜催。"

〔4〕不逢二句：用战国楚宋玉《高唐赋》事，见韦庄《归国遥》（春欲晚）注〔4〕。仙子，指巫山神女。

〔5〕欹：倾斜。鸳枕：鸳鸯枕。成双，故云"对欹"。

〔6〕危槛：高耸的栏杆。

〔7〕珠：指露珠。

【译文】

雨停了荷花和菱角散着浓香，岸边的垂杨上蝉声响亮。美好景色空留着旧时的池塘。见不到神女行踪，襄王的梦该飘向何方。

凉席上斜放着一对鸳鸯香枕，这次来浮尘暗生好凄凉。本想登高凭栏幽恨偏偏绵长。那带露珠的藕花，就像汗滴凝在美人妆。

十二高峰天外寒[1]，竹梢轻拂仙坛[2]。宝衣行雨在云端[3]。画帘深殿，香雾冷风残。　　欲问楚王何处去[4]，翠屏犹掩金鸾[5]。猿啼明月照空滩。孤舟行客，惊梦亦艰难[6]。

【注释】

〔1〕十二高峰：巫山十二峰。见皇甫松《天仙子》（晴野鹭鸶飞一只）注〔6〕。

〔2〕仙坛：指朝云观。《文选》宋玉《高唐赋》李善注："楚怀王游于高唐，昼寝，梦见与神遇，自称是巫山之女，王因幸之。遂为置观于巫山之南，号为朝云。"

〔3〕宝衣行雨：指巫山神女。战国楚宋玉《神女赋》："其盛饰也，则罗纨绮缋盛文章，极服妙彩照万方。"

〔4〕楚王：兼指楚怀王和楚顷襄王。

〔5〕翠屏：巫山十二峰之一。这里泛指如屏青山。金鸾：即金銮，帝王的车驾。

〔6〕惊梦：指怀王、顷襄王先后梦见巫山神女，都很吃惊。

【译文】

十二高峰耸立在清寒的天外，竹梢轻轻拂着祭神仙坛。布雨的盛妆女神现身在云端。画帘低垂的深殿，香烛的烟被冷风吹散。

要问那风流的楚王去了哪里，青翠的山峰遮住了金銮。明月映照的空滩上猿啼哀惋。孤舟上的过路客，想从梦中惊醒也很难。

浣 溪 沙[1]

寂寞流苏冷绣茵[2]，倚屏山枕惹香尘[3]，小庭花露泣浓春。　　刘阮信非仙洞客[4]，常娥终是月中人[5]，此生无路访东邻[6]。

【注释】

〔1〕浣溪沙：见韦庄《浣溪沙》（清晓妆成寒食天）注〔1〕。集收选词本调一首。

〔2〕流苏：穗子。见韦庄《菩萨蛮》（红楼别夜堪惆怅）注〔3〕。这里代指床帐。绣茵：绣花褥。

〔3〕山枕：见温庭筠《菩萨蛮》（竹风轻动庭除冷）注〔3〕。香尘：这里指香烟。

〔4〕刘阮：刘晨、阮肇。见温庭筠《思帝乡》（花花）注〔5〕。仙洞客：神仙中人。

〔5〕常娥：即嫦娥。见韦庄《谒金门》（空相忆）注〔1〕。

〔6〕东邻：指美女。战国楚宋玉《登徒子好色赋》："臣里之美者，莫若臣东家之子。东家之子，增之一分则太长，减之一分则太短。着粉则太白，施朱则太赤。眉如翠羽，肌如白雪，腰如束素，齿如含贝。嫣然一笑，惑阳城，迷下蔡。"汉司马相如《美人赋》："臣之东邻，有一女子，玄发丰艳，蛾眉皓齿。"

【译文】

寂寞的流苏帐清冷的绣花褥，倚着屏风靠着山枕烟香漂浮，感泣春浓小庭的花滴着露珠。

刘晨和阮肇原非岩洞的仙客，嫦娥却始终是拘于月宫中人，这一生已没路可去寻访东邻。

八　拍　蛮[1]

云琐嫩黄烟柳细[2]，风吹红蒂雪梅残[3]。光影不胜闺阁恨[4]，行行坐坐黛眉攒[5]。

【注释】

〔1〕八拍蛮：见孙光宪《八拍蛮》（孔雀尾拖金线长）注〔1〕。集收选词本调二首。

〔2〕琐：通"锁"。

〔3〕红蒂：红色花蒂。《范村梅谱》卷二二："凡梅花跗蒂皆绛紫色。"蒂，花果与枝叶连接处。

〔4〕光影：犹光景，风光景物。

〔5〕行行坐坐：走走坐坐，心不在焉。攒：积聚。

【译文】

轻云薄雾笼罩着细柳的嫩黄，东风吹残红蒂上的白梅花瓣。风光景物使闺中人难忍怨恨，皱着双眉走走停停坐立不安。

愁琐黛眉烟易惨[1]，泪飘红脸粉难匀。憔悴不知缘底事[2]，遇人推道不宜春[3]。

【注释】

〔1〕琐：通"锁"。烟：烟支，即胭脂。惨：黯淡。

〔2〕缘：因为。底事：什么事。

〔3〕推道：推辞说。不宜春：不适合春季，不习惯春天。

【译文】

含愁皱了黛眉胭脂容易掉落，掉泪沾湿红脸粉妆难以匀称。

面容憔悴不知为了什么事情，遇到人问便推说不适应阳春。

河　传[1]

秋雨，秋雨。无昼无夜，滴滴霏霏[2]。暗灯凉簟怨分离，妖姬[3]，不胜悲。　　西风稍急喧窗竹[4]，停又续。腻脸悬双玉[5]。几回邀约雁来时，违期，雁归人不归。

【注释】

〔1〕河传：见温庭筠《河传》(江畔)注〔1〕。集收选词本调一首。

〔2〕霏霏：飞飞扬扬的样子。

〔3〕妖姬：犹妖女，艳丽妩媚的女子。

〔4〕喧：响，碰撞作声。

〔5〕腻脸：湿粘的脸。双玉：指两行泪水。玉，玉箸，见温庭筠《河渎神》(孤庙对寒潮)注〔3〕。

【译文】

下着秋雨，还是秋雨。不分白天和黑夜，滴滴答答不停息。灯光昏暗竹席清凉都怨分离，娇媚女子，难忍心中悲戚。

窗外西风吹动竹丛响声骤起，停歇了又继续。潮湿的脸挂着两行泪。曾好几次相约在大雁归来时，一再违期，北雁南归时人却不归。

尹参卿鹗

【简介】

尹鹗，生卒年不详，字无考，成都(今四川成都)人。前蜀王衍时以翰林校书累官参卿。人称尹参卿。为人性滑稽，工诗词。集收词六首。论者以为其词"以明浅动人，以简净成句"(宋张炎《词源》)；"在《花间集》中似韦而浅俗，似温而繁琐，盖独成一格者也"(李冰若《栩庄漫记》)。

临 江 仙[1]

一番荷芰生旧沼[2]，槛前风送馨香。昔年于此伴萧娘[3]，相偎伫立[4]，牵惹叙衷肠[5]。　　时逞笑容无限态[6]，还如菡萏争芳[7]。别来虚遣思悠飏[8]，慵窥往事[9]，金锁小兰房[10]。

【注释】

〔1〕临江仙：见张泌《临江仙》(烟收湘渚秋江静)注〔1〕。集收鹗词本调二首。

〔2〕一番：一片。荷芰：荷花、菱角。沼：池塘。

〔3〕萧娘：青年女子。见孙光宪《更漏子》(听寒更)注〔2〕。

〔4〕偎：依偎，相互依靠。伫立：长久站立。

〔5〕牵惹：招引。衷肠：内心情感。唐韩偓《天鉴》："神依正道终潜卫，天鉴衷肠竟不违。"

〔6〕逞：展露。

〔7〕菡萏：荷花的别称。《诗·陈风·泽陂》："彼泽之陂，有蒲菡萏。"

〔8〕悠飏：即悠扬，飘忽荡漾。

〔9〕慵窥：懒得回想。

〔10〕兰房：闺房，见顾敻《浣溪沙》（惆怅经年别谢娘）注〔3〕。

【译文】

旧时池塘开着一片茂盛菱荷，雕栏前风送来阵阵清香。昔年曾在这里陪伴美丽女郎，久久站立相依偎，情投意合地倾诉衷肠。

当时她露出的笑容风情无限，还像是和出水芙蓉争芳。分别后幽怨的相思空空飘荡，懒得再回想往事，金锁锁了小小的闺房。

深秋寒夜银河静，月明深院中庭。西窗乡梦等闲成[1]，逡巡觉后[2]，特地恨难平[3]。　　红烛半消残焰短，依俙暗背银屏[4]。枕前何事最伤情，梧桐叶上，点点露珠零。

【注释】

〔1〕西窗乡梦：唐李商隐《夜雨寄北》："君问归期未有期，巴山夜雨涨秋池。何当共剪西窗烛，却话巴山夜雨时。"等闲：不经意。

〔2〕逡巡：顷刻，不一会。觉：睡醒。

〔3〕特地：特别。唐杜甫《陪柏中丞观宴将士》一："几时来翠节，特地引红妆。"

〔4〕依俙：即依稀，隐约。

【译文】

银河静挂在深秋寒冷的夜空，月光皎洁洒满深院中庭。西窗下又做起多情的思乡梦，不一会睡醒以后，心中怨恨特别难平静。

半支红蜡烛残留的光焰已短，隐约在银屏后忽暗忽明。枕前什么事最令人伤感动情，梧桐树的叶子上，点点的露珠如泪涕零。

满　宫　花[1]

月沉沉，人悄悄，一炷后庭香袅。风流帝子不归来[2]，满地禁花慵扫[3]。　　离恨多，相见少，何处醉迷三岛[4]。漏清宫树子规啼[5]，愁锁碧窗春晓。

【注释】

〔1〕满宫花：见张泌《满宫花》（花正芳）注〔1〕。集收鹗词本调一首。清陈廷焯《白雨斋词评》以为"绮丽风华，仿佛仲初宫词"。

〔2〕帝子：帝王的子女。战国楚屈原《九歌·湘夫人》："帝子降兮北渚，目眇眇兮愁予。"

〔3〕禁花：皇宫中的落花。

〔4〕三岛：海上三岛，见薛昭蕴《女冠子》（云罗雾縠）注〔6〕。

〔5〕漏：滴漏，古代计时器。子规：杜鹃鸟。见温庭筠《菩萨蛮》（玉楼明月长相忆）注〔6〕。

【译文】

夜空月色深沉，四下人声寂静，一炷幽香在后庭内缭绕。风流的帝子已一去不再归来，禁中落花满地懒得去扫。

离别的怨恨多，相见的欢愉少，不知他迷醉在哪座仙岛。更漏凄清宫苑树上子规啼鸣，凝愁的碧纱窗又见春晓。

杏　园　芳[1]

严妆嫩脸花明[2]，教人见了关情[3]。含羞举步越罗轻，称娉婷[4]。　　终朝咫尺窥香阁[5]，迢遥似隔层城[6]。何时休遣梦相萦，入云屏[7]。

【注释】

〔1〕杏园芳：词调名，属"夹钟宫"。创始失考。双调，四十五字，平韵。集收鹗词本调一首。

〔2〕严妆：庄重端正的梳妆。汉代乐府《孔雀东南飞》："鸡鸣外欲曙，新妇起严妆。"

〔3〕教：底本作"交"，据《全唐诗·附词》改。关：牵涉。

〔4〕娉婷：见温庭筠《南歌子》（转眄如波眼）注〔2〕。

〔5〕咫尺：比喻距离很近。咫，周代以八寸为咫。阁：通"阁"。

〔6〕迢遥：遥远。层城：见魏承班《诉衷情》（高歌宴罢月初盈)注〔4〕。

〔7〕云屏：云母屏风。

【译文】

正妆衬着嫩脸花般鲜明，让人见了陡生爱慕之情。含羞款款走来越罗衣裙轻盈，姿态娇美出群。

近在咫尺整天窥看楼外闺阁，遥远得就像隔了多重城。什么时候梦魂才能不再萦绕，进入云母小屏。

醉　公　子〔1〕

暮烟笼薜砌〔2〕，戟门犹未闭〔3〕。尽日醉寻春，归来月满身。　　离鞍偎绣袂〔4〕，坠巾花乱缀〔5〕。何处恼佳人，檀痕衣上新〔6〕。

【注释】

〔1〕醉公子：见薛昭蕴《醉公子》（慢绾青丝发)注〔1〕。集收鹗词本调一首。

〔2〕薜砌：布满苔藓的石阶。

〔3〕戟门：显贵之家。唐代制度，凡官、阶、勋俱三品，得立戟于门，因称戟门。唐白居易《裴五》："莫怪相逢无笑语，感今思旧戟门前。"戟，古代合戈、矛为一的兵器。

〔4〕绣袂：代指佳人。袂，衣袖。

〔5〕坠巾句：说佩巾掉落，包着的花散落一地。
〔6〕檀痕：口红，唇印。

【译文】

　　暮霭笼罩着苔藓石砌，贵府的大门还未关闭。整天喝醉去寻欢作乐，归来时已是满身月色。

　　下了马鞍依偎着闺妇，佩巾掉落花散了一地。是什么让佳人很生气，新印口红还留在罗衣。

菩　萨　蛮^{〔1〕}

　　陇云暗合秋天白^{〔2〕}，俯窗独坐窥烟陌^{〔3〕}。楼际角重吹^{〔4〕}，黄昏方醉归。　　荒唐难共语^{〔5〕}，明日还应去。上马出门时，金鞭莫与伊^{〔6〕}。

【注释】

　　〔1〕菩萨蛮：见温庭筠《菩萨蛮》（小山重叠金明灭）注〔1〕。集收鹗词本调一首。
　　〔2〕陇：原野。一说即今甘肃省简称。
　　〔3〕窥：观看。烟陌：暮霭中的道路。
　　〔4〕角：号角，见温庭筠《更漏子》（背江楼）注〔1〕。
　　〔5〕荒唐：本指广大，漫无边际。《庄子·天下》："谬悠之说、荒唐之言。"后称说话浮夸或行为放荡。
　　〔6〕金鞭：金饰马鞭。伊：他。

【译文】

　　原上暮云在苍白的秋空暗合，独坐窗前俯看雾霭中的阡陌。城楼上号角已多次吹，黄昏时分才大醉而归。

　　他行为放荡不可理喻，明天肯定还照样前去。等到出了门时要上马，把金马鞭藏了不给他。

毛秘书熙震

【简介】

毛熙震，生卒年不详，字失考，蜀（今四川）人。仕后蜀，官秘书监。人称毛秘书。集中收词二十九首。论者以为"中多新警，不为儇薄"（《齐东野语》），"浓丽处似学飞卿，然亦有清淡者。要当在毛文锡上，欧阳炯、牛松卿间耳"（李冰若《栩庄漫记》）。

浣　溪　沙[1]

春暮黄莺下砌前，水精帘影露珠悬[2]。绮霞低映晚晴天[3]。　　弱柳万条垂翠带，残红满地碎香钿[4]。蕙风飘荡散轻烟[5]。

【注释】

〔1〕浣溪沙：见韦庄《浣溪沙》（清晓妆成寒食天）注〔1〕。集收熙震词本调七首。

〔2〕水精：即水晶。露珠：喻指水晶帘上的珍珠。

〔3〕绮霞：色彩绚丽的云霞。

〔4〕残红：落花。香钿：带香的首饰。这里喻指落花。

〔5〕蕙风：带着花草芬芳的风。

【译文】

春日傍晚黄莺鸟飞落在阶前，玲珑的水晶帘宛如露珠高悬。

绚丽的晚霞低映晴朗的云天。

　　轻柔的柳丝垂着万条绿丝带，满地残红就像碎了的香花钿。芬芳的风把轻薄的雾霭吹散。

　　　花榭香红烟景迷^[1]，满庭芳草绿萋萋^[2]。金铺闲掩绣帘低^[3]。　　紫燕一双娇语碎^[4]，翠屏十二晚峰齐^[5]。梦魂销散醉空闺。

【注释】

　　〔1〕花榭：周围植有花草的台榭。榭，台上楼。

　　〔2〕萋萋：草繁盛的样子，见温庭筠《杨柳枝》（馆娃宫外邺城西）注〔2〕。

　　〔3〕金铺：见薛昭蕴《谒金门》（春满院）注〔4〕。这里代指门。

　　〔4〕紫燕：燕的一种，也称越燕，小而多声，颔下色紫，故名。北周庾信《谢滕王赉马启》：“柳谷未开，翻逢紫燕。”

　　〔5〕十二晚峰：指屏风上的巫山十二峰，见皇甫松《天仙子》（晴野鹭鸶飞一只）注〔6〕。

【译文】

　　台榭旁花又香又红景色秀丽，满庭中芳草茵茵充满了生机。没事关着大门绣花帘常垂低。

　　屋梁上一对紫燕的语声娇碎，翠屏间十二峰在暮色中矗立。伴随消散的梦魂沉醉在空闺。

　　　晚起红房醉欲销^[1]，绿鬟云散袅金翘^[2]。雪香花语不胜娇^[3]。　　好是向人柔弱处，玉纤时急绣裙腰^[4]。春心牵惹转无憀^[5]。

【注释】

　　〔1〕红房：犹红楼，闺房。

〔2〕袅：晃动。金翘：金头钗。唐骆宾王《秋晨同淄川毛司马秋九咏·秋菊》："金翘徒可泛，玉斝竟谁同。"

〔3〕雪香：喻指女子肌肤香白。花语：会说话的花。据后周王仁裕《开元天宝遗事》载，唐玄宗曾把杨贵妃比作"解语花"。这里当取其意。

〔4〕玉纤：女子细白的手指。急：犹紧。

〔5〕牵惹：招引。见尹鹗《临江仙》（一番荷芰生旧沼）注〔5〕。无憀：无聊。

【译文】

很晚从闺房中起来醉意将消，金翘在散如云的鬓发间轻摇。肌肤香白话语温柔百态千娇。

像是要向人展示她柔弱苗条，纤纤玉指时常绾住绣裙细腰。春心被牵动之后又转觉无聊。

一只横钗坠髻丛[1]，静眠珍簟起来慵。绣罗红嫩抹酥胸[2]。　　羞敛细蛾魂暗断[3]，困迷无语思犹浓[4]。小屏香霭碧山重[5]。

【注释】

〔1〕髻丛：发髻丛中。

〔2〕绣罗句：说穿着红色绣罗的胸间小衣。抹，紧贴。酥胸，白嫩的胸脯。

〔3〕细蛾：细长的眉。魂暗断：暗暗悲伤。

〔4〕困迷：困惑迷恋。

〔5〕香霭：香气。碧山重：青山层叠。这里指屏上景色。

【译文】

一只横斜的金钗垂落发髻中，静静躺在凉席上懒得起来动。一抹嫩红的绣罗衣护着酥胸。

含羞皱起细眉暗暗伤心欲绝，困惑迷乱沉默不语情思正浓。

小屏风间香烟缭绕青山重重。

　　云薄罗裙绶带长[1]，满身新裛瑞龙香[2]。翠钿斜映艳梅妆[3]。　　佯不觑人空婉约[4]，笑和娇语太猖狂[5]。忍教牵恨暗形相[6]。

【注释】
　　〔1〕绶带：本为挂官印的丝带，这里指裙带。
　　〔2〕裛(yì)：熏染。瑞龙香：即龙涎香。据《香谱》记载，龙涎香出大食国，一名瑞龙香。
　　〔3〕翠钿：翡翠头饰。梅妆：落梅妆。见牛峤《酒泉子》（记得去年)注〔6〕。
　　〔4〕佯：假装。觑：暗中观看。婉约：柔美。梁庾元威《论书》："婉约流利，特出天性。"
　　〔5〕猖狂：放肆，无拘束。
　　〔6〕暗相形：暗中打量，偷偷欣赏。

【译文】
　　云一样轻薄的罗裙飘带修长，满身散发着新熏的瑞龙芳香。翠玉钿斜映出漂亮的梅花妆。
　　假装不去看人做出柔美模样，笑声伴着娇语却没什么遮挡。怎不让人心生怨恨暗中打量。

　　碧玉冠轻袅燕钗[1]，捧心无语步香阶[2]。缓移弓底绣罗鞋[3]。　　暗想欢娱何计好，岂堪期约有时乖[4]。日高深院正忘怀。

【注释】
　　〔1〕燕钗：燕形头钗，用以固定头发、帽子。

〔2〕捧心：用手掩胸，表示有病。《庄子·天运》："故西施病心而矉其里，其里之丑人见而美之，归亦捧心而矉其里。"

〔3〕弓底绣罗鞋：古代缠足妇女所穿的弓形（两头凸，中间凹）绣花丝绸鞋。宋黄庭坚《满庭芳》（初绾云鬟）："直待朱幡去后，从伊便、窄袜弓鞋。"

〔4〕乖：违背。

【译文】

碧玉冠上燕形钗在微微晃动，默默无语走下香阶双手掩胸。缓缓挪移的绣罗鞋鞋底如弓。

心中暗想欢娱不知如何是好，怎能忍受约定日期到时不来。太阳高照着深院正难以为怀。

半醉凝情卧绣茵[1]，睡容无力卸罗裙[2]。玉笼鹦鹉厌听闻。　　慵整落钗金翡翠[3]，象梳欹鬓月生云[4]。锦屏绡幌麝烟薰[5]。

【注释】

〔1〕凝情：神情呆滞。绣茵：绣花垫褥。

〔2〕卸：脱下。

〔3〕金翡翠：钗上金和翡翠饰物。

〔4〕象梳：犹象掭，象牙或象骨做的可作篦发用的首饰。欹：倾斜。月：喻梳，因其形如月而称。云：喻指飘逸的秀发。熙震《酒泉子》（钿匣舞鸾）："月疏斜，云鬓腻。"

〔5〕绡幌：轻薄纱帐。麝烟：兰麝香的烟。薰：香气。

【译文】

躺在绣花褥上神情半痴半醉，一脸睡意无力脱下丝罗裙帔。讨厌听见鹦鹉在玉笼中多嘴。

金玉翡翠钗垂落也懒得整理，象牙梳斜插鬓间如月生青云。锦绣屏轻纱帐内麝香烟氤氲。

临 江 仙[1]

南齐天子宠婵娟[2]，六宫罗绮三千[3]。潘妃娇艳独芳妍[4]。椒房兰洞[5]，云雨降神仙[6]。　　纵态迷欢心不足[7]，风流可惜当年。纤腰婉约步金莲[8]。妖君倾国[9]，犹自至今传。

【注释】

〔1〕临江仙：见张泌《临江仙》（烟收湘渚秋江静）注〔1〕。集收熙震词本调二首。

〔2〕南齐天子：指南朝齐皇帝萧宝卷，498—500 年在位。萧衍围建康，城破被杀。和帝立，追废东昏侯。婵娟：美女。

〔3〕六宫：皇帝后宫统称。罗绮：泛指宫女。

〔4〕潘妃：潘玉儿，齐东昏侯贵妃。色美体妍，宠冠后宫。服御极其奢华，生活恣纵无度。后梁武帝攻入建康，见其色美，欲纳之。被王茂谏止。将以赠田安启，玉儿不从，自缢死。

〔5〕椒房兰洞：后妃住处。椒房，用花椒涂壁，取其香、暖、多子。唐杜甫《丽人行》："就中云幕椒房亲，赐名大国虢与秦。"

〔6〕云雨：见韦庄《归国遥》（春欲晚)注〔4〕。

〔7〕纵态：放纵形态。迷欢：迷恋欢愉。

〔8〕婉约：柔和秀美。步金莲：据《南史·齐东昏侯纪》载，侯"尝凿地为金莲花，令妃行其上，曰'步步生莲花也'"。

〔9〕妖：媚惑。倾国：这里指亡国。

【译文】

南齐的皇帝宠爱美貌的女子，后宫中聚集了三千佳丽。娇艳的潘妃独具动人的芳姿。华美精致的洞房，朝云暮雨如神仙下降。

纵情寻欢作乐心还不觉满意，当年风情万种令人惋惜。扭动柔美细腰步步踏出金莲。媚惑君王亡了国，到如今天下还在流传。

幽闺欲曙闻莺啭，红窗月影微明。好风频谢落花声。隔帏残烛，犹照绮屏筝[1]。　　绣被锦茵眠玉暖[2]，炷香斜袅烟轻。澹蛾羞敛不胜情。暗思闲梦，何处逐云行[3]。

【注释】

〔1〕绮屏；装饰精美的屏风。筝：古弦乐器。

〔2〕锦茵：锦缎垫褥。玉：喻指女子白皙光润的肌肤。

〔3〕逐云行：追逐行云。行云喻指飘荡在外的游子。

【译文】

深闺中天快亮时听见莺啼鸣，红纱窗映着朦胧的月影。好风频吹时节繁花落地有声。残烛隔了轻纱幔，还照着绮屏旁的古筝。

绣花被褥中的美人睡得正暖，炷香斜斜升起袅袅轻烟。含羞地微皱起淡眉难以为情。暗回味闲来幽梦，不知到哪去追逐行云。

更　漏　子[1]

秋色清，河影澹[2]，深户烛寒光暗。绡幌碧[3]，锦衾红[4]，博山香炷融[5]。　　更漏咽[6]，蛩鸣切[7]，满院霜华如雪。新月上，薄云收，映帘悬玉钩[8]。

【注释】

〔1〕更漏子：见温庭筠《更漏子》（柳丝长）注〔1〕。集收熙震词本调二首。

〔2〕河：指银河。

〔3〕绡幌：轻薄的纱帐。

〔4〕锦衾：锦缎被子。

〔5〕博山：博山香炉。见韦庄《归国遥》（春欲晚）注〔5〕。融：

长久。

〔6〕咽：低沉。

〔7〕蛩：蟋蟀。切：急切。

〔8〕玉钩：形容新月明亮弯曲。

【译文】

秋天夜色明净，银河光影浅淡，深闭的门户中烛光幽暗。青青的薄纱帐，红红的锦绣被，博山炉中的香烛低回。

报更漏声哽咽，蟋蟀鸣叫凄切，满院子的霜花洁白如雪。一轮新月初升，轻云薄雾飘散，高悬的玉钩映入窗帘。

烟月寒，秋夜静，漏转金壶初永〔1〕。罗幕下，绣屏空，灯花结碎红〔2〕。　　　人悄悄，愁无了，思梦不成难晓。长忆得，与郎期，窃香私语时〔3〕。

【注释】

〔1〕金壶：盛漏水的壶。唐李白《乌栖曲》："银箭金壶漏水多，起看秋月坠江波。"初永：初长。即初更，约19至21时。

〔2〕碎红：指灯花形状。

〔3〕窃香：据《晋书·贾充传》载，贾充的女儿与贾充的僚属韩寿暗中相好，曾将皇帝所赐西域贡香偷送给韩寿，后即以"窃香"指男女暗中通情。另《西河词话》引张也倩《菩萨蛮》集句，"窃"字作"爇"（燃烧），可参见。

【译文】

薄雾明月清凉，秋夜一片寂静，金壶刚传来滴漏的声响。丝织的帘幕下，空设锦绣屏风，灯花正爆着点点碎红。

佳人悄无声息，忧愁没完没了，做不成梦真难熬到拂晓。常在回忆中想，曾与情郎约会，暗通情意窃窃私语时。

女 冠 子[1]

碧桃红杏[2]，迟日媚笼光影[3]。彩霞深，香暖薰莺语，风清引鹤音。　　翠鬟冠玉叶[4]，霓袖捧瑶琴[5]。应共吹箫侣[6]，暗相寻。

【注释】

〔1〕女冠子：见温庭筠《女冠子》（含娇含笑）注〔1〕。集收熙震词本调二首。

〔2〕碧桃：重瓣桃花，即千叶桃。花白色粉红至深红。

〔3〕迟日：春日。见孙光宪《浣溪沙》（半踏长裾宛约行）注〔2〕。

〔4〕冠：戴。玉叶：指叶形玉头饰。

〔5〕霓袖：彩袖。霓，云霞。瑶琴：有玉饰的琴。见顾敻《甘州子》（露桃花里小楼深）注〔3〕。

〔6〕吹箫侣：见牛希济《临江仙》（渭阙宫城秦树凋）注〔3〕。箫，底本作"萧"，据《四部丛刊》影印明刊本改。

【译文】

碧桃花艳红杏俏，和煦的春日里阳光普照。天边云蒸霞蔚，香气温暖使黄莺欢唱，晨风清新让鹤声悠长。

黑发鬟戴着叶形头饰，彩衣袖捧了饰玉古琴。应当和吹箫伴在一起，不觉暗暗找寻。

修蛾慢脸[1]，不语檀心一点[2]。小山妆[3]，蝉鬟低含绿[4]，罗衣澹拂黄。　　闷来深院里，闲步落花傍。纤手轻轻整，玉炉香。

【注释】

〔1〕修蛾：细长的眉毛。慢脸：娇美的脸庞。慢，通"曼"，美好。

〔2〕檀心：浅红色花心。这里指口红。

〔3〕小山妆：女子一种发型，因发鬟高耸如小山而名。

〔4〕蝉鬓：见温庭筠《菩萨蛮》（杏花含露团香雪）注〔4〕。

【译文】

　　眉细长脸也清秀，沉默不语一点粉红在口。发髻盘成山状，蝉鬓低垂间含着青绿，罗衣飘拂时淡黄轻扬。

　　心情烦闷来到深院里，无事漫步走在落花旁。纤细的手轻轻地整理，玉炉中的炷香。

清 平 乐[1]

　　春光欲暮，寂寞闲庭户。粉蝶双双穿槛舞，帘卷晚天疏雨。　　含愁独倚闺帏[2]，玉炉烟断香微。正是销魂时节[3]，东风满树花飞。

【注释】

　　〔1〕清平乐：见温庭筠《清平乐》（上阳春晚）注〔1〕。集收熙震词本调一首。

　　〔2〕闺帏：闺房中的帐幔。

　　〔3〕销魂：见温庭筠《菩萨蛮》（雨晴夜合玲珑日）注〔7〕。

【译文】

　　好春光将要过去，空闲的庭院一片寂寞。对对粉蝶穿过栏杆翩翩起舞，傍晚绣帘卷起满天疏雨。

　　含愁独自倚在闺房的帏帐边，玉炉中香火微弱烟已断。正是让人魂不守舍时节，东风吹得满树繁花纷飞。

南 歌 子[1]

　　远山愁黛碧[2]，横波慢脸明[3]。腻香红玉茜罗轻[4]。深院晚堂人静,理银筝[5]。　　鬓动行云影,裙遮点屐声[6]。娇羞爱问曲中名。杨柳杏花时节,几多情。

【注释】

〔1〕南歌子:见温庭筠《南歌子》(手里金鹦鹉)注〔1〕。集收熙震词本调二首。

〔2〕远山:指眉。见温庭筠《菩萨蛮》(雨晴夜合玲珑日)注〔6〕。

〔3〕横波:眼波。慢脸:见前《女冠子》(修蛾慢脸)注〔1〕。

〔4〕腻香红玉:喻指女子肌肤红润细腻光洁。茜(qiān)罗:指大红色罗裙。茜,茜草,根可作大红色染料。

〔5〕理:调理,引申为弹奏。

〔6〕点屐:用脚点地打节拍。屐,木拖鞋。这里泛指鞋。

【译文】

远山似的黛眉含着愁,漂亮的脸上眼波晶莹。肌肤细腻芳香身着大红罗裙。深院厅堂内夜阑人静,弹起了古银筝。

鬓发飘动如行云掠影,裙摆遮了脚的击拍声。带着娇羞喜欢询问曲的调名。在柳丝绿杏花红的时节,蕴含多少柔情。

惹恨还添恨,牵肠即断肠[1]。凝情不语一枝芳[2]。独映画帘闲立,绣衣香。　　暗想为云女[3],应怜傅粉郎[4]。晚来轻步出闺房。髻慢钗横无力[5],纵猖狂[6]。

【注释】

〔1〕断肠:见温庭筠《定西番》(细雨晓莺春晚)注〔1〕。

〔2〕凝情:饱含情思。一枝芳:犹一枝花,形容女子美貌如花。

〔3〕云女:指巫山神女。见韦庄《归国遥》(春欲晚)注〔4〕。

〔4〕怜:爱怜。傅粉郎:即傅面何郎。《世说新语·容止》:"何平叔(晏)美姿仪,面至白。"注引《魏略》,说他"动静粉帛不去手,行步

顾影"。后以傅粉郎泛指美男子。

〔5〕慢:通"漫",散乱。

〔6〕猖狂:见前《浣溪沙》(云薄罗裙绥带长)注〔5〕。

【译文】

招引怨恨更增添怨恨,牵肠挂肚就难免断肠。饱含情思不说话像一枝鲜花。闲立的身影独映在画帘,绣衣飘着芳香。

暗想身如朝云的神女,该爱那傅粉的少年郎。晚来踮着脚尖轻轻走出闺房。发髻乱玉钗横浑身无力,恣意为情痴狂。

花间集卷第十

毛秘书熙震

河 满 子[1]

寂寞芳菲暗度[2]，岁华如箭堪惊[3]。缅想旧欢多少事[4]，转添春思难平。曲槛丝垂金柳，小窗弦断银筝。　　深院空闻燕语，满园闲落花轻。一片相思休不得[5]，忍教长日愁生[6]。谁见夕阳孤梦，觉来无限伤情。

【注释】
　〔1〕河满子：见毛文锡《河满子》（红粉楼前月照)注〔1〕。集收熙震词本调二首。
　〔2〕芳菲：花草茂盛芳香。这里喻指美好青春。
　〔3〕岁华：岁月年华。如箭：形容迅疾、快速。
　〔4〕缅想：缅怀追忆。
　〔5〕休不得：停不住，止不了。
　〔6〕忍教：怎能让。长日：整天。

【译文】
　　青春在寂寞中悄悄流逝，光阴如箭真是让人心惊。缅怀回想往日多少欢愉旧事，平添无限情思心绪难平。曲栏杆边垂柳挂着金丝，小纱窗下银筝断了弦音。

深院中空听见燕叫声声，满园内的春花不时飘零。一片缠绵相思实在摆脱不了，怎么能让忧愁终日滋生。谁见夕阳时做的孤独梦，醒来后的那种无限伤心。

无语残妆澹薄，含羞觯袂轻盈[1]。几度香闺眠过晓，绮窗疏日微明[2]。云母帐中偷惜[3]，水精枕上初惊[4]。　　笑靥嫩疑花拆[5]，愁眉翠敛山横[6]。相望只教添怅恨，整鬟时见纤琼[7]。独倚朱扉闲立[8]，谁知别有深情。

【注释】

〔1〕觯(duǒ)袂：垂袖。觯，下垂的样子。袂，衣袖。
〔2〕绮窗：雕饰精美的窗。疏日：指透过窗帘的阳光。
〔3〕云母帐：用云母装饰的床帐。偷惜：暗自伤怀。
〔4〕水精枕：用水晶做的枕头。水精，即水晶。
〔5〕笑靥：见温庭筠《菩萨蛮》（翠翘金缕双鸂鶒）注〔3〕。拆：通"坼"，裂开。
〔6〕愁眉句：见温庭筠《菩萨蛮》（雨晴夜合玲珑日）注〔6〕。
〔7〕纤琼：喻指纤细白润的手指。琼，美玉。
〔8〕扉：门户。

【译文】

一身淡薄残妆默默无语，脸含羞涩垂袖轻盈飘举。闺房中好几次都睡过了拂晓，直到阳光透进华美窗棂。躺在云母帐中暗暗惋惜，水晶枕上的梦刚被惊醒。

笑靥娇嫩疑是鲜花初绽，愁眉聚翠就像远山横亘。看上去只让人平添惆怅怨恨，不时见用玉指整理发鬟。无事身倚朱门独自站立，谁知心中别有深情难遣。

小 重 山 [1]

梁燕双飞画阁前，寂寥多少恨[2]，懒孤眠。暗来闲处想君怜。红罗帐，金鸭冷沉烟[3]。　　谁信损婵娟[4]，倚屏啼玉箸[5]，湿香钿[6]。四支无力上秋千[7]。群花谢[8]，愁对艳阳天。

【注释】

〔1〕小重山：见韦庄《小重山》（一闭昭阳春又春）注〔1〕。集收熙震词本调一首。

〔2〕寂寥：寂寞空虚。

〔3〕金鸭：香炉。见温庭筠《酒泉子》（日上纱窗）注〔1〕。沉烟：沉香的烟。

〔4〕婵娟：美好的样子。

〔5〕玉箸：眼泪，见温庭筠《河渎神》（孤庙对寒潮）注〔3〕。

〔6〕钿：花形首饰。

〔7〕四支：即四肢。秋千：见韦庄《浣溪沙》（欲上秋千四体慵）注〔1〕。

〔8〕谢：底本作"榭"，据《四部丛刊》影印明刊本改。

【译文】

雕花阁前梁上燕子双栖双飞，寂寞空虚该有多少恨，无心孤独入眠。暗来闲静处思念郎君的爱怜。红罗帐空空的，金鸭炉中沉香烟已散。

谁信损伤了娇美模样，身倚屏风流下泪两行，湿了首饰衣裳。四肢疲软无力不能攀上秋千。群花开始凋谢，心怀忧愁独对艳阳天。

定 西 番 [1]

苍翠浓阴满院，莺对语，蝶交飞[2]，戏蔷薇[3]。

斜日倚栏风好，余香出绣衣。未得玉郎消息^[4]，几时归。

【注释】

〔1〕定西番：见温庭筠《定西番》（汉使昔年离别）注〔1〕。集收熙震词本调一首。

〔2〕交：往来。

〔3〕蔷薇：多年生花木。花开连春及夏，色多样，有芳香。

〔4〕玉郎：指丈夫，见牛峤《菩萨蛮》（舞裙香暖金泥凤）注〔3〕。

【译文】

满院苍翠覆盖浓荫一片，黄莺相对啼鸣，蝴蝶往来翩飞，上下戏弄蔷薇。

落日中倚栏杆晚风正好，淡淡的芳香飘出绣衣。还没有得到郎君的消息，不知几时能归。

木 兰 花^[1]

掩朱扉^[2]，钩翠箔^[3]。满院莺声春寂寞。匀粉泪，恨檀郎^[4]，一去不归花又落。　　对斜晖，临小阁，前事岂堪重想着。金带冷^[5]，画屏幽，宝帐慵薰兰麝薄^[6]。

【注释】

〔1〕木兰花：见韦庄《木兰花》（独上小楼春欲暮）注〔1〕。集收熙震词本调一首。

〔2〕扉：门户。

〔3〕翠箔：翠绿窗帘。

〔4〕檀郎：美男子，见韦庄《江城子》（恩重娇多情易伤）注〔6〕。

〔5〕金带：金带枕，见温庭筠《诉衷情》（莺语）注〔3〕。

〔6〕兰麝：见毛文锡《浣溪沙》（春水轻波浸绿苔）注〔7〕。薄：稀疏。

【译文】

关上了朱红房门，挂上翠绿窗帘，满院子莺声的春天分外寂寞。抹去脸前泪水，心中怨恨情郎，一去竟不回来花又纷纷坠落。

面对夕阳余晖，登上小小楼阁，以往情事难道还能回味咀嚼。金带枕早冷了，画屏一片幽暗，懒熏的床帐兰麝香也已消歇。

后 庭 花[1]

莺啼燕语芳菲节[2]，瑞庭花发[3]。昔时欢宴歌声揭[4]，管弦清越[5]。　　自从陵谷追游歇[6]，画梁尘黦[7]。伤心一片如珪月[8]，闲锁宫阙。

【注释】

〔1〕后庭花：见孙光宪《后庭花》（景阳钟动宫莺啭）注〔1〕。集收熙震词本调三首。

〔2〕芳菲节：花草繁盛芬芳的季节。

〔3〕瑞庭：庭院的美称。《词律》认为当作"后庭"。

〔4〕揭：高举。这里指歌声嘹亮。

〔5〕管弦：管乐和弦乐。清越：清脆激扬。《礼·聘义》："叩之，其声清越以长，其终诎然，乐也。"注："越，犹扬也。"

〔6〕陵谷：喻指世事变迁。《诗·小雅·十月之交》："高岸为谷，深谷为陵。"陵，山陵。谷，沟壑。

〔7〕黦(yuè)：黄黑色。

〔8〕珪月：洁白如玉的月亮。南朝梁江淹《别赋》："乃至秋霜如珠，秋月如珪。"珪，玉器。

【译文】

在莺歌燕语草木芬芳的季节，后庭内鲜花盛开。过去这里欢宴不断歌声嘹亮，管弦乐清脆激扬。

自从陵谷巨变追逐游冶停歇，画梁上尘土累积。内心一片伤感那如珪的明月，空照着闲锁宫阙。

　　轻盈舞妓含芳艳，竞妆新脸[1]。步摇珠翠修蛾敛[2]，腻鬟云染。　　歌声慢发开檀点[3]，绣衫斜掩。时将纤手匀红脸，笑拈金靥[4]。

【注释】

　〔1〕竞：追逐。《诗·商颂·长发》："不竞不绿。"郑玄笺："竞，逐也。"新脸：新的脸饰。

　〔2〕步摇：女子首饰，见薛昭蕴《浣溪沙》（越女淘金春水上）注〔2〕。修蛾：细长的眉。

　〔3〕檀点：指涂口红的嘴唇。

　〔4〕拈：用手指取物。金靥：脸部妆饰，见温庭筠《归国遥》（双脸）注〔6〕。

【译文】

　　体态轻盈的舞女鲜花般芳艳，赶时髦新妆粉脸。步摇的珠翠映着微皱的长眉，鬟浓密如云轻染。

　　红唇慢慢开启歌声缓缓响起，胸前绣花襟斜掩。不时用细手指抹匀脸上红粉，笑拈起金色花靥。

　　越罗小袖新香蒨[1]，薄笼金钏[2]。倚栏无语摇轻扇，半遮匀面[3]。　　春残日暖莺娇懒，满庭花片。争不教人长相见[4]，画堂深院。

【注释】

　〔1〕越罗：越地产丝绸。蒨（qiàn）：同"茜"，大红色。

　〔2〕金钏：即金镯子。钏，腕环，一名条脱。

　〔3〕匀面：修饰匀称的脸。

　〔4〕争：怎么。

【译文】

　　新的熏香越产大红丝绸小袖，薄薄笼着金手镯。倚靠在栏边不出声摇着轻扇，半遮了漂亮的脸。

　　春暮时阳光温暖莺声也娇懒，庭院中满是花片。怎么不让人能时常与她相见，咫尺画堂深深院。

酒　泉　子[1]

　　闲卧绣帏，慵想万般情宠[2]。锦檀偏[3]，翘股重[4]。翠云欹[5]。　　暮天屏上春山碧，映香烟雾隔。蕙兰心[6]，魂梦役[7]。敛蛾眉。

【注释】

　　〔1〕酒泉子：见温庭筠《酒泉子》（花映柳条）注〔1〕。集收熙震词本调二首。

　　〔2〕情宠：深情宠爱。

　　〔3〕锦檀：这里指有锦套的檀木枕。

　　〔4〕翘股：钗类首饰。股，分支。

　　〔5〕翠云：喻指秀发。欹：偏斜。

　　〔6〕蕙兰心：即芳心，多用于女子。蕙、兰，两种香草。

　　〔7〕役：驱使。《荀子·正名》："夫是之谓以己为物役矣。"

【译文】

　　闲躺在绣花帐中，懒得想两情曾万般恩宠。锦套檀枕歪斜，金钗玉翘相叠。如云秀发蓬松。

　　傍晚时屏风上春山蜿蜒青碧，映着香如被烟雾阻隔。一颗蕙兰芳心，常为梦魂驱使。不觉皱起蛾眉。

　　钿匣舞鸾[1]，隐映艳红修碧[2]。月梳斜[3]，云鬟腻。粉香寒。　　晓花微敛轻呵展[4]，袅钗金燕软[5]。日初升，帘半卷。对妆残[6]。

【注释】

〔1〕钿匣：梳妆盒。舞鸾：见温庭筠《菩萨蛮》（宝函钿雀金鹦鹉）注〔4〕。这里代指铜镜。

〔2〕艳红：指脸。修碧：指眉。

〔3〕月梳：月形梳子，梳头、妆饰兼用。

〔4〕晓花句：说晨花微闭，用气轻呵，即能开放。参见温庭筠《南歌子》（扑蕊添黄子)注〔2〕。

〔5〕袅：晃动。金燕：头钗的装饰形状。

〔6〕妆残：底本作"残妆"，失韵；据《全唐诗·附词》改。

【译文】

打开梳妆盒镜子，隐映出红润的脸修长的眉。月牙梳偏斜了，轻云鬓已发黏。粉香零落暗淡。

把微合着的晨花轻轻地呵开，钗上金燕在发间轻晃。太阳刚刚升起，窗帘卷了一半。对镜梳理残妆。

菩　萨　蛮[1]

梨花满院飘香雪[2]，高楼夜静风筝咽[3]。斜月照帘帷，忆君和梦稀。　　小窗灯影背，燕语惊愁态。屏掩断香飞，行云山外归[4]。

【注释】

〔1〕菩萨蛮：见温庭筠《菩萨蛮》（小山重叠金明灭)注〔1〕。集收熙震词本调三首。

〔2〕梨花：梨树农历二月开花。香雪：形容梨花既香又白。

〔3〕风筝：指风铃，又称铁马。悬挂在屋檐间的金属片，风动声响。

《正字通》："檐下铁马曰风筝。古人殿阁檐间悬之，因风动成音，自谐宫商。"咽：声音时断时续。

〔4〕行云：这里喻指梦魂。

【译文】

满院的梨花飘着芳香的白雪，静静的夜晚高楼上风筝呜咽。月光斜斜地照进帘帷，想着你梦中却少相会。

熄灭了小窗下的灯影，燕叫把人从愁中惊醒。屏间的断香余烟轻飞，远去的云已从山外飘回。

绣帘高轴临塘看〔1〕，雨翻荷芰真珠散〔2〕。残暑晚初凉，轻风渡水香。　　无憀悲往事〔3〕，争那牵情思〔4〕。光影暗相催〔5〕，等闲秋又来〔6〕。

【注释】

〔1〕高轴：犹高卷。轴，卷起书画的圆木，如车轮的轴心。这里用作动词。韦庄《谒金门》（春雨足）："楼外翠帘高轴，倚遍阑干几曲。"

〔2〕荷芰：荷花、菱角。真珠：即珍珠。这里喻指露珠。

〔3〕无憀：即无聊，闲来无事。

〔4〕争那：怎奈。

〔5〕光影：即光景，风光景物。

〔6〕等闲：不经意间。

【译文】

高卷起绣帘来到池塘边观赏，雨点落在荷菱上像珍珠四散。夏末傍晚的天气初凉，风拂过水面带着清香。

无聊时不禁悲念往事，怎奈牵动难了的情思。风光景物在暗中催促，无意间秋天又已到来。

天含残碧融春色，五陵薄幸无消息〔1〕。尽日掩朱门，离愁暗断魂。　　莺啼芳树暖，燕拂回塘满[2]。寂寞对屏山[3]，相思醉梦间。

【注释】

〔1〕五陵：指汉代皇帝的五座陵墓，即高帝长陵、惠帝安陵、景帝阳陵、武帝茂陵、昭帝平陵，为豪门贵族聚居之地，多纨绔子弟。唐李白《少年行》二："五陵年少金市东，银鞍白马度春风。"薄幸：薄情，见韦庄《天仙子》（梦觉云屏依旧空）注〔3〕。

〔2〕回塘：迂曲的池塘。

〔3〕屏山：指屏风上雕画的山峦。

【译文】

春色融和的天空残留着青碧，五陵的薄情郎从此没了消息。整天关闭着朱漆大门，暗暗为离别愁断了魂。

莺在温暖的花树娇啭，燕子掠过的回塘水满。寂寞地独对屏中远山，相思缠绵如醉在梦间。

李秀才珣

【简介】

　　李珣，生卒年不详，字德润，先世李苏莎为唐敬宗时波斯(今伊朗)商人，后移家梓州(今四川三台)，世称"李波斯"。其妹舜弦为前蜀王衍昭仪，亦有诗名。珣曾以秀才预宾贡，人称"李秀才"。工诗词，又通医理，曾以卖香药为业。前蜀亡后不仕，退隐江湖。有《琼瑶集》，惜不传。本集收词三十七首。论者以为其词"多感慨之音"(宋黄休复《茅亭客话》)，风格"清婉近端己，其写南越风物，尤极真切可爱"，"在花间可成一派"，"介立温、韦之间"(李冰若《栩庄漫记》)。

浣 溪 沙[1]

　　入夏偏宜澹薄妆，越罗衣褪郁金黄[2]。翠钿檀注助容光[3]。　　相见无言还有恨，几回捴却又思量[4]。月窗香径梦悠扬[5]。

【注释】

　　〔1〕浣溪沙：见韦庄《浣溪沙》(清晓妆成寒食天)注〔1〕。集收珣词本调四首。

　　〔2〕褪；底本作"健"，据《四部丛刊》影印明刊本改。郁金：郁金草，可制作黄色染料。

　　〔3〕翠钿：翡翠首饰。檀注：犹檀点，在胭脂中加檀香来点唇。容光：容貌光彩。

〔4〕抔却：犹抛弃、割舍。

〔5〕悠扬：悠远飘荡。

【译文】

　　入夏后最适宜浅淡轻薄梳妆，越罗黄衣像褪了色的郁金香。翠头钗红嘴唇焕发青春容光。

　　相见时沉默不语心中还有恨，几次想舍弃却又忍不住思量。梦魂飘出月窗在花径间游荡。

　　晚出闲庭看海棠，风流学得内家妆[1]。小钗横戴一枝芳[2]。　　镂玉梳斜云鬓腻[3]，缕金衣透雪肌香[4]。暗思何事立残阳。

【注释】

　　〔1〕内家妆：宫廷内的妆饰。内家，皇宫。唐王建《宫词》五十："尽送春求出内家，记巡传把一枝花。"也指宫女。唐薛能《吴姬》："身是三千第一名，内家丛里独分明。"

　　〔2〕一枝芳：即一枝花。

　　〔3〕镂玉梳：雕镂的玉梳子。

　　〔4〕缕金衣：即金缕衣，用金丝绣织的衣裳。雪肌香：宋洪刍《香谱》卷下引唐苏鹗《杜阳杂编》："元载宠姬薛瑶英，母赵娟，幼以香啖英，故肌肉悉香。"

【译文】

　　傍晚出了闲庭观赏娇艳海棠，一副学宫内妆饰的风流模样。一枝鲜花簪在横戴的金钗上。

　　镂玉梳子斜在飘逸的鬓发间，轻薄的金缕衣透着肌肤芳香。不知为何在夕阳下暗暗思量。

　　访旧伤离欲断魂，无因重见玉楼人[1]。六街微雨镂香尘[2]。　　　早为不逢巫山梦[3]，那堪虚度锦江春[4]。遇花倾酒莫辞频。

【注释】

〔1〕无因：没有缘由。玉楼人：玉楼中的佳人。

〔2〕六街：唐代都城长安有六条主要的大街。唐司空图《省试》："闲系长安千匹马，今朝似灭六街尘。"这里泛指闹市。镂香尘：形容雨小，不能洗去尘土，只能稍事雕镂而已。香尘，带着花香的尘埃。

〔3〕巫山梦：见韦庄《归国遥》（春欲晚）注〔4〕。

〔4〕锦江：见牛峤《女冠子》（锦江烟水）注〔1〕。

【译文】

访旧地离别的伤感使人断魂，没机会再见到玉楼中的美人。霏霏细雨淋着大街上的香尘。

早因为不能重温巫山的幽梦，怎能忍虚度锦江美好的芳春。遇见花开一饮而尽不要推频。

红藕花香到槛频，可堪闲忆似花人。旧欢如梦绝音尘[1]。　　　翠叠画屏山隐隐[2]，冷铺纹簟水潾潾[3]。断魂何处一蝉新。

【注释】

〔1〕音尘：即音信。汉蔡琰《胡笳十八拍》十："故乡隔兮音尘绝，哭无声兮气将咽。"

〔2〕隐隐：模糊不清的样子。

〔3〕纹簟：有纹理的竹席。潾潾：波光闪动的样子。

【译文】

栏杆边不时传来红莲的花香，怎能忍受无意想起如花女郎。旧日欢愉断了音信像梦一样。

画屏上堆叠的青山隐隐约约，凉席间铺展的细纹波光粼粼。哪里传来一声新蝉令人断魂。

渔 歌 子[1]

楚山青，湘水渌[2]，春风澹荡看不足[3]。草芊芊[4]，花簇簇，渔艇棹歌相续[5]。　信浮沉[6]，无管束，钓回乘月归湾曲。酒盈樽，云满屋，不见人间荣辱。

【注释】
〔1〕渔歌子：见和凝《渔父》（白芷汀寒立鹭鸶）注〔1〕。集收珣词本调四首。
〔2〕渌：清澈。
〔3〕澹荡：犹荡漾。南朝宋鲍照《代白纻曲》："春风澹荡侠思多，天色净绿气妍和。"
〔4〕芊芊：草木繁茂的样子。
〔5〕棹歌：船歌。棹，船桨，这里代指船。
〔6〕信：任凭。

【译文】
　楚山峰峦叠翠，湘水波光清澈，在荡漾的春风中相看两不足。芳草青碧绵延，鲜花绣团锦簇，打鱼船的歌声互相连续。
　任凭波浪沉浮，来去没有约束，垂钓归来乘着月色回到江曲。酒斟满了杯子，云雾飘浮整屋，眼中完全没有人间荣辱。

荻花秋[1]，潇湘夜[2]，橘洲佳景如屏画[3]。碧烟中，明月下，小艇垂纶初罢[4]。　水为乡，蓬作舍[5]，鱼羹稻饭常餐也。酒盈杯，书满架，名利不将心挂。

【注释】

〔1〕荻：多年生草本植物，秋季开草黄色花。

〔2〕潇湘：见温庭筠《遐方怨》（凭绣槛）注〔3〕。

〔3〕橘洲：即橘子洲，在湖南长沙市湘江中，旧时多橘树，因以为名。

〔4〕垂纶：垂丝钓鱼。三国魏嵇康《兄秀才公穆入军赠诗》一五："流磻平皋，垂纶长川。"纶，丝线。

〔5〕蓬：当作"篷"，船篷。

【译文】

荻花瑟瑟的秋，潇湘静静的夜，橘子洲景色优美如屏风的画。青碧的烟波中，洁白的月光下，一叶小舟才把鱼垂钓罢。

云水成为家乡，船篷当作屋舍，家常便饭吃的是稻米和鱼虾。水酒倒足了杯，诗书放满了架，什么名利全不在心中挂。

　　柳垂丝，花满树，莺啼楚岸春天暮。棹轻舟[1]，出深浦，缓唱渔歌归去。　　　罢垂纶[2]，还酌醑[3]，孤村遥指云遮处。下长汀[4]，临浅渡，惊起一行沙鹭。

【注释】

〔1〕棹：船桨。这里用作动词，犹划、荡。

〔2〕垂纶：见前词注〔4〕。

〔3〕酌醑(xǔ)：饮酒。醑，佳酿，美酒。北周庾信《灯赋》："况复上兰深夜，中山醑清。"

〔4〕汀：水中平地。

【译文】

柳条低垂细丝，繁花开满树枝，春天傍晚时楚江岸声声莺啼。摇了一条小船，悠悠荡出深浦，口中唱着渔歌慢慢归去。

每天垂钓完了，都要喝上几口，孤村就在遥指的云遮雾罩处。驶下水中长洲，来到浅滩渡头，惊起了沙地上一行鸥鹭。

九疑山[1]，三湘水[2]，芦花时节秋风起。水云间，山月里，棹月穿云游戏[3]。　　鼓清琴，倾渌蚁[4]，扁舟自得逍遥志。任东西，无定止，不议人间醒醉[5]。

【注释】

〔1〕九疑山：在湖南宁远南，又名九嶷山、苍梧山，相传虞舜葬此。北魏郦道元《水经注·湘水》："九疑山盘基苍梧之野，峰秀数郡之间。罗岩九举，各导一溪。岫壑负阻，异岭同势，游者疑焉，故曰九疑山。"

〔2〕三湘：湘水源出广西，与漓水合流为漓湘，与潇水合流为潇湘，与蒸水合流为蒸湘，合称三湘。

〔3〕棹：这里指划船。

〔4〕渌蚁：清酒。蚁，酒初熟时的浮滓，形如小蚁。汉张衡《南都赋》："醪敷径寸，浮蚁若萍。"这里代指酒。

〔5〕不议句：战国楚屈原《渔父》："举世皆浊我独清，众人皆醉我独醒。"这里反其意而言之。

【译文】

苍翠的九嶷山，碧绿的三湘水，芦花飘白的时节秋风正吹起。水光云影之间，山形月色之中，划船揽月穿云恣意游戏。

弹着清泠古琴，畅饮初酿水酒，一叶扁舟逍遥自在正得我志。任凭小船东西，没有停泊地点，也不议论人间是醒是醉。

巫山一段云[1]

有客经巫峡[2]，停桡向水湄[3]。楚王曾此梦瑶姬[4]，一梦杳无期[5]。　　尘暗珠帘卷，香销翠幄垂[6]。西风回首不胜悲，暮雨洒空祠[7]。

【注释】

〔1〕巫山一段云：见毛文锡《巫山一段云》（雨霁巫山上）注〔1〕。集收珣词本调二首。

〔2〕巫峡：长江三峡之一。在湖北巴东西，与重庆巫山接壤，因巫山得名。

〔3〕桡：船桨。这里代指船。水湄：水边，岸边。《诗·秦风·蒹葭》："所谓伊人，在水之湄。"

〔4〕楚王句：见韦庄《归国遥》（春欲晚）注〔4〕。瑶姬，指巫山神女。见牛希济《临江仙》（峭碧参差十二峰）注〔3〕。

〔5〕杳：遥远，渺茫。

〔6〕幄：帷幕，篷帐。

〔7〕祠：指楚王在巫山修建的神女庙，名朝云。

【译文】

有个过路客途经巫峡，把小船停泊在江水边。楚王曾在这里梦见巫山神女，一梦之后便再没相见。

高卷的珠帘尘土暗生，低垂的翠帷香烟消沉。西风中回想往事正难抑伤悲，傍晚时雨又洒落空祠。

古庙依青嶂[1]，行宫枕碧流[2]。水声山色锁妆楼[3]，往事思悠悠。　　云雨朝还暮[4]，烟花春复秋[5]。啼猿何必近孤舟[6]，行客自多愁。

【注释】

〔1〕古庙：即神女庙。青嶂：青绿色山峰。

〔2〕行宫：帝王外出巡行所住宫室，又称离宫。宋陆游《入蜀记》："早抵巫山县……有楚故离宫，俗谓之细腰宫。有一池，亦当时宫中燕游之地。"

〔3〕妆楼：梳妆楼。这里指随行嫔妃居处。

〔4〕云雨句：见韦庄《归国遥》（春欲晚）注〔4〕。

〔5〕烟花：美好景色。唐李白《送孟浩然之广陵》："故人西辞黄鹤楼，烟花三月下扬州。"

〔6〕啼猿：古代巫峡两岸多猿，啼声凄切。北周郦道元《水经注·江水》："故渔者歌曰：巴东三峡巫峡长，猿鸣三声泪沾裳。"

【译文】

　　古庙依傍青翠的山峰，行宫高枕碧绿的水流。水声山色环抱华美的梳妆楼，想往事不禁情思悠悠。

　　凄迷的云雨经朝又暮，秀美的景色历春入秋。山间的啼猿又何必靠近孤舟，行客心中已自多哀愁。

临 江 仙〔1〕

　　帘卷池心小阁虚，暂凉闲步徐徐。芰荷经雨半凋疏〔2〕，拂堤垂柳，蝉噪夕阳余。　　不语低鬟幽思远〔3〕，玉钗斜坠双鱼〔4〕。几回偷看寄来书，离情别恨，相隔欲何如。

【注释】

　　〔1〕临江仙：见张泌《临江仙》（烟收湘渚秋江静）注〔1〕。集收珣词本调二首。

　　〔2〕芰荷：菱角荷花。

　　〔3〕低鬟：低头。鬟：环形发髻，这里代指头。

　　〔4〕双鱼：头钗上的鱼形饰物。

【译文】

　　在池中空寂的小阁卷起珠帘，乘着暂时清凉漫步消遣。菱荷雨后一半已经凋落疏散，垂柳轻拂着堤岸，夕阳下传来声声鸣蝉。

　　低垂着头不言语情思正幽远，双鱼已斜坠在碧玉钗间。几次偷偷地看他寄来的书函，这离别的情和恨，现相隔两处又能咋办。

　　莺报帘前暖日红，玉炉残麝犹浓[1]。起来闺思尚疏慵，别愁春梦，谁解此情悰[2]。　　强整娇姿临宝镜，小池一朵芙蓉[3]。旧欢无处再寻踪，更堪回顾，屏画九疑峰[4]。

【注释】

　　〔1〕麝：指麝香。

　　〔2〕悰(cóng)：欢乐。见孙光宪《更漏子》(今夜期)注〔6〕。

　　〔3〕小池：喻指宝镜。芙蓉：形容美貌如出水芙蓉。《西京杂记》卷二："文君姣好……脸际常若芙蓉。"

　　〔4〕九疑峰：即九疑山，见前《渔歌子》(九疑山)注〔1〕。

【译文】

　　晨莺娇啭传告旭日映红帘枕，玉炉中的麝香味还很浓。起身后闺中思绪仍懒散困慵，离别的忧愁春梦，谁能体味这里面情衷。

　　勉强对着镜子梳理娇美姿容，小池映出一朵出水芙蓉。没处再找寻旧日欢愉的影踪，更不忍回头观看，屏风上画的九疑群峰。

南　乡　子[1]

　　烟漠漠[2]，雨凄凄，岸花零落鹧鸪啼[3]。远客扁舟临野渡[4]，思乡处，潮退水平春色暮。

【注释】

　　〔1〕南乡子：见欧阳炯《南乡子》(嫩草如烟)注〔1〕。集收珣词本调十首。论者以为其多写广南风土，"以浅语写景而极生动可爱，不下刘禹锡巴渝《竹枝》，亦《花间集》中之新境也"(李冰若《栩庄漫记》)。

　　〔2〕漠：广泛弥漫的样子。南朝齐谢朓《游东田》："远树暖仟仟，生烟纷漠漠。"

〔3〕鹧鸪：鹧鸪鸟。见温庭筠《菩萨蛮》（小山重叠金明灭）注〔6〕。
　　〔4〕扁舟：小船。野渡：野外渡口。唐韦应物《滁州西涧》：“春潮带雨晚来急，野渡无人舟自横。”

【译文】
　　雾气四处弥漫，细雨满天凄迷，鹧鸪在岸边零落的花中哀啼。小船载着远客来到野外渡口，想家乡的地方，正是潮退水平春色已暮时候。

　　兰棹举〔1〕，水纹开，竞携藤笼采莲来〔2〕。回塘深处遥相见〔3〕，邀同宴，渌酒一卮红上面〔4〕。

【注释】
　　〔1〕兰棹：船桨的美称。
　　〔2〕藤笼：藤条编织的箩筐。
　　〔3〕回塘：水流弯曲的池塘。
　　〔4〕渌酒：清酒。唐白居易《春日闲中》一：“便可傲松乔，何假杯中渌。”卮：酒杯。

【译文】
　　举起手中船桨，水波如纹荡开，带了藤筐争着到郊外采莲来。在弯曲的池塘深处远远望见，相互邀请共饮，一杯水酒下去红晕就上了脸。

　　归路近，扣舷歌〔1〕，采真珠处水风多〔2〕。曲岸小桥山月过，烟深锁，荳蔻花垂千万朵〔3〕。

【注释】
　　〔1〕叩舷：敲击船沿。晋郭璞《江赋》：“忽忘夕而宵归，咏采菱以

叩舷。"

〔2〕真珠：即珍珠。水风：指水乡民谣。风，乐曲统称。

〔3〕豆蔻：见皇甫松《浪淘沙》（蛮歌豆蔻北人愁）注〔1〕。

【译文】

回家的路已近，敲着船沿唱歌，采集珍珠的地方水上民谣多。从山月映照的曲岸小桥经过，到处烟绕雾锁，岸边低垂的豆蔻花开千万朵。

乘彩舫[1]，过莲塘，棹歌惊起睡鸳鸯[2]。游女带香偎伴笑[3]，争窈窕[4]，竞折团荷遮晚照[5]。

【注释】

〔1〕彩舫：彩饰小船。

〔2〕棹歌：船歌。唐张志和《渔父歌》："青草湖中月正圆，巴陵渔父棹歌连。"

〔3〕游女：出游的女子。

〔4〕窈窕：美好的样子。《诗·周南·关雎》："窈窕淑女，君子好逑。"

〔5〕晚照：傍晚的日照。

【译文】

乘着彩饰小船，摇过金色荷塘，欢快的船歌惊起了沉睡鸳鸯。身带芳香的姑娘们相偎嬉笑，为了比谁更俏，竞相攀折圆圆荷叶来遮晚照。

倾渌蚁[1]，泛红螺[2]，闲邀女伴簇笙歌。避暑信船轻浪里[3]，闲游戏，夹岸荔枝红蘸水[4]。

【注释】

〔1〕渌蚁：指酒。见前《渔歌子》（九疑山）注〔4〕。

〔2〕泛：溢出。红螺：用红螺壳当酒杯。

〔3〕信船：由船随风和水流飘荡。

〔4〕荔枝：南方果树，四季常青，形似桂树，果实如鸡子，色殷红。蘸：浸入。

【译文】

倒上初酿水酒，满满溢出红螺，闲来邀集女伴坐拥芦笙渔歌。避暑热让船自由漂在轻浪里，自在游览嬉戏，两岸鲜艳的荔枝浸红了绿水。

云带雨，浪迎风，钓翁回棹碧湾中。春酒香熟鲈鱼美[1]，谁同醉，缆却扁舟篷底睡[2]。

【注释】

〔1〕鲈鱼：食用鱼，体侧扁，细鳞，大口，背黑腹白，味美，以松江出产最有名。

〔2〕缆却：系好缆绳。篷：船篷。底本作"蓬"，据《全唐诗·附词》改。

【译文】

乌云携带了雨，白浪迎接着风，钓鱼人把船泊在绿色河湾中。喝醇香的春酒尝鲈鱼的美味，有谁与我同醉，拴好缆绳在船篷下倒头酣睡。

沙月静[1]，水烟轻，芰荷香里夜船行。绿鬟红脸谁家女，遥相顾，缓唱棹歌极浦去[2]。

【注释】

〔1〕沙月：沙滩上的月色。

〔2〕棹歌：见前《南歌子》(乘彩舫)注〔2〕。极浦：遥远的水边。

【译文】

月照沙滩寂静，雾笼水面轻盈，夜里船在菱荷的幽香中前行。黑发鬟红脸庞那是谁家儿女，远远地看着我，慢慢地唱着渔歌向远处驶去。

　　渔市散，渡船稀，越南云树望中微〔1〕。行客待潮天欲暮〔2〕，送春浦，愁听猩猩啼瘴雨〔3〕。

【注释】

〔1〕越南：古代越族居住地，即今江苏、浙江、福建、两广南部地区。越，通"粤"。

〔2〕待潮：这里指等待涨潮开船出行。

〔3〕猩猩：似猴而大，相传能说人话。瘴雨：南方湿热蒸气凝聚而成的雨。

【译文】

日间渔市散了，渡船渐渐稀疏，望去隐约可见岭南云中的树。上路的人等待潮汛天已将暮，送他到春水边，听瘴雨中猩猩啼叫愁闷难纾。

　　拢云鬟〔1〕，背犀梳〔2〕，焦红衫映绿罗裾〔3〕。越王台下春风暖〔4〕，花盈岸，游赏每邀邻女伴。

【注释】

〔1〕云鬟：高挽的发鬟。三国魏曹植《洛神赋》："云鬟峨峨，修眉

联娟。"

〔2〕犀梳：用犀牛角做的梳子。

〔3〕焦红：即蕉红，红蕉花染成的深红色。裾(jū)：衣服前襟。

〔4〕越王台：汉代南越王赵佗建，遗址在今广州越秀山。

【译文】

扰起高高发髻，背手插上犀梳，蕉红色内衫映衬着绿罗衣裾。越王台下吹拂着暖暖的春风，鲜花开满江岸，每次游赏总会邀请邻家女伴。

相见处，晚晴天，刺桐花下越台前〔1〕。暗里回眸深属意〔2〕，遗双翠〔3〕，骑象背人先过水。

【注释】

〔1〕刺桐：产南海闽粤，落叶乔木。形似桐，皮黄白，有刺。花深红，一枝数十蕾。越台：即越王台。

〔2〕回眸：调转目光。眸，眼珠。唐白居易《长恨歌》"回眸一笑百媚生，六宫粉黛无颜色。"属意：中意，符合心意。

〔3〕遗：留下。双翠：两股翡翠钗。

【译文】

遇见她的地方，是晴朗的傍晚，在刺桐树花下的古越王台前。她暗暗回眸传递出非常中意，留下双股翠钗，骑了象背对着人先趟过溪水。

女　冠　子〔1〕

星高月午〔2〕，丹桂青松深处。醮坛开〔3〕，金磬敲清露〔4〕，珠幢立翠苔〔5〕。　　步虚声缥缈〔6〕，想像思徘徊。晓天归去路，指蓬莱[7]。

【注释】

〔1〕女冠子：见温庭筠《女冠子》（含娇含笑)注〔1〕。集收珣词本调二首。

〔2〕月午：月在中天。午，当中，白天或黑夜的一半。

〔3〕醮坛：见牛峤《女冠子》（星冠霞帔)注〔5〕。

〔4〕金磬：铜制打击乐器。

〔5〕珠幢(chuáng)：珠饰旌旗，道教仪仗用品。

〔6〕步虚：道士诵经声。见鹿虔扆《女冠子》（步虚坛上)注〔1〕。

〔7〕蓬莱：海上仙岛。参见薛昭蕴《女冠子》（云罗雾縠)注〔6〕。

【译文】

星月高挂在中天，丹桂青松茂密的深林间。祭坛仪式刚开，金磬敲打着风中清露，立旌幡的阶布满青苔。

诵经的声音虚无缥缈，思绪因想象飘浮徘徊。天亮后回去的路在哪，遥指仙岛蓬莱。

春山夜静，愁闻洞天疏磬[1]。玉堂虚[2]，细雾垂珠珮，轻烟曳翠裾[3]。　　对花情脉脉[4]，望月步徐徐。刘阮今何处[5]，绝来书。

【注释】

〔1〕洞天：道家称仙人所居有十大洞天、三十六小洞天。唐李白《奉饯高尊师如贯道士传道箓毕归北海》："道隐不可见，灵书藏洞天。"这里指道观。磬：打击乐器。

〔2〕玉堂：白玉为堂，仙人居处。晋庾阐《游仙诗》："神岳竦丹霄，玉堂临雪岭。"

〔3〕曳：牵引。裾：衣襟。

〔4〕脉脉：缠绵不断的样子。

〔5〕刘阮：刘晨、阮肇，见温庭筠《思帝乡》（花花)注〔5〕。

【译文】

春山夜一片寂静，怕听见道观稀疏的钟磬。空虚的殿堂间，念经玉珠上挂了薄雾，青色衣襟间绕着轻烟。

对花忍不住含情脉脉，望月自然放慢了脚步。刘郎阮郎如今在哪儿，完全断了来书。

酒　泉　子^[1]

寂寞青楼^[2]，风触绣帘珠碎撼^[3]。月朦胧，花暗澹。锁春愁。　　寻思往事依俙梦^[4]，泪脸露桃红色重^[5]。鬟欹蝉^[6]，钗坠凤。思悠悠。

【注释】

〔1〕酒泉子：见温庭筠《酒泉子》（花映柳条）注〔1〕。集收珣词本调四首。

〔2〕青楼：见顾敻《酒泉子》（黛怨红羞）注〔2〕。

〔3〕珠碎撼：珠被晃动得散乱零碎。

〔4〕依俙：即依稀，仿佛，好像。俙，通"稀"。

〔5〕露桃：比喻女子流泪的脸像带露的桃花。

〔6〕鬟欹蝉：为"蝉鬟欹"的倒装，下句同。蝉鬟，见温庭筠《菩萨蛮》（杏花含露团香雪）注〔4〕。

【译文】

空寂落寞的青楼，风吹过绣帘摇碎了珠玉成串。月光柔和朦胧，花色模糊暗淡。深锁一片春愁。

追寻思念往事隐约像在梦中，流泪的脸似带露的桃花鲜红。偏斜了蝉翼鬟，垂落了钗头凤。情思飘荡难收。

雨渍花零^[1]，红散香凋池两岸。别情遥，春歌断。

掩银屏。　　　孤帆早晚离三楚[2]，闲理钿筝愁几许[3]。曲中情，弦上语。不堪听。

【注释】

〔1〕渍(zì)：浸泡。

〔2〕早晚：何时。见温庭筠《女冠子》(霞帔云发)注〔6〕。三楚：东楚、西楚、南楚合称，战国时楚地，范围很广。具体所在史说不一。一说东楚为彭城以东东海、吴、广陵；西楚为淮北、沛、陈、汝南、南郡；南楚为衡山、九江、江南豫章、长沙。(见《史记·货殖列传》)一说以吴为东楚，彭城为西楚，江陵为南楚。(见《汉书·高帝纪》注引孟康语)后多泛指湘、鄂一带。晋阮籍《咏怀》一七："三楚多秀士，朝云进荒淫。"

〔3〕理：弹奏。钿筝：有金玉花形装饰的筝。

【译文】

　　花在雨淋中凋零，池塘两岸残红遍地芳香消散。离别情怀已远，春日歌声早断。掩上闺中银屏。

　　远去孤帆什么时候离开三楚，闲来弹奏古筝该有多少愁苦。乐曲中的深情，在丝弦上细诉。怎么忍心去听。

　　秋雨联绵[1]，声散败荷丛里。那堪深夜枕前听，酒初醒。　　　牵愁惹思更无停，烛暗香凝天欲曙[2]。细和烟，冷和雨。透帘旌[3]。

【注释】

〔1〕联绵：即连绵，接连不断。

〔2〕香凝：香不再燃烧。凝，犹停止、熄灭。曙：底本作"晓"，失韵；据《词律》改。

〔3〕旌：底本作"中"，失韵；据《全唐诗·附词》改。旌，帘上帛额。

【译文】

　　秋雨连绵下不停，淅沥声飘散在残荷丛里。怎么忍心深夜时在枕前倾听，正当酒后初醒。

　　牵出愁绪惹起相思无法停息，天将拂晓香火凝结烛光黯淡。微风合着轻烟，冷气夹了雨点。一起渗入帘旌。

　　秋月婵娟[1]，皎洁碧纱窗外。照花穿竹冷沉沉，印池心。　　凝露滴，砌蛩吟[2]。惊觉谢娘残梦[3]，夜深斜傍枕前来，影徘徊。

【注释】

　　〔1〕婵娟：美好的样子。

　　〔2〕砌：石阶。蛩：蟋蟀。

　　〔3〕谢娘：见温庭筠《更漏子》(柳丝长)注〔5〕。

【译文】

　　秋月美好而恬静，皎洁的光洒在碧纱窗外。照花丛穿竹林一片幽寒清冷，印在池塘中心。

　　露珠凝结下滴，石阶蟋蟀低吟。惊醒了正做着梦的娇娘，夜深后斜斜地来到绣花枕旁，倩影来回彷徨。

望　远　行[1]

　　春日迟迟思寂寥[2]，行客关山路遥。琼窗时听语莺娇[3]，柳丝牵恨一条条。　　休晕绣[4]，罢吹箫，貌逐残花暗凋。同心犹结旧裙腰[5]，忍辜风月度良宵。

【注释】

　　〔1〕望远行：见韦庄《望远行》(欲别无言倚画屏)注〔1〕。集收珣

词本调二首。

〔2〕春日迟迟：春天白日漫长。《诗·豳风·七月》："春日迟迟，采蘩祁祁。"寂寥：寂寞空虚。

〔3〕琼窗：雕饰精美的窗子。

〔4〕晕绣：一种刺绣方式，即用彩线攒成花纹，使其色彩浓淡深浅逐渐调和，过渡不显突兀。

〔5〕同心：同心结，见温庭筠《更漏子》（相见稀）注〔2〕。

【译文】

　　漫长的春日里情思沉寂无聊，行客远去关山千里迢迢。雕花窗外不时听见黄莺鸣叫，牵引离恨的柳丝一条又一条。

　　不再拈丝刺绣，无意吹奏紫箫，容貌暗随残花一起早凋。同心结还留在旧时穿的裙腰，怎忍辜负清风明月虚度良宵。

　　露滴幽庭落叶时，愁聚萧娘柳眉[1]。玉郎一去负佳期[2]，水云迢递雁书迟[3]。　　屏半掩，枕斜敧[4]，蜡泪无言对垂[5]。吟蛩断续漏频移[6]，入窗明月鉴空帏[7]。

【注释】

〔1〕萧娘：见孙光宪《更漏子》（听寒更）注〔2〕。柳眉：形容女子眉细长秀美如柳叶。

〔2〕玉郎：见牛峤《菩萨蛮》（舞裙香暖泥金凤）注〔3〕。

〔3〕迢递：遥远。雁书：古代相传雁能传书。参见张泌《生查子》（相见稀）注〔4〕。

〔4〕敧：偏斜。

〔5〕蜡泪：蜡烛油和眼泪。

〔6〕蛩：蟋蟀。漏频移：漏刻上的指针移动很快。这里指时光不断流失。

〔7〕鉴：映照。晋阮籍《咏怀八十二首》之一："薄帏鉴明月，清风吹我襟。"

【译文】

　　露珠滴下深院飘落的树叶时，忧愁聚集在娇娘的柳眉。郎君一去后辜负了多少佳期，水云相隔遥远连雁传书也迟。

　　玉屏风半掩了，绣花枕歪斜着，无言的泪水和烛蜡对垂。蟋蟀叫声断续刻漏时时挪移，明月入窗映照着空空的床帏。

菩　萨　蛮[1]

　　回塘风起波纹细[2]，刺桐花里门斜闭[3]。残日照平芜[4]，双双飞鹧鸪[5]。　　征帆何处客[6]，相见还相隔。不语欲魂销[7]，望中烟水遥。

【注释】

　　〔1〕菩萨蛮：见温庭筠《菩萨蛮》（小山重叠金明灭）注〔1〕。集收珣词本调三首。论者以为"《菩萨蛮》集中多，而佳者亦不少。以此殿之，不为貂续"（《花间集》旧题明汤显祖评本）。

　　〔2〕回塘：水流弯曲的池塘。

　　〔3〕刺桐：见前《南乡子》（相见处）注〔1〕。

　　〔4〕平芜：平坦的田野。

　　〔5〕鹧鸪：见温庭筠《菩萨蛮》（小山重叠金明灭）注〔6〕。

　　〔6〕征帆：远行的船帆。

　　〔7〕魂销：即消魂，见温庭筠《菩萨蛮》（雨晴夜合玲珑日）注〔7〕。

【译文】

　　弯曲的池内风荡起层层涟漪，刺桐树花影里的小院门斜闭。夕阳照着平坦的原野，结伴的鹧鸪双双飞起。

　　远行船不知去哪为客，见面后终究还会相隔。默默地心中黯然神伤，遥望时只见烟水苍茫。

　　等闲将度三春景[1]，帘垂碧砌参差影[2]。曲槛日初斜，杜鹃啼落花[3]。　　恨君容易处[4]，又话潇湘去[5]。凝思倚屏山[6]，泪流红脸斑[7]。

【注释】

〔1〕等闲：不经意。三春：古人把春季分成孟春、仲春和季春三个时段，合称三春。晋张协《七命》："晞三春之溢露，溯九秋之鸣飙。"

〔2〕砌：石级。参差：长短不齐。

〔3〕杜鹃：杜鹃鸟，见温庭筠《菩萨蛮》(玉楼明月长相忆)注〔6〕。

〔4〕容易：草率，不在乎。

〔5〕潇湘：见温庭筠《遐方怨》(凭绣槛)注〔3〕。

〔6〕屏山：见温庭筠《菩萨蛮》(南园满地堆轻絮)注〔4〕。

〔7〕斑：底本作"班"，据《四部丛刊》影印明刊本改。

【译文】

不知不觉将要过完三春美景，青石阶上映着帘的参差垂影。曲折的栏杆阳光初斜，杜鹃啼落了片片残花。

怨恨郎君不珍惜相处，又开口说要到潇湘去。身倚屏风傻愣着发呆，红红的脸泪流了下来。

　　　隔帘微雨双飞燕，砌花零落红深浅。捻得宝筝调[1]，心随征棹遥[2]。　　楚天云外路[3]，动便经年去[4]。香断画屏深，旧欢何处寻。

【注释】

〔1〕捻：用手指拨弄，弹奏弦乐的一种技法。

〔2〕征棹：远行的船。棹，船桨，这里代指船。

〔3〕楚天：泛指湘、鄂一带的天空。

〔4〕动：动辄，动不动就。经年：整年。

【译文】

隔着珠帘霏霏雨中飞过双燕，石阶上零落的红花有深有浅。

拨弄筝弦奏响了古调，心已随行船远去迢迢。

　　云天外通往楚地的路，动不动一去就是一整年。画屏深处已烟消香断，到哪里再去寻找旧欢。

西　溪　子[1]

　　金缕翠钿浮动[2]，妆罢小窗圆梦[3]。日高时，春已老，人来到[4]。满地落花慵扫。无语倚屏风，泣残红。

【注释】

　　〔1〕西溪子：见牛峤《西溪子》（捍拨双盘金凤）注〔1〕。集收珣词本调一首。

　　〔2〕金缕翠钿：镶有金丝的翡翠首饰。浮动：摇晃。

　　〔3〕圆梦：回想解释梦中事以测凶吉。

　　〔4〕来：当从《续词选》、《唐五代词》作"未"，则如《花间集》华钟彦注所说，"全篇无滞塞虞"。

【译文】

　　镶金丝的翡翠钗在晃动，小窗前梳妆完回想夜梦。太阳渐渐升高，春光已经见老，那人却还未到。花落了满地也懒得去扫。默默无语地身倚屏风，哭飘零的残红。

虞　美　人[1]

　　金笼鹦报天将曙，惊起分飞处[2]。夜来潜与玉郎期[3]，多情不觉酒醒迟，失归期[4]。　　映花避月遥相送，腻髻偏垂凤[5]。却回娇步入香闺[6]，倚屏无语撚云篦[7]，翠眉低。

【注释】

〔1〕虞美人：见毛文锡《虞美人》（鸳鸯对浴银塘暖）注〔1〕。集收珣词本调一首。

〔2〕分飞：喻指离别，分手。

〔3〕玉郎：见牛峤《菩萨蛮》（舞裙香暖金泥凤）注〔3〕。这里指情人。期：约会。

〔4〕失归期：错过了该回去的时间。

〔5〕腻鬟：松软的发鬟。凤：指凤钗。

〔6〕却：倒退。娇步：形容女子轻柔的脚步。

〔7〕撚：用手指搓揉。云篦：云形发卡。唐白居易《琵琶行》："钿头云篦击节碎，血色罗裙翻酒污。"

【译文】

金笼中的鹦鹉传报天要亮了，猛然惊醒在分手时刻。夜晚悄悄来与情郎约会欢聚，缠绵多情不知不觉酒醒太迟，过了该回之时。

借着花影避开月光远远相送，偏垂着凤钗发鬟蓬松。挪动娇弱的脚步回到闺房内，倚着屏风默默用手搓弄发篦，低低垂下双眉。

河　　传[1]

去去，何处，迢迢巴楚[2]。山水相连，朝云暮雨[3]。依旧十二峰前[4]，猿声到客船。　　愁肠岂异丁香结[5]，因离别，故国音书绝。想佳人花下，对明月春风，恨应同。

【注释】

〔1〕河传：见温庭筠《河传》（江畔）注〔1〕。集收珣词本调二首。论者以为其"声情绵渺"，"以此结束《花间》，可谓珪璧相映"（李冰

若《栩庄漫记》）。

　　〔2〕迢迢：遥远。巴：古国名，在今四川东部和重庆一带。楚：楚地，泛指湖南、湖北地区。

　　〔3〕朝云暮雨：见韦庄《归国遥》（春欲晚）注〔4〕。

　　〔4〕十二峰：巫山十二峰，见皇甫松《天仙子》（晴野鹭鸶飞一只）注〔6〕。

　　〔5〕丁香结：见牛峤《感恩多》（自从南浦别）注〔2〕。

【译文】

　　走了走了，要去哪里，千里迢迢巴楚地。山山水水自相连，朝起云来暮下雨。依旧在巫山的十二峰前，猿啼声声传到了客船。

　　愁积肠中和丁香结没有两样，因为分离相别，与故乡断了书信来往。遥想美人徜徉花丛下，独自面对明月和春风，怨恨也应相同。

　　春暮，微雨，送君南浦〔1〕。愁敛双蛾〔2〕，落花深处。啼鸟似逐离歌〔3〕，粉檀珠泪和〔4〕。　　临流更把同心结〔5〕，情哽咽〔6〕，后会何时节。不堪回首，相望已隔汀洲〔7〕，橹声幽〔8〕。

【注释】

　　〔1〕南浦：见温庭筠《清平乐》（洛阳愁绝）注〔4〕。这里泛指离别地。

　　〔2〕双蛾：双眉。蛾，蛾眉。

　　〔3〕逐：追随。离歌：送别的歌。

　　〔4〕粉檀：脂粉口红。檀，浅红色，即胭脂，唇膏。

　　〔5〕临流：来到水边。同心：见温庭筠《更漏子》（相见稀）注〔2〕。

　　〔6〕哽咽：气噎塞喉，难以成声。晋刘琨《扶风歌》："挥手长相谢，哽咽不能言。"

　　〔7〕汀洲：水中小岛。战国楚屈原《九歌·湘夫人》："搴汀洲兮杜若，将以遗兮远者。"

〔8〕幽：悠远，隐微。

【译文】

　　春日傍晚，下着细雨，把郎君送到南浦。愁得紧皱了双眉，在花飘落的深处。啼鸟像是随唱离别的歌，脂粉与口红和着泪珠。

　　来到河边更亲手打好同心结，声情不禁哽咽，不知后会在什么时节。真不忍心再回头，相望时已经隔了水上洲，远去橹声悠悠。

中国古代名著全本译注丛书

周易译注   列子译注

尚书译注   孙子译注

诗经译注   鬼谷子译注

周礼译注   六韬·三略译注

仪礼译注   管子译注

礼记译注   韩非子译注

大戴礼记译注   墨子译注

左传译注   尸子译注

春秋公羊传译注   淮南子译注

春秋穀梁传译注   齐民要术译注

论语译注   金匮要略译注

孟子译注   食疗本草译注

孝经译注   救荒本草译注

尔雅译注   饮膳正要译注

考工记译注   洗冤集录译注

           周髀算经译注

国语译注   九章算术译注

战国策译注   茶经译注（外三种）修订本

贞观政要译注   酒经译注

晏子春秋译注   天工开物译注

           人物志译注

孔子家语译注   颜氏家训译注

荀子译注   梦溪笔谈译注

中说译注   世说新语译注

老子译注   闲情偶寄译注

庄子译注   山海经译注

穆天子传译注·燕丹子译注　　六朝文絜译注

搜神记全译　　　　　　　　古文观止译注

　　　　　　　　　　　　　文心雕龙译注

楚辞译注　　　　　　　　　文赋诗品译注

千家诗译注　　　　　　　　人间词话译注

唐贤三昧集译注　　　　　　唐宋传奇集全译

唐诗三百首译注　　　　　　聊斋志异全译

花间集译注　　　　　　　　子不语全译

绝妙好词译注　　　　　　　阅微草堂笔记全译

宋词三百首译注　　　　　　历代名画记译注